CHRISTINA HIEMER

MENTIRA

STADT DER LÜGEN

HAWKIFY BOOKS

Hawkify Books c/o
Inh. Svenja Hawkins
4514 Sandy Cv
Memphis, TN, 38122
United States

Mehr Infos unter: www.hawkifybooks.com

Covergestaltung: Jaqueline Kropmanns -
https://www.jaqueline-kropmanns.de
https://de.depositphotos.com - @agsandrew / @Ribtoks /
@jaroslav1974 / @Shaiith79 / @fenixlive / @fenixlive

Lektorat: Katharina Groth –
https://www.wortspringerlektorat.de

Korrektorat: Jo D. Shannon

Illustrationen: Jacqueline Steinke

ISBN: 978-3-947288-69-4
Druck: booksfactory

Für alle, die sich nicht verloren,
sondern nur verirrt haben.

Prolog

In einer Welt, in der jede Lüge ihren ganz eigenen Preis hat überlebt man nur, wenn man bereit ist, mit den Konsequenzen zu leben. Bist du bereit, die Konsequenzen für deine Worte zu übernehmen? Wirst du trotzdem zu deinen Taten stehen, seien sie noch so niederträchtig und verabscheuungswürdig?

Nun, ich hätte all diese Fragen, ohne mit der Wimper zu zucken, mit »Nein« beantwortet, aber Dinge ändern sich. Umstände, die wir nicht beeinflussen können, überrollen uns und plötzlich, ganz still und heimlich, bemerken wir, dass das große Ganze so viel größer und mächtiger ist, als wir es uns jemals hätten vorstellen können. Dass dort draußen etwas lauert, das wir nicht greifen können, dessen Ursprung wir nur erahnen. Aber wo Schatten ist, dort ist auch Licht und wo Licht ist, wird es immer Hoffnung geben. Wir wachen eines Morgens auf und realisieren, dass in uns vielleicht doch mehr steckt, als wir es uns eingestehen wollen.

Wer auch immer dies zu lesen bekommt: Glaube an dich. Glaube an deine Kraft, die Dinge zu verändern, die um ein Vielfaches größer sind, als du selbst. Hätte ich an mich geglaubt, sähe die Welt nun ganz anders aus. Vielleicht wäre sie weniger grausam und düster gewesen, als sie es ohnehin schon war. Vielleicht hätte das Chaos sie schon längst zerstört, ins Verderben gestürzt und dieser Brief wäre nicht mehr als nur ein Haufen Asche. Vielleicht habe ich aber auch alles noch viel schlimmer und auswegloser gemacht. Wer kann das schon so genau sagen, aber was zählt, sind Taten. Handle! Fordere die Welt heraus und ich kann dir versichern, sie wird die Herausforderung annehmen. – R.K 11. Juli 2035

Melia

Vorsichtig legte ich das alte Stück Papier zurück in die Glasvitrine, ehe ich sie wieder verschloss und aus dem Zimmer trat. An tristen Tagen wie diesen gaben mir die Worte Kraft, weiter zu machen und nicht an mir zu zweifeln. Seit ich als Übersetzerin der alten Schriften bei der Schwesternschaft der Ruína arbeitete, hatte ich mir den Zugang zu den Reliquien der *Vergessenen Zeit* hart erarbeitet und dennoch musste ich jedes Mal aufs Neue vorsichtig sein.

Das Lesen der alten Schriften stand für Menschen außerhalb der Schwesternschaft unter Todesstrafe, da sie von einer Zeit erzählten, die lange zurücklag. So lange, dass längst niemand mehr lebte, der aus erster Hand über sie berichten konnte.

Ich hatte bereits einige solcher Schriften gelesen und, zum Teil, in unsere Sprache übersetzt. Dennoch hatte ich längst nicht genug Freigaben, um auf alle Reliquien zugreifen zu können. Aber dieser Brief unterschied sich von all jenen, die ich bisher gelesen und studiert hatte. In seinen Worten lag so viel Schmerz, so viel Reue über das Geschehene. Sie erzählten die Geschichte einer Welt, die weitaus hoffnungsloser war, als es sich der Verfasser gewünscht hatte. Das Leben hier in Mentira war geprägt von einer einzigen Regel:

Lüge nie! Betrüge weder dich, noch deinesgleichen!

Eine Regel, die eigentlich simpel war und trotzdem hielt sie unsere Welt so fest umschlungen, dass sie unter ihrem

Druck beinahe zerbrach. Mentira war groß und glanzvoll. Eine Stadt, die förmlich strahlte. Eine Stadt, dessen Licht für Reinheit und Anmut stand.

Alles, was sich nicht im Schatten verbarg, konnte Gutes in sich bergen. Zumindest, wenn man den Schwestern der Ruína glaubte. Und wenn ich eines gelernt hatte, dann, dass ihr Wort über allem stand. Nur durch ihre strenge Führung konnte ich auf all das Wissen zurückgreifen, dass in den Schriften verborgen lag. Die Zeit auf der hohen Schule hatte mich zu der wohl begnadetsten Übersetzerin ganz Mentiras gemacht.

Innerhalb meiner fast sechsjährigen Ausbildung hatte ich fünf Sprachen aus der alten Welt gelernt und im späteren Verlauf drei weitere. Das Archiv der Ruína war so umfangreich, dass ich in den drei Jahren, die ich für sie arbeitete, lediglich einen Bruchteil dessen hatte sichten können, das sich in den alten Kammern verbarg. Briefe, Bücher, Karten ... die Sammlung war schier unerschöpflich.

Ein Klopfen an der Tür riss mich aus meinen Gedanken.

»Melia? Entschuldige, aber Kalyra schickt mich, um dir ausrichten zu lassen, dass sie dringend mit dir sprechen will.«

Ich blickte von meinem Schreibtisch auf und sah in das Gesicht von Cleo, die ängstlich auf meine Antwort zu warten schien. Die feinen Gesichtszüge wurden von den üblichen blonden Locken umrahmt, die mich immer an einen kleinen Engel erinnerten.

»Danke Cleo, ich werde mich umgehend bei ihr melden«, antwortete ich mit einem Lächeln.

Mit Kalyra sollte man es sich lieber nicht verscherzen, das hatte ich bereits häufiger schmerzlich feststellen müssen. Also stand ich umgehend auf und schloss vorsichtig die Tür hinter mir, ehe ich mich mit schnellem Schritt auf den Weg zu Kalyras Büro machte. Kalyra war eine meiner Ausbilderinnen gewesen. Ihre impulsive, hitzige Art hatte mich die letzten drei Jahre lang täglich begleitet und mich beinahe in den Wahnsinn getrieben. Zum Glück hatte sie nicht auch noch den sprachlichen Teil der Lehre übernommen. Ihre teils brachialen und schmerzhaften Ausbildungspraktiken hatten sich tief in mein Gedächtnis eingebrannt und auch einige sichtbare Narben hinterlassen.

Trotzdem hatte ich Kalyra immer die Stirn geboten und sie mit meiner Sturheit das ein oder andere Mal an den Rand des Wahnsinns getrieben.

Als ich die alte Tür hinter mir zuzog, spürte ich kurzzeitig ein nervöses Ziehen in meinem Magen. Was immer Kalyra von mir wollte, es konnte nichts Gutes bedeuten.

Die alten Schlossdielen knarrten verräterisch, als ich durch die dunklen Flure schritt. An den Wänden hingen verwitterte Bilder von Menschen, die schon viele Jahre lang tot waren und auch sonst strahlten die Gänge des Schlosses nichts als Trostlosigkeit aus. Die schweren, dunkelroten Vorhänge waren vor die Fenster gezogen und tauchten alles in ein bedrohliches Licht.

Bereits auf dem Weg zu Kalyra bemerkte ich die ernsten und aufgebrachten Gesichter der anderen Schwestern. Sie standen in den Fluren in kleinen Grüppchen zusammen wie kleine Schulmädchen, und tuschelten aufgeregt. Dass jede dieser Frauen für sich genommen gefährlich war, verlieh dieser Situation eine gewisse Komik, die mich innerlich grinsen ließ.

Als ich endlich bei Kalyras Büro angekommen war, holte ich tief Luft, klopfte an und öffnete die Tür.

Ein holziger Geruch erfüllte den hellen Raum. Leise durchquerte ich das Zimmer, das mit einem dreckigen, sandfarbenen Teppich ausgelegt war.

Kalyra stand mit dem Rücken zur Tür und blickte aus dem großen Fenster hinaus in den Hof. Ihr langes, schwarzes Haar war zu einem kunstvollen Zopf geflochten, der ihr über den Rücken fiel. Die dunkelrote Uniform unserer Wächterinnen, schmiegte sich anmutig an ihren athletischen Körper. Nur unsere besten Kämpferinnen durften diese besondere Kleidung ihr Eigen nennen. Kalyra trug sie voller Stolz und genoss jedes Mal aufs Neue die ehrfürchtigen Blicke der anderen Schwestern.

»Ach, erbarmst du dich auch endlich, meiner Anweisung zu folgen?«, fragte sie bissig.

Ich blieb in der Mitte des Raumes stehen und blickte ihr entgegen. Kalyras Haltung wirkte ungewöhnlich angespannt. Ihre braunen Augen fixierten mich und ich bemühte mich darum, ihrem stechenden Blick standzuhalten. Sie war ein zutiefst beherrschter Mensch, verbarg immer sorgsam all ihre Gefühle vor uns anderen. Doch heute sah ich etwas anderes, als die gewöhnliche Abscheu in ihren Augen. Etwas Angriffslustiges, Bedrohliches spiegelte sich in ihnen. Etwas, das mir einen kalten Schauer über die Schultern laufen ließ.

»Es hieß, es sei ein dringendes Anliegen«, entgegnete ich beherrscht, in der Hoffnung, dass sie direkt auf den Punkt kam.

Kalyras kritischer Blick huschte kurz durch den Raum, ehe sie stirnrunzelnd auf mich zukam. »Melia, du weißt sicher, dass Mentira ein Arsenal an alten Schriften in seinen Katakomben birgt. Die Schwesternschaft der Ruína ist zu dem Entschluss gekommen, dass du eine vollkommene

Zugangsberechtigung zu allen Schriften erhalten sollst. Du hast deine Arbeit in den vergangenen Jahren engagiert und leidenschaftlich verrichtet und hast dir dieses Privileg wahrlich verdient.«

Ihre lobende Ansprache bildete das genaue Gegenteil zu der Art *wie* sie diese aussprach. Es wirkte eher, als würde sie mir die Worte voller Abscheu vor die Füße spucken. Dennoch war ich für einen Moment sprachlos.

Ungläubig starrte ich Kalyra an. Ausgerechnet ich sollte mir etwas verdient haben? Die Schwestern behandelten mich wie ihren Fußabtreter, dementsprechend unverständlich war es, dass mir diese Ehre nun zuteilwerden sollte.

»Ich … ich bin überwältigt. Wirklich. Es ehrt mich zutiefst und ich werde mit Freude auch die bisher verborgenen Schriften sichten und ihren Inhalt entschlüsseln, sofern die Schwesternschaft dies wünscht.«

Kalyras Gesicht erhellte sich, so, als hätte sie nur auf dieses Stichwort gewartet und plötzlich bekam die vermeintliche Ehrung einen bitteren Beigeschmack. Wie hatte ich auch glauben können, dass die Ruína diesen Schritt nicht aus purem Eigennutz unternahm?

»Nun Melia, es gibt da einen besonderen Fund, den wir gerne als oberste Priorität behandelt hätten. Eine unserer Schwestern hat ein Buch in einer Art Geheimfach in der alten Turmbibliothek gefunden, als sie nach einem Werk über die erneuerbaren Energiezellen der *Vergessenen Zeiten* suchte. Sie berührte versehentlich einen Buchrücken, der sich als alter Schalter entpuppte und einen uralten Mechanismus in Gang gesetzt hat. Lange Rede kurzer Sinn, das Buch lag im Verborgenen. Es muss demnach eindeutig aus der *Vergessenen Zeit* stammen und das bedeutet: Es hat oberste Priorität!« Kalyras Stimme klang angespannt und ihr Blick war stechend. »*Wir* haben im Rat darüber abgestimmt und entschieden, dass *wir* dir diese wichtige Aufgabe übertragen wollen. Als Zeichen unseres Vertrauens und unseres guten Willens. Finde heraus, was sich im Inneren dieses Buches verbirgt und die Schwesternschaft wird sich dir gegenüber erkenntlich zeigen.«

Kalyras Betonung lag unentwegt auf dem *Wir*, dabei war mir bewusst, dass sie sicherlich nichts mit dieser Ehrung zu tun hatte.

Misstrauisch beobachtete ich sie, während sie sich in ihrem dunklen Holzsessel niederließ. Ihre Art strahlte Stärke und Anmut aus. So wie sie ihre Augen leicht zusammenkniff und auf meine Antwort wartete, wirkte sie wie ein lauerndes Raubtier, das jederzeit bereit war, seine Beute zu reißen.

»Wann kann ich mit der Übersetzung beginnen?«, fragte ich.

Mir war es zuwider noch länger mit ihr in diesem Raum festzusitzen. Das hier war ihr Revier und das wusste sie.

Kalyras Blick erhellte sich kurz, ehe sie mir einen herben Dämpfer verpasste. »Sobald du den Schlüssel zum Buch gefunden hast!«

»Was meint sie denn mit Schlüssel?«, fragte Zohera neugierig.

Ich nahm einen großen Schluck Tee und antwortete: »Wenn ich das nur wüsste! War doch klar, dass sie mir so eine Feuerprobe aufbürden. Kalyra hasst mich wie die Pest. Als ob sie mir jemals etwas Gutes gönnen würde.« Ich biss mir vor lauter Wut auf die Zunge und Zohera begann zu lachen. »Es ist zu amüsant, wie du dich aufregst. Irgendwann macht dein Herz noch schlapp, Melia.«

Ich versuchte, den stechenden Schmerz einen Moment auszublenden und atmete tief ein und aus.

»Wie willst du den Schlüssel finden? Schon irgendwelche Ideen oder Anhaltspunkte? Kalyra hat dir nichts gegeben, was dir hilfreich sein könnte?«

Ich schüttelte den Kopf. Kalyra hatte mir ein süffisantes Grinsen mit auf den Weg gegeben, gleich nachdem sie mir verkündet hatte, dass ich mir das Buch morgen früh ansehen könnte.

Jahrelang hatte ich mich in der hohen Schule abgemüht, um ein vollwertiges Mitglied der Ruína zu werden. Doch bereits während der Ausbildung stellte ich fest, dass ich öfter als andere aneckte. Ich wusste nicht, wieso, aber ich fühlte mich oftmals wie das Haar in der Suppe. Man aß die Suppe zwar, aber der gute Geschmack war mit dem Fund verloren. Die einzige Person innerhalb der Schlossmauern, die mich vollends akzeptierte, saß mir gegenüber. Zohera.

»Ich habe keine Ahnung, wie ich Kalyras Erwartungen gerecht werden soll! Sie war doch die Erste, die bei dem Votum der Schwestern gegen mich gestimmt hat, darauf würde ich mein Leben verwetten.«

Zohera lehnte sich zu mir nach vorn und runzelte nachdenklich die Stirn. »Mach` dir doch genau das zum Vorteil. Sie unterschätzt dich und deine Talente sowieso schon. Das heißt, du hast alle Freiheiten, denn in ihren Augen kannst du doch nur scheitern. Du musst es dieser Giftnatter einfach nur richtig zeigen und dann lässt sie dich vielleicht endlich in Ruhe und sucht sich ein neues Opfer.

Schlaf eine Nacht über alles und morgen sieht die Welt schon wieder ganz anders aus.«

Ihre aufmunternden Worte ließen mich kurz lächeln. Genau wegen ihrem unerschütterlichen Optimismus war Zohera meine beste Freundin. In ihrer Welt gab es für jede verschlossene Tür einen passenden Schlüssel. In meiner hingegen gab es meist nur unüberwindbare Mauern.

»Vielleicht hast du Recht. Ich habe das Buch ja noch gar nicht gesehen und im Grunde nichts zu verlieren. Es ist unmöglich, dass Kalyra mich noch mehr hasst, als sie es ohnehin schon tut.«

Ich verabschiedete mich von ihr und machte mich auf den Weg nach Hause. Unterwegs schweiften meine Gedanken immer wieder zu dem alten Brief, den ich nun schon allzu oft in den Händen gehalten hatte. Ich fragte mich jedes Mal, wie die *Vergessene Welt* gewesen war, wie die Menschen dort gelebt hatten und wieso alles dem Untergang geweiht worden war. Ich konnte mir diese Welt nicht vorstellen, eine Welt, in der Lügen noch nicht unter Strafe gestanden hatten.

Obwohl die Menschen in Mentira ein riesiges Arsenal an Wissen horteten, hielten es höhere Ordensschwestern aus mir unerklärlichen Gründen streng unter Verschluss. Alles, was uns in der Schule beigebracht worden war, umfasste die Werteordnung der Schwesternschaft und die neue Zeitrechnung Mentiras. Nachdem die alte Welt in Vergessenheit geraten war, hatten die ersten Schwestern sie bei der Gründung der Stadt eingeführt. Mentira, die Stadt ohne Lügen, bestand nun schon seit dreihundertsiebzehn Jahren, ein Umstand, auf den jede Ordensschwester unglaublich stolz war. Demnach schrieben wir in Mentira das

Jahr Dreihundertsiebzehn. Soweit ich wusste, hatten die übrigen Städte die alte Zeitrechnung einfach übernommen und die Jahre fortgezählt. Nach dieser wäre das Jahr 2352.

Die Straßen innerhalb der Stadt waren durch die vielen Fackeln hell erleuchtet und unmittelbar vor mir türmten sich die hohen Zinnen des Schlosses auf, in dem die hohe Schwesternschaft lebte. Mentira war bereits von der Dämmerung verschluckt worden und so war die gesamte Stadt von gruseligen Schatten durchzogen, die sich gefährlich über die Straße beugten. In den kleinen Gassen war es mittlerweile so ruhig, dass ich meinen Atem hören konnte. Meine Beine umwehte ein leichter, kühler Wind.

Die meisten Schwestern hatten sich entweder in ihre Räumlichkeiten zurückgezogen, oder aber in ihre kleinen, aber gemütlichen Steinhäuser, die sich rund um das Schloss herum befanden. Im Schloss lebten nicht nur die hohen Schwestern der Ruína, sondern auch die neuen Anwärterinnen, die Gardistinnen und einige Übersetzerinnen. Doch da nicht jede von uns gleichbedeutend war, wohnten einige auch außerhalb des Schlosses.

Ich stieg die Treppen zum Marktplatz hinunter, der jetzt vollkommen still und dunkel dalag. Selbst der Wasserspeier, der in dem Brunnen in der Mitte des Platzes thronte, schien in einen tiefen Schlaf gefallen zu sein.

Das System innerhalb Mentiras war recht simpel. Jedes Mädchen lebte bis zu seinem zwölften Lebensjahr im Schloss. Dort lernte es die wichtigsten Dinge wie Lesen und Schreiben, Kochen, aber auch Reiten. Ab dem zwölften Lebensjahr wurde jede nach ihren Talenten ausgebildet. Ich hatte von Anfang an eine Vorliebe für Buchstaben und

Bücher, weshalb man mich für das Erlernen der alten Sprachen vorschlug. Das Schloss war bis unter die Decke mit Büchern vollgestopft, ein Anblick, der mir beim ersten Mal die Kinnlade herunterfallen ließ. Mein liebster Ort war seit jeher die alte Turmbibliothek gewesen, die sich im höchsten Turm des Schlosses verbarg.

Aber Mentira beherbergte auch Köchinnen, Beraterinnen oder Wächterinnen. Jede von ihnen war Teil der Schwesternschaft und eine der wichtigsten Regeln der Ruína besagte, dass es völlig egal war, welchen Beitrag man zur Gemeinschaft hinzusteuerte, solange man sich bemühte, der Schwesternschaft zu dienen. Eine Wächterin war also nicht mehr wert, als eine der Köchinnen. Zumindest in der Theorie. Tatsächlich bildeten sich die Wächterinnen manchmal einiges auf ihre Tätigkeit ein und ließen das die übrigen Schwestern spüren. Da ich mir nicht viel aus Anerkennung machte, störte es mich nicht, dass ich als Übersetzerin eher in der gesellschaftlichen Mitte angesiedelt war.

Endlich an meinem Zuhause angekommen, konnte ich es kaum erwarten, ins Bett zu fallen. Als ich die Tür aufschloss, begrüßte mich der bekannte Duft nach Tannenzweigen und Holz. Müde stolperte ich durch die dunkle Hütte und suchte nach der alten Öllampe, die ich meist abends anzündete. Ich blickte mich im dunklen Raum um und entdeckte sie schließlich auf der kleinen Anrichte, neben dem Kamin. Nachdem ich die Lampe entzündet hatte, ließ ich mich in den muffigen, grünen Sessel fallen, der vor dem Kamin stand. Meine Hütte war zwar winzig, dennoch bot sie gerade genug Platz für eine Person. In der hinteren Ecke befand sich eine kleine Kochnische und durch das Fenster neben dem Ofen konnte ich auf ein kleines Gemüsebeet blicken. Oft beobachtete ich Myrina, wie sie ihre Pflanzen goss oder das Unkraut jätete. Ich selbst war absolut unbegabt, was die Gärtnerei anbelangte. Die meiste Zeit saß ich an meinem kleinen Schreibtisch und las. Zwar arbeitete ich auch viel vom Schloss aus, aber ich genoss die Ruhe und Abgeschiedenheit, die mir die Hütte bot. Immerhin besuchte mich abgesehen von Zohera nie eine Schwester in meinem Zuhause.

Da ich eine der wenigen Übersetzerinnen war, die bereits nach so kurzer Zeit ein Haus ihr Eigen nennen konnte, genoss ich die Privatsphäre umso mehr. Eigentlich war es uns so früh nicht gestattet, die Gemeinschaft des Schlosses zu verlassen, denn Übersetzerinnen waren selten und lebten normalerweise in einem kleinen abgetrennten Teil des Schlosses. Da ich allerdings schon während meiner Ausbildungszeit so gut wie keinen Anschluss unter den anderen Anwärterinnen gefunden hatte und es sowieso zu wenig Platz in den Kammern des Schlosses gab, hatte Schwester Larysa eine Ausnahmeregel gefunden.

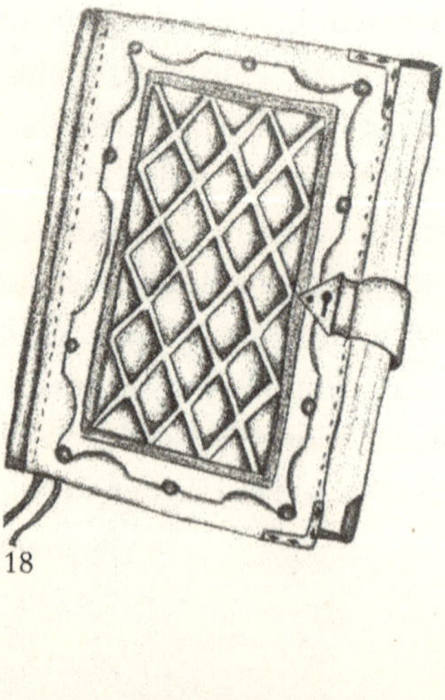

Nachdem ich mich aus meiner unbequemen Hose gequält hatte, legte ich mich ins Bett. Der morgige Tag würde anstrengend werden und da ich nicht gerade mit Geduld gesegnet worden war, würde die Suche nach diesem verschwundenen Schlüssel mir bestimmt einiges abverlangen.

Melia

Als ich am nächsten Morgen aufstand, war meine Laune am absoluten Tiefpunkt angelangt. Ich hatte die ganze Nacht darüber nachgedacht, was für mich auf dem Spiel stand, wenn ich versagen würde. Die Schwestern duldeten kein Scheitern und meine hart erarbeiteten Privilegien wären für immer verloren. Wer sich nicht für das Allgemeinwohl engagierte, endete schnell außerhalb der Stadtmauern. Nur wer sich aktiv ins Stadtleben einbrachte, war für die Schwesternschaft ein wertvolles Mitglied der Gemeinschaft. Die Regeln der Ruína waren streng und nicht jede Anwärterin erwies sich als würdig, in Mentira zu leben. Dennoch konnte ich die unbarmherzige Art der Schwestern nachvollziehen, denn nur durch dieses harte Durchgreifen stand die Stadt überhaupt noch.

Lustlos zog ich mir eine frische Hose an und schnappte mir eines der locker sitzenden Hemden. Anschließend packte ich meine Tasche und brach ohne Frühstück zum Schloss auf. Die Bibliothek befand sich im östlichen Turm des Schlosses und zählte zu meinem liebsten Ort in Mentira. Die Decken waren mit kunstvollen Bildern versehen und erzählten eine ganz eigene Geschichte. Für die meisten Schwestern war dieser Turm tabu und so wusste nur eine Handvoll Menschen von diesem wundersamen Ort. Die Bücherregale berührten beinahe die Decke und überall im Raum roch es nach Papier und Leder. Als ich kurze Zeit später in der alten Turmbibliothek ankam, wurde ich bereits erwartet. Kalyra saß in meinem Lieblingssessel und tippte mit ihren Fingern immer wieder auf den Tisch. Als sie mich bemerkte, warf sie mir ein eisiges Lächeln zu. Ihr schwarzes Haar trug sie auch heute wieder zusammengebunden, jedoch fielen ihr einzelne Strähnen ins Gesicht.

Ich durchquerte den Raum, der dunkelrote Teppich dämpfte meine Schritte.

»Und wieder nicht pünktlich, damit war ja schon zu rechnen.«

Ich warf ihr einen gereizten Blick zu und musterte die beiden Leibgardistinnen, die sich hinter Kalyra postiert hatten. Die Wächterinnen trugen ebenfalls die dunkelrote Robe unserer Kriegerinnen und an ihren Gürteln waren scharfe Messer befestigt. Bisher hatte ich noch nie bewaffnete Wächterinnen in der Bibliothek gesehen.

Als ich der Rothaarigen ins Gesicht blickte, umspielte ihre Mundwinkel ein selbstgefälliges Grinsen. Ihre Hand glitt kurz zu dem Messer, ehe sie diese wieder sinken ließ.

»Ich werde dir so ein wertvolles Gut natürlich nicht allein überlassen«, sagte Kalyra und nickte in Richtung der beiden Schwestern. »Sie werden es wieder sicher verwahren, sobald du mit deiner Arbeit fertig bist.« Mit einem knappen Nicken gab sie der Dunkelhaarigen ein Zeichen und sie reichte mir ein kleines Buch. Den Buchdeckel zierten aufwendige Muster, während der Rest in einem verblassten Blau gehalten war. Vorn auf dem Einband waren vereinzelte silberne Prägungen, die das Licht glitzernd reflektierten.

»Du darfst jetzt anfangen.« Mit diesen Worten erhob sich Kalyra und drehte mir den Rücken zu. Ich konnte nicht anders, als genervt mit den Augen zu rollen.

Schweigend wartete ich, bis sie die Bibliothek endlich

verlassen hatte, ehe ich mich in einen der alten Sessel fallen ließ. Kritisch begutachtete ich das kleine Büchlein. Die beiden Wächterinnen standen mir nun gegenüber und ich spürte ihre verächtlichen Blicke auf mir ruhen. Vermutlich waren sie von der Situation genauso genervt wie ich. Als ich mich wieder dem Buch zuwandte, drängte sich mir bereits eine Vermutung auf: Es könnte sich um ein Tagebuch aus der *Vergessenen Zeit* handeln. Der metallische Schließmechanismus am Rand des Buchdeckels war in der *Vergessenen Welt* laut meines Wissens zumindest häufig für diese Art Bücher konzipiert worden. Ich drehte es und beobachtete, wie die Reflexion des Silbers sich an der Wand spiegelte.

»Schöner Einband«, murmelte ich leise.

Die Gardistinnen warfen mir einen kurzen Blick zu ehe sie sich gelangweilt abwandten und leise miteinander redeten.

Vorsichtig fuhr ich mit dem Daumen über das filigrane Schloss. Eine kleine, herzförmige Öffnung, die von wunderschönen Verzierungen umrahmt wurde.

»Wisst ihr zufällig, wo das Buch gefunden wurde?«, sprach ich die beiden Gardistinnen an.

Die gehässige Rothaarige ignorierte meine Frage. Doch die schmächtigere dunkelhaarige Wächterin zögerte sichtlich.

»Im abgesperrten Bereich«, antwortete sie mit monotoner Stimme. Ich wollte mich gerade erheben, als sie hinzufügte: »Kein Zutritt für dich.«

»Was soll das heißen?«

Die Rothaarige umrundete den Tisch. »Das bedeutet, du bleibst genau *hier* sitzen und tust, was dir Kalyra aufgetragen hat,« donnerte ihre Stimme durch die ansonsten leere Bibliothek.

»Bei allem Respekt«, antwortete ich unbeeindruckt, während ich von meinem Platz aufstand. »Aber wenn ich einen Schlüssel finden soll, dann ist der erste Platz, an dem ich suche, doch der Ort, an dem das Buch gefunden wurde.«

Die beiden wechselten einen kurzen Blick miteinander, ehe die Dunkelhaarige das Wort ergriff. »Kalyra hat uns eindeutig befohlen, dass du nur das Buch in Augenschein nehmen sollst. Die hohen Schwestern haben das Geheimfach selbst überprüft und keinen Schlüssel gefunden.«

»Und wie soll ich das Buch dann bitte öffnen?«

Sie zuckte desinteressiert mit den Schultern. »Ist das etwa mein Problem?« Sie drehte sich um und lief gemächlich den langen Gang entlang bis sie zwischen den Regalen verschwand.

Lustlos legte ich das Buch zurück auf den kleinen Tisch und kramte in meiner Tasche nach einer Sicherheitsnadel. Zugegeben, nicht die allerbeste, aber die naheliegendste Option, um ein Schloss auch ohne passenden Schlüssel zu öffnen. Ich bog die Nadel vorsichtig auseinander und versuchte unter kritischem Blick der Rothaarigen, das Schloss auf ganz altmodische Weise zu knacken. Nachdem ich nicht nur diese, sondern auch zwei weitere Nadeln erfolglos verbogen oder abgebrochen hatte, sich das Schloss aber nach wie vor nicht öffnen ließ, gab ich auf.

Zohera wäre bereits nach dem ersten Fehlversuch in den Handwerksschuppen gestiefelt und hätte eine Zange oder einen Hammer in die Bibliothek geschleift. Aber da Kalyra und die anderen Schwestern davon überzeugt waren, dass dieses Buch etwas Wichtiges aus der alten Zeit in sich barg, würde keine der Wächterinnen zulassen, dass ich wie wild auf das Schloss einschlug. Ich musste also vorsichtig sein.

Nach einer kurzen Verschnaufpause versuchte ich es erneut. Als ich die verbogene Sicherheitsnadel in das Schloss schob, wurde mein Körper plötzlich von einem elektrischen Impuls erfasst.

»Aua!« Erschrocken ließ ich das Buch fallen. Der dumpfe Aufprall auf den Holzboden hallte durch den Raum und sofort kam die Dunkelhaarige zwischen den Regalen hervor.

»Alles in Ordnung da drüben?«, rief sie uns zu.

»Ja. Der Nichtsnutz hat nur das Buch fallen gelassen«, antwortete die andere Wächterin, während sie mich mit einem abfälligen Blick bedachte.

Wehrte sich das blöde Ding? Meine Hände kribbelten und die feinen Härchen auf meinen Armen stellten sich auf.

Ich wollte erneut ansetzen, als mir die Nadel aus der Hand geschlagen wurde.

»Wenn du das Buch beschädigst, reißt Kalyra uns den Kopf ab!«

Sie klang weniger wütend, als vielmehr aufgebracht. Ich ließ die Hand sinken und blickte die Wächterin fassungslos an.

»Wie soll ich bitte meine Arbeit erledigen, wenn ihr ständig dazwischen funkt?«

Auf diese Weise würde ich nie hinter die Geheimnisse des Buches kommen, soviel stand fest. Irgendwie schien es, als stünde es unter Strom.

Wie war so etwas überhaupt möglich?

»Wir tun nur *unsere* Arbeit«, gab sie herablassend zurück.

»Es ist dein Problem, wie du diese Aufgabe löst«, pflichtete die andere ihr bei.

»Was ihr nicht sagt.« Ich streckte die Hand aus und

berührte zögerlich den Einband. Doch ich spürte nichts. Kein eigenartiges Kribbeln, kein elektrischer Impuls. Nichts. Ein letztes Mal drehte ich es in der Hand, ehe ich es auf die Mitte des Tisches legte.

»Oh, schon fertig? Du musst ja wirklich äußerst talentiert in deinem Metier sein«, stichelte die Rothaarige erneut.

Ich ließ meinen Blick über ihr schmales Gesicht wandern. Ihre von Sommersprossen gesprenkelte Haut war hell und ließ sie kränklich wirken.

»Das alles hier ist reinste Zeitverschwendung«, gab ich zurück. Ohne ein weiteres Wort schnappte ich mir meine Tasche und verließ die Bibliothek. Als ich auf dem menschenleeren Flur ankam, holte ich tief Luft. Es war nicht so, als wäre ich die negativen Konfrontationen mit anderen Schwestern nicht gewohnt. Allerdings zerrte diese vehemente Ablehnung an meinen Nerven. Rastlos wanderte ich durch die verlassenen Gänge und ließ mich schließlich auf den Treppenstufen, die zum Turm hinaufführten, nieder.

Ich wollte mit dem Buch allein sein. Es erkunden, wenn keine neugierigen Augen auf mir ruhten, die mir das Denken schwer machten.

Ich schloss die Augen und rief mir den Gegenstand ins Gedächtnis. Das Buch war optisch unauffällig. Zugegeben, es war verhältnismäßig leicht, aber ein Buch in diesem Format wog auch nicht unbedingt so viel wie ein Ziegelstein. Aber egal, wie oft ich darüber nachdachte, ich kam immer wieder zu demselben ernüchternden Ergebnis: Ich konnte das Buch unmöglich mit der nötigen Gewalt öffnen, wenn ich es nur im Beisein dieser Wächterinnen begutachten durfte.

Es weckte etwas in mir, das ich nicht begreifen konnte.

Etwas, das über gewöhnliche Neugier hinausging. Ich wusste, dass ich es öffnen *musste*. Es gab keine Alternative. In mir wuchs das tiefe Bewusstsein heran, dass das, was sich im Inneren befand, für mich allein bestimmt war. Als hätte man einen lang verschollenen Gegenstand aus seiner Kindheit wiedergefunden. Egal, was ich unternehmen würde, es musste in meinen Besitz gelangen. Aber wie sollte ich ... Wie ich Kalyra kannte, würde sie das Buch sicherlich nicht in einer der geheimen Kammern unterbringen, da auch ich jetzt Zugang zu den übrigen Relikten besaß. Blieb also nur noch ihr Büro übrig. Mir war bewusst, wie gefährlich allein der Gedanke eines Diebstahls innerhalb der Ruína war. Gerade ich wusste besser als jede andere Schwester, welche Konsequenzen es mit sich brachte, eine andere zu beklauen.

Während meiner Ausbildung hatte jede von uns einen besonderen Füller, als Symbol für unsere Stellung innerhalb Mentiras bekommen. Kalyra reichte damals jeder von uns einen wunderschönen silbernen Füllfederhalter, doch als sie an meinem Tisch angelangte, verzog sie das Gesicht und entgegnete unschuldig: »Oh Melia, das tut mir leid, aber für dich habe ich leider keinen Füller. Ich dachte, es gäbe nur vier Mädchen, die dieses Jahr zur Übersetzerin ausgebildet werden sollen.« Ich weiß noch genau, wie ich unter meinem Tisch meine Hände zu Fäusten ballte. Schon dort hatte Kalyra ihre Abneigung mir gegenüber offen zur Schau gestellt und bis heute wusste ich nicht, was sie zu diesem Verhalten trieb. Ich war so neidisch auf die anderen Mädchen gewesen und so wütend auf Kalyra, dass ich eines Nachts, als alle Mädchen schliefen, Zoheras Füller stahl und ihn unter meiner Matratze versteckte. Als Zohera am nächsten Morgen bemerkte, dass ihr der Füller fehlte, war natürlich jedem klar gewesen, dass nur ich dahinterstecken konnte. Kalyra durchsuchte gemeinsam mit Schwester Neryna meine winzige Truhe und sah schließlich auch unter der Matratze nach. Erst Jahre später begriff ich, was für ein unfassbares Glück ich an diesem Tag gehabt hatte, denn eine zweite Chance bekam man von der Ruína äußerst selten. Die folgenden Wochen waren die Hölle. Die anderen Mädchen mieden mich und Kalyra ließ mich die schlimmsten Arbeiten verrichten, die sie innerhalb des Schlosses hatte finden können.

»Du wirst diesen Fehler niemals vergessen, das verspreche ich dir«, hatte sie gesagt und Recht behalten. Trotzdem war der Gedanke, mir dieses Buch zu schnappen, so präsent, dass ich an nichts anderes mehr denken konnte. Es ging um so viel mehr als nur einen Befehl, um so viel mehr, als nur ein blödes Buch. Das wusste ich einfach.

Dennoch war ich nach dem Vorfall immer ehrlich geblieben und hatte die Werte der Ruína verinnerlicht. Nicht, weil ich es wollte, sondern einfach, weil das Leben für mich ansonsten noch härter gewesen wäre, als es ohnehin schon war. Die Schwestern gehörten mittlerweile genauso zu mir, wie meine nervtötende Neugierde auf die Welt außerhalb der Stadtmauern. In der Ausbildung zur Übersetzerin hatte ich immer zu viele Fragen gestellt, auf die ich nie eine Antwort erhalten hatte. Zumindest keine, die meinen Wissensdurst auch nur annähernd hatte stillen können.

Um mir meine Zweifel und die Neugierde auszutreiben, hatten die Schwestern zu unterschiedlichsten Mitteln gegriffen. Die einen ließen mich hunderte Seiten von alten Schriften abschreiben, bis ich das Gefühl hatte, meine Finger würden mir von den Händen fallen. Andere, wie Kalyra, hatten mich solange körperlich gedemütigt und gequält, bis ich unter Tränen jeglichen Widerstand aufgab. Ich hatte mich nie wirklich wie ein Teil Mentiras gefühlt, eher wie ein Klecks schwarzer Farbe auf einem blütenweißen Blatt Papier. Wie ein Fremdkörper, der so tief im großen Ganzen verwachsen war, dass er zwar nicht abgestoßen werden konnte, aber dennoch nie ein Teil der Vollkommenheit sein würde. Ich war die Diebin in einer Stadt, in der es keine Diebe geben durfte.

Das Buch und dieses merkwürdige Gefühl, das es mit sich brachte, war der Tropfen auf dem heißen Stein. Seit Jahren war ich nur von Hass und den drakonischen Regeln der Schwestern umgeben. Doch dieses Buch bewegte etwas an mir, als würde es mich antreiben, endlich den entscheidenden Schritt zu tun. Was auch immer es damit auf sich hatte, ich konnte es kaum erwarten, es endlich wieder in den Händen zu halten. Und aus der Stadt zu schaffen. Als müsste ich es genauso schützen wie mich selbst. Möglicherweise war endlich der Tag gekommen, an dem mein Mut stärker war, als die Solidarität zu der Ruína.

Vor etwa fünf Jahren hatte ich schon einmal versucht aus der Stadt zu fliehen. Kalyra hatte mich damals bei einer kräftezehrenden Übungseinheit beinahe gebrochen. Sie hatte immer und immer wieder mit einem Holzspeer auf mich eingeschlagen als ich bereits am Boden lag.

»Steh auf! Kämpfe! Wehre dich!« Ihre Stimme war schrill gewesen und ihr Gebrüll hatte mich noch monatelang in meinen Träumen verfolgt.

Doch ich hatte bewegungsunfähig auf der Erde gelegen und gespürt, wie mein Bewusstsein schwand.

Wie die Welt um mich herum verschwand, wie ich

verschwand.

Als ich irgendwann aufwachte, war der Übungsplatz menschenleer gewesen. Sie hatten mich einfach dort zurückgelassen. Niemand hatte sich darum gekümmert, ob ich starb oder nicht. Noch in derselben Nacht hatte ich meine wenigen Habseligkeiten in eine Tasche gepackt und war geflohen. Doch ich war zu erschöpft gewesen, zu verletzt um mich auf dem Rücken meines Pferdes zu halten, und war letztendlich gestürzt. Zohera hatte mich am nächsten Tag im Wald wiedergefunden. Halbtot und kaum ansprechbar.

»Bist du völlig lebensmüde?«, hatte sie erbost geschrien, während sie mir aus dem Gestrüpp geholfen hatte. Ohne sie wäre ich dort vielleicht gestorben. Ich musste ihr damals versprechen keinen weiteren Fluchtversuch zu wagen. Natürlich hatte ich mit dem Gedanken gespielt, mein Wort zu brechen, aber das Letzte, was ich wollte, war die einzige Freundin zu verlieren, die ich hatte. Wahrheit wog viel, wenn diese alles war, was die Mauern innerhalb der Stadt zusammenhielt. Also war ich geblieben, obwohl ich mich nach der Freiheit sehnte. Es war dieser unbändige Drang zu gehen, der mich auch jetzt wieder überkam. Die Sehnsucht, herauszufinden, was für eine fremde Welt sich dort draußen verbarg.

Ich musste dieses Buch öffnen. Dieser Wille in meinem Inneren war ungewohnt. Die Kraft, dich mich durchströmte, dieser Hunger nach Freiheit, der sich plötzlich in mir regte. Sollte ich mich diesem Gefühl wirklich beugen?

Ich erhob mich und schritt den Flur entlang. Sollte ich Kalyra doch darum bitten, mir die Stelle zu zeigen, an der sie das Buch gefunden hatte? Vielleicht hatten die hohen

Schwestern ja etwas Entscheidendes übersehen?

Andererseits war ich nicht sehr erpicht darauf, mich mit ihrer abschätzigen Art erneut herumzuschlagen. Sie wollte sowieso keine Erfolge von mir sehen. Vielmehr genoss sie die Genugtuung, die sie bekam, wenn ich scheiterte. Als ich um die Ecke bog, drückte ich eine der alten Holztüren auf, die mit einem lauten Knarren aufschwang. In ihren Schlössern steckten keine Schlüssel. Man hatte sie vor Jahren eingelagert.

Nach wenigen Schritten blieb ich stehen.

Vielleicht …

Meine Schritte beschleunigten sich, als ich durch die vielen Gänge hastete, die das Schloss zu einem kleinen Labyrinth machten. Immer wieder warf ich einen Blick auf die alten Gemälde. Mich faszinierten die fremden Gesichter, die mich auf meinem Weg durch das alte Gemäuer unermüdlich beobachteten. Ihre Blicke waren freundlich, desinteressiert oder gelangweilt. Manchmal schritt ich durch die Flure und überlegte mir Geschichten zu ihrem Leben.

Nachdem ich die geschwungene Wendeltreppe hinuntergestiegen war, hatte ich mein Ziel beinahe erreicht. Im unteren Stockwerk des Schlosses hatte die Schwesternschaft schon vor Jahren die Dinge eingelagert, die sie in den Wohnräumen nicht gebrauchen konnte. Alte Relikte aus der Vergessenen Zeit, wie Rüstungen, Büsten oder Statuen. Schwerter, die bedrohlich von den muffigen Wänden hingen und auch eine Vielzahl von Schätzen, die der Schwesternschaft nicht allzu viel bedeutete.

»Oh, was verschafft mir die Ehre?«, begrüßte Kassandra mich, als ich die Tür zum Lager aufstieß. Ihre grünen Augen musterten mich neugierig, während sie sich mit der linken

Hand anmutig durch ihr gewelltes Haar fuhr.

Sie saß auf einem klapprigen Holzstuhl, die Nase in einem braunen Buch vergraben. Vor ihr flackerte eine kleine Öllampe.

»Ich müsste mich hier unten mal kurz umsehen«, entgegnete ich knapp.

Kassandra zuckte nur mit den Schultern und senkte dann wieder den Blick. Auch sie ging mir aufgrund meiner Vergangenheit so gut es ging aus dem Weg. Anders als die meisten anderen Schwestern, ließ sie mich ihren Hass allerdings nicht durch ihre Worte spüren.

Mein Blick wanderte durch den langgezogenen Kellerraum, dessen kleine Fenster kaum Licht hineinließen. Hier unten roch es muffig und die Luft war stickig. Vermutlich hatte man die Fenster schon ewig nicht mehr geöffnet.

»Kann ich mir die mal kurz borgen?«, fragte ich Kassandra und wies auf eine alte Öllampe, die im Regal hinter ihr stand.

»Klar, ohne Licht wirst du hier unten vermutlich nicht viel finden.« Sie griff hinter sich und reichte mir die staubige Lampe.

»Weißt du zufällig, ob die Ruína hier unten Schlüssel lagert?«

Es würde mich vermutlich Stunden kosten, mich ohne ihre Hilfe durch die Berge an Sachen zu wühlen.

»Schlüssel? *Was* für Schlüssel?«

Kassandra klappte ihr Buch zu.

»Ich habe von Kalyra ein altes Buch bekommen, dessen Inhalt wohl wichtig für die Schwesternschaft ist. Allerdings ist der Schlüssel abhandengekommen. Mir kam die Idee, dass er vielleicht hier unten liegt.«

Anmutig umrundete sie den Tisch und lehnte sich vor mir dagegen. Sie trug ein olivfarbenes Shirt, das ihre schmale Taille betonte. Kassandra war keine Kriegerin, aber sie war unglaublich geschickt mit dem Bogen. Dass sie hier unten festsaß, war in meinen Augen eine ziemliche Verschwendung.

»Hast du dieses Buch zufällig dabei?«

Ich schüttelte den Kopf. »Kalyra hat es mir nicht überlassen wollen«, antwortete ich missmutig.

»Das macht die Sache natürlich nicht gerade leichter.« Ohne ein weiteres Wort, schnappte sie sich ihre Lampe und lief durch den Keller. »Wir haben hier unten so ziemlich jeden Schlüssel aus den Flurtüren aufbewahrt. Nur die zu den Schlaf- und Arbeitszimmern haben wir oben belassen. Ich kann dir allerdings nicht sagen, ob in der Kiste auch dein besagter Schlüssel ist. Mit den Jahren hat sich hier unten so manches angesammelt.«

Wir liefen an hohen Regalen entlang, die bis unter die Decke voll waren mit irgendwelchem Zeug. In der einen Ecke standen gruselige Metallrüstungen, deren leere Augenhöhlen uns verstohlen beobachteten, während Kassandra eine schwere Holzkiste aus einem der Regale zerrte.

»Hilfst du mir mal?«, fragte sie leicht gereizt.

Ich stellte meine Lampe ab und griff die eine Seite der Kiste an. Gemeinsam hievten wir sie auf den Boden. Als Kassandra sie öffnete, staunte ich nicht schlecht. Sie war bis zum Rand voll mit Schlüsseln. Ein metallischer Geruch stieg mir in die Nase.

»Viel Spaß beim Wühlen«, wünschte sie mir, als sie sich

zum Gehen wandte.

»Kassandra?«

Sie drehte sich zu mir um. »Ja?«

»War keine der hohen Schwestern hier, um bereits vor mir nach den Schlüsseln zu fragen?«

Ihre grünen Augen verengten sich leicht und ihre Gesichtszüge wirkten plötzlich ernst. »Nein, ich habe hier unten nicht oft Besuch.«

»Das wusste ich nicht«, entgegnete ich ruhig. Jeden Tag hier unten im Dunklen zu hocken, musste wirklich kein Vergnügen sein.

»Wenn noch was ist, du weißt ja wo ich bin.« Kassandra griff nach ihrer Lampe und nach wenigen Schritten spendete nur noch mein Licht Helligkeit.

Ich hockte mich vor die alte Truhe und ließ meine Finger durch die Schlüssel gleiten.

Es waren hunderte! Große Goldene, mit feinen Maserungen am Rücken. Bronzefarbene mit geschwungenen Schlüsselköpfen. Sie klimperten wie Kleingeld. Hell und klar.

Zuerst fing ich an die größeren Schlüssel auszusortieren. Es dauerte eine halbe Ewigkeit, bis ich zufrieden auf zwei Haufen blickte. Leider waren es immer noch zu viele, die *möglicherweise* passten.

Das war doch alles absolut sinnlos!

Ich nahm den erstbesten Schlüssel in die Hand und schnaubte verächtlich. »So eine verdammte Scheiße«, murmelte ich. Ohne das Buch in meinem Besitz war es unmöglich den richtigen Schlüssel zu finden.

Ich brauchte dieses Buch!

Ich schmiss alle Schlüssel zurück in die Truhe und schloss sie wieder. Meine Laune war am absoluten Tiefpunkt angelangt.

Als ich wieder bei Kassandra ankam, war diese nicht allein.

»Welch eine Überraschung!«

Genervt rollte ich mit den Augen. Kalyra. Natürlich. »Und bist du fündig geworden?« Ihre Stimme triefte vor Sarkasmus.

Ich knallte die Lampe auf den Tisch. »Nein.«

»Wir haben diese Möglichkeit natürlich *auch* in Betracht gezogen.«

Kassandra warf ihr ein ekelerregendes Lächeln zu. Sie hatte mich völlig umsonst in der Truhe suchen lassen. Was für eine Schlange.

»Also kann ich dem hohen Rat heute freudig berichten, dass es keine Erfolge gibt, oder?«

Ich starrte die beiden an, unfähig zu antworten. Diese ganze Aufgabe war unlösbar. Von Anfang an war diese Suche zum Scheitern verurteilt. Dabei konnte ich nicht leugnen, dass dieses Buch mich anzog. Die Neugierde, die es in mir geweckt hatte, wuchs in meiner Brust zu einem tobenden Sturm heran.

Ich wollte es.

Ich brauchte es.

»Mach, was immer du für richtig hältst«, entgegnete ich. Ohne ihre Antwort abzuwarten, stieg ich die Treppen wieder hinauf. Die Anwesenheit der beiden rief ein Gefühl von Übelkeit in mir hervor.

Oben angekommen, nahm ich einen tiefen Atemzug. Ich hatte gar nicht bemerkt, wie stickig die Luft dort unten gewesen war. Was sollte ich als Nächstes tun? Ich brauchte dieses Buch, auch wenn es bedeutete, dass ich es mir auf anderem Wege beschaffen musste!

Während ich durch die große Eingangshalle des Schlosses schritt, drang von draußen lautes Stimmgewirr zu mir herüber. Ich lief schneller, um das Gebrüll von draußen besser verstehen zu können.

»Ihr werdet alle untergehen! Es dauert nicht mehr lange, bis eure dunkle Vergangenheit sich ihren Weg bahnen wird und dann wird auch Mentira wieder im Chaos versinken!«

Unruhig ließ ich meinen Blick über den Platz schweifen, auf dem sich viele meiner Schwestern tummelten. Sie beobachteten die ungewohnte Szene genauso fasziniert wie ich.

Die Schreie des fremden Mannes drangen erneut zu mir herüber und jagten mir einen Schauer über den Rücken.

»Ihr werdet alle sterben, denkt an meine …!« Ehe er weitersprechen konnte, wurde er gewaltsam von zwei Gardistinnen vom Vorplatz geschleift.

Sein dunkles, zotteliges Haar fiel ihm ins Gesicht und seine Kleidung war zerschlissen und dreckig. Er bäumte sich immer wieder auf, wehrte sich gegen den Griff der Kriegerinnen. Doch ohne Erfolg.

Wo kam er bloß her und was suchte er wohl hier?

Ich hatte noch nie einen Mann innerhalb der Stadt getroffen. So wie die meisten von uns. Die anderen Schwestern redeten wild durcheinander und schauten dem Mann nach, der wie ein Verbrecher über den Platz geschleift wurde.

Als ich die Stufen zum Vorplatz hinabeilte, pochte mein Herz wild in meiner Brust.

»Ziemlicher Spinner, oder?«, rief Zohera, die links vom Treppenabsatz an eine alte Statue lehnte und mir ein breites

Grinsen präsentierte.

Mechanisch nickte ich ihr zu. Die Aufregung saß mir noch immer in den Knochen. So etwas war hier noch nie vorgekommen.

»Aber zugegeben, er sah echt gut aus!«

Ich musste grinsen, denn wir bekamen so gut wie nie einen Mann zu Gesicht. Nur wenige Schwestern hatten überhaupt Kontakt zur Außenwelt.

Als es sich um uns herum langsam wieder beruhigte und der kleine Tumult abebbte, nahm ich Zohera zur Seite und schob sie in eine der Nebengassen.

»Hey, was soll denn das?«, meckerte sie.

»Ich muss mit dir reden, aber ich kann wirklich keine Zuhörer gebrauchen.«

Zohera spähte an mir vorbei in Richtung der Straße, als befürchte sie noch etwas zu verpassen, nickte aber schließlich und folgte mir. Als ich sicher war, dass uns niemand belauschen konnte, sagte ich: »Du musst mir helfen, das Buch aus Kalyras Büro zu stibitzen.«

Ihr Gesichtsausdruck wurde schlagartig ernst. »Glaubst du, nur weil du es ›stibitzen‹ nennst, klingt es weniger bescheuert?« Sie verschränkte die Arme vor ihrem schlanken Körper. »Du kannst doch nicht die höchste Gesandte der Schwesternschaft bestehlen! Diebstahl kommt einer Lüge gleich und wer lügt, dem ist nicht mehr zu helfen!«

»Zohera, ich muss wissen, was in diesem Buch steht! Ich *muss* wissen, was es mit all diesen Regeln auf sich hat, die wir stumm befolgen, ohne zu wissen, welchem Zweck sie eigentlich dienen. Das ist die perfekte Möglichkeit, ich muss nur dieses Buch besorgen und dann mache ich mich auf den Weg nach Sombra. Dort stört es die Menschen nicht, dass ich eine Diebin bin. Ihnen ist meine Herkunft egal. Die Schattenstadt ist vermutlich der einzige Ort, an dem ich herausfinden kann, was die Schwesternschaft mit diesem Buch vorhat.«

Ich konnte förmlich sehen, wie die Informationen in Zoheras Kopf verarbeitet wurden. Wie sie alles sorgfältig gegeneinander abwog, ehe sie sich resignierend an die Wand lehnte. »Du willst also das Buch stehlen, dessen Schlüssel du nicht hast und es nach Sombra bringen? Eine Stadt, in der Lügen, Betrügen, Mord und jede weitere menschliche Abartigkeit nicht nur erlaubt, sondern vom dort herrschenden Zirkel auch noch ausdrücklich erwünscht ist?«

Ich nickte.

»Du bist sowas von übergeschnappt! Hast du vergessen, was damals passiert ist, als du meinen Füller gestohlen hast? Du musstest monatelang unter der Schikane von Kalyra leiden und hättest eigentlich verbannt werden sollen!«

Ich blickte Zohera tief in ihre Augen und beobachtete, wie sich ein leichter Schweißfilm auf ihrer dunklen Stirn bildete. Wenn jemand in der Lage war, zu verstehen, wieso ich abhauen musste, dann war sie es.

Wir standen uns in dieser engen Gasse gegenüber und schwiegen uns an. Im Grunde war alles gesagt und mit einem Mal erhellte sich Zoheras Gesicht. »Aber da ich dich kenne und weiß, dass du es sowieso versuchen wirst, helfe ich dir, damit du wenigstens den Hauch einer Chance hast, heil aus Mentira zu verschwinden.«

Ich drückte sie fest an mich. Auf Zohera war immer Verlass. Schon damals während der Ausbildung zur Übersetzerin, war sie immer für mich da gewesen und hatte mir zur Seite gestanden. Das Kampftraining hatten wir gemeinsam bei Kalyra absolviert und ich hörte irgendwann auf zu zählen, wie oft Zohera mich vor weiteren Demütigungen bewahrt hatte. Sie wurde meine einzige Verbündete in der Kampfausbildung und dadurch zu meiner besten und einzigen Freundin in Mentira.

»Hast du wenigstens einen Plan?«, fragte sie, nachdem ich meine Umarmung wieder gelöst hatte.

»Ich dachte, du verwickelst sie irgendwie in ein Gespräch und ich klaue in der Zwischenzeit das Buch aus ihrem Schlafzimmer?«

»Jetzt weiß ich wenigstens, wieso du dringend Hilfe brauchst. Dir ist schon klar, dass wir hier über Kalyra reden, oder? Die gerissenste und aufmerksamste Person der ganzen Stadt. Sie würde sich niemals auf ein Pläuschchen mit mir einlassen und das müsstest du eigentlich nur zu gut wissen.« Zohera seufzte und fuhr sich mit ihrer Hand durch die lockigen Haare. Mein Blick ruhte auf ihren Augen, die mich wachsam und neugierig fixierten.

»Statt Pläne zu schmieden, die von Vornherein zum Scheitern verurteilt sind, solltest du lieber ins Archiv der Gilde gehen und den Rest mir überlassen. Ich besorge dir das Buch.« Sie grinste. »Versuch, herauszufinden, wo du in Sombra einen Händler findest, der sich mit Relikten aus der alten Zeit auskennt. Die Stadt ist berühmt für ihren regen Handel mit alten Relikten aus der Vergessenen Zeit und ich weiß, dass wir eine ausführliche Auflistung von Handelskorrespondenzen besitzen. Mit dem richtigen Anreiz, wird einer von ihnen dir sicherlich behilflich sein. Du solltest wenigstens ein grobes Ziel besitzen, wenn du schon Hals über Kopf so einen idiotischen Entschluss fasst.«

Auf diese Idee hätte ich allein kommen können. Ohne

eine Anlaufstelle in der unbekannten Stadt wäre ich nicht nur aufgeschmissen, sondern auch in ernsthafter Gefahr. Sombra war mit Mentira nicht im Ansatz zu vergleichen, dort vollzog sich das Leben in einem gänzlich anderen Rhythmus. Mit einem Namen und bestenfalls sogar einer ungefähren Adresse würde ich dort bei Weitem nicht so verloren wirken.

»Ich wünschte manchmal, du wärst nicht so eine chaotische, rücksichtslose Idiotin, weißt du das? Gestern haben wir noch gemütlich Tee getrunken und uns über Kalyra beschwert und nun willst du die Stadt und all deine Schwestern verraten. Du bist mir wichtig, Melia, aber diese Sprunghaftigkeit wird dich eines Tages in ernsthafte Schwierigkeiten bringen.«

Kurz senkte ich den Blick. Ich konnte Zoheras Worte nicht ignorieren, aber ich wusste auch nicht, was ich erwidern sollte. So gut wir uns auch verstanden, unsere Herzen schlugen einfach nicht im selben Takt. Zohera liebte Mentira und tat alles, um irgendwann einmal eine der hohen Schwestern zu werden. Sie wollte das Erbe der Stadt wahren, was auch immer sie damit meinte. Mein Herz hingegen schlug wild und unbändig für die Welt hinter den Mauern. Wenn ich in der Turmbibliothek saß, starrte ich stundenlang in die geheimnisvolle Ferne und spürte ein Ziehen in meiner Brust. Manchmal fühlte es sich an, als würde mein Körper zwar in Mentira leben, aber mein Geist an einem völlig anderen Ort ruhen.

»Ich bin doch schon längst in Schwierigkeiten«, entgegnete ich.

Vermutlich konnte Zohera, trotz allem, nicht nachvollziehen, wie sehr ich mich hinfort sehnte. Wenn es bedeutete, dass ich in eine Stadt voller Mörder, Diebe und

Abschaum fliehen musste, dann würde ich das tun.

»Ich werde sehen, was ich tun kann. Sieh du zu, dass du nach deinem Ausflug ins Archiv schon einmal alles zusammenpackst, was du zu deiner Flucht brauchst. Wir treffen uns heute Abend bei dir.

»Die Erleichterung über Zoheras Hilfe beflügelte mich. Sie war wirklich eine wahre Freundin. Der einzige Mensch in meinem Leben, dem ich mehr vertraute, als mir selbst.

Zoheras Augen ruhten auf mir und ich hätte in diesem Moment gern gewusst, was ihr durch den Kopf ging.

Sie seufzte, griff kurz nach meiner Hand und drückte sie. »Wir schaffen das schon. Hab Vertrauen.«

Ich schenkte ihr ein Lächeln und sah zu, wie sie wieder in einer der Hauptgassen verschwand, während ich ohne weitere Worte mit meinem Entschluss zwischen den kalten, grauen Backsteinwänden allein zurück blieb.

Traidora

Bald war es endlich soweit! Wie lange hatte ich auf diesen Tag gewartet? Meine ganze Existenz drehte sich um dieses besondere Ereignis. Mir war eine unglaublich große Ehre zuteilgeworden, als man mich ausgewählt hatte um *sie* im Auge zu behalten.

Es hatten sich Unzählige um diese Mission gerissen, waren um den Herrscher der Schatten gekreist, wie die Motten um das Licht. Sie hätten ihren rechten Arm dafür gegeben, um den einen Menschen zu schützen, der alles in der Hand hielt.

Doch man hatte mich ausgewählt und ich hatte meine Aufgabe bisher gut gemeistert. An jedem dritten Vollmond hatte ich ihnen mitgeteilt, was in der Stadt der Lügen vor sich ging. Wie die Schwestern ihre Anwärterinnen quälten, sie erniedrigten und sie lehrten, ihr Herz vor der Welt dort draußen zu verschließen. Es waren harte Jahre gewesen.

Ich durfte jetzt nur nicht in Panik verfallen. Das Schlimmste, was nun passieren könnte, wäre den Kopf zu verlieren.

Ich stand so kurz davor zurückzukehren. Es fehlte nur noch ein winziger Schritt und sobald dieser hinter uns lag, würde sich alles verändern. Sie musste nur die Stadt verlassen und ihrer wahren Bestimmung folgen.

Er wollte, dass sie zurückkehrte. Die Zeit war reif. Allerdings bestand auch die Möglichkeit, dass der Zirkel in ernsthafter Gefahr schwebte. Aber nun dauerte es nicht mehr lange, bis wir Gewissheit hatten.

Melia

Als ich zwei Stunden später mit einem halben Dutzend Bücher im Archiv der Gilde saß, hatte ich immerhin einige Händler in Sombra ausfindig gemacht, die sich auf Relikte der *Vergessenen Zeit* spezialisiert hatten. Nachdem ich mir die Namen auf einem Stück Papier notiert hatte, verstaute ich die schweren Bücher wieder in den Regalen und verabschiedete mich bei Resá, der Archivarin der Gilde. Sie hatte an ihrem Platz gesessen und mir verstohlen einige fragende Blicke zugeworfen. Normalerweise hielt ich mich so gut wie nie in ihrem kleinen Archiv auf. Immerhin hatte ich als Übersetzerin die Möglichkeit, auf das Wissen der Turmbibliothek zuzugreifen. Aber da in den Büchern der Schlossbibliothek keine Händler aus anderen Städten verzeichnet waren, blieb mir nur dieser Ort.

Es kam selten vor, dass jemand über andere Städte recherchierte, denn der Kontakt mit diesen war den meisten Bewohnerinnen von Mentira nicht gestattet. Die selbst gewählte Isolation der Stadt war mir immer rätselhaft gewesen, aber den wahren Grund hatte ich nie erfahren. Die Ruína blieb unter sich und würde dies vermutlich niemals ändern.

Ich hatte eine fadenscheinige Ausrede und das Siegel der Ruína vorgeschoben, um hier recherchieren zu dürfen und spätestens bei Letzterem traute sich so gut wie niemand zu widersprechen. Dieses Siegel besaßen nur Übersetzerinnen der Stadt und es zeigte den Wächterinnen der Katakomben, dass ich befugt war, diese zu betreten. Die filigrane Prägung erinnerte an eine goldene Münze und deutete auf meine wichtige Rolle innerhalb der Ruína hin. Übersetzerinnen sicherten der Schwesternschaft das Wissen aus alten Zeiten. Wann immer jemand das Siegel zu Gesicht bekam, übertrumpfte die Ehrfurcht vor unserer Aufgabe den gesunden Menschenverstand. Das hatte mir schon das ein oder andere Mal einen Vorteil verschafft.

Trotzdem hoffte ich inständig, dass die Archivarin meinen Besuch nicht sofort bei Kalyra melden würde. Ihre Augen und Ohren waren leider überall.

Als ich das Archiv verließ, hatte sich die Nachmittagssonne bereits zwischen den Wolken hindurchgekämpft und strahlte mir zwischen den hohen Türmen entgegen. Ich schloss kurz die Augen und genoss die warmen Strahlen auf meiner Haut.

»Träumst du schon wieder?«, riss mich eine helle Stimme aus den Gedanken.

Vor mir stand Freya, eines der Mädchen, die vergangenen Monat zu uns gekommen waren. Ihr helles, kupferfarbenes Haar glänzte in der Sonne und die strahlend grünen Augen sahen mich erwartungsvoll an.

»Hallo Freya. Was machst du denn hier?«

Freya kam auf mich zu und fiel mir so plötzlich in die Arme, dass ich ein paar Schritte zurückstolperte. »Nicht so stürmisch. Was ist denn passiert?«, fragte ich besorgt.

Ich konnte mich noch gut daran erinnern, wie orientierungslos und verloren ich mich anfangs gefühlt hatte. Strenggenommen hatte ich dieses Gefühl der Einsamkeit niemals abgelegt.

Freya hob den Kopf und sah zu mir hinauf. »Sie war

wieder gemein zu mir«, sagte sie zögerlich, senkte den Blick und musterte ihre Schuhe.

Als ich Freya das erste Mal getroffen hatte, war Schwester Aurelia gerade dabei gewesen sie fürchterlich anzuschreien. Ihr Gekeife war fast im gesamten Schloss zu hören gewesen. Ich hatte aus dem Fenster geblickt, und die störrische Alte dabei beobachtet, wie sie Freya am Arm packte und daran herumriss.

Damals war ich hinuntergelaufen und hatte Aurelia wütend zur Rede gestellt. Ihre Hand war ihr bereits einige Male *ausgerutscht*, aber an diesem Tag konnte ich nicht länger wegsehen. Die Art wie Freya sie verängstigt angeblickt hatte, machte das Wegsehen für mich unmöglich. Aurelia hatte mich nur hämisch darauf hingewiesen, dass mich das nichts anginge.

Doch da hatte sie sich geirrt.

»Sie hat schon wieder herumgeschrien und gedroht mich mit dem Besenstiel zu verhauen.« Freyas Stimme klang ängstlich und so wie sie vor mir stand, wirkte sie noch jünger als ohnehin schon. Ich streichelte ihr sanft über den Kopf, ehe ich sie kurz umarmte. Nur mit Mühe konnte ich meine Wut unterdrücken. Ich wollte nicht, dass sie genauso litt wie es bei mir der Fall gewesen war. Ohne eine Freundin an meiner Seite, wie Zohera es gewesen war, hätte ich diesen Albtraum nicht überstanden.

»Komm, ich bring dich zurück zu den anderen Mädchen, bevor es noch mehr Ärger gibt.«

Freyas Augen waren glasig, aber sie weinte nicht. »Können wir nicht zu Ryno gehen?«

Ich lächelte kurz, bevor ich nach ihrer Hand griff. Sie meinte das Pferd, dessen Stall wir öfter gemeinsam ausgemistet hatten. »Leider geht das heute nicht. Wir verschieben das auf ein anderes Mal, in Ordnung?«

Sie nickte und ein feines Lächeln zeichnete sich auf ihren jungen Zügen ab.

Gemeinsam liefen wir über den belebten Vorplatz. Einige der Schwestern warfen mir fragende Blicke zu, doch ich ignorierte sie. Mir war nur wichtig, dass Freya keine Strafe bekam. Als wir die Gemüsebeete erreichten, kam Aurelia bereits auf uns zugeeilt.

»Freya! Wo bist du gewesen?«, zischte sie.

»Hallo Schwester Aurelia«, erwiderte ich.

Doch sie ignorierte mich und richtete das Wort stattdessen an Freya. »Dir ist klar, dass so ein Verhalten nicht geduldet wird, oder? Das wird ein Nachspiel haben!«

Das junge Mädchen wirkte wie ein Häufchen Elend und ich ballte meine Hände zu Fäusten, um nicht die Beherrschung zu verlieren.

»Sie hat sich nur verlaufen«, versuchte ich die Aufmerksamkeit der Schwester auf mich zu lenken.

»Wie kann man den Weg vom Brunnen zurück zu den Beeten bitte vergessen? Selbst ein Esel könnte sich das merken.«

Aurelia griff nach Freyas Arm und zerrte sie zurück zu den anderen Mädchen, die uns stumm beobachteten. Doch als Aurelia auf sie zugelaufen kam, arbeiteten sie augenblicklich weiter und senkten ihre Blicke wieder auf die Gemüsebeete.

»Gern geschehen! Denk dran, man kann die blauen Flecken auf ihren Armen sehen. Du solltest lieber keine Hand an die Mädchen anlegen«, rief ich ihr hinterher.

»Pass auf dein loses Mundwerk auf. Du solltest nicht an

dem Ast sägen, auf dem du sitzt«, drohte sie mir.

»Mach dir um mich keine Sorgen. Sorge dich lieber um dich selbst Aurelia. Jeder von uns ist ersetzbar. Auch du.«

Als keine Antwort kam, drehte ich mich um und lief zurück zum Vorplatz. Ich wollte gar nicht daran denken, wie vielen Mädchen es ähnlich wie mir erging.

Auf dem kleinen Platz vor dem Schloss tummelten sich einige Schwestern, die Gemüse und Obst oder allerlei Lederwaren anboten. Die Stände waren klein und zogen sich fast über die gesamte Freifläche. Ich schlenderte langsam durch die Gassen dazwischen. Die Sonne sank immer tiefer und schon bald wäre der Tag wieder vergangen. Wie viele Sonnenuntergänge würde ich hier wohl noch miterleben? Einen? Zwei? Keinen? Ich wusste es nicht, aber was ich wusste war, dass es nur eine Frage der Zeit war, bis ich endlich verschwinden würde.

Die Schwesternschaft, die hohen Türme und Zohera. All das wäre schon bald Vergangenheit. Ich hatte anscheinend nur diesen einen Anstoß gebraucht. Eine Motivation, einen Funken, der den Wunsch nach Freiheit neu entfachte. Mein Leben in Mentira war keinesfalls schlecht. Ich hatte mir Sicherheiten und Freiheiten erarbeitet, sie mit Blut, Schweiß und Tränen hart bezahlt. Aber Mentira war nicht meine Heimat, und würde es niemals sein.

Dieses Gefühl von Glücklichkeit, von Geborgenheit, das die anderen Schwestern besaßen, war mir vollkommen fremd. Ich gehörte nicht hierher. Nachdem ich meine Gedanken wieder halbwegs geordnet hatte, ging ich zu meinem unscheinbaren Steinhaus, am Rande der Mauer. Ich verstaute das Stück Papier mit den Händlernamen in meinem Lederbeutel und ließ mich aufs Bett fallen. Ein ungutes

Gefühl überkam mich. Ich fühlte mich verloren, obwohl es dazu eigentlich keinen Grund gab. Vielleicht würde das Buch mir ja endlich Antworten liefern und vielleicht war genau *das* der Grund, warum es so viel in mir auslöste. Vermutlich ahnte mein Unterbewusstsein bereits, dass ich nicht bloß einen Schlüssel zum Buch brauchte, sondern das Buch auch ein Schlüssel für *mich* war.

Kalyra und die anderen Schwestern hatten die Wahrheit zu lange vor mir geheim gehalten. Ich hatte hier ein Haus, in dem ich schlafen konnte und eine Aufgabe, die mich auf ihre ganz eigene Art erfüllte. Ich liebte es in den alten Schriften zu lesen und neue, längst vergessene Worte wiederzufinden. Zwar ging ich nicht auf die Jagd, oder bewachte die Stadtmauern, dennoch war meine Aufgabe mindestens genauso wichtig. Durch das Wissen der *Vergangenen Zeit* konnte Mentira weiter existieren. Mit Hilfe der alten Karten und Dokumente war es möglich, Ressourcen zu finden, die der Stadt nutzten. Aber trotzdem füllte mich das Leben hinter den Mauern Mentiras nicht aus. All das kam nicht gegen die dunkle Leere in meinem Innersten an.

Ich war gerade dabei einige Dinge für die Reise zusammenzupacken, als mir einfiel, dass ich mich noch gar nicht um eine Karte gekümmert hatte. Mein letzter Ausflug vor die Stadtmauern war zwar erst einige Wochen her, aber wir verließen selten den Wald, der Mentira umgab. Doch bereits vom Turm aus konnte man sehen, dass sich kurz dahinter eine karge Felsenlandschaft erstreckte. Bis dorthin war ich allerdings nie gekommen. Meine Ausritte beschränkten sich auf die Ruinen im Westen, aus denen wir eine Vielzahl von Schriften geborgen hatten.

Leider gab es nur zwei Orte, an denen ich eine Karte für

das Umland Mentiras bekommen würde. Die Turmbibliothek im Schloss oder Lianas Antiquariat. Da der Zugang zur Bibliothek von den Wächterinnen strenger kontrolliert wurde, würde ich es zuerst bei Liana versuchen. Ich schnappte mir meinen Geldbeutel und machte mich auf den Weg.

Als ich nach wenigen Minuten bei dem unscheinbaren Laden ankam, blieb ich einen Moment vor der Tür stehen. Ich schaute durch die verstaubten Fenster, konnte aber nicht erkennen, ob Liana im Laden war. Sie sammelte auf den Erkundungstouren allerlei Zeug an, das sie hier verkaufte. Die meisten Schwestern kamen kaum raus und alles, was sie kannten, befand sich innerhalb der Stadt. Viele von ihnen waren sehr neugierig, was für Dinge sich in den Ruinen befanden. Deshalb lief Lianas Geschäft mit den Artefakten äußerst gut.

Ich drückte die alte Holztür auf und trat hinein. Die Luft war stickig und roch abgestanden.

»Wer ist da?«, tönte Lianas Stimme aus einem der hinteren Räume. Der Laden war mit dunklen Holzmöbeln ausgestattet. Die vielen Regale waren bis an den Rand mit allerlei Kram vollgestopft. Teller, alte Uhren und halbabgebrannte Kerzen reihten sich in den chaotischen Regalen eng aneinander. Es war schwer vorstellbar, dass es hier so etwas wie ein System gab. Ich schlenderte durch den Eingangsbereich hindurch und suchte weiter nach Liana. Die Gänge waren zum Teil so eng, dass man kaum hindurchpasste. Als meine Füße gegen etwas Hartes stießen, ertönte ein dumpfer Laut. Ich senkte den Blick auf den Boden. Dort stand eine kleine Glocke, deren Gong sich durch den verlassenen Verkaufsraum ausbreitete.

»Ich bin es. Melia«, antwortete ich und ging weiter.

Ich hörte ein Klirren und kurz darauf etwas, dass sich wie eine Schranktür anhörte, die abrupt zugeschlossen wurde.

Liana betrat den Raum und lächelte mich nervös an. »Wie kann man dir helfen?«, fragte sie ohne Umschweife. Sie war nicht der Typ für unnötiges Geplänkel, sondern kam immer direkt auf den Punkt und behandelte so ziemlich jede Schwester gleichbleibend abweisend.

»Ich suche nach einer Karte.«

Liana fuhr sich durch ihr kurzes, blondes Haar. »Eine Karte? Bist du nicht eine der neuen Übersetzerinnen? Wieso schaust du nicht einfach ins Kartenarchiv in der Turmbibliothek?«

So ein Mist!

Ich versuchte mir meine aufkommende Panik nicht ansehen zu lassen, indem ich nach einem der verstaubten Gegenstände griff, der sich in einem der zahlreichen Regale befand. Ich beäugte das mir unbekannte Etwas gespielt kritisch. Es besaß eine Wölbung und als ich es in der Hand drehte, entdeckte ich einen kleinen Spiegel.

»Das ist ein Sextant«, sagte Liana stolz.

»Sieht interessant aus.«

Liana lächelte, ehe sie mir das Objekt aus der Hand nahm und es wieder zurück an seinen Platz stellte. Sie drehte sich erwartungsvoll zu mir herum.

»Also? Wieso kommst du ausgerechnet zu mir?«

»Die meisten Karten im Archiv unterliegen einer Zugangsbeschränkung. Mein Status reicht dafür leider noch nicht aus. Ich bin noch in der Ausbildung.«

Liana schien einen Moment zu überlegen, nickte aber. »Na dann wollen wir mal schauen, ob wir etwas Passendes für dich dabei haben. Was für eine Karte brauchst du denn?«

Ihr Tonfall klang interessiert und ich durfte nichts sagen, das ihr Misstrauen weckte. Liana war eine gute Freundin von Kalyra und wenn sie erfuhr, dass ich eine Karte für den Weg nach Sombra gekauft hatte, würde sie mich bis an mein Lebensende wegsperren. Oder Schlimmeres.

»Ich habe eine Mission von den hohen Schwestern bekommen, die äußerste Dringlichkeit hat. Ich brauche eine Karte, die die nächstgelegenen Städte und Ruinen zu Mentira zeigt. Ich muss einen ungefähren Überblick bekommen, woher das Artefakt, das ich untersuchen soll, ursprünglich stammt.« Ich setzte eine ernste Miene auf und zählte innerlich bis zehn. Gerade als ich noch einige fadenscheinige Begründungen nachschieben wollte, erhellte sich Lianas Miene. »Das klingt, als sei das, was du da auf dem Tisch liegen hast, äußerst wichtig. Komm mit!« Sie lief zielstrebig in Richtung Kellertreppe und ich folgte ihr mit einem mulmigen Gefühl in der Bauchgegend.

Hatte sie mir meine Lüge wirklich abgekauft? War es überhaupt eine Lüge gewesen? Im Grunde hatte ich die Wahrheit nur etwas ausgedehnt, was für mein reines Gewissen vorerst reichen musste.

Als wir den modrig riechenden Keller erreichten, entzündete Liana einige Fackeln. Die tanzenden Schatten an den feuchten Wänden wirkten wie böse Geister, die ihre Arme nach uns ausstreckten. Erwartungsvoll ließ ich meinen Blick durch den Kellerraum schweifen. Auch hier unten lagerten unzählige alte Relikte, allerdings weitaus geordneter als oben. In der einen Ecke erkannte ich sogar ein altes Grammophon. Die hohen Regale reihten sich an den Wänden, waren aber ausschließlich mit alten Schriftstücken und Büchern bestückt.

»Hier unten lagerst du die Karten?«, fragte ich ungläubig. Ich konnte mir beim besten Willen nicht vorstellen, dass etwas aus Papier an diesem Ort lange überdauern konnte.

»Worte sind meist wertvoller, als so manches Schmuckstück. Hier unten sind sie vor neugierigen Blicken besser geschützt. Wegen der Feuchtigkeit brauchst du dir keine Sorgen machen. Ich habe einen Weg gefunden, die Schriften so gut es geht gegen die Witterung zu schützen.« Liana ging an den hohen Regalen entlang, die sie akribisch durchforstete. Als ich näher kam, erkannte ich, was sie gemeint hatte. Das Fach, vor dem sie stehen geblieben war, war sorgsam mit einer Plane abgedeckt worden. Sie stieg auf einen kleinen Hocker und griff nach einer Art Reißverschluss, den sie nach unten zog. Nachdem sie die Abdeckung zur Seite gezerrt hatte, fing sie an die verschiedenen Schriftrollen zu durchforsten. Sie legte einige Papierfetzen auf einen Tisch in der Ecke, ehe sie das Regal weiter durchsuchte. Nach einiger Zeit kam sie mit einer Karte auf mich zu.

»Das wären alle, die für dich in Frage kommen.«

Ich schob die verschiedenen Karten auseinander, verglich sie und legte zwei von ihnen beiseite. Sie waren stark vergilbt und die Tinte so blass, dass man kaum etwas erkennen konnte. Eine weitere Karte war nicht detailliert genug, um den Weg nach Sombra sicher finden zu können. Nachdem nur noch zwei übrig waren, spürte ich, wie ich innerlich unruhig wurde.

»Wie wäre es mit dieser hier«, meldete Liana sich zu Wort und schob mir die rechte Karte vor die Nase.

»Sie umfasst einen Radius von ungefähr hundertfünfzig Kilometern. Sie ist zwar nicht mehr ganz so aktuell, aber was hat sich in den letzten vierzig oder vielleicht fünfzig Jahren schon groß verändert?«

Ich nahm das verblichene Stück Papier in die Hand und stellte zufrieden fest, dass diese Karte wesentlich genauer war. Auf ihr war nicht nur Sombra eingezeichnet, sondern auch einige Pfade, die zwischen beiden Städten verliefen. Die Frage war nur, welchen davon es überhaupt noch gab, denn entgegen Lianas Kommentar, war ich mir sicher, dass sich innerhalb von vierzig Jahren eine Menge verändern konnte.

»Ich nehme sie«, entgegnete ich. Besser eine alte Karte, als gar keine Karte.

»Perfekt. Jetzt stellt sich nur noch die Frage der Bezahlung.«

Ich griff nach meinem Geldbeutel, den ich am Gürtel befestigt hatte und legte ihn vor mir ab. Mit möglichst gleichgültiger Miene schaute ich sie an und stützte mich mit beiden Händen auf den Tisch. »An was dachtest du denn?«

»Was hältst du von fünfzehn?«

»Fünfzehn was? Äpfel? Birnen? Esel?«, versuchte ich die Verhandlung etwas zu lockern.

»Goldstücke natürlich«, gab Liana unbeeindruckt zurück. Ihr Tonfall war schroffer geworden und sie verschränkte die Arme vor der Brust.

»Nie im Leben!« Ich wusste nicht, wie viel diese Karte wert war, aber fünfzehn Goldstücke besaß kaum eine der Schwestern in Mentira.

Liana beäugte mich stumm. Nachdem ich kein Gegenangebot abgab, ließ sie die Arme wieder sinken. »Ich habe einen anderen Vorschlag. Du bekommst die Karte so. Aber wenn du das nächste Mal die Stadt verlässt, bei einer deiner *Missionen*, bringst du mir etwas von draußen mit.«

Die Art, wie sie das Wort Missionen aussprach, klang verächtlich, dennoch war das Angebot unschlagbar. Liana hatte nichts von Wert verlangt, nur etwas von draußen. Diesem Wunsch nachzukommen dürfte nicht schwierig werden.

»Abgemacht.«

Sie hielt mir ihre rechte Hand entgegen und ich schlug ein. Mit einem letzten skeptischen Blick rollte sie die Karte zusammen und wickelte diese in ein Ledertuch, um sie vor Regen zu schützen.

»Viel Erfolg.«

Als ich bei meiner Hütte ankam, dämmerte es bereits. Die Sonne färbte sich in ein glutrot und tauchte den Himmel in helle, flimmernde Funken. Ich packte die Karte ebenfalls in meinen Lederbeutel und kontrollierte, ob ich für meine Reise noch mehr benötigte. Neben einem kleinen Messer, das sich perfekt an einem meiner Stiefel befestigen ließ, verstaute ich noch einige Hemden zum Wechseln und den wertvollen Siegelring der Ruína. Den kleinen Notizzettel legte ich zu der Karte, damit auch dieser bei Regen nicht verwischte. Ich ging zum Herd, schnappte mir die beiden Feuersteine und ließ sie ebenfalls in den Beutel fallen.

Mein Bauch fing an zu grummeln und ich entschied, noch eine Kleinigkeit zu essen, auch wenn ich eigentlich gar keinen Hunger hatte.

Die Gewissheit, dass man etwas Verbotenes tat, wog nicht wie ein schwerer Stein im Magen. Vielmehr war dort eine unausfüllbare Leere, die sich nicht greifen ließ.

Gedankenverloren biss ich ein Stück trockenes Brot ab und kaute darauf herum, während ich aus dem Fenster starrte. Wo blieb Zohera nur?

Ich bereute es, nicht genau zu wissen, was sie den ganzen Nachmittag ohne mich im Schloss getrieben hatte und hoffte inständig, dass Kalyra sie nicht erwischt hatte.

Ich wollte mir gar nicht ausmalen, was für eine Strafe sie erwarten würde.

Unruhig lief ich auf und ab und überlegte, ob es nicht das Beste wäre, Zohera zu suchen. Aber wenn sie doch noch hier auftauchen würde, während ich ziellos durch das Schloss irrte, wäre niemandem von uns geholfen. Ich entschied mir eine Tasse Tee zu kochen und mich ein wenig auszuruhen. Die Reise in die fremde Stadt würde auch so schon anstrengend genug werden.

Kilian

»Ich habe es satt mit dir zu diskutieren!« Die tiefe Stimme meines Vaters wurde von den hohen Wänden als verqueres Echo zurückgeworfen. Ich schritt langsam durch den Saal, dessen Decke aufwändig verziert war. Rund um den riesigen Kronleuchter zogen sich dunkelrote Kreise, die sich ineinander verloren und den Leuchter perfekt umrahmten. Einzelne verschlungene Blüten thronten in den Ecken und vervollständigten dieses beeindruckende Bild.

»Erst hältst du mir jahrelange Vorträge darüber, dass ich alles hinterfragen und bloß niemandem vertrauen soll. Und jetzt, wo ich genau das tue, brüllst du mich an, du willst nicht diskutieren«, antwortete ich mit ruhiger, fester Stimme. Ich wusste, dass es meinen Vater nur noch mehr in Rage versetzte, wenn ich ruhig blieb, während er brodelte wie kochendes Wasser.

»Solange ich lebe wirst du auf mich hören!«

»Du wirst nicht mehr lange leben, wenn du dich bei allem sofort so aufregst«, konterte ich lachend.

Doch das brachte ihn nur noch mehr auf die Palme. Er schlug mit der Faust auf den großen Tisch, der sich in der Mitte des Festsaals befand. Ein leichter Windzug durchfuhr den Raum und über uns ertönte ein sanftes Klimpern, als die vielen kleinen Kristalle des Kronleuchters aneinanderschlugen. Zuerst verzog mein Vater keine Miene, doch dann, als der Schmerz sich bemerkbar machte, zuckte er leicht zusammen. Ich schritt langsam um den runden Tisch herum. Meine Schritte hallten durch den Raum und mein Blick fiel auf das Feuer, das in dem eindrucksvollen Kamin brannte. Die imposanten Pfeiler zeigten eine goldene Schlange, die sich beinahe um den gesamten Kamin schlängelte und deren Kopf in der Mitte thronte. Darüber hing ein Bild, das ebenfalls eine Schlange zeigte. Ascan hatte es bei einem seiner Raubzüge entdeckt und es extra den weiten Weg hierher gebracht, weil er Schlangen liebte. Der Wind pfiff durch eines der offenen Fenster und ein erneutes Klirren erhellte den Saal.

»Du gibst mir einen Auftrag ohne genaue Details. Ich brauche mehr Informationen. Wer ist diese besagte Person und wieso willst du sie hierherholen? Wie soll ich denn alles in die Wege leiten, wenn ich nicht mal den Namen der Person kenne?«

»Alles zu seiner Zeit, Kilian«, entgegnete er bedeutend ruhiger. »Wichtig ist nur, dass du dir eines merkst: Du darfst der Person nicht ein Haar krümmen, verstanden? Sie ist für die Stadt von großer Bedeutung. Wir brauchen sie lebend und in bester Verfassung. Alles Weitere erfährst du schon noch früh genug. Wir haben Verbündete in Mentira. Sie regeln das Gröbste. Solange du tust, was ich von dir verlange, haben wir nichts zu befürchten!«

Mein Vater warf mir einen letzten vorwurfsvollen Blick zu, ehe er mir den Rücken zukehrte. »Wohin gehst du?«, rief ich ihm hinterher.

»In mein Arbeitszimmer. Es gibt noch eine Menge zu tun.«

Melia

Plötzlich hämmerte jemand von außen gegen die Tür. Ich erschrak so sehr, dass ich einen spitzen Schrei ausstieß. In meinem Haus herrschte Dunkelheit und so dauerte es einen Moment, bis ich begriff, wo ich mich befand. Anscheinend war ich vor lauter Erschöpfung eingeschlafen.

Ich rappelte mich auf und stieß mit dem Kopf gegen einen der tiefhängenden Balken. »Scheiße«, fluchte ich leise.

»Mach endlich die blöde Tür auf, Melia!«, tönte Zoheras Stimme dumpf von außen herein.

Ich eilte blind zur Tür und öffnete sie. Zohera stürmte an mir vorbei in den Raum. In der Hand hielt sie einen kleinen, grauen Beutel.

»Hier ist es ja stockdunkel!«

Zohera drängte sich an mir vorbei und kurz darauf entflammte Feuer in meinem Kamin und überschwemmte den Raum mit Licht. Ich erwachte aus meiner Starre, griff nach den Kerzen, die auf dem kleinen Tisch standen und entzündete sie.

Nachdem die Hütte in ein schummeriges Licht getaucht war, erkannte ich Zoheras besorgten Gesichtsausdruck. »Dieses Buch«, sie blickte mich aus weit aufgerissenen Augen an, »irgendetwas stimmt damit nicht.«

»Wieso?«, fragte ich, obwohl ich längst wusste, was sie meinte. Ich spürte es. Gerade jetzt kostete es mich alle Überwindung, ihr das Säckchen nicht aus den Händen zu reißen, in dem sich die Umrisse deutlich abzeichneten. Das war kein normales Buch.

»Die Schwestern haben damit etwas vor, ich ...« Sie schüttelte den Kopf. »Ich habe nicht genau verstanden, worum es ging, aber in diesem Buch steht etwas, mit dem sie Schaden anrichten können. Etwas über die vergangene Zeit, das wichtig ist. Und ich glaube, sie haben nichts Gutes damit im Sinn. Du musst es hier wegschaffen. Nach Sombra. *Sofort.*«

Zoheras Wangen färbten sich von der Anstrengung ganz rot und ihr Gesicht glänzte. So kannte ich sie gar nicht.

Ich reichte ihr ein Glas Wasser, ehe ich den grauen Beutel entgegennahm und ein angenehmes Kribbeln meinen Nacken hinaufkroch. *Endlich.*

»Schön langsam. Woher weißt du das? Wen hast du belauscht?«

»Bei Kalyras Büro haben sich zwei der höheren Schwestern unterhalten. Sie sagten etwas von dem Untergang der Welt.«

»Zohera, das ist doch ...«

»Nein«, fuhr sie scharf dazwischen und legte eine Hand auf das Buch, das ich noch immer an mich presste. »Schaff es aus der Stadt. Die Schwestern dürfen es nicht in die Finger bekommen.« Die Ernsthaftigkeit in ihrem Gesicht bereitete mir Sorgen. Das, was sie gehört hatte, musste wirklich schlimm gewesen sein. »Was genau haben sie denn gesagt?«

»Die Welt wird erneut untergehen ...«, flüsterte Zohera und ließ sich auf den Stuhl fallen.

Für mich klang das Ganze total verrückt! Niemand von uns hatte je erfahren, was es mit dem Untergang der alten Welt auf sich hatte. Man hatte uns nur gesagt, dass es außerhalb Mentiras schützender Mauern gefährlich war und ein falscher Schritt tödlich für uns enden konnte.

Ich zog es aus dem Beutel und beäugte es ein weiteres Mal. Erneut kribbelten meine Fingerspitzen. Das Schloss war zwar klein, aber von enormer Stabilität. Egal was diese Seiten verbargen, ich würde schon herausfinden, was es mit all dem auf sich hatte.

»Du musst gehen, bevor sie merken, dass das Buch verschwunden ist, Melia. Bevor es zu spät ist.« Zoheras Lippen bebten und ihre Augen wirkten glasig.

Ich schnappte mir meine Jacke, die über einem der Stühle hing, ehe ich das Buch in meinem Lederbeutel verstaute. Zohera hatte recht. Ich war mir nicht sicher, wie viel Zeit mir blieb, bis Kalyra das fehlende Buch bemerken würde.

»Ich werde eins der Pferde aus den hinteren Stallungen nehmen, um aus der Stadt zu gelangen. Ich danke dir für deine Hilfe, Zohera. Du warst mir immer eine treue Freundin und ich verspreche dir, ich werde zurückkehren und für meine Taten geradestehen.«

Zoheras Trance schien für einen kurzen Moment gebrochen, denn ihr leerer Blick traf meinen und ich musste eine Träne wegblinzeln, ehe ich sie ein letztes Mal in den Arm nahm und fest an mich drückte. Ihr Geruch nach frischem Gras und Gänseblümchen blieb mir noch Stunden nach meinem Aufbruch in der Nase.

Als ich mich in den Sattel von Ryno schwang und durch das große Tor ritt, hielt mich niemand auf. Niemand rannte mir hinterher, rief meinen Namen oder nahm auch nur Notiz von mir. Es war wohl die einfachste Flucht in der Geschichte eines Diebes.

Die Nacht hüllte alles in dunkles Schweigen und die

Patrouille auf der Mauer war nicht auszumachen. Der Posten war anscheinend unbesetzt.

Nachdem ich die Stadt hinter mir gelassen hatte und das angrenzende Waldstück erreichte, atmete ich dennoch erleichtert auf.

Ryno blähte die Nüstern und wieherte. Ich ließ ihn trotz der Dunkelheit und der Gefahr, von tiefhängenden Ästen aus dem Sattel gerissen zu werden, antraben. Das Ziel war es, den Wald so schnell wie möglich hinter mir zu lassen, da musste ich diese Risiken eingehen. Wir ritten einige Zeit über den weichen Waldboden, der das Hufgetrappel dämpfte, als sich die Bäume allmählich lichteten. Der Halbmond am Himmel erhellte die Wipfel und hüllte den Waldrand in bedrohliche Schatten. Von jetzt auf gleich befanden wir uns auf kargem, leblosem Untergrund. Riesige Felsen säumten mein Blickfeld und das Gras war vertrocknet.

Das Umland von Mentira wirkte düster und trostlos. Die Hufe meines Pferdes wirbelten den trockenen Erdboden auf, sodass ich meine Reise in die Schattenstadt eingehüllt in eine rötlich braune Staubwolke antrat. Bisher hatte ich im Umland von Mentira nichts als ein Meer aus dunklen Nadelbäumen und den riesigen Turm im Osten zu Gesicht bekommen. Doch nun befand ich mich in einer Einöde, in der sich weit und breit kein einziger Baum befand. Bereits nach kurzer Zeit war ich umgeben vom staubigen Nichts. Der helle Mond über mir ließ mich einen Schatten werfen, der mir auf meiner einsamen Reise Gesellschaft leistete.

Überall lagen große Felsbrocken herum und ich zügelte Ryno, um mich in der Dunkelheit besser umschauen zu können. Alles wirkte tot und leblos. Die ersten Stunden in Freiheit waren, als hätte ich das eine Gefängnis gegen ein anderes getauscht und dennoch fühlte ich mich hier draußen lebendiger, als je zuvor. Ich hatte die Fesseln der Wahrheit endlich gesprengt! Die Fesseln einer Diebin.

Einer Verräterin.

Einer Außenseiterin.

Unweigerlich musste ich grinsen. Auch wenn ich wusste, dass ich mich früher oder später der Verantwortung für diese Tat stellen musste, war mein Herz so leicht, das es aufgeregt in meiner Brust pochte. Ich spürte weder Zweifel noch den Hauch eines schlechten Gewissens. Zumindest noch nicht.

Neben einem der großen Felsen stieg ich ab und suchte in meinem Beutel nach der Karte. Nur mühsam konnte ich überhaupt etwas erkennen. Zum Glück spendete der Mond am Himmel ein wenig Licht.

Als ich das zerknitterte Papier aus dem Beutel zog und vorsichtig auseinanderfaltete, erkannte ich auf der Karte die Felsen, die ich vor Kurzem passiert hatte. Auch der alte, verlassene Turm, der östlich von Mentira schief in den Himmel ragte, war auf der Karte verzeichnet. Natürlich war es riskant, den Aufzeichnungen blind zu vertrauen, aber was blieb mir anderes übrig? Etwas Besseres hatte ich nicht.

Mein Finger wanderte zu meinem Ziel. Sombra. Von der Existenz der Schattenstadt hatte ich vor etwa drei Jahren erfahren, als zwei Gardistinnen über eine Mission gesprochen hatten, bei der sie etwas aus Sombra hatten abholen sollen. Damit hatte sich ein Verdacht bestätigt, den ich schon lange gehegt hatte. Innerhalb Mentiras dachten die meisten Frauen, die Welt würde nur aus der Ruína bestehen. Doch mir war schon früh klar gewesen, dass das nicht alles sein konnte. Dass da draußen einfach noch *mehr* sein musste.

Nachdem ich einen ungefähren Orientierungspunkt hatte,

steckte ich die Karte zurück in die Tasche, schwang mich wieder in den Sattel und ritt weiter. Ich folgte einem kaum erkennbaren Weg, der nach einer Weile leicht anstieg. Ryno warf seinen Kopf spielerisch von der einen zur anderen Seite und ich klopfte ihm auf seinen Hals um ihn zu beruhigen. Er war genauso wie ich, noch nie bei Nacht hier draußen gewesen. Die fremden Geräusche und die ungewohnte Umgebung ließen ihn unruhig werden.

Wir ritten bereits eine ganze Weile durch die Einöde, als sich vor uns ein Hügel erhob. Ich zügelte Ryno etwas und begann die Erhebung, die mit allerlei Geröll bedeckt war, hinaufzureiten. Doch nach wenigen Metern fing Ryno an unruhig umher zu tänzeln. Er scharrte mit seinen Vorderhufen und gab ein gequältes Wiehern von sich. Ich stieg kurzerhand ab und griff nach den Zügeln.

»Dir ist das hier wohl nicht so ganz geheuer, was?«, sprach ich ruhig auf das Tier ein. Ryno und mich verband eine Freundschaft, die schon einige Jahre bestand. Auf ihm hatte ich meine erste Reitstunde absolviert und auch die abschließende Reitprüfung, die für jede der Schwestern Pflicht war. Sein dunkelbraunes Fell ähnelte meiner Haarfarbe und seine treuen Augen wirkten genauso, wie ich sie mir von einem *richtigen* Freund erhoffen würde. Er rieb seinen mächtigen Kopf an meiner Schulter und brachte mich so beinahe aus dem Gleichgewicht.

»Wir haben es ja gleich geschafft«, lobte ich ihn, während wir weiter den Hügel hinaufliefen.

Der Weg wurde steiler und die Gesteinsbrocken immer größer. Wir durften nicht den Halt verlieren. Schritt für Schritt kämpften wir uns den Hügel hinauf. Als ich einen flüchtigen Blick zurückwarf, hielt ich kurz den Atem an.

Hinter uns erstreckte sich buchstäblich ein dunkles, schwarzes Nichts. Der Himmel verschmolz förmlich mit der kargen Einöde hinter mir und es fühlte sich beinahe so an, als würde sie mir im Nacken sitzen und auf mich lauern.

Nach unzähligen weiteren Schritten erreichten wir schließlich die Spitze des Hügels. Mein Hemd klebte an meinem Rücken und meine Beine brannten wie Feuer. Kalter Wind zerrte an meinen Haaren. Das Land, das sich vor uns erstreckte, war weniger verdorrt und so konnte man weiter entfernt vereinzelt sogar einige Bäume erkennen. Ich warf einen letzten Blick nach hinten und erstarrte. Weit in der Ferne stiegen dunkle Rauchfahnen empor.

Nachdenklich streichelte ich über Rynos Fell, das ebenfalls nass geschwitzt war. Schwer atmend versuchte ich zu erkennen woher die Rauchschwaden kamen. Doch die dunklen Wolken hoben sich nur diffus am Horizont ab.

Ryno und ich liefen weiter und bereits kurze Zeit später senkte sich der Berg wieder leicht ab.

Wenn ich mich recht erinnerte, musste hier irgendwo ein kleiner Bachlauf sein. Als Liana mir die Karte in ihrem Keller gezeigt hatte, war mein Blick auf die kleinen, gewellten Linien gefallen. Ich griff in den Beutel und zog die Karte heraus.

Die Entfernung, die wir seit den rötlichen Felsen zurückgelegt hatten, ließ sich schlecht schätzen, da der steile Hügel darauf nicht verzeichnet war. Dennoch war ich mir fast sicher, dass der kleine Bach hier irgendwo sein musste. Verzweifelt versuchte ich aus den Zeichnungen schlau zu werden. Aber sie waren mir diesmal keine große Hilfe.

Die Karte wanderte wieder zurück in meinen Beutel und Ryno und ich trabten den Hügel hinab. Die Nacht war ruhig und nur vereinzeltes Rascheln drang an meine Ohren. Das vertraute Traben der Hufe auf weichem Untergrund beruhigte mich und führte uns tatsächlich zu dem kleinen Flusslauf, der sich den Hügel hinabschlängelte.

»Shhhh Ryno«, sagte ich und brachte den erschöpften Hengst am Ufer zum Stehen. Als er den Kopf senkte und sogleich zu trinken begann, lächelte ich. Ich saß ab, kniete mich neben ihn und spritze mir etwas Wasser ins Gesicht, ehe auch ich etwas trank. Es tat gut eine kleine Pause zu machen.

Nachdem wir einige Minuten verschnauft hatten, schwang ich mich erneut in den Sattel. Ich wollte den Schutz der Nacht ausnutzen und so viel Entfernung wie möglich zwischen mich und Mentira bringen. Sombra war laut Karte nicht weit entfernt, aber ich hatte noch einiges an Weg vor mir. Nachdem wir den Flusslauf überquert hatten, trieb Ryno an und fiel in einen ausladenden Galopp.

Die Welt zog an mir vorbei, als wäre sie nichts als ein flüchtiger Augenblick.

Wir kamen an einigen verlassenen, stark verwitterten Häusern vorbei. Die Dächer waren löchrig, das Holz modrig. Wer hatte hier wohl gelebt? So allein, so weit weg von anderen Menschen?

Langsam wurde das Gras unter Rynos Hufen wieder grüner und die Bäume trugen vereinzelt wieder ein dichteres Blätterkleid. Es schien, als wäre die Umgebung von jetzt auf gleich wieder fruchtbar geworden. Über uns zogen dunkle Wolken hinweg und in der Ferne konnte ich ein bedrohliches Grummeln hören.

Ich trieb Ryno weiter. Er schien sich an den nächtlichen Ritt zu gewöhnen, denn sein Körper flog nur so über die verlassenen Wiesen und Felder.

Einige Stunden später bebte Ryno und auch ich spürte die Erschöpfung, die mich nach und nach überkam. Das weit entfernte Grummeln war immer noch zu hören. Ich ließ Ryno in einen leichten Trab fallen und hielt Ausschau nach einer verlassenen Hütte oder einem Unterstand. Doch alles, was ich erblickte, waren Bäume und karge Felder.

Ich ritt zu einer kleineren Baumgruppe, stieg ab und befestigte Rynos Halfter an einem der Stämme. Mit einem der Hemden aus meinem Beutel rieb ich den Hengst, so gut es ging, trocken und streunte anschließend umher, um nach etwas Brennbarem zu suchen.

Ich suchte ein wenig Holz und etwas getrocknetes Gras zusammen und entzündete ein Feuer. Die Wärme tat mir gut, sodass ich meine Hände über das Feuer hielt.

Während Ryno etwas graste, kramte ich erneut das Buch aus dem Beutel. Im Schein des Feuers betrachtete ich es genauer.

Es war wunderschön. Diese vielen Linien schlängelten sich über den Einband und verbanden sich zu einem einnehmendem Muster. Als ich es gegen das Licht des Feuers hielt, zuckte ich zusammen. Die silberne Prägung auf der Rückseite – sie verfärbte sich! Ich rückte näher heran und musterte die Rückseite. Als ich das Buch erneut über das Feuer hielt, sodass sich die Flammen auf der Prägung spiegelten, erkannte ich ein Bild – *ein Auge*.

Es war zwischen den vielen Linien verborgen gewesen und erschien erst jetzt im Schein der orangenen Flammen. Ich fuhr mit dem Finger über die Stelle, doch die Linien des Auges hoben sich nicht von den Übrigen ab.

Was hatte das nur zu bedeuten?

Erschöpft und mit viel zu vielen Fragen im Kopf legte ich das Buch zurück in den Beutel. Ein letztes Mal zückte ich die Karte und warf einen Blick darauf.

Sombra schien nicht mehr allzu weit weg zu sein, wenn man den Entfernungen dieser Karte Glauben schenken konnte. Aber da die bisherigen Orte beinahe alle korrekt eingezeichnet waren, überkam mich die Zuversicht, dass auch der Rest der Reise gut verlaufen würde. Ich stopfte sie zurück in den Beutel und legte ihn auf das Gras. Als ich mich hinlegte, beobachtete ich ein letztes Mal die züngelnden Flammen des kleinen Feuers ehe ich meine Augen schloss.

Melia

Ein heller Blitz und der darauffolgende grollende Donner rissen mich plötzlich aus dem Schlaf. Sofort griff ich nach dem Lederbeutel, der sich unter meinem Kopf befand und kam auf die Beine. Der Regen peitschte mir in harten Tropfen ins Gesicht und der Wind fegte mit einer so ungeheuren Kraft über den Boden hinweg, dass er mich fast von den Füßen riss. Ich kniff die Augen zusammen und versuchte mich bei dem tosenden Unwetter zu orientieren. Immer wieder zuckten helle Blitze über den sternenlosen Himmel und der Donner über mir ließ das Blut in meinen Adern gefrieren. Ich blickte zu Ryno, der unruhig hin und her tänzelte und stellte mich neben ihn unter den Baum, um dem Regen so gut es ging zu entfliehen. Hastig griff ich nach dem Buch und wickelte es in meine trockenen Hemden. Anschließend verstaute ich es tief in meiner Tasche. Wenn ich Glück hatte, würde das reichen, um es vor dem Regen zu schützen.

Doch im nächsten Moment wurde das alles unwichtig. Ein Blitz schlug neben uns in einen der Bäume ein. Der Knall war ohrenbetäubend. Ich kniff die Augen zusammen, taumelte zurück. Ich bekam noch mit, wie Ryno sich aufbäumte. Ein Huf traf mich hart in die rechte Seite und ich ließ ihn reflexartig los. Noch bevor ich mich von dem Schmerz erholt hatte, bekam ich mit, wie der Hengst sich in Panik losriss.

»Ryno, komm zurück!«, schrie ich ihm hinterher, doch

das Unwetter verschluckte meine Worte.

»So eine verdammte Scheiße!«, fluchte ich wütend.

Der Regen prasselte immer erbarmungsloser auf mich hinab. Ich zog meine Jacke enger um meinen Körper und lief los. Vielleicht war Ryno noch in der Nähe und ich konnte ihn wieder einfangen. Doch der Platzregen machte es mir beinahe unmöglich zu erkennen, wohin ich lief. Ich rannte, bis meine Lunge brannte und meine Hose so eng an meinem Körper lag, dass sie sich anfühlte wie eine zweite Haut. Mir wurde klar, dass ich mir den Tod holte, wenn ich mich nicht bald irgendwo unterstellte und mich aufwärmte.

»Ryno! Wo bist du, Kleiner?«, schrie ich dem Wind entgegen, doch nur der dröhnende Donner antwortete mir.

Orientierungslos durchquerte ich die verlassenen Felder, auf der Suche nach einem Unterstand. Ich wollte gerade aufgeben, als ich einige Meter vor mir einen kleinen Schotterweg erkannte. Die Blitze durchzuckten weiterhin die Nacht und tauchten die Felder in ein gräuliches Licht. Ich lief weiter und atmete erleichtert auf. Wo Wege waren, waren auch Menschen.

Ich hatte weder eine Ahnung, wie spät es war, noch in welche Richtung ich lief. Durch das Gewitter hatte ich die Orientierung verloren, also schlurfte ich völlig durchnässt und mit kalten Gliedern den Weg entlang und hoffte inständig, dass mich hier draußen niemand überfiel. Das Donnergrollen über meinem Kopf hielt weiter an und die Blitze erhellten den kleinen, mit Steinen versehenen Weg.

Als es irgendwann begann zu dämmern und der Regen nachließ, ließ ich mich erschöpft und völlig durchgefroren auf einen großen Stein am Wegesrand fallen. Was hatte ich mir nur dabei gedacht, Hals über Kopf aus Mentira abzuhauen und noch dazu mit dem gestohlenen Buch der Ruína?

Kalyra war mein Verschwinden mittlerweile bestimmt aufgefallen. Ich hoffte, dass Zohera keine Schwierigkeiten wegen mir bekommen würde. Sie hatte schon so viel für mich riskiert, da durfte sie nicht auch noch mit der Schwesternschaft der Ruína aneinandergeraten.

Ich ließ meinen Blick über die Landschaft schweifen. Die Bäume standen in kleinen Gruppen beieinander und in einiger Entfernung konnte ich sogar bestellte Felder erkennen. Anscheinend hatte ich wirklich endlich eine halbwegs zivilisierte Gegend erreicht. Ich schloss kurz meine Augen und atmete tief durch.

»Kann man dir irgendwie weiterhelfen?«, erklang hinter mir eine Stimme.

Eine männliche Stimme!

Völlig überrascht geriet ich ins Stolpern. Mit den Armen rudernd, wollte ich mich abfangen, doch es war zu spät. Der Länge nach landete ich auf dem Schotterweg. Kleine Steinchen bohrten sich schmerzhaft in meine Haut und ich stöhnte auf.

»Also brauchst du anscheinend Hilfe?« Nun klang die Stimme amüsiert.

»Ich … also … einen Moment«, presste ich gequält hervor.

Ich rappelte mich mühsam wieder auf und rieb mir die Kieselsteine von meiner dunklen Hose. Als ich mich zu dem Mann umdrehte, grinste mich dieser breit an. Sein Gesicht zierte ein freundliches Lächeln. Er war beinahe einen Kopf größer als ich und besaß ein breites Kreuz. Seine Wangen zierten ein Dreitagebart und seine wachsamen grünen Augen ruhten auf meinem Körper. Ich schätzte ihn auf Anfang Zwanzig, vielleicht aber auch älter.

»Lachst du immer alle aus, die sich wegen dir zu Tode erschrecken?«, blaffte ich ihn an.

»Nein, außer sie segeln so galant auf den dreckigen Boden wie du«, antwortete er mir, während er die linke Augenbraue leicht nach oben zog. »Was machst du hier? Warst du etwa bei dem Dreckswetter draußen unterwegs?«

Er warf mir einen besorgten Blick zu. Das anfängliche Lächeln war von seinen Lippen verschwunden und auch seine Körperhaltung hatte sich etwas gelockert.

Ich versuchte, mir meine nassen Haare aus dem Gesicht zu wischen, aber nachdem mein Gegenüber mich bereits von oben bis unten gemustert hatte, spielte mein Aussehen wohl ohnehin keine Rolle mehr.

»Ich wurde von dem Unwetter überrascht und dann ist auch noch mein Pferd abgehauen«, entgegnete ich resigniert.

Der Fremde musterte mich immer noch amüsiert.

»Ich habe wohl irgendwie die Orientierung verloren. Eigentlich bin ich auf dem Weg nach Sombra«, fügte ich etwas kleinlaut hinzu.

Das Grinsen verschwand und er blickte eher besorgt, fast schon mitleidig in meine Richtung. »Du solltest dich definitiv erst einmal aufwärmen und deine nassen Klamotten wechseln, sonst holst du dir hier draußen noch den Tod.« Nach einem letzten Blick drehte er sich abrupt um und lief den Weg vor mir entlang. Völlig perplex starrte ich ihm hinterher, bis er sich plötzlich zu mir umdrehte.

»Worauf wartest du?«

Kurzerhand schnappte ich mir meinen Beutel und lief ihm hinterher. Als ich ihn eingeholt hatte, blickte er mit stechend grünen Augen auf mich herab und ein Lächeln umspielte seine Lippen.

»Du findest das Ganze wohl witzig, was?«

Er blieb stehen und sein Gesicht wirkte plötzlich ziemlich ernst. »Nein, ganz im Gegenteil. Aber da du anscheinend keine Ahnung hast, wie gefährlich es hier draußen ist, wollte ich dich eigentlich nicht beunruhigen. Aber bitte, wenn du es auf die ehrliche Tour willst: Wenn dich die falschen Personen da draußen, unmittelbar vor dem Grenzgebiet von Sombra entdeckt hätten, wären deine nassen Haare dein kleinstes Problem gewesen!«

Ich schluckte. Als ich ihm nicht antwortete, lief er weiter, bis wir irgendwann an einem kleinen, aber robust wirkenden Steinhaus ankamen. Vor dem Gebäude saßen ein älterer Mann und ein kleines Mädchen, das mit einem Stoffball spielte.

»Das sind mein Vater Ben und meine kleine Schwester Lou. Ich heiße übrigens Jaron.«

Kurz bevor wir das Haus erreichten, zog ich an seinem Ärmel, um ihn zum Stehenbleiben zu bewegen. Ich hatte auf einmal ein furchtbar schlechtes Gewissen, weil ich so mit ihm geredet hatte. Scheinbar wollte er mir nur helfen. »Danke Jaron. Ich habe eine anstrengende Nacht hinter mir und es stand mir nicht zu, so mit dir zu reden. Ich heiße Melia und komme aus Mentira.«

Sein Blick wurde ernster und seine Körperhaltung versteifte sich.

»Darüber reden wir später in Ruhe.« Er entzog sich

meinem leichten Griff und lief auf seinen Vater und seine kleine Schwester zu.

Die beiden begrüßten mich herzlich, stellten aber zum Glück keine unangenehmen Fragen.

Jaron ließ mich in sein Zimmer, damit ich dort in Ruhe meine nassen Klamotten gegen die halbwegs trockenen aus meinem Beutel tauschen konnte. Jarons Schlafzimmer war nur spärlich eingerichtet. Außer einem alten Holzbett und einer Kommode, befanden sich keine Möbel darin. Der Raum wirkte unpersönlich, fast schon kalt. Es waren lediglich zwei gerahmte Landschaftsaufnahmen aufgehängt und an der Wand gegenüber vom Bett konnte ich durch das Fenster hinaus auf die Felder blicken.

Nachdem ich mir die Haare gebürstet hatte, sah ich zum Glück nicht mehr ganz so wild aus, wie er mich vorgefunden hatte. Als ich hinaus auf die Veranda trat, entdeckte ich Jaron etwas abseits vom Haus und lief auf ihn zu. Auch wenn es egoistisch klang, so war er im Moment meine einzige Chance, nach Sombra zu gelangen, denn ich hatte noch immer keine Ahnung, wo ich mich befand.

»Also kleine Abenteurerin, was hat dich in die Wildnis getrieben?«, begrüßte er mich lächelnd.

Ich strich mir nervös eine Haarsträhne aus dem Gesicht, unsicher, wie ich ihm auf diese Frage antworten sollte. Jaron blickte mit seinen hellgrünen Augen auf mich hinab und sein Gesicht versteinerte zu einer unlesbaren Maske.

»Ich komme aus Mentira«, antwortete ich unsicher.

»Ja, das sagtest du bereits.«

Wir hatten keine Zeit für solche Albernheiten. Ich atmete noch einmal tief ein, ehe ich beschloss, doch mit der ganzen Wahrheit herauszurücken. »Ich bin aus Mentira geflüchtet, weil ich die Schwesternschaft der Ruína bestohlen habe. Jetzt bin ich auf der Suche nach einem fachkundigen Händler, der sich mit Relikten aus der *Vergessenen Zeit* auskennt und mir hiermit helfen kann.« Ich kramte unbeholfen in meinem noch immer nassen Beutel, ehe ich das verpackte Buch herausfischte und aus den Klamottenschichten wickelte. Mein Plan hatte funktioniert, es war trocken geblieben. Erneut durchfuhr mich dieses kribbelige Gefühl, als ich über den Einband strich. Ich reichte es ihm und versuchte anhand seines Gesichtsausdrucks irgendeine Gefühlsregung seinerseits zu erahnen, doch ohne Erfolg.

Er nahm das Buch vorsichtig entgegen und musterte es von allen Seiten.

»Kannst du mir damit helfen?«, fragte ich zögerlich.

Er fummelte etwas unbeholfen an dem Schloss herum, ehe er es mir zurückgab. »Ich nehme an, du suchst jemanden, der es öffnen kann, ohne den Inhalt zu beschädigen, richtig?«

Ich nickte.

Er blickte mich mit einer Mischung aus Verständnislosigkeit und Neugierde an, ehe er sich umdrehte und wieder Richtung Haus schlenderte. Ich folgte ihm langsam, voller Hoffnung, dass er mir bei meiner Suche vielleicht helfen würde.

»Ich kenne jemanden in Sombra, der sich auf solche Mechanismen spezialisiert hat. Wenn du willst, gehen wir morgen zusammen in die Stadt.«

»Wieso denn erst morgen? Der Tag ist doch gerade erst angebrochen und ich darf absolut keine Zeit zu verlieren! Mentira ist in …«

Jaron blieb abrupt stehen. »Wir sind hier aber nicht in

Mentira! In Sombra haben Frauen eine bestimmte Robe zu tragen, wenn sie sich innerhalb der Stadtmauern aufhalten wollen und da du ja wohl kaum die meiner kleinen Schwester tragen kannst, werde ich heute erst einmal eine für dich besorgen müssen.«

Mir wurde augenblicklich unwohl.

»Robe? Was denn für eine Robe?«, fragte ich. Davon hatte ich noch nie gehört, geschweige denn etwas in irgendwelchen Aufzeichnungen darüber entdeckt.

»Es ist für Frauen außerhalb von Gebäuden Pflicht diesen bestimmten dunklen Stoff zu tragen und mit ihm das Gesicht zu bedecken.«

Ich verzog das Gesicht. Das gefiel mir so gar nicht. Allerdings konnte Jaron wirklich nichts dafür, dass ich mich kaum über die Sitten und Bräuche seiner Heimat schlau gemacht hatte. Wie hatte ich glauben können, eine Stadt, die die Schatten ehrte, wäre der unseren auch nur annähernd ähnlich? Die Wächterinnen aus Mentira hatten nie irgendwelche Roben getragen, wenn sie sich auf den Weg in andere Städte gemacht hatten.

Den Weg zum Haus verloren wir kein Wort und kurze Zeit später verabschiedete Jaron sich und ließ mich bei seiner Familie zurück.

Ich nutzte den Tag dazu, meine nasse Kleidung zu trocknen. Außerdem half ich Lou dabei die Tiere zu füttern, das Haus aufzuräumen und Essen zu kochen. Ihr Vater arbeitete währenddessen draußen auf dem Feld und kam immer mal wieder zu uns, um nach dem Rechten zu sehen. Das Vertrauen, das sie einer Fremden entgegenbrachten, war wirklich bemerkenswert. Diese Menschen schienen ein gutes Herz zu besitzen.

Lou fragte mich den ganzen Tag über Löcher in den Bauch. Während wir auf dem Weg zum Brunnen waren, um Wasser zu holen, fiel das Gespräch auf meine Heimatstadt.

»Wie ist es in Mentira denn so? Dort ist Lügen verboten, richtig?«, rief sie vergnügt. »Das klingt wie im Märchen!«

Ich hatte mir nie vor Augen geführt, wie besonders behütet das Leben in Mentira auf andere wirken musste. Immerhin kannte ich es nicht anders. Als wir den Brunnen erreichten, ließ ich den alten Holzeimer an einem Seil hinunter.

»Mentira ist von einem dunklen Wald umgeben und ja, dort ist es verboten zu lügen.«

Lous große Augen blickten mir erwartungsvoll entgegen. »Ihr dürft also nie lügen? Wirklich nie?« Sie klang aufgeregt und ihre Stimme wurde immer höher.

»Genau.«

»Ist das nicht schwierig?«

Schwungvoll griff ich nach dem halbvollen Wassereimer und wir liefen gemeinsam über das Feld zurück zum Haus.

»Manchmal schon.«

»Ich habe schon öfter gelogen«, gab sie kleinlaut zurück.

»Das ist nicht schlimm«, versuchte ich sie wieder aufzumuntern. Dass ich selbst schon gelogen hatte, verschwieg ich ihr. Nicht, weil ich mich dafür schämte, sondern nur, weil ich nicht weiter über Mentira reden wollte. Mein Verrat war zwar so allgegenwärtig, wie die Luft die ich atmete, dennoch war es weniger schmerzlich, wenn ich nicht darüber sprechen musste.

Wir erhitzten das Wasser über dem Ofen und brühten heißen Apfeltee auf.

»Das schmeckt wirklich köstlich«, lobte ich Lou, die

darauf bestanden hatte, den Tee allein aufzugießen.

»Vatis Äpfel sind legendär und die besten in der ganzen Stadt!«, verkündete die Kleine stolz.

»Das glaube ich dir sofort«, entgegnete ich lächelnd.

Nachdem wir den Tee ausgetrunken hatten, bat Lou, dass ich mit ihr Ball spielte und ich stimmte zu. Bei so viel Gastfreundschaft konnte ich das Angebot kaum ausschlagen.

Wir warfen uns einen alten Stoffball zu und das Mädchen kicherte vergnügt vor sich hin. Ihr Lachen wärmte nicht nur mein Herz, sondern zauberte auch kurzzeitig ein Lächeln auf meine Lippen. Als ich in ihre unschuldigen Augen blickte, sah ich keine Dunkelheit. Sie waren hell und rein, wie die Sonne, die auf uns hinabstrahlte. Ich war mir sicher, dass Lou ein reines Herz besaß und hoffte sehr, dass dieses entzückende Mädchen eines Tages zu einer tapferen und ehrlichen jungen Frau heranwachsen würde.

Als Jaron zurückkehrte, sah er recht blass und müde aus. Die Sonne ging bereits unter. Sein braunes Haar war zerzaust und seine Augen wirkten glasig. Er stellte seinen Rucksack auf dem Boden ab und schloss die knarrende Holztür hinter sich.

»Alles in Ordnung bei dir?«, fragte ich zögerlich.

Er ließ sich auf einen der Stühle fallen und sah sich um. »Ja, alles gut. Es war nur ein anstrengender Tag.«

»Ist Vater noch gar nicht von der Feldarbeit zurück, Lou?«, wandte er sich an seine kleine Schwester.

Sie schüttelte den Kopf.

»Dann fangen wir mit dem Essen schonmal an. Ich habe riesigen Hunger. Er wird sicher jeden Moment zu uns stoßen.« Jaron sprang vom Stuhl auf und lief zum Herd. »Was habt ihr beide heute gemacht?«

»Melia hat noch nie gelogen! Unfassbar oder?«, begann Lou loszuplappern, ohne auf seine Frage einzugehen.

In meinem Magen bildete sich ein Knoten.

Jaron runzelte die Stirn. Seine wachsamen Augen ruhten kurz auf mir, ehe er sich wieder dem Herd zuwandte.

»Ja, das ist wirklich *unglaublich.*« Jarons Tonfall hatte sich verändert. Er klang misstrauisch und ein wenig spöttisch.

Er ging zu einem der Schränke, griff nach einem Laib Brot und legte es auf eines der Holzbrettchen auf dem Esstisch.

»Hallo meine Lieben«, tönte eine tiefe Stimme.

»Da ist er ja«, begrüßte Jaron seinen Vater.

»Seid ihr schon fleißig am Kochen?«, fragte Ben, während er die Kochnische betrat. Sein Gesicht war leicht gerötet, aber seine Augen wirkten freundlich. »Heute war wieder ordentlich was zu tun auf dem Feld. Aber die Ernte wird dieses Jahr gut ausfallen.«

»Das ist doch gut. Wir müssen die Rüben so schnell wie möglich loswerden, wenn wir bald die Äpfel ernten wollen«, antwortete Jaron, während er etwas Öl in eine Pfanne gab. Ich zog mich zusammen mit Lou an den Esstisch zurück. Irgendwie wurde ich das Gefühl nicht los, dass ich unerwünscht war.

Nachdem Jaron und sein Vater einige Kartoffeln in eine rostige Pfanne gegeben hatten, fügten sie einige Stücke Speck hinzu. Der herrliche Duft von Gebratenem durchflutete schon bald das gesamte Haus.

»So, gleich ist das Essen auch schon fertig«, brummte Bens tiefe Stimme zu uns herüber.

Ich verteilte die übrigen Holzbrettchen auf die vier Sitzplätze und war froh, wenigstens eine kleine Aufgabe übernommen zu haben. Jaron kam mit der Pfanne zum Tisch und stellte sie vor uns ab.

Während ich schweigend einen Bissen nach dem anderen in mich hineinschaufelte, lauschte ich den Gesprächen von Vater und Sohn. Jaron redete über den Standort des Verkaufsstandes und ob es nicht klüger wäre für die Apfelernte einen anderen Platz zu wählen. Und obwohl die beiden sich, was das anbetraf, nicht einig zu sein schienen, wirkte die Unterhaltung nicht angespannt. Die kleine Lou aß zufrieden ihre Kartoffeln und beachtete die beiden kaum. Doch mir warf sie immer wieder einen neugierigen Blick zu. Ich lächelte sie an, während ich von meinem Stück Brot abbiss. Kurz bevor alle ihre Teller geleert hatten, wandte ich das Wort an Ben und Jaron. »Vielen Dank nochmal, dass ich bei euch bleiben durfte. Das Essen war wirklich fantastisch.«

Jarons ernster Gesichtsausdruck lockerte sich. »Menschen in Not helfen wir in diesem Hause gerne.« Er stand auf und räumte das restliche Brot zurück in den Schrank.

Lou und Ben verzogen sich in den hinteren Teil des Hauses und ließen uns beide allein. Ich stapelte die Brettchen und begann sie mit dem Wasser aus dem Brunnen zu säubern.

»Du musst das nicht machen«, hörte ich Jarons Stimme hinter meinem Rücken.

»Ich möchte aber.« Schweigend wusch ich die Holzbretter, während Jaron sie neben mir mit einem grauen Lappen trockenrieb.

»Hast du alles bekommen?«, fragte ich irgendwann.

Er nickte. »Ja, morgen kann es losgehen.«

Als wir alles weggeräumt hatten, gingen wir hinaus auf die Veranda. Ich genoss die frische Luft und ließ mich auf die

Treppenstufen sinken. Jaron tat es mir gleich. Gemeinsam blickten wir auf die ruhenden Felder, über denen gerade die blutrote Sonne unterging. Sie tauchte die Halme in herrliche Rottöne, sodass die Felder wirkten wie ein Meer aus Flammen.

Ich war unglaublich froh, dass ich jemanden getroffen hatte, der meine Notlage nicht ausgenutzt hatte. Mir wurde wieder mulmig zumute, als ich daran dachte, dass ich nichtsahnend durch das Stadttor spaziert wäre, ohne diese ominöse Robe, von der Jaron gesprochen hatte. Die Bräuche und Regeln von Sombra waren mir nicht geläufig und einmal mehr verteufelte ich die Schwesternschaft für ihre Verschwiegenheit, die alles einschloss, was über die Grenzen Mentiras hinausging.

»Wieso hilfst du mir eigentlich? Ich bin absolut unmöglich dir gegenüber gewesen und du hast mich einfach so vom Wegesrand aufgesammelt«, fragte ich.

Jaron ließ sich auf die Holzbank vor dem Haus sinken und blickte in den rötlichen Himmel. »Viele in Sombra haben ein schwarzes Herz, deshalb leben mein Vater, Lou und ich auch bewusst vor den Mauern der Stadt.«

Ein kühler Luftzug fuhr mir durch die Haare, doch das war nicht das Einzige, das mich zum Frösteln brachte.

»Also bereust du es nicht mir geholfen zu haben?«

Er warf mir einen fragenden Blick zu. »Bereuen? Wieso sollte ich das bereuen? Ich habe dir vermutlich dein Leben gerettet. Wie könnte man so etwas jemals bereuen?«

»Ich weiß nicht. Du wirkst so abweisend seit du zurück bist.«

Er musterte mich kurz, ehe er aus seinem grünen Hemd schlüpfte und es mir über die Schultern legte. »Du frierst.«

Jetzt saß Jaron nur noch in einem verwaschenen T-Shirt neben mir. Ich warf einen Blick auf seine muskulösen Oberarme und fragte mich, ob man als Bauer wirklich so durchtrainiert war. Seine Brust hob und senkte sich und bei jedem seiner Atemzüge spannten sich seine Muskeln an.

»Dankeschön«, flüsterte ich.

Er wich meinem Blick aus und entgegnete schließlich, ohne auf das Gesagte einzugehen: »Du kannst übrigens auf dem Steppbett schlafen, das wir im Wohnzimmer aufgebaut haben.«

Wir saßen noch einige Zeit da und starrten vor uns hin. Ich fragte mich, woran er wohl dachte, traute mich allerdings nicht, ihn danach zu fragen.

»Du solltest schlafen«, sagte Jaron leise, »wir sind morgen eine ganze Weile unterwegs.«

Ich öffnete den Mund um etwas zu erwidern, doch mir fiel nichts ein, das ich hätte sagen können. Also nickte ich nur, erhob mich und ging zurück zum Haus. Dabei meinte ich seinen Blick im Rücken zu spüren, wagte es jedoch nicht, mich noch einmal zu ihm umzudrehen.

Ich legte mich auf das provisorische Steppbett, das Ben und Lou mir nach dem Essen aufgebaut hatten und versuchte, zu schlafen. Es gelang mir nicht. Und als Jaron später an mir vorbeischlich, schloss ich schnell meine Augen.

Melia

Am nächsten Morgen war ich bereits vor Sonnenaufgang wach und packte meine Tasche, als Jaron das Wohnzimmer des kleinen Hauses betrat. In der Hand hielt er eine Art schwarzen Umhang. Kritisch beäugte ich die Kutte, die er über den Stuhl legte.

»Das ist jetzt ein Scherz, oder?«

Er grinste frech und schüttelte amüsiert den Kopf. »Schau mich nicht so böse an. In Sombra dürfen Frauen nicht mit erkennbarem Antlitz auf den Straßen herumlaufen. Ich mach` die Regeln nicht.«

Widerwillig zog ich mir die Kutte, die mehr wie ein gefärbter Kartoffelsack wirkte, über.

»Das hier brauchst du auch.« Er reichte mir eine Kette, an der ein etwa münzgroßes Amulett befestigt war. Ich nahm es in die Hand und betrachtete den runden Gegenstand. Es zeigte eine Art Auge, mit einer riesigen feuerroten Pupille, umrundet von einem verschnörkelten schwarzen Kreis. Das Symbol des Auges ähnelte dem auf dem Notizbuch, welches ich auf meiner Reise hierher entdeckt hatte.

»Wozu ist das gut?«, fragte ich, während ich umständlich versuchte, den Verschluss der Kette am Rücken zu schließen.

Jaron trat hinter mich und schob meine Finger sanft beiseite. Ich spürte seine warme Haut auf meiner, als er an der Kette des Amuletts herumfummelte. Es fühlte sich ungewohnt an und ein leichtes Kribbeln durchfuhr meinen

Körper.

»Das ist das Wappen der Stadt Sombra. Das Zeichen, dass du die Regel des Zirkels akzeptierst und dein Leben nach ihr ausrichtest.«

Er nahm mir das Amulett aus der Hand, legte es mir um den Hals und trat vor mich, um mich aufmerksam zu betrachten. »Regel? Welche Regel denn?«, fragte ich sarkastisch.

»Nun, die Regel, dass es eben keine Regeln gibt.«

Ich konnte froh sein, dass Jaron mir seine Hilfe anbot. Es würde nicht helfen, wenn ich schon wieder herumnörgelte.

Nach einem kurzen Frühstück machten wir uns auf den Weg nach Sombra. Wir liefen quer über das Feld vor dem Haus und folgten einem steinigen Weg, der uns zu einer alten, heruntergekommenen Treppe führte. Die Sonne stand bereits hoch am Himmel und auf meiner Stirn bildeten sich kleine Schweißperlen. Bereits jetzt schwitzte ich höllisch unter der Robe. Ich folgte Jaron die steilen Stufen hinauf. Als wir das Ende erreichten, konnte ich die gewaltige Stadtmauer sehen. Sie ragte hoch in den Himmel hinauf und warf schon jetzt einen gewaltigen, beängstigenden Schatten.

»Wow, das ist verdammt ... hoch.«

»Glaub mir, diese Mauern braucht die Stadt auch.« Sein Gesicht wirkte ernst, und seine grünen Augen starrten unverwandt zur Mauer vor uns, was den beunruhigenden Worten nur noch mehr Bedrohlichkeit verlieh. Unweigerlich fragte ich mich, wieso er mit seiner Familie nicht auch Schutz hinter diesen hohen Mauern suchte, wenn es hier doch so gefährlich war? Vielleicht schützte die Mauer aber auch die Menschen draußen, vor dem Unheil im Inneren?

Als wir kurz darauf das imposante, eiserne Stadttor

erreichten, zog Jaron mich plötzlich näher an sich heran und flüsterte mir mit seiner tiefen Stimme zu: »Weich` nicht von meiner Seite, verstanden?«

Vor dem offenen Tor liefen zwei breitschultrige Soldaten mit grimmiger Miene Patrouille. Auf ihrer Brust prangte das Wappen der Stadt – das Auge Sombras. Anders als die Schwestern der Ruína waren die Soldaten hier schwer bewaffnet und würden sicherlich nicht zögern, ihre Schwerter auch zu benutzen. Der Bärtige musterte Jaron einen Moment, ließ uns allerdings problemlos passieren.

Ich nickte Jaron zu und griff reflexartig nach seiner Hand. Sie fühlte sich warm und rau an. Mein Puls beschleunigte sich und ruhiges Atmen fiel mir schwer. Er drückte meine Finger und blickte mir für einen Moment tief in die Augen, ehe er mich ins Getümmel der Menschenmassen zog.

Bereits am frühen Morgen pulsierte die Stadt regelrecht vor Leben und ich war fasziniert von all den Menschen, die sich durch die Gassen schlängelten.

Die Häuser waren größtenteils aus hellem Sandstein gebaut, der die ersten Sonnstrahlen aufnahm und die Stadt in ein warmes, rötliches Licht tauchte. Die Gebäude ragten um ein Vielfaches höher in den Himmel, als die in Mentira und warfen gewaltige Schatten. So hässlich die Moral der Schattenstadt auch sein mochte, äußerlich war sie einfach atemberaubend. Am Boden befand sich feiner roter Sand, der mich, wann immer er durch die umhereilenden Bewohner aufgewirbelt wurde, leicht in der Nase kitzelte.

Die Straßen waren von vielen verschiedenen Marktständen gesäumt. Ein scharfer, beißender Geruch sorgte dafür, dass ich die Nase rümpfte. Als ich meinen Kopf in die Richtung drehte, in der ich den Ursprung vermutete, entdeckte ich einen riesigen Gewürzstand. Dort wurden viele verschiedene Pülverchen in kleinen Bastkörbchen präsentiert und bildeten ein buntes Meer aus Farben.

Jaron zog mich weiter durch die Menschenmasse und lächelte mir aufmunternd zu. Wir liefen durch die staubigen, schmalen Gassen und sein Körper wurde immer wieder eng gegen meinen gedrückt oder von mir weggezerrt. Dennoch ließ er meine Hand nicht los, sondern manövrierte uns zielsicher durch die Menschen.

»Ist es noch weit?«, fragte ich, als wir eine weitere schmale Gasse hinter uns gelassen hatten.

Jaron stützte sich an der Wand zu seiner Rechten ab. »Nein, nur noch die Straße herunter und dann nach links.«

Wir mussten beinahe die halbe Stadt durchquert haben, als wir, laut Jarons Aussage, den äußeren Stadtring erreichten.

Jaron blieb vor einem schäbig wirkenden Gebäude mit bröckelnder Fassade stehen. Auf dem alten Holzschild an der Tür stand in verblassten roten Lettern: ›Kurbys Elektro-Allerlei‹ Er öffnete die Tür und zog mich in das Gebäude.

Als wir eintraten, kam uns ein Schwall abgestandener Luft entgegen. Es kratzte in meinem Hals und ich fing unweigerlich an zu husten. »Bist du sicher, dass dieser Kurby uns weiterhelfen kann?«, fragte ich mit krächzender Stimme.

Jaron nickte mir zu und trat an den staubigen Tresen in der Mitte des Geschäfts. Von draußen drang nur wenig Licht ins Innere. Es schien so, als hätte dieser Kurby nicht wirklich viel Kundschaft in seinem staubigen, heruntergekommenen Laden. Jaron drückte auf eine Klingel. Sofort ertönte ein heller Ton, der durch den Raum hallte. In der hinteren Ecke des Raumes, flackerte eine alte Öllampe und warf beunruhigende Schatten an die graue Wand.

»Ja ja, ich komme schon, ich komme schon!«

Kurz darauf trat ein kleiner rundlicher Mann an den Tresen. Er hatte fast keine Haare mehr auf dem Kopf und seine Klamotten waren über und über mit dunklen Flecken übersät und löchrig. Sein rundliches, von Bartstoppeln übersätes Gesicht wirkte freundlich und seine braunen Augen treu. Gemächlich schritt er auf uns zu.

»Hey Jaron, wir haben uns ja lange nicht mehr gesehen. Wie geht es denn deinem Vater und der kleinen Lou?«

Jaron lehnte sich lässig gegen den Tresen. »Den beiden geht es soweit ganz gut und dir? Laufen die Geschäfte gut?«

Kurby wischte sich mit einem dreckigen Lappen über die ölbeschmierten Finger. »Es läuft. Nicht besonders gut und nicht besonders schlecht, aber es läuft.« »Ich weiß, ich hab' mich länger nicht mehr bei dir blicken lassen, aber ich komme wegen einem ziemlich wichtigen Anliegen meiner Freundin und wir haben ehrlich gesagt nicht viel Zeit.«

Kurbys Blick fiel auf mich. Mit einer Handbewegung wies er uns an, ihm in den hinteren Teil der Werkstatt zu folgen. Unterwegs schälte ich mich aus dieser schrecklichen Kutte, unter der mir höllisch heiß geworden war. Ich warf den Umhang locker über meine Arme und folgte den beiden durch den schmalen Flur nach hinten. Jaron hatte mir versichert, dass ich die Robe nur tragen musste, wenn ich mich nicht in einem Gebäude befand. Kurby führte uns in einen großen Raum, der wesentlich heller war, als der vorherige. Durch ein großes Fenster schien uns die Sonne entgegen. Überall lag Werkzeug herum. Es befand sich in den Metallregalen, auf dem Tisch vor dem Fenster, selbst auf dem Boden. Komische Gerätschaften stapelten sich in den Ecken. Sie wirkten wie Überbleibsel aus der *Vergangenen Zeit*, schienen aber keinem wirklichen Zweck mehr zu dienen.

Der Händler ließ sich auf einen drehbaren Stuhl fallen und blickte mich erwartungsvoll an. »Wie kann ich dir behilflich sein, junge Lady?«

Ich sah unschlüssig zu Jaron, der mir zunickte und seine Hand an meinen Rücken legte. Ich kramte in meinem Beutel und zog das Buch heraus. »Ich habe das hier gefunden und benötige den Schlüssel oder etwas, womit ich es auch ohne Schlüssel öffnen kann.«

Kurby streckte die Hand aus und ich gab ihm das Buch. Er drehte es ein paar Mal, ehe er sich das Schloss genauer ansah. »Das ist ein besonderer Mechanismus.«

Er begann in einer der Schubladen zu kramen und holte einen dünnen, leicht gebogenen Schraubenzieher heraus. Vorsichtig fing er an, an dem Mechanismus des Schlosses herumzuhantieren. Stück für Stück entfernte er die winzigen Verschraubungen. »Zum Glück hast du nicht versucht, es mit einer Zange aufzubrechen. Du hättest ordentlich einen gewischt bekommen.«

Sofort musste ich an die Sicherheitsnadeln denken und den elektrischen Schlag, den ich verpasst bekommen hatte.

Kurby hantierte so geschickt an dem Schloss herum, dass es nach wenigen Minuten klickend aufsprang und die leicht vergilbten Seiten des Buches zum Vorschein kamen. Ein kleiner Teil von mir hatte sich das Ganze irgendwie spektakulärer ausgemalt.

Vorsichtig gab Kurby mir das Buch zurück. Als ich es in den Händen hielt und einmal vorsichtig durch leere Seiten blätterte, fiel mein Blick auf die Mitte des Buches. Dort hinein war mittig ein quadratisches Loch geschnitten worden.

»Was ist das?«, fragte ich die beiden und hielt ihnen das Buch hin.

Kurbys Augen wurden größer. »Heilige Scheiße! Da hat jemand eine alte Speicherkarte im Buch versteckt. Das ist ja der Wahnsinn! So eine habe ich schon seit Ewigkeiten nicht mehr in den Händen gehalten.«

Kurby schien ganz aus dem Häuschen zu sein, ich hingegen verstand kein Wort. Vorsichtig nahm er die kleine Karte aus dem Buch und ging damit zu einer seiner Gerätschaften. Auch Jarons Blick verriet, dass er absolute keine Ahnung hatte, wovon Kurby sprach. Die kastenförmige Apparatur schien ein funktionierendes Überbleibsel aus der alten Zeit zu sein. Als er auf einen der Knöpfe drückte, fing der Kasten an zu leuchten.

»Ihr habt hier Elektrizität?«, rief ich erstaunt aus.

Ich hatte von dieser Erfindung gelesen und auch die Schwesternschaft arbeitete an einer Möglichkeit, Strom herzustellen. Bisher allerdings erfolglos.

»Ja aber natürlich. Natürlich nicht überall, aber meine Arbeit wäre völlig unmöglich, wenn ich sie nicht hätte.«

Erstaunt beobachtete ich die Buchstaben, die auf der Maschine erschienen.

»Das ist ein *Computer*« erklärte Kurby mir.

Ich starrte fasziniert auf den Computer, während Jaron neben mir erstaunlich ruhig geworden war.

»In der *Vergessenen Zeit*, wie wir sie nun nennen, war alles hochmodern und technisiert. Die Menschen lebten unglaublich fortschrittlich und man konnte auf solchen kleinen Karten allerlei Daten, Fotos oder Videos speichern.

Vielleicht haben wir ja Glück und sie ist noch intakt.«

Ich war total verblüfft. Kurby wusste anscheinend viel mehr über die *Vergessene Zeit*, als uns in Mentira offenbart worden war. Soweit ich wusste, hatten wir keine Aufzeichnungen über *Computer.*

Vorsichtig schob er die Speicherkarte in einen kleinen Schlitz und tippte auf einigen Tasten herum. Mit einem Mal erschien auf einem Bildschirm ein Mann mit glasigen blauen Augen und dunkelbraunen Haaren.

»Bereit?«, fragte Kurby. Ich wusste zwar nicht wofür, dennoch nickte ich ihm zu und er drückte abermals eine Taste.

Der Mann auf dem Bildschirm zu reden: *»Ich hoffe sehr, dass es nach dieser Katastrophe noch Menschen geben wird, die sich dieses Video ansehen können. Ich habe einen Fehler gemacht. Diese Welt hat einen Fehler gemacht! Wir haben unseren schönen Planeten mit Reaktoren übersät, ohne vorher darüber nachzudenken, was geschieht, wenn uns alles um die Ohren fliegt. Nichts ist für die Ewigkeit und unsere Welt, die Welt wie ich sie kenne, zerfällt in diesem Moment zu Staub. Mein Name ist Ray Keller und ich war Kernreaktorleiter des Kernkraftwerks in Murrieta im Bundesstaat Kalifornien. Ich habe eine nukleare Kettenreaktion verursacht. Nicht nur der Reaktor in Murrieta, sondern alle Reaktoren der Vereinten Staaten werden früher oder später instabil. Die riesigen Türme werden anfangen, Risse an den Außenwänden zu bekommen, sie werden anfangen, dunklen Rauch auszuspucken. Das sind die ersten bedenklichen Anzeichen. Ich bin mir sicher, selbst wenn ich Ihnen die wissenschaftlichen Erklärungen liefere, wird kaum einer etwas mit diesen Begriffen anfangen können. Wer immer das sieht: Sollten Menschen in direkter Nähe zu diesen großen Türmen wohnen, sollten sie so schnell wie möglich an einen anderen Ort gebracht werden.*

Radioaktivität ist nicht sichtbar, aber sie ist tödlich.«

Während der Mann sprach, hörte mein Herz für einen Moment auf zu schlagen. So ein Turm befand sich in der Nähe zu Mentira! Ich hatte ihn bei meiner Abreise noch von Weitem gesehen. Unvermittelt tauchten die Bilder des dunklen Rauches in meinem Kopf auf und mein Mund wurde ganz trocken und meine Hände begannen zu zittern.

»Die Brennstäbe im Inneren erhitzen sich so stark, dass eine Zusammenballung von Brennstoff entsteht. Dadurch heizt sich das Innere des Reaktors unkontrolliert auf. Versuchen Sie erst gar nicht, die Brände zu löschen. Je näher Sie an den Reaktor treten, desto höher ist die Strahlenbelastung. Fliehen Sie, so schnell Sie können.« Die Augen des Mannes wirkten glasig, sein Blick war starr auf den Bildschirm gerichtet. Der schuldbewusste Ausdruck erinnerte mich stark an den Brief, den ich schon unzählige Male in den Händen gehalten hatte. Anscheinend war die Vergangenheit voll von Menschen, die ihre Taten bereuten. Das Leben zu dieser Zeit musste grausam gewesen sein, wenn die Menschen sich zu solch grausamen Taten gezwungen fühlten. *»Es tut mir unglaublich leid, dass ich nicht eher den Mut aufgebracht habe die Bevölkerung zu warnen. Ich war feige und habe mich von meinen Vorgesetzten einschüchtern lassen. Ich kann mit dieser Lüge, die ich der Menschheit aufgetischt habe, nicht länger leben. Retten Sie sich und Ihre Familien, so lange Sie noch können. Fliehen Sie in abgelegenere Gebiete und beten Sie, dass wir diese Katastrophe überleben werden und irgendwann aus unseren Fehlern lernen …«*

Das Bild wurde schwarz und die Stimme verstummte. War dieser Mann der Grund dafür, dass die *Vergessene Welt* vergessen worden war? In meinem Kopf ratterten unzählige Gedanken. Ich musste unbedingt zurück und die Menschen in Mentira warnen! Dieser große Turm stand nur wenige Kilometer von der Stadt entfernt und hatte in den vergangenen Jahren zum festen Umgebungsbild gehört. Niemals hätte ich es für möglich gehalten, dass er eine Gefahr für uns darstellen könnte. Ich wusste bis jetzt nicht einmal welchen Zweck er gehabt hatte.

»Melia, alles okay?«, erklang Jarons Stimme, als wäre sie weit entfernt.

»Das ...« Ich verstummte und schaute zu Kurby, der meinen Blick besorgt erwiderte.

»Melia?«, rief Jaron mich erneut.

»Ich danke dir für deine Hilfe!«, sagte ich schnell zu Kurby. »Ich muss dringend zurück in meine Heimatstadt und die Menschen warnen, bevor es zu spät ist. So ein Turm steht direkt neben meiner Stadt!« Ich nahm die SD-Karte von Kurby entgegen, verstaute sie wieder sicher im Buch und warf mir hastig die hässliche Kutte über. »Wo bekomme ich hier ein Pferd her?«, fragte ich Jaron.

Er verschränkte die Arme vor der Brust und warf mir einen vorwurfsvollen Blick zu. »Du kannst doch nicht einfach so Hals über Kopf aufbrechen, Melia!«

Natürlich konnte ich, schließlich war ich auch genauso überstürzt aus Mentira aufgebrochen. »Wenn der Mann in diesem Video Recht hat, dann schwebt Mentira wirklich in großer Gefahr.«

Jaron schaute zu Kurby, der nur mit den Schultern zuckte, und wieder zurück zu mir. »Wir sollten erst einmal zurück zu meinem Haus gehen und dann überlegen, wie es weitergeht.« In mir brodelte es bereits wie in einem Vulkan. Tausende Gefühle, die alle versuchten, an die Oberfläche zu gelangen vermischten sich zu etwas Unaufhaltsamen, das mir nur allzu bekannt war – Wut. »Ich denke nicht, dass du hier ein Mitspracherecht hast, Jaron«, fuhr ich ihn an.

Jaron legte mir behutsam eine Hand auf die Schulter. Die Stelle, an der er mich berührte, begann zu kribbeln. »Melia ich kann mir nicht vorstellen, wie du dich gerade fühlen musst, aber es macht keinen Sinn etwas zu überstürzen. Dieser Typ kann doch auch einfach gelogen haben. Du weißt doch gar nicht, ob Mentira wirklich einer Gefahr ausgesetzt ist. Wer weiß, wie alt diese Botschaft überhaupt ist. Ich will dir ja gar nicht verbieten, zurückzukehren. Ich möchte nur, dass du nicht wieder so überstürzt abhaust. Lass uns nach Hause gehen und dann nimm dir etwas Zeit, über die ganze Sache nachzudenken und wenn du bis morgen immer noch der Meinung bist, dass du zurück musst, um deine Schwesternschaft vor diesem Turm zu warnen, dann besorge ich dir ein Pferd. Einverstanden?«

Ich lächelte ihn an und nickte. Doch in Wahrheit hatte ich längst beschlossen, dass ich noch heute Nacht aufbrechen würde. Ich musste meine Schwestern warnen, das brauchte keine weiteren Überlegungen. Ein leichter Duft nach Leder und Zedernholz stieg mir in die Nase.

»Na, ist eure Welt wieder in Ordnung?«, fragte Kurby, der unsere Auseinandersetzung stumm verfolgt hatte.

Sofort fühlte ich mich ertappt. Jaron grinste Kurby an und nickte ihm freundlich zu. Auch wenn ich für den Moment zugeben musste, dass Jaron mit seinen Worten recht hatte, beschloss ich, ihn vorerst zu seinem Haus zu begleiten. Auf dem Weg durch die Stadt redeten wir kein Wort miteinander und auch das Treiben in den Straßen ging völlig an mir vorbei. Meine Gedanken kreisten einzig und allein um Zohera, die sich noch immer in Mentira befand.

Sie war völlig ahnungslos. Ich vermisste sie so sehr und der Wunsch mit ihr über all das Geschehene zu sprechen wuchs und wuchs. Ich wollte ihr davon berichten, dass wir in Mentira Männer verbannt hatten, weil es offensichtlich ein Mann war, der diese Verwüstung verursacht hatte. Ein Mann, dessen Lüge das Leben der Menschheit beendet hatte. Er sprach von *Radioaktivität,* einem unsichtbaren Unheil und ich hatte keine Ahnung, was das alles bedeutete. Alles, was ich mir in diesem Moment wünschte war, meine Schwestern davor zu bewahren! Ich konnte nicht zulassen, dass auch die Menschen in Mentira dieser Lüge zum Opfer fielen.

Als wir eine knappe Stunde später endlich das kleine Häuschen erreichten, ging es mir schon wieder etwas besser.

Meine Panik um Zohera und die Schwestern hatte sich wieder gelegt und ich schob die vielen wirren Gedanken vorerst beiseite. Es war noch nicht zu spät sie alle zu warnen und genau das würde ich tun. Wir würden dieses Unheil aufhalten, eine andere Möglichkeit durfte ich einfach nicht in Betracht ziehen. Hoffnung war so viel stärker als Angst. Genau an diesem Gedanken hielt ich mich krampfhaft fest.

Trotzdem entschloss ich mich, fürs Erste allein zu sein und ließ Jaron auf der kleinen Veranda stehen. Er hielt mich nicht auf und ich war froh darüber.

Ich lief über die umliegenden Felder, bis ich auf einen kleinen Hügel gelangte, von dem aus ich weit ins Umland von Sombra blicken konnte. Die Stadt war überall von saftig grünen Wäldern umgeben. So viel helles, freundliches Grün auf einem Fleck hatte ich zuvor noch nie gesehen. Zwar war Mentira von einem dichten Forst umgeben, allerdings wirkte dieser eher dunkel und bedrohlich. Ich saß stundenlang an dieser Stelle und starrte umher, aber mein Kopf blieb gefüllt mit nur einem Gedanken: *Ich muss zurück nach Mentira, um die Ruína zu warnen!* Worauf wartete ich eigentlich noch?

Als alle im Haus schliefen, machte ich mich zu Fuß auf den Rückweg. Die ungefähre Richtung bis zum geschotterten Weg hatte ich noch im Kopf und nachts waren die Straßen sowieso verlassen, sodass mich niemand aufhielt. Am Straßenrand entdeckte ich in einiger Entfernung einen alten Karren, vor den zwei Pferde gespannt waren. Unauffällig lief ich zwischen den Büschen bis zu dem Wagen, doch er war verlassen. Es schien, als hätte er eine Panne und sein Besitzer hätte ihn samt Ladung hier zurückgelassen. Die beiden Pferde wirkten erschöpft. Dennoch löste ich eines von ihnen und schwang mich in den Sattel. Ohne Pferd würde ich niemals rechtzeitig in Mentira eintreffen. Es versetzte mir zwar einen Stich, wenn ich darüber nachdachte, dass ich jemanden bestahl, doch in Sombra war es ja strenggenommen sowieso nicht verboten. Ich redete mir ein, dass ich das Pferd irgendwann wieder zurückbringen würde und fühlte mich bei dem Gedanken besser. Ich ritt bereits einige Zeit, als ein dumpfer Knall aus einiger Entfernung an meine Ohren drang. Die Erde bebte und es schien, als würde der Horizont brennen. Weit in der Ferne erhob sich eine rauchige Feuerwolke aus der Dunkelheit der Nacht. Sie glühte in den verschiedensten Rottönen und stieg langsam hinauf in den Himmel.

Gebannt beobachtete ich dieses bizarre Bild. Die schweren grauen Wolken stiegen immer höher, erhellt von einem gleisend hellen Licht, das den Horizont emporglitt.

Es war das Schönste und zugleich Beängstigendste, was ich jemals gesehen hatte.

Melia

Ich hatte keine Ahnung, wie lange ich dort im Dreck hockte und dem Farbenspiel am Himmel zusah. Ich war wie gelähmt, konnte mich kaum bewegen und mein Kopf war wie leergefegt. Es war unmöglich, den Blick abzuwenden, gleichzeitig zogen sich meine Eingeweide schmerzlich zusammen, als mir bewusstwurde, was dort in der Ferne den Flammen zum Opfer fiel.

»Melia? Alles in Ordnung?«

Als ich mich umdrehte, blickte ich in Jarons Augen. In der Hand hielt er die Zügel eines Rappen, der seinen Kopf an seine Brust rieb.

Jaron kam langsam auf mich zu und hockte sich zu mir auf den staubigen Boden. Er griff nach meinem Arm und zog mich auf die Beine.

»Wir müssen sofort von hier verschwinden«, sagte er.

Ungläubig drehte ich mich zu ihm um und zeigte auf das Inferno. Wir befanden uns genau an dem Hügel, von dem aus ich die Rauchschwaden entdeckt hatte. Das Meer aus dunklen Nadelbäumen war in ein gefährliches Orange getaucht und die weit entfernten Funken tanzten wie verirrte Glühwürmchen durch die Nacht.

»Das kann unmöglich dein Ernst sein, Jaron! Dort leben hunderte Menschen, die ich seit meiner Kindheit kenne und du verlangst von mir, dass ich sie einfach sterben lasse?«

Jarons Blick wich meinem aus, ehe er mir den Rücken zukehrte. »Du hast doch gehört, was der Typ in dem Video gesagt hat. Diese *Radioaktivität* ist tödlich! Man kann sie weder riechen, noch schmecken und erst recht nicht sehen. Wir würden nicht einmal merken, wie es uns innerlich zerfrisst. Du kannst ihnen nicht mehr helfen Melia. Komm zurück nach Sombra. Wir sollten den Zirkel vorwarnen, damit wir wenigstens die Menschen in Sombra noch retten können.«

Ungläubig blickte ich Jaron an. Keine Spur von Mitleid war in seinem Gesicht zu erkennen. Seine harten Gesichtszüge waren mir fremd und auch wenn mir klar war, dass ich diesen Mann kaum kannte, so hatte ich doch gehofft, er würde mir helfen.

»Dann trennen sich unsere Wege hier«, entgegnete ich.

Ich fuhr herum, noch bevor er etwas sagen konnte und lief los. Wütend und zeitgleich voller Angst stapfte ich durch die sandige Einöde, das Feuer und die schwarzen Rauchfäden am Horizont fest im Blick. Mir war nicht klar, wie weit ich tatsächlich entfernt war, aber das spielte auch keine Rolle. Ich hatte Zohera versprochen zurückzukehren und ich hatte nicht vor mein Wort zu brechen.

Unvermittelt spürte ich einen festen Griff um mein Handgelenk. »Melia, ich werde dich sicherlich nicht dorthin laufen lassen.«

Wütend riss ich meinen Arm los. »Jaron, ich bin wirklich dankbar für deine Hilfe und dafür, dass du mich zu Kurby gebracht hast. Aber ich kann meine Heimat nicht einfach so zurücklassen.« Ich senkte den Blick und heiße Tränen liefen über meine Wangen, ehe sie in den Sand fielen.

Jaron legte eine Hand an mein Kinn und zwang mich ihn anzusehen. Behutsam strich er mir eine der Tränen aus dem Gesicht. »Ich verstehe dich, aber ich kann dich nicht gehen lassen. Du wirst sterben und das …« Seine Stimme stockte, ehe er sich räusperte und weitersprach. »Und das kann ich einfach nicht zulassen. Tot nützt du deinen Schwestern auch nichts.«

Ich zuckte überrascht zusammen. Diese plötzliche Nähe zu ihm brachte mich völlig aus dem Konzept. Seine Hände auf meiner Haut zu spüren, fühlte sich ungewohnt an. Immerhin war ich nie zuvor einem Mann so nahe gewesen. Doch die Art, wie er mich ansah, mit dieser Wärme in seinen Augen, ließ mich letztlich verharren. Er meinte es nur gut und in dieser neuen Welt, waren Berührungen zwischen Mann und Frau anscheinend etwas Normales. Etwas *Menschliches*.

In diesem Moment spürte ich, wie ich unter dem Gewicht von tausend möglichen Entscheidungen begraben wurde. Sollte ich zurückrennen? Oder hier verharren? Oder mit dem Mann mitgehen, den ich im Grunde kaum kannte? Was würde dann geschehen? Die vielen Möglichkeiten schnürten mir die Kehle zu und ließen mir keinerlei Luft zum Atmen.

»Und was soll ich deiner Meinung nach jetzt tun?«, fragte ich zögerlich.

Vorsichtig legte ich meine Hand in seine. Ich spürte den Verrat durch meine Adern fließen, hörte Zoheras anklagende Stimme in meinem Kopf und dutzende Schreie, die meinen Namen riefen.

»Du solltest in jedem Fall nicht dorthin zurückkehren, bis wir wissen, was es mit dieser Explosion auf sich hat. Wir wissen nicht einmal, ob sie überhaupt aus Mentira stammt und auch nicht, ob der Weg nach Mentira unter diesen Umständen momentan sicher ist. Du hilfst deiner Schwesternschaft nicht, indem du giftige Dämpfe einatmest und auf dem Weg elendig erstickst, oder Schlimmeres. Außerdem hat der Mann in dem Video von dieser Radioaktivität gesprochen. Wer weiß, wie gefährlich all das ist.«

Seine Worte wirkten sicher und die Art wie er sie aussprach, so voller Überzeugung, schenkte mir Kraft. Dieser Mann handelte bedacht. Jaron war nicht halb so impulsiv und gefühlsgesteuert wie ich. Er betrachtete die Fakten und entschied danach, was am Sinnvollsten war. Selbst ich konnte nicht länger abstreiten, dass es selbstmörderisch war, jetzt nach Mentira zurückzukehren.

»Lass uns erst einmal zu mir zurückreiten. Du erholst dich von deinem Schock und morgen sehen wir weiter. Wir könnten noch einmal zu Kurby gehen und ihn nach seinem Rat fragen. Vielleicht weiß er sogar, was es mit dieser Radioaktivität auf sich hat.«

Ich nickte ihm kaum merklich zu.

»Okay«, flüsterte ich. Tot wäre ich niemandem eine Hilfe, er hatte vollkommen recht. Es musste einen anderen Weg geben, um Zohera und den Übrigen zu helfen.

Jaron half mir auf den Rücken seines Pferdes, ehe er selbst aufstieg und losritt. Die Zügel von meinem Pferd hielt er in der linken Hand.

Den ganzen Weg zurück sprachen wir nicht miteinander. Aber nach einiger Zeit stieg mir der Geruch von Rauch, Feuer und verbrannten Träumen in die Nase. Zumindest fühlte es sich so an, als würden all meine Träume verbrennen. Zusammen mit den Menschen, die mich zu dem gemacht hatten, wer ich war.

Ich fürchtete mich davor, was mich in Mentira erwartet hätte. Wie ein Feigling ließ ich mich von Jaron wegzerren, oder? In diesem Moment hasste ich mich mehr, als alles andere. Wut und Zorn flossen durch meinen Körper und verbanden sich zu einem lodernden Gefühl des Hasses, das in mir brannte, wie das Feuer in Mentira.

Als ich irgendwann Jarons Hütte in der Ferne entdeckte, stieg Erleichterung in mir auf. Auch Jaron schien sich sichtlich zu entspannen, je näher wir dem Steinhaus kamen. Seine Brust hob und senkte sich gleichmäßiger, während wir nun langsamer über die Felder ritten.

»Melia, bevor wir weiterreiten, musst du mir etwas versprechen, okay?« Seine grünen Augen bohrten sich durch mich hindurch, wie Speere.

»Du musst mir versprechen, dass du nicht wieder mitten in der Nacht abhaust.«

Die Art und Weise wie er die Worte sagte, ließ mich für einen Moment mit einem wohlig warmen Gefühl im Bauch zurück. Dann realisierte ich allerdings, was er gerade gesagt hatte. Er wusste genau, dass ich aufgrund meiner Überzeugung nicht lügen konnte.

Jarons Blick ruhte auf mir, während in mir ein bitterer Kampf tobte. Sollte ich meiner Vergangenheit einfach so den Rücken kehren? Alles zurücklassen, was mich so lange Zeit begleitet und geprägt hatte? Andererseits hatte ich es alleine nicht geschafft, mich nicht getraut, zurückzukehren. Ich war feige und schwach. Die Angst vor dem Tod hatte mich in die Knie gezwungen.

Denn ich wollte nicht sinnlos sterben. Ich wollte leben, die Welt erkunden und ihre vielen Geheimnisse ergründen. Vielleicht musste ich mir eingestehen, dass ich das allein nicht schaffen konnte.

»Einverstanden«, antwortete ich ihm schließlich.

Die Worte schmerzten, trotzdem war es das einzig Richtige. Zumindest für den Moment. Als wir das Haus erreicht hatten, half Jaron mir vom Pferd zu steigen. Er band die beiden Pferde am Zaun fest und gemeinsam liefen wir über das trockene Feld in Richtung Haus. Es war noch dunkel, die Sonne würde erst in ein paar Stunden aufgehen. Alles um uns herum war still.

Hier erinnerte nichts an das Inferno, das Mentira vermutlich gerade verschlang. Als wir uns dem Haus näherten, bemerkte ich, dass die Tür einen Spalt breit offenstand. Jarons Schultern spannten sich an, seine ganze Körperhaltung veränderte sich schlagartig. Er streckte seinen Rücken durch und ging schnellen Schrittes Richtung Haus.

»Du wartest hier! Rühr dich nicht vom Fleck, verstanden?«, herrschte er mich an. Von seiner liebevollen und ruhigen Art war nichts mehr zu erkennen.

Unschlüssig, ob ich ihm nicht doch lieber folgen sollte, lehnte ich mich an einen der Bäume vor dem Haus. Aus dem Inneren des Hauses konnte ich es laut poltern hören, gefolgt von einem Schrei. Ich stürmte hinein und stolperte über einen der Stühle, die neben dem Esstisch umgekippt am Boden lagen. Das Haus glich einem Schlachtfeld! Überall lagen Sachen auf dem Fußboden und ich hatte Mühe mir den Weg durch die Verwüstung zu bahnen. Zerbrochene Teller befanden sich verstreut vor der Kochnische und auch eines der Bücherregale war der blanken Zerstörungswut zum Opfer gefallen. Ich hob eines der Bücher auf und musterte den gebrochenen Buchrücken.

›Gullivers Reisen‹, stand dort in grünen Lettern. Als ich Jaron erblickte, glich sein Gesicht einer bösen Maske. Seine Stirn war von Sorgenfalten durchzogen und seine Augen versprühten grünes Gift. »Sie sind weg!«, brüllte er, als er mich bemerkte.

Ich fühlte mich erneut, als würde mich etwas von innen heraus zerreißen.

»Das ist alles deine Schuld!«, spie er mir entgegen.

»Aber ich habe doch gar nichts ...«

Er unterbrach mich mit einem Schnauben und schüttelte energisch den Kopf. Mir wurde klar, dass dieses Mal *er* derjenige war, der allein sein wollte. Und ich ließ ihn, auch wenn alles in mir danach schrie, herausfinden was ihn so quälte. Benommen stolperte ich aus der Tür hinaus ins Freie.

Das ist alles deine Schuld.

Melia

Jaron wütete in dem kleinen Steinhaus wie ein ausgewachsener Sturm. Ich saß auf den Treppenstufen davor und starrte in die Dunkelheit.

Das ist alles deine Schuld.

Der Satz geisterte immer wieder durch meinen Kopf. Das, was passiert war, musste dem Chaos nach zu urteilen furchtbar sein. Aber was konnte ich dafür?

Ich zuckte zusammen, als im Hausinneren etwas zu Bruch ging. Jaron schien völlig den Verstand verloren zu haben.

Als es drinnen irgendwann ruhiger wurde, nahm ich meinen Mut zusammen und betrat das Haus. Von der gemütlichen Einrichtung war nichts mehr übrig. Alles, was nicht zuvor schon kurz und klein gehauen worden war, hatte Jaron in seiner unbändigen Wut zerstört. Die Bilder, die noch vor wenigen Stunden an den kahlen Wänden gehangen hatten, lagen auf dem Fußboden. Zusammen mit dem Rest der spärlichen Einrichtung.

Ich blickte mich suchend nach Jaron um, konnte ihn aber nicht finden. Unter meinen Stiefeln knirschte kaputtes Glas, als ich mich durch den Raum tastete. Leise kletterte ich über einen umgekippten Schrank hinweg und hielt weiter nach ihm Ausschau. Als ich in die Richtung von Jarons Schlafzimmer ging, sah ich ihn.

Er saß neben dem Bett in der rechten Ecke, den Kopf zwischen den Knien, die Hände darum geschlungen. Dabei sah er wie ein menschliches Wollknäuel aus. Sein Atem ging hörbar und als ich näherkam, hob er den Kopf.

»Er hat sie geholt … er hat sie einfach mitgenommen …«, stammelte er. Von dem schreienden und tobenden Jaron war nur noch eine verletzliche Hülle übriggeblieben.

Ich beugte mich zu ihm herunter und hob vorsichtig die Hand. Zum ersten Mal, seitdem ich ihn kannte, machte er mir Angst. Er war unberechenbar und das war ein Charakterzug, den man mit Vorsicht genießen sollte. Trotzdem tat er mir leid.

Ich streichelte ihm behutsam über das zerzauste Haar und strich es ihm aus dem Gesicht. Seine sonst so leuchtend grünen Augen sahen aus, als wären sie von einer dünnen Staubschicht bedeckt. Der Glanz war vollkommen aus ihnen verschwunden.

»Wer hat sie geholt, Jaron? Wovon sprichst du da?«, flüsterte ich durch die erdrückende Stille des Raumes. Ich hatte ihm so viele Fragen stellen wollen, doch die waren alle wie weggeblasen.

»Kilian hat sie geholt.« Jarons raue Stimme jagte mir einen Schauer über den Rücken.

Wer zur Hölle war Kilian?

Ich ließ mich neben Jaron zu Boden gleiten und schlang die Arme um seinen Oberkörper. Er fühlte sich an, als hätte er glühende Kohlen unter seiner Haut. Trotzdem zog ich ihn eng an mich und streichelte ihm behutsam über den Rücken. Nach und nach ging sein Atem ruhiger und die Muskeln entspannten sich unter meinen Fingern. Ich hatte keine Ahnung wie lange wir so ineinander verschlungen dasaßen, aber irgendwann fielen meine Augen zu und ich sank in einen unruhigen Schlaf.

Am nächsten Morgen wurde ich von der Sonne, die durch die zerbrochenen Fenster schien, geweckt. Als ich mich vom kalten und ziemlich unbequemen Fußboden aufrappeln wollte, bemerkte ich, dass Jaron nicht länger bei mir war. Ich streckte Arme und Beine und versuchte, wieder etwas Gefühl in die eingeschlafenen Gliedmaßen zu bekommen.

»Jaron? Wo steckst du?«, rief ich.

Stille.

Vorsichtig stieg ich über die zu Bruch gegangenen Möbelstücke, ehe ich auf die Veranda gelangte. Ich blickte hinaus über die Felder und entdeckte Jaron weiter draußen. Er lief über die grüne Wiese und entfernte sich vom Haus.

Sofort hechtete ich die Treppenstufen hinunter, blieb jedoch nach einigen Schritten wieder stehen. Jaron lief langsam durch das hohe Gras. Ich beschloss, hier draußen auf ihn zu warten, bis er bereit war mit mir über all das zu reden. Er schien einen Moment nur für sich zu brauchen und das war absolut in Ordnung.

Ich ließ mich auf die schmalen Stufen der Veranda nieder und kramte in meinem Beutel herum. Mein Blick fiel auf das Notizbuch mit der Speicherkarte. Bisher hatte sie mir nichts als Ärger gebracht. Trotzdem strich ich gedankenverloren über den Einband. Dieses Buch war einfach besonders.

Plötzlich hörte ich Schritte. Als ich den Kopf hob, erblickte ich Jaron. »Auch endlich mal wach?«, fragte er schroff.

Ich nickte verunsichert. Jaron ging in Richtung Haus und würdigte mich keines weiteren Blickes. Was war nur los mit ihm?

»Was machen wir denn jetzt?«, rief ich ihm hinterher.

Jaron blieb vor der Tür stehen und beäugte mich kritisch. »Ich statte Kilian und seinem Zirkel einen Besuch ab. Was *du* machst, ist mir ehrlich gesagt egal. Von mir aus geh` zurück nach Mentira.« Er verschwand im Haus und knallte die Tür hinter sich zu.

Ein Teil von mir wollte ihm hinterherstürmen und ihm ordentlich den Marsch blasen. Was fiel ihm eigentlich ein, mich erst mit einem dämlichen Versprechen an sich zu binden und mich nun loswerden zu wollen, wie irgendeine ansteckende Krankheit?

Der andere, intelligentere Teil von mir beschloss, ihn erst einmal in Ruhe zu lassen. Er war momentan nicht er selbst und zu sehr von Wut zerfressen, als dass es irgendetwas gebracht hätte, erneut das Gespräch zu suchen. Jaron brauchte etwas Abstand und wenn ich ehrlich war, brauchte ich ihn auch.

Also schnappte ich mir meine Tasche und lief zu dem kleinen Brunnen, an dem Lou und ich erst gestern noch zusammen die Wäsche gewaschen hatten. Als ich dort ankam, zog ich mich bis auf die Unterwäsche aus und wusch mich. All den Staub und die Asche, die mich an meinen eigenen Verlust erinnerten, ertränkte ich im kühlen Nass und hoffte damit, all das Leid und die Bilder aus meinem Kopf löschen zu können. Das Wasser holte mich zumindest ins Hier und Jetzt zurück. Ich kämmte mein völlig zerzaustes Haar, zog mir halbwegs frische Klamotten an und stopfte die dreckigen in meinen Lederbeutel. Zwischendurch warf ich immer mal wieder einen sorgenvollen Blick in Richtung Haus, aber Jaron ließ sich nicht mehr draußen blicken.

Was soll ich jetzt tun?

Ich fühlte mich immer noch grauenvoll bei dem Gedanken, dass Mentira wohlmöglich bis auf die Grundmauern niedergebrannt war und ich einfach zu feige gewesen war, zurückzukehren. Gleichzeitig wurde mir in diesem Moment erst richtig bewusst, dass ich Jaron nicht verlassen konnte.

Etwas in mir zog sich bei diesem Gedanken schmerzlich zusammen. Ich konnte Jaron sehr wohl verlassen, ich wollte es nur nicht. Er war vermutlich der Einzige, der mir helfen konnte, herauszufinden, was es mit diesem Feuer auf sich hatte. Ich schloss die Augen und genoss für einen Moment die warmen Sonnenstrahlen, die meine Haut wärmten. Dann hörte ich entfernt die zuknallende Tür.

Als ich blinzelte, konnte ich erkennen, wie Jaron auf der Veranda stand und in meine Richtung blickte. Ich hob den Kopf und setzte mich auf. Plötzlich hob er seine Hand und winkte mich zu sich.

Mit einem mulmigen Gefühl in der Magengegend sammelte ich meine Sachen zusammen und lief zurück in Richtung Haus. Entweder war Jaron jetzt wieder lieb zu mir oder er würde mir bei lebendigem Leib den Kopf abreißen. Als ich die Veranda erreicht hatte, blickte ich Jaron mit versteinertem Blick entgegen.

Bloß keine Schwäche zeigen!

»Ich habe uns Tee gekocht«, sagte Jaron monoton und verschwand wieder im Haus.

Unsicher folgte ich ihm mit einigem Abstand hinein. Anscheinend hatte Jaron die Zeit genutzt, um das Chaos, das er angerichtet hatte, wieder halbwegs zu beseitigen. Die Scherben auf dem Boden waren verschwunden und der ein oder andere Bilderrahmen hing nun ohne Glas an der Wand.

Vorsichtig ließ ich mich auf einen der Stühle nieder, der Jarons Wutausbruch zum Glück heil überstanden hatte. Unruhig schob ich die Tasse auf dem Tisch hin und her, bis Jaron kam und mir heißen Tee eingoss. Ein süßlich-herber Duft nach Äpfeln und Hibiskus erfüllte den Raum.

»Den Tee hat meine Mutter mir früher immer gekocht«, sagte Jaron.

»Du musst sie sehr vermissen«, antwortete ich gedankenverloren. Ich hatte meine Mutter nie kennengelernt. Mir fiel es deshalb immer unglaublich schwer, diese innigen Gefühle zwischen Mutter und Kind nachzuvollziehen.

»Ich vermisse sie jeden Tag. Es ist einfach unfair, dass Lou sie nie richtig kennenlernen konnte. Aber anscheinend ist die Welt nicht immer fair.«

Der Tee schmeckte köstlich. Er war zwar sehr süß, gleichzeitig hatte er auch eine herbe Note.

»Jaron, was ist hier los?«, fragte ich eindringlich. »Wer ist Kilian? Was ist hier passiert?« Ich deutete mit einer allumfassenden Geste auf das Chaos um uns herum.

Er wich meinem Blick aus und wirkte zwar nicht mehr sauer, aber seltsam unruhig. »Ich will darüber jetzt nicht sprechen ...«

Ich schlug mit der Faust auf den Tisch, sodass meine Tasse erzitterte und der übrige Inhalt darin vibrierte. Jaron blickte mich erstaunt an. »Ich will jetzt endlich wissen, was hier los ist. Du gibst mir die Schuld an ihrem Verschwinden und erklärst mir nicht einmal warum ...« Ich stockte. Die letzten Worte klangen seltsam. Als würde meine Zunge sich weigern sie korrekt auszusprechen. »Was ist ...?«, lallte ich und mein Blick verschwamm, sodass ich mich an der Tischkannte festklammerte. Jaron erhob sich und blickte ernst auf mich herunter.

Wir schwiegen für eine Weile. Die Wände des Hauses bogen sich mir entgegen und die Decke kam mir gefährlich nahe. Schließlich gab ich dem merkwürdigen Drängen der Schwerkraft nach und irgendwie erschien mir selbst der Sturz auf den Boden wie in Zeitlupe.

»Was ...?«, versuchte ich, doch es kam nicht mehr als ein undefinierbarer Laut über meine Lippen. Dann wurde alles um mich herum gefährlich dunkel und unendlich ruhig.

Melia

Bin ich tot?

Der zweite Gedanke war:

Was ist das in meinem Mund? Ein Stück Stoff? Ein Knebel?

Mein Kopf fühlte sich an, wie ein brummendes Hornissennest und die Dunkelheit um mich herum schnürte mir die Luft ab. Als ich versuchte, mich zu bewegen, musste ich feststellen, dass mich jemand wie ein Paket eingeschnürt hatte. Es gab also vorerst kein Entkommen.

Unruhig wälzte ich mich von einer Seite auf die andere. Wo war ich und was noch viel wichtiger war: Was war überhaupt passiert? Ich versuchte angestrengt, mich an irgendetwas zu erinnern, aber in meinem Kopf formten sich keine klaren Bilder, sondern nur undurchsichtige Schleier, die die Sicht auf alles andere unmöglich machten.

Ich versuchte einen Hilferuf hervorzubringen, doch es drang nichts als ein dumpfer Laut durch den Stoff des Knebels hindurch. Dennoch versuchte ich es mehrfach und scheiterte.

Etwas hämmerte von außen gegen mein dunkles Gefängnis. Ein starker Ruck durchfuhr meinen Körper, ehe ich das Gefühl hatte, mich vorwärts zu bewegen. Es holperte und mein Kopf wurde unsanft gegen eine Wand gehauen. Anscheinend hatte man mich in eine Holzkiste gesperrt. Ich versuchte gegen eine der Wände zu treten, aber die Fesseln saßen so fest, dass ich kaum genug Beinfreiheit besaß, um Schwung holen zu können. Irgendwann ließen meine Kräfte nach und der Sauerstoffmangel in der Kiste tat sein Übriges. Ich döste immer wieder kurz weg, bis ich endgültig das Bewusstsein verlor. Schon wieder.

Dicke Rauchschwaden waberten durch die Luft und verschleierten mir die Sicht. Ich lag am Boden und war weder gefesselt noch geknebelt. Tränen verschleierten meinen Blick, dennoch erkannte ich sofort den Ort, an dem ich mich befand: Mentira! Der Geruch von brennendem Holz stieg mir in die Nase und ein stechender Schmerz durchzog meinen Körper. Als ich mich umsah, erkannte ich den Vorplatz des Schlosses. Doch die Häuser ringsherum waren von dichtem Rauch verhangen und überall schlugen wütende Flammen um sich. Vorsichtig sah ich an mir hinab und zuckte erschrocken zusammen.

Mein Körper war über und über mit Blut und Ruß beschmiert und meine Kleidung hing nur noch in Fetzen an mir herab. Wo kam das Blut her? Panisch tastete ich mich ab und schrie auf, als meine Finger empfindliche Haut über meinem Bauch ertasteten. Dort klaffte eine Wunde, aus der ununterbrochen dunkelrotes Blut quoll. Als ich versuchte aufzustehen, flimmerten weiße Punkte vor meinen Augen. Der metallische Geruch meines Blutes rief Übelkeit in mir hervor, die ich nur mühsam unterdrücken konnte. Trotzdem rappelte ich mich auf. Das Brennen in meinem Körper war unerträglich. Es fühlte sich an, als würde mit jedem Blutstropfen, der auf den rußverschmierten Boden fiel, auch ein Stück meiner Lebendigkeit aus mir hinaussickern.

Überall erklangen Schmerzensschreie und das Tosen von Flammen dröhnte in meinen Ohren.

Ich versuchte, mich zu beruhigen, meinen Kreislauf herunterzufahren, damit weniger Blut aus meinen Körper gepumpt wurde. Aber die Luft war so dick und rauchverhangen, dass es unmöglich war. Ich hustete und zuckte bei dem Schmerz, der meinen Körper durchfuhr, zusammen. Automatisch presste ich meine Hände wieder auf die Wunde.

»Melia?«, rief eine mir bekannte Stimme.

Als ich mich zu ihr umsah, blieb mein Blick an einem der Hauseingänge hängen, in dessen Schatten ich eine Gestalt erkannte. Ich humpelte in ihre Richtung. »Hallo? Ich brauche Hilfe, ich ...« Weiter kam ich nicht, denn als ich begriff, wer vor mir stand, erstarrte ich. »Kalyra.«

Sie sah mitgenommen aus. Ihre Kleidung war rußgeschwärzt, Blut haftete an ihrer zerrissenen Hose und sie hielt sich den Arm. Als sie den Blick ob, erkannte ich, dass an der Stelle, an der sich vor Kurzem noch ihr rechtes Auge befunden hatte, nichts als ein blutiges Loch klaffte. »Kann ich dir helfen?«, presste ich hervor und trat einen weiteren Schritt auf sie zu.

»Du hast uns zum Sterben zurückgelassen! Du bist eine Verräterin!«, brüllte sie. Kalyra zog so unvermittelt ihr Messer, dass ich keine Möglichkeit hatte auszuweichen und rammte es mir in den Bauch. Stechender Schmerz durchzuckte meinen Körper, ehe ich zusammensackte. Als ich zu Kalyra hinaufblickte, starrte sie hasserfüllt auf mich herab.

»Verreck` du elendiges Miststück!«, zischte sie mir entgegen und verschwand im Rauch der Stadt.

»Hör auf, sie so zu malträtieren, dem Soberano wird das nicht gefallen«, drang eine entfernte Stimme in mein Bewusstsein.

Erneut spürte ich allumfassenden Schmerz, der sich von meinem Bauch aus durch meinen Körper zog.

»Sei nicht so ein Weichei, Stew. Die Kleine wird noch ganz andere Dinge über sich ergehen lassen müssen.«

Als ich versuchte, tief Luft zu holen, zog sich alles in mir schmerzlich zusammen. Es fühlte sich an, als würden meine Eingeweide an einem seidenen Faden hängen, bereit, bei der kleinsten Bewegung zu zerreißen. Ich bekam nur am Rande mit, wie mich einer der beiden – ein kahlköpfiger, stinkender Typ – aus der Kiste zerrte, um mich von meinem jetzigen Gefängnis, ins nächste zu verfrachten. Er griff mir grob unter die Arme und ich erhaschte einen Blick auf seinen vernarbten Unterarm. Ich versuchte meine Augen offen zu halten und mir das Gesicht meines Peinigers einzuprägen. Doch ich nahm seine Konturen nur verschwommen wahr. Er schleppte mich einen gepflasterten Weg entlang und meine Beine schliffen schmerzhaft über die kalten Steine.

Völlig entkräftet und kaum bei Bewusstsein, wurde ich in ein Kellerverlies geschafft, in dem mich der breit gebaute, nach Schweiß stinkende Mann achtlos auf den Boden fallen ließ. Als sich die schwere Tür mit einem lauten Quietschen hinter mir geschlossen hatte, versuchte ich auf die Beine zu kommen. Als ich mich umblickte, erschauderte ich. Ich befand mich in einer kleinen, feuchten Gefängniszelle, deren

Boden immerhin mit altem, muffig riechendem Stroh ausgelegt worden war. Mit letzter Kraft zog ich mich an den Steinen hoch und wankte zu dem kleinen Loch in der oberen Hälfte der Wand, das in meine Zelle ein wenig Helligkeit hereinließ. Die Sonne schien gerade unterzugehen und das Licht in der Zelle wurde von Minute zu Minute schwächer. Ich kauerte mich in die Ecke und versuchte krampfhaft, zu verstehen, was passiert war.

Hatte man mich und Jaron im Haus überwältigt und verschleppt?

Unruhig versuchte ich mein Innerstes zu ordnen, konnte mich aber einfach nicht konzentrieren. Meine Gedanken drifteten zu dem Traum, in dem mich Kalyra kaltherzig ermordet hatte. Es hatte sich so real angefühlt. Ihr stählerner Blick, das Messer in ihrer Hand und der schwere Rauch in meiner Lunge. Als ich vorsichtig an meinem Körper hinunterschaute, erschrak ich.

An meinem Oberteil klebte überall Blut!

Erst jetzt nahm ich den leicht metallischen Geruch wahr und schluckte. Unsicher schob ich mein dreckverschmiertes Hemd hoch und entdeckte eine Wunde über meinem Bauch. Anders als in meinem Traum war diese allerdings nicht sehr tief und blutete nicht mehr stark. Aber es war zweifelsohne dieselbe Stelle wie in meinem Albtraum und auch die Verletzung an sich glich einem gezielten Messerstich. Als ich vorsichtig mit dem Finger an der Wunde entlangfuhr, spürte ich den dumpfen Schmerz, der in meinem Traum unerträglich gewesen war.

Doch jetzt träumte ich nicht, sondern befand mich in der Realität. In Sombra. Ich hatte davon gelesen, dass die Stadt eine *dunkle Aura* umgab. Aber wirklich daran geglaubt hatte ich bisher nicht. Die selbsternannte Schattenstadt folgte keinen Regeln und Gesetzen. Der Zirkel, der hier regierte, hatte, nachdem die Vergangenheit endgültig vergessen worden war, seine eigene Welt geschaffen. Eine Welt, in der die Menschen ihren Trieben und Gelüsten nachgehen konnten. Eine Welt, in der es Richtig und Falsch nicht zu geben schien. Trotzdem war es auch hier nicht möglich, durch eine Verletzung in einem Traum eine Wunde in der Realität davonzutragen.

Oder etwa doch?

Nachdem ich dieses eigenartige Video in Kurbys Werkstatt gesehen hatte, war meine Sicht auf die Dinge ins Wanken geraten und mit dem Sturz von Mentira endgültig zerfallen. Ich wollte gerade meine Hand in meinen Lederbeutel schieben, um das kleine Tagebuch zur Hand zu nehmen, als mir klar wurde, dass man ihn mir bei meiner Gefangennahme abgenommen haben musste. Die Karte, der Siegelring und das Buch befanden sich in fremden Händen.

So ein Mist!

Mein Bauch fing wieder an zu schmerzen und egal, wer von den beiden Fremden mir diese Schmerzen zugefügt hatte, er würde bitterlich dafür büßen. Sofern ich jemals aus diesem Loch herauskam.

Ich rüttelte ein paar Mal an der schweren Eisentür, gab aber relativ schnell wieder auf. Derjenige, der mich hier eingesperrt hatte, würde sich schon früher oder später zeigen. Zumindest hoffte ich das. Erschöpft ließ ich mich auf die stinkende, alte Matratze fallen und starrte in die aufkommende Dunkelheit.

Melia

Ein markerschütternder Schrei ließ mich aus dem Schlaf aufschrecken. Um mich herum war es dunkel. Meine Augen stierten ins Nichts und für einen winzigen Moment überkam mich Panik. Mich durchzuckte ein eisiger Schauer und das Atmen fiel mir schwer. Langsam quälten sich die Ereignisse des vergangenen Tages zurück in mein Bewusstsein. Als ich meinen Kopf drehte, erkannte ich einen kleinen hellen Punkt, inmitten von all dem furchteinflößenden Schwarz. Das gequälte Geheul ertönte erneut. Es klang, als würde jemand um sein Leben brüllen.

Ich schlang die Arme um meinen Körper und versuchte, ruhig zu atmen. Aber mein Puls ging so unglaublich schnell, dass ich das Gefühl hatte, die Luft in der Zelle würde nicht ausreichen, um mich vor dem Ersticken zu retten. Meine Wunde am Bauch pochte und ich hatte keine Ahnung, wie lange ich es noch in diesem Loch aushalten würde. Ich kauerte mich auf der Matratze zusammen und horchte angespannt, doch es erklang kein weiterer Schrei.

Angespannt blieb ich sitzen, bis die ersten Sonnenstrahlen meine Zelle erhellten. Plötzlich hallten Schritte durch den Gang. Vorsichtig versuchte ich mich auf die Beine zu hieven, indem ich mich mit den Händen an der löchrigen Zellenwand hinaufzog. Erneut wurde mein Körper von einem stechenden Schmerz durchzogen. Ich biss die Zähne aufeinander und unterdrückte ein Stöhnen.

Ich schleppte mich zur Zellentür, die ein kleines, mit Gittern versehenes, Sichtfenster besaß und horchte nach den Schritten auf dem Gang. Dabei versuchte ich meinen Kopf so weit wie möglich an die Gitter zu pressen, um einen Blick auf den Gang zu erhaschen. Ich reckte den Kopf nach links und sah einen bullig gebauten Mann, der gerade dabei war einen Gefangenen in die Zelle neben meiner zu sperren. Als der Wärter meinen Blick bemerkte, grinste er mich an und entblößte dabei seine gelben Zähne. »Du kommst auch noch dran, Kleines. Verlass dich drauf.« Er schlurfte den Gang entlang, bis ich irgendwann eine schwere Tür zufallen hörte.

Wen hatte er wohl dort eingesperrt? Vielleicht Jaron?

Erneut rüttelte ich an der Tür, wohl wissend, dass ich sie so nicht öffnen konnte. Sollte ich einfach rufen? Besser nicht. Wer wusste schon, was für ein zwielichtiger Typ an der nächsten Ecke stand und nur darauf wartete, dass ich Ärger machte. Andererseits konnte ich kaum noch aufrecht stehen, da meine Wunde am Bauch immer schmerzhafter pochte und auch mein leerer Magen machte mir allmählich zu schaffen.

»So eine verdammte Scheiße!«, fluchte ich.

»Melia?«, ertönte eine schwache Stimme.

Ich runzelte die Stirn.

Hatte ich mir das gerade eingebildet?

»Wer ist da?«, fragte ich zögerlich.

Im ersten Moment herrschte Stille. Die Sekunden zogen zäher an mir vorbei als Honig und mein Atem ging gleichzeitig so rasend schnell, dass ich Angst hatte, erneut das Bewusstsein zu verlieren. Kleine Schweißperlen bildeten sich auf meiner Stirn, die ich mit dem Hemdärmel wegzuwischen versuchte.

»Melia, ich bin es. Zohera.«

Für den Bruchteil einer Sekunde hatte ich das Gefühl, den Boden unter den Füßen zu verlieren. Als würde ich auf weichem Sand stehen und Stück für Stück im Erdboden versinken.

Wie zur Hölle war das möglich?

Erneut wischte ich mir über die Stirn und versuchte mich zu beruhigen. Aber stattdessen entfuhr mir ein ziemlich albernes Lachen. Ich wurde verrückt! Was auch immer diese Leute hier mit mir vorhatten, sie hatten mich unter Drogen gesetzt und nun wurde ich durch den Wassermangel langsam wahnsinnig und halluzinierte!

»Melia, geht es dir gut?«

Ich schluckte meine wahnwitzigen Gedanken herunter und starrte wieder hinaus auf den Gang vor meiner Zelle. Vergeblich versuchte ich meinen Kopf durch die Stäbe zu pressen, doch die Streben waren viel eng. Mein Blick huschte verstohlen durch den spärlich beleuchteten Gang.

»Zohera?«, flüsterte ich. Ich kam mir so eigenartig vor, mit einer Person zu reden, die ich für tot gehalten hatte. Doch ich würde Zoheras Stimme unter tausenden wiedererkennen!

»Ja Melia. Ich bin es!«, hallte die Stimme erneut zu mir herüber.

Sie war es tatsächlich!

Ich blinzelte Tränen der Erleichterung weg, als ich begriff, dass meine beste Freundin am Leben war. Gleichzeitig fühlte ich die Last des gebrochenen Versprechens, die schwer auf meinen Schultern lastete. Ich hatte sie in Mentira ihrem Schicksal überlassen. Ich hatte sie alle verraten.

»Wie bist du hier gelandet?«, fragte ich.

Zohera schwieg. In diesem Moment wurde mir schmerzlich bewusst, dass die Schreie der vergangenen Nacht ihre gewesen waren. Ich hätte sie so gern in den Arm genommen und ihr gesagt, dass alles wieder gut werden würde. Aber auch, wenn ich es mir nicht erklären konnte, war ich irgendwie froh, dass uns eine kalte, nasse und dunkle Backsteinwand voneinander trennte.

»Zohera, es ... tut mir so ... unglaublich leid«, stotterte ich und verstummte, nicht in der Lage noch etwas hinzuzufügen. Erneut erklangen Schritte auf dem Gang und Zohera warf mir einen gequälten Blick zu.

»Geh von der Tür weg!«, zischte sie. Als ich nicht sofort reagierte, schlug sie mir mit einer Hand gegen ihre Zellentür. »Sofort!«

Erschrocken wich ich von der Tür zurück. Die Schritte näherten sich, bis sie vor meiner Zellentür verstummten.

»Ab in die Ecke!«, herrschte mich ein Wärter an.

Ich folgte seinem harschen Befehl und kurz darauf wurde meine Zellentür aufgeschlossen. Der breitschultrige Soldat packte mich am Arm und zerrte mich aus meinem Gefängnis.

»Nein! Lass mich sofort los«, schrie ich.

Doch der Soldat hielt mich mühelos fest. Mit der einen Hand bohrte er mir einen harten Stock in die Seite, während er mich mit der anderen grob vorwärts stieß. Mir fiel es schwer zu atmen und so stolperte ich nach Luft japsend den dunklen Gang entlang.

Als sie mich an Zoheras Zelle vorbeischleiften, wich sie meinem flehenden Blick aus und starrte zu Boden. Ich wollte mir nicht ausmalen, welche Qualen sie durchlitten haben musste und welche Qualen *ich* nun erleiden würde. Dabei hatte ich noch immer keinen blassen Schimmer, wo ich war und wer mich hierher verschleppt hatte. Aber auch, wenn mich in diesem Moment die nackte Angst packte, so würde ich nun endlich eins bekommen: Die Gewissheit, was hier vor sich ging!

Kilian

Als sie den kahlen Verhörraum betrat, funkelten mir ihre dunkelbraunen Augen zornig entgegen. Stew, der Wärter, drückte sie grob auf einen der beiden Stühle und zog sich dann ans andere Ende des Raumes zurück. Abgesehen von den beiden Sitzgelegenheiten und einem wackeligen Holztisch, war der Raum leer.

Ich musterte unsere Besucherin gespannt. Die junge Frau wirkte abgekämpft und erschöpft. Dennoch blickten mir ihre hellen, braunen Augen aufmerksam entgegen. Sie reckte ihr Kinn herausfordernd in die Höhe, nachdem Stew sie auf den Stuhl befördert hatte. Noch nie zuvor hatte ich eine der Schwestern der Ruína getroffen und ich war überrascht über ihren doch recht ansehnlichen Anblick. Zwar waren ihre langen, dunkelbraunen Haare zerzaust und standen wild in alle Richtungen ab, aber etwas an ihrem ungebändigten Blick traf genau meinen Geschmack. Als ich sie anlächelte, verfinsterte sich ihr Ausdruck und es bildeten sich leichte Fältchen auf ihrer Stirn. Sie straffte den schlanken Oberkörper und sammelte anscheinend das letzte bisschen Kraft, das sie noch besaß.

»Wer sind Sie und wieso werde ich hier eingesperrt, wie ein Stück Vieh?« Sie spie mir die Worte entgegen und versuchte nicht einmal, ihre Abneigung zu verbergen.

Ich schwieg, drehte ihr den Rücken zu und schritt langsam durch den fensterlosen Raum. Als ich vor ihr stehen blieb, erkannte ich, wie sie krampfhaft versuchte, gleichmäßig zu atmen. Es wäre ihr auch beinahe gelungen, gelassen zu wirken, doch ihre Augen, die unkontrolliert durch den Raum zuckten, verrieten sie.

»Mein Name ist Kilian Cross und du musst Melia sein, richtig? Willkommen in Sombra.«

Ihre Hände krallten sich in die Stuhllehne und ihre Muskeln schienen zum Zerreißen gespannt.

Wie eine Raubkatze, kurz bevor sie ihre Beute reißt.

»Aha. Und wieso sperrt man mich hier im Kerker ein, Kilian Cross? So begrüßt man in meiner Heimat keine Gäste.«

Ihr schnippischer Unterton entging mir keinesfalls und auch Stew reckte überrascht den Kopf nach vorn. Jedem anderen hätte ich allein für das ›Aha‹ einen Finger abgeschnitten, aber Vater hatte bei unserem letzten Gespräch mehr als einmal betont, dass ihr nichts geschehen durfte.

Ich atmete tief ein und schüttelte die aufkeimende Wut ab. Ihre Reaktion war unter den gegebenen Umständen verständlich, auch wenn ich sie keinesfalls guthieß.

»Mir ist bewusst, dass diese Situation durchaus verwirrend sein muss und ich entschuldige mich für die Art und Weise, wie du in deine Zelle gebracht wurdest. Doch das ließ sich leider nicht vermeiden«, redete ich beschwichtigend auf sie ein.

Mein Vater hatte mir schon als kleiner Junge eindrucksvoll bewiesen, dass man manchmal mit Nettigkeiten eher an sein Ziel kam, als mit roher Gewalt.

Außerdem hatte er mir von der Sturheit und dem Pflichtbewusstsein der Schwesternschaft erzählt. Ihre Prinzipien waren ihnen heilig und nach diesen Regeln richteten sie ihre gesamte Existenz aus. Nicht, dass ich diese Art und Weise zu Leben nachvollziehen könnte und als *Leben* würde ich sie erst recht nicht bezeichnen. Aber ich akzeptierte ihre Sicht auf die Dinge und wenn Melia tatsächlich nach diesen Maßstäben lebte, würde ich mit Drohungen und Gewalt nicht weit kommen.

»Ich verstehe immer noch nicht, wieso ihr mich wie eine Verbrecherin überwältigt und verschleppt habt. Ich will wissen, wo Jaron steckt und was uns zur Last gelegt wird. Wir waren in seinem Haus und plötzlich finde ich mich gefesselt in einer dunklen Holzkiste wieder!«

Ich hatte schon viel eher damit gerechnet, dass sie Jaron erwähnen würde. Immerhin war er mir keinesfalls unbekannt. Ich versuchte, gegen das Grinsen anzukämpfen, auch wenn es mich einiges an Selbstbeherrschung kostete. »Du wurdest nicht von *uns* überwältigt und verschleppt. Es tut mir fast leid, dir deine Illusion zu nehmen, aber du befindest dich in Sombra, der Schattenstadt. Dein Freund hat dich hinterhältig betäubt und dich dann zu mir in die Schattenburg gebracht. Er hat mir einen Handel vorgeschlagen und ich bin darauf eingegangen: Dich im Gegenzug für seine herzallerliebste kleine Schwester und seinen Vater.«

Kaum hatte ich die Worte ausgesprochen, konnte ich beobachten, wie sich ihre Mimik veränderte. Zuerst blickte sie verwirrt und ungläubig. Dann schien sie zu realisieren, dass Jaron sie mit seinem Tee gefügig gemacht hatte. Ihre Augen wurden glasig, der Blick leer. Schließlich wurde ihre

Haut fahl und sie senkte den Blick. Nichts schmerzte so sehr wie der Verrat, denn Verrat war der Nährboden allen Übels. Die unsichtbare Kraft, die Sombra am Leben hielt. Der Anblick des gebrochenen Mädchens war gleichzeitig schön und unerträglich.

»Wieso hast du seine Familie verschleppt?«, fragte sie, ohne auf das vorher Gesagte einzugehen. Ich ließ mich nun ebenfalls auf einen der Stühle fallen und lehnte mich über den Tisch zur ihr herüber.

»Weil ich wusste, dass er dich zu mir bringen würde, Kleines. Glaubst du denn ernsthaft, in der regnerischen Nacht, wo du wie ein Häufchen Elend vor den Toren meiner Stadt herumgelungert hast, wäre das niemandem aufgefallen? Meine Augen und Ohren sind überall. Deshalb weiß ich auch, dass du aus Mentira zu uns gekommen bist.«

Als ich den Namen ihrer Heimatstadt aussprach, war es, als hätte sich ein Schalter bei dem Mädchen umgelegt. Melia straffte die Schultern und richtete sich auf. Plötzlich wirkte sie nicht mehr niedergeschlagen, sondern über alle Maße stolz und erhaben. »Ich hätte wissen müssen, dass diese schäbige Stadt nur von Lügnern, Verbrechern und Betrügern bewohnt wird. Trotzdem bin ich neugierig, woher du weißt, dass ich aus Mentira komme.«

Das Gespräch schlug langsam genau die Richtung ein, in die ich es hatte lenken wollen. Dennoch empfand ich die Umstände in diesem Kellerloch alles andere als passend. In so einer tristen Umgebung würde sie keinesfalls die Antworten geben, die für meinen Vater und mich von Bedeutung waren. Zuckerbrot statt Peitsche war wohl wieder einmal die einzige Möglichkeit, die Wogen zu glätten.

»Auch wenn mich deine Unterstellungen bezüglich meiner Stadt sehr kränken, so kann ich sie von deinem jetzigen Standpunkt dennoch nachvollziehen. Als Zeichen des guten Willens und als Entschädigung für deine wenig erholsame Nacht würde ich dich gerne in den Westflügel unserer Schattenburg einquartieren. Du bekommst ein Zimmer mit einem richtigen Bett, ohne Gitter vor den Fenstern und frische Kleidung, sowie die Möglichkeit, dich vernünftig zu waschen. Ruhe dich aus und wenn du dich und deine Gedanken geordnet hast, essen wir gemeinsam und reden über die wichtigen Dinge.«

Nachdem Melia keine Anstalten machte, auf mein Angebot zu antworten, wollte ich mich schon Richtung Tür bewegen, als sie doch noch etwas entgegnete. »Abgemacht. Aber nur, wenn meine Zellennachbarin mich begleiten darf.« Ihr Blick war stechend und ihre Augen funkelten mir wild entgegen, dennoch hatte ihre Haltung auch etwas Ängstliches. Sie hatte ihre Arme eng um ihren Oberkörper geschlungen, als wolle sie sich selbst vor allem Übel schützen.

»So ehrbar deine Bitte auch sein mag, aber das Angebot gilt nur für dich. Willige ein, oder schlafe weiter hier unten. Die Wahl liegt bei dir. Falls du dich entscheiden solltest darauf einzugehen, kannst du einem der Wachmänner Bescheid sagen.«

Ich nickte Stew kurz zu und er öffnete mir die Tür.

Melia

Fassungslos starrte ich Kilian hinterher und blieb in dem stickigen und dunklen Raum zurück. Noch immer konnte ich nicht fassen, was mir in den letzten Tagen widerfahren war. Von einer Diebin zur Verräterin. Und nun war ich eine Gefangene. Ein überaus bemitleidenswerter Abstieg. Noch immer schmerzte meine Wunde am Bauch und auch mein Magen meldete sich wieder unangenehm zu Wort.

Ich konnte diesen Kilian, mit seiner einschüchternden Erscheinung und seinen stechend grauen Augen nicht einschätzen. Er wirkte überaus charmant und wortgewandt und ich war mir sicher, dass er versuchte, mich zu manipulieren.

Dennoch musste ich zugeben, dass ich noch eine Nacht in dem kalten, nassen Loch nicht überstehen würde. Ich hatte damit gerechnet, dass man mich foltern würde, stattdessen hatte Kilian mir eine noch viel schmerzlichere Wunde zugefügt. Er hatte mir die Wahrheit über die letzten Stunden unter die Nase gerieben und meine Reaktionen genossen, wie andere einen guten Wein. In seinen Augen hatte die Häme geglitzert, als er mir von Jarons Verrat berichtet hatte.

Seit ich in Sombra eingetroffen war, fühlte es sich an, als läge ein gewaltiger Schatten über mir, der nur darauf wartete, mich mit Haut und Haaren zu verschlingen. Und Zohera? Ich konnte mir keinen Reim darauf machen, wie sie hier gelandet war. War sie mir nach meiner Flucht gefolgt und hatte versucht, mich zu finden? Vielleicht hatte man sie in der Stadt aufgegriffen und ins Verlies gebracht, weil sie keine dieser hässlichen Roben getragen hatte. Mein Kopf explodierte förmlich bei den vielen Möglichkeiten.

Plötzlich wurde die Stille durch ein Quietschen durchbrochen und der bullige Mann betrat wieder den Raum.

»Der Soberano erwartet deine Entscheidung«, brüllte er.

Unruhig rutschte ich auf dem Stuhl hin und her. Ich wollte Zohera nicht wieder im Stich lassen. Ihr Anblick hatte sich fest in mein inneres Auge gebrannt und ihre Schreie der vergangenen Nacht hallten noch immer in meinen Ohren wider. Mein Gewissen war vielleicht nicht mehr so rein, wie ich es mir wünschte, aber es war noch weit davon entfernt, eine Schwester und eine Freundin allein zurückzulassen. Ich hatte zwar keine Ahnung, wie sie hier gelandet war, aber alles war besser, als wenn sie unter den Trümmern der brennenden Stadt begraben läge. Ein kleiner Teil von mir hoffte, dass sie nicht die Einzige war, die das Feuer überlebt hatte. Wenn ich jetzt auf das Angebot einging, würde ich keine weitere Möglichkeit bekommen, mit Zohera zu sprechen und herauszufinden, was in Mentira geschehen war.

»Ich ziehe es vor, in meiner Zelle zu bleiben«, antwortete ich selbstsicher.

Der breitgebaute Mann zog eine Augenbraue hoch, ehe er gemächlich auf mich zu trottete.

»Das ist eine denkbar schlechte Wahl«, brummte er. Als er mich grob auf die Beine ziehen wollte, entfuhr mir ein Schrei. Erschrocken ließ der Mann meinen Arm los und ich sackte auf dem dreckigen Boden zusammen. Ich krümmte mich und schrie, bis ich kaum noch Luft bekam. Die

Schmerzen breiteten sich in Wellen über meinen gesamten Körper aus und es fühlte sich an, als würde ich in Flammen stehen. Vor meinen Augen flimmerten schwarze Punkte. Nur am Rande nahm ich das klägliche Quietschen der Tür wahr.

Als ich aufwachte, schaute ich mich orientierungslos um. Ich befand mich nicht länger in einer der kargen Zellen, soviel stand fest. Vorsichtig drehte ich mich auf die Seite und blickte mich in dem spärlich beleuchteten Raum etwas genauer um. Ich befand mich in einem großzügig angelegten Schlafzimmer, mit riesigen, fast bodentiefen Fenstern. In einigen von ihnen standen große Kerzen, die den Raum in ein schummeriges, rötliches Licht tauchten. Der Boden war stellenweise mit einem dunkelgrünen Teppich ausgelegt. An den Wänden hingen jede Menge Bilder von mächtig wirkenden Männern und anmutig dreinblickenden Damen, die mich zu beobachten schienen.

An der gegenüberliegenden Wand befand sich ein imposantes Regal, das bis unter die Decke mit alten Büchern bestückt war. Alles in allem wirkte der Raum gemütlich. Kein Vergleich zu dem Loch, in dem ich noch bis vor wenigen Stunden vor mich hinvegetiert hatte.
Als ich versuchte, mich aufzusetzen, stellte ich fest, dass ich in einem weichen Bett lag. Vergeblich bemühte mich meinen Körper nach oben zu hieven. Aber er war einfach zu schwer, oder meine Arme zu schwach.

So oder so plumpste ich zurück in die Kissen und blieb erschöpft liegen. Die Laken rochen frisch und schmiegten sich weich um meinen geschundenen Körper. Vorsichtig schlug ich die Decke beiseite und stellte erschrocken fest, dass ich nur mit einem dünnen Nachthemd bekleidet war. Als ich dieses nach oben schob, entdeckte ich unter dem Hemd einen weißen Verband, der mehrmals um meinen Bauch gebunden war. Anscheinend hatte man mich nicht einfach bewusstlos wieder in das Kellerloch geworfen, sondern meine Wunden versorgt und mich in ein Zimmer der Schattenburg gebracht.

Am liebsten wäre ich aus dem Bett gesprungen, um diesen Kilian zur Rede zu stellen. Aber ich musste einsehen, dass ich mich nicht länger in Mentira befand, sondern in einer Stadt, in der die Menschen vor bösem Blut und stinkenden Lügen nur so trieften. Meine Überzeugungen hatten hier keinen Wert.

Als ich kurz die Augen schloss, hörte ich, wie eine Tür sich leise öffnete. Ich lauschte angespannt den Schritten, die sich auf mein Bett zubewegten, unsicher, ob ich mich als wach bemerkbar machen sollte oder nicht. Als mir jedoch ein süßlicher Duft in die Nase stieg, blinzelte ich vorsichtig und blickte in das Gesicht eines jungen blonden Mädchens, das ein großes Tablett vor sich hertrug. Sie lächelte mir schüchtern zu und stellte das Tablett auf einem kleinen Tisch ab, der sich rechts von meinem Bett befand.

»Ich hoffe, ich habe dich nicht geweckt«, flüsterte sie. Ihre Stimme klang hell und freundlich.

Ich versuchte mich aufzusetzen, verzog aber schmerzerfüllt das Gesicht und sackte wieder in die Kissen.

»Vorsichtig! Du darfst dich nicht bewegen, sonst heilt die Wunde nicht vernünftig.« Das junge Mädchen kam auf mich zu und half mir mich aufzurichten, ehe sie ein großes Kissen hinter meinen Rücken schob. Sie lief zu den großen Fenstern und zog die schweren, dunklen Vorhänge zur Seite. Sofort erhellte sich das Zimmer.

»Wo bin ich hier eigentlich?«, fragte ich, auch wenn ich mir die Antwort denken konnte.

»Du befindest dich im Westflügel der Schattenburg. Der Soberano hat dich in seinem Gästeschlafzimmer einquartiert. Das ist eine große Ehre.« Ich beobachtete das Mädchen, wie sie zu dem kleinen Tisch flitzte, und das Tablett zu meinem Bett trug. »Der Soberano dachte du hättest vielleicht Hunger.« Sie griff beherzt nach etwas, das aussah, wie ein Stück Brot und hielt es mir erwartungsvoll unter die Nase. Als ich nicht sofort reagierte, beugte sie sich zu mir herüber und schenkte mir den Anflug eines Lächelns. »Mein Name ist übrigens Ava.« Zögerlich griff ich nach dem Brot. Es roch köstlich und ich konnte mich nicht einmal mehr daran erinnern, wann ich das letzte Mal etwas gegessen hatte. Hungrig biss ich ein Stück davon ab. Während ich kaute, musterte ich ihr schmales Gesicht und bewunderte ihre glatte, helle Haut.

»Was bedeutet Soberano?«, fragte ich mit vollem Mund, ohne auf ihren Annäherungsversuch einzugehen. Es würde mehr brauchen, als ein flüchtiges Lächeln, wenn sie meinen Namen wissen wollte. Die Kruste des Brotes war angenehm knusprig und bevor ich den ersten Bissen runtergeschluckt hatte, nahm ich einen zweiten.

Ava presste kurz ihre vollen Lippen aufeinander, doch dann entspannten sich ihre Gesichtszüge wieder.

Die Art und Weise, wie sie *Soberano* ausgesprochen hatte, klang ehrwürdig und sehr respektvoll. Trotzdem war mir der Begriff nicht geläufig.

Ava richtete sich wieder auf.

»Kilian Cross ist nicht nur Teil des Zirkels von Sombra, sondern auch sein Soberano. Bis vor wenigen Jahren herrschte sein Vater über die Stadt. Soberano bedeutet bei uns *Herrscher über die Schatten.*«

Gierig schob ich mir den letzten Rest der Brotscheibe in den Mund.

Herrscher über die Schatten klang im ersten Moment furchteinflößend. Aber je länger ich über diesen eigenartigen Titel nachdachte, desto mehr wurde mir bewusst, wie viel Macht ein Mensch besitzen müsste, der tatsächlich Schatten bändigen konnte. Dieser Umstand war weniger beängstigend, als vielmehr beeindruckend.

Ava reichte mir ein Glas mit einer roten Flüssigkeit. Als sie meinen misstrauischen Blick zu bemerken schien, setzte sie es selbst an die Lippen und trank einen großzügigen Schluck. »Das ist nur Beerensaft. An deiner Stelle wäre ich vermutlich genauso misstrauisch. Aber du kannst dem Soberano wirklich vertrauen. Wenn er dir hätte schaden wollen, dann hätte er dich bereits bei deinem ersten Besuch in der Stadt festnehmen lassen.«

Ich schluckte. Kilian und sein ominöser Zirkel hatten mich also die ganze Zeit beobachtet? Auch wenn uns Schwestern der Ruína der Kontakt zu anderen Städten bis auf wenige Ausnahmen verboten war, verstand ich nicht so ganz, weshalb meine Ankunft in einer so großen Stadt nicht in der Masse der Menschen untergegangen war. Mir missfiel die Situation und ich bereute mein überstürztes Handeln. Wie hatte ich nur glauben können, dass ich mich in der fremdartigen Welt außerhalb Mentira behaupten könnte? Dabei war ich nicht nur kläglich gescheitert, sondern befand mich in Gefangenschaft dieser Verbrecher und Mörder. Ich musterte das hübsche Mädchen und überlegte, ob ich ihr zumindest für diesen Augenblick glauben konnte.

Avas glattes, blondes Haar fiel ihr elegant über die schmalen Schultern und umrahmte ihr kindliches Gesicht. Ihre Augen sahen freundlich auf mich herab und waren von dunklen, vollen Wimpern umrahmt. Sie hatte ein dunkelgrünes, knielanges Kleid an, das ihren schlanken Körper umspielte und eine weiße Schürze. Ihre Robe wirkte teurer, als es einem Dienstmädchen gebührte, dennoch trug sie es mit einer unglaublichen Selbstverständlichkeit.

In Mentira gab es keine Dienstmädchen. Niemand musste eine andere bedienen oder ihr ihren Dreck hinterherräumen. Aber wenn ich Ava anschaute, wirkte sie trotz ihrer freundlichen Ausstrahlung nicht so, als würde sie alles mit sich machen lassen.

Ich nahm das Glas vorsichtig entgegen und trank einen Schluck von dem Saft. Er schmeckte nicht so süß wie ich erwartet hatte, aber dennoch lecker. Ich leerte das Glas in schnellen Zügen und stellte es auf den kleinen Tisch neben dem Bett. Ava war gerade dabei, das Tablett abzuräumen, als ihr eine der Schalen aus der Hand glitt. Mit einem klirrenden Ton fiel sie auf den Boden und zerbrach.

Sofort bückte sie sich um die Scherben einzusammeln. Ich wollte ihr helfen und war gerade dabei mich vorsichtig aus dem Bett gleiten zu lassen, als sie ihren Kopf in meine Richtung drehte. »Nein, nein. Du musst mir doch nicht helfen! Bleib bitte im Bett liegen und …« Sie brach mitten im Satz ab.

»So ein Mist«, murmelte sie. Sofort drehte sie mir den Rücken zu und fing an, sich ihre Schürze um die Hand zu wickeln. Ich stützte mich am Bettrand ab und wankte barfuß zu ihr hinüber. Als ich mich vorsichtig neben sie kniete, stockte ich: Auf dem dunklen Boden befanden sich dicke, zähe Tropfen Blut! Schwarzes Blut! Ich blinzelte ein paar Mal, ehe ich einen Finger danach ausstreckte.

»Nicht anfassen!«, befahl eine männliche Stimme.

Ich zog die Hand wieder zurück und drehte mich in die Richtung, aus der die Worte gekommen waren. In der Tür stand ein hochgewachsener Mann mit dunklem Haar. Er trug eine galante Uniform, die sich vorteilhaft an seinen athletischen Körper schmiegte.

»Ava, was ist eigentlich an *›Du sollst ihr etwas zu Essen bringen‹* so schwer zu verstehen?« Der Mann blickte das Mädchen abschätzig an.

Ava hatte mittlerweile die meisten Scherben auf das Tablett gelegt und schaute mir mit scheuem Blick entgegen, ehe sie ohne ein weiteres Wort aus dem Raum eilte.

Als ich versuchte, mich an dem kleinen Tisch hinauf zu ziehen, kam der junge Mann mit schnellen Schritten auf mich zu und griff mir behutsam unter die Arme.

»Und du gehörst eindeutig ins Bett.« Seine ruhige Stimme strahlte gleichzeitig Verlässlichkeit und Kraft aus.

Nachdem er mich zurück zum Bett begleitet hatte, schlug er die Decke zur Seite und wartete, bis ich wieder zwischen die Laken gekrochen war. Erst jetzt fiel mir wieder auf, dass ich nur mit einem kurzen Nachthemd bekleidet auf dem Fußboden herumgerutscht war. Hitze strömte in mein Gesicht. Als ich die Hand hob, um sie auf eine meiner Wangen zu legen, erstarrte ich. An meinem Zeigefinger klebte ein kleiner Tropfen schwarzen Blutes. Für einen kurzen Moment hatte ich wirklich geglaubt, ich hätte mich getäuscht. Aber Verletzung hin oder her, Ava hatte schwarzes Blut!

Scheinbar fiel dem Fremden meine Entdeckung nicht auf, denn er hatte sich an eines der Fenster zurückgezogen und blickte in die Ferne. Er hatte einen breiten Rücken und verdeckte fast die gesamte Lichtquelle, sodass der Raum im Schatten versank.

»Weißt du, ich bewundere wirklich deinen Mut und deine Loyalität. Ich stand vor der Tür, als du Stew sagtest, du wollest wieder zurück in deine Zelle und das, obwohl du wusstest, dass du eine weitere Nacht in diesem dreckigen Loch vermutlich nicht überlebt hättest.« Seine Worte waren genauso ruhig und melodisch wie zuvor. Dennoch hatte sich ein Unterton hineingemischt, den ich nicht so recht deuten konnte. Anerkennung? Stolz? Neid? Ich konnte es nicht genau sagen. Wer war er?

»Manchmal muss man nicht das tun, was andere von einem erwarten, sondern das, womit man selbst am ehesten weiterleben kann. Für mich stand fest, dass ich Zohera nicht noch einmal im Stich lassen werde.« Meine Stimme klang leise und zittrig. Dennoch versuchte ich, so viel Trotz und Verachtung wie möglich in sie zu legen. Meine Augen fixierten den Unbekannten und als hätte er meine Blicke auf seiner Haut gespürt, sah er kurz zu mir hinüber.

»Das ist aber nicht gerade die Einstellung, die ich von einer Schwester der Ruína erwartet hatte. Ich bin übrigens Nathan, Kilians älterer Bruder. Während deiner Genesung werde ich versuchen, dir deine Zeit hier so angenehm wie möglich zu machen. Mein Bruder ist momentan leider anderweitig beschäftigt, aber sei versichert, dass hier innerhalb dieser Mauern niemand daran interessiert ist, dir

Schaden zuzufügen. Wir mögen hier zwar einen anderen Kodex verfolgen als in deiner Heimat, aber wir sind keine Barbaren.«

Der letzte Satz klang in meinen Ohren wie eine Rechtfertigung. Ich runzelte verwirrt die Stirn. »Danke für deine Mühen, aber auch wenn sich vor den Fenstern keine Gitter befinden, bin ich dennoch weit davon entfernt einfacher Gast zu sein, oder irre ich mich da?«

Nathans Augen funkelten. »Wir werden sehen, ob du diese Einstellung in den nächsten Tagen beibehältst. Fürs erste solltest du etwas schlafen. Es ist spät und du brauchst dringend Ruhe. Falls etwas sein sollte oder du Schmerzen hast, rufe einfach nach Ava. Sie ist nebenan.«

Mit einer ruckartigen Bewegung zog Nathan den Vorhang zu und hüllte den Raum wieder in matte Dunkelheit. Ich fing einen letzten bohrenden Blick auf, ehe er herumfuhr und mich allein zurückließ. Alles was blieb, war der verschmierte schwarze Blutfleck auf meinem linken Zeigefinger und die Frage, wieso Avas Blut die Farbe von Schatten hatte …

Kilian

»Meinst du wirklich, das war die richtige Entscheidung Kilian?«

Als ich die Tür zu meinem Arbeitszimmer geöffnet hatte, saß Nathan in einem der alten Ledersessel, den Blick stur auf das brennende Feuer im Kamin gerichtet. Ich schritt durch den Raum auf ihn zu. Die Flammen flackerten über den dunkelroten Teppich und tauchten das Arbeitszimmer in ein gemütliches Licht.

Mein großer Bruder hinterfragte grundsätzlich alle Entscheidungen, die ich traf. Seit unser Vater mir den Vorsitz des Zirkels überlassen hatte, war es, als würde er mir ständig im Nacken sitzen, nur um darauf zu warten, dass ich einen Fehler beging.

»Es war notwendig. Lügen sind der Nährboden unserer schönen Stadt. Was hat es Mentira gebracht, alle Unwahrheiten aus ihren Stadtmauern zu verbannen? Was hat es den Schwestern gebracht, Ehrlichkeit und Aufrichtigkeit immer und immer wieder zu predigen? Wir leben in einer neuen Welt. Wie wir diese gestalten, liegt einzig und allein in unseren Händen!«

Ich lief zu dem anderen Sessel und ließ mich ebenfalls vor dem Feuer nieder. Die Wärme des brennenden Kamins tat unglaublich gut und auch die sich windenden Flammen ließen mich für einen kurzen Moment alle Sorgen vergessen.

»Du wirst ihren Charakter mit deinen fraglichen Machenschaften und Plänen verderben, das ist dir hoffentlich klar? Du und Vater, ihr seid wirklich vom selben Schlag!« Mit diesen Worten stand Nathan auf und verließ den Raum. Nathan reagierte viel zu empfindlich. Es war nötig gewesen, das Mädchen hierher zu schaffen. Einzig die Verletzung, die sie davon getragen hatte bereitete mir Sorge. Der Arzt, der sie untersucht hatte, konnte mir nicht erklären, woher die Wunde kam. Wenn ich herausfand, wer sie ihr zugefügt hatte, dann …

Ich biss die Zähne zusammen und ballte meine Hände zu Fäusten. Niemand durfte unseren Plan durchkreuzen!

Das Feuer knisterte und flüsterte mir seine hinterhältigen Gedanken zu, aber ich hörte nicht hin. Ich starrte in die Flammen und ließ mich für einen Moment treiben. Die Wärme durchflutete meine angespannten Muskeln und ich entspannte mich. Irgendwann fiel mir ein, dass mir eine Verabredung bevorstand, die ich bereits viel zu lange hatte warten lassen. Ich erhob mich und verließ das Zimmer.

Auf dem Weg zurück ins Kellergewölbe schaute ich noch einmal kurz nach Melia. Der Doktor hatte ihre Wunde großzügig verbunden und ihr strenge Bettruhe verordnet. Ava saß an einem kleinen Tisch und las in einem Buch. Als ich die Tür öffnete, schaute sie kurz auf und las dann weiter. Der Raum wurde nur von Kerzen beleuchtet, dennoch war es auch zu dieser späten Stunde noch angenehm warm. Tagsüber lag dieses Zimmer auf der Sonnenseite der Burg und deshalb hielt sich die Wärme im alten Mauerwerk. Ich schloss die Tür leise hinter mir und eilte hinab in das Gewölbe. Unterwegs musste ich immer wieder an die Forderung denken, die Melia geäußert hatte. Sie hatte wirklich ein reines Herz. In so einer Situation weiterhin für die vermeintliche Freundin einzustehen, zeigte, was für einen starken Charakter diese junge Frau besaß. Als ich an einer der ersten Türen angekommen war, öffneten die dort postierten Wachen die Tür und verbeugten sich leicht. Kurz bevor ich mein Ziel erreicht hatte, stieß ich auf Stew, der in einer dunkeln Ecke des Flures stand und mir knapp zunickte.

»Ihr könnt Pause machen«, wies ich die anderen beiden an. »Stew reicht mir hier.« Sofort verließen sie den Flur und ihre Schritte verhallten kurze Zeit später in dem alten Gemäuer. Ich nahm von Stew den Schlüssel entgegen und schob ihn ins Schloss. Mit einem lauten Knarren zog ich die alte eiserne Tür auf. Die Zelle lag im Halbdunkeln. Nur eine flackernde Lampe auf dem Gang tauchte sie in spärliches Licht. In der hinteren Ecke kauerte eine zusammengesunkene Person.

»Da bist du ja endlich wieder«, flüsterte die Gestalt rau.

Ich zog die Tür hinter mir zu und ging ein paar Schritte auf sie zu. »Hat sie es dir abgekauft?«

Ich lächelte und zog Zohera auf die Beine. »Ich denke schon. Sie wollte dich sogar aus diesem Loch herausverhandeln. Aber dann ist sie umgekippt.«

Zohera klopfte sich den Dreck von den Kleidern und rieb die Hände aneinander. »Hier unten ist es arschkalt. Ich dachte schon, ich erfriere.«

Ich schälte mich aus der Jacke und reichte sie ihr. »Hier zieh das an.«

Zohera griff danach und streifte sie über.

»Wie gehts denn jetzt weiter, Kilian? Wir müssen aufpassen, dass ich ihr nicht aus Versehen in der Burg über den Weg laufe.«

»Danke für diesen Tipp. Ich habe sie erst einmal im Westflügel unterbringen lassen. Sie hatte eine blutende Wunde am Bauch, die zur Zeit behandelt wird.«

Zohera wirkte sichtlich überrumpelt. »Bauchwunde? Woher zum Teufel hat sie die denn? Deine Leute sollten ihr doch kein Haar krümmen. Tot nützt sie uns rein gar nichts, ich dachte, das wäre klar.«

In diesem Moment hätte ich ihr am liebsten den Hals umgedreht. Hielt dieses kleine Gör mich eigentlich für komplett unfähig? Zohera saß einzig und allein hier unten, damit wir sie gegenüber Melia als Druckmittel nutzen konnten. Ansonsten hätten wir dem Mädchen schließlich nicht vorspielen können, dass sie gefangen gehalten wurde.

»Ja, eine Bauchwunde. Jaron wird ihr sicherlich kein Haar gekrümmt haben. Er hatte nur im Kopf, seine geliebte Schwester und seinen alten Herrn zu retten. Die Hauptsache ist, dass sie lebt und wieder gesund wird.«

»Können wir das nicht woanders besprechen? Ich kann dieses elendige Drecksloch nicht mehr ertragen.« Zohera lief unruhig in der Zelle auf und ab.

»Ja, sicher. Du hast Recht.«

Zohera drehte sich erwartungsvoll zur Tür. Doch statt den Schlüssel ins Schloss zu schieben, packte ich ihren Hinterkopf und stieß ihn mit der Stirn voran gegen die Gitterstäbe. Zohera keuchte und sackte in sich zusammen. In mir rührte sich nichts, als ich auf sie herunterstarrte. Vielleicht hatte Nathan recht und ich kam wirklich nach unserem Vater.

Ich schob ihren Körper zur Seite und verließ die Zelle. Tatsache war, dass Zohera so schnell nirgendwohin gehen würde.

Jaron

Als die Sonne an diesem Morgen aufging, strahlte sie so unschuldig und scheinheilig auf unser kleines Haus herab, als hätte es die letzten achtundvierzig Stunden nicht gegeben. Das Einzige, das an die Entführung meiner Familie erinnerte, waren die zerbrochen Scheiben und das noch immer herrschende Chaos im Inneren.

Als Melia und ich zu unserem Haus zurückgekehrt waren, hatte ich sofort bemerkt, dass etwas nicht stimmte. Ich war ins Haus gestürmt und mein Blick war als erstes auf den roten Briefbogen gefallen, der feinsäuberlich gefaltet mitten im Chaos hinterlegt worden war. Auf dem Siegel prangte das Auge Sombras. Als ich hörte, dass Melia das Haus betrat, hatte ich den Brief schnell in meine Tasche gesteckt. Mir war ohnehin klar gewesen, was darinstehen würde.

Als wir gemeinsam auf dem Fußboden zusammensanken, konnte ich Melias Herz wild in ihrer Brust pochen hören und auch ihr schneller Atem verriet, wie aufgelöst und mitgenommen sie gewesen war. Für einen kurzen Moment hatte ich tatsächlich Mitleid mit ihr gehabt. Immerhin bestand die Möglichkeit, dass sie sogar jeden den sie kannte verloren hatte.

Wir saßen die ganze Nacht auf dem Fußboden und während Melia schlief, las ich den Brief, der von mir etwas verlangte, das für jeden anderen Bewohner unserer Stadt etwas völlig Alltägliches war. Für jeden, abgesehen von mir.

Jaron, unsere Wege haben sich vor mehr als einem Jahr getrennt. Nun führt uns das Schicksal wieder auf einen gemeinsamen Pfad. Wie mir zu Ohren gekommen ist, beherbergst du momentan eine Schwester der Ruina. Ich habe nicht vergessen, dass du uns und unserer Familie treue Dienste geleistet hast, dennoch muss ich dich erneut bitten, einen Auftrag für uns auszuführen. Wie dir sicher nicht entgangen ist, sind deine Schwester Lou und dein Vater auf einer kleinen Besichtigung der Schattenburg. Bring uns das Mädchen und deine Familie kommt wohlbehalten wieder zu dir zurück.

Vergiss nicht - Das Auge sieht alles.

K

Ich hatte mir geschworen, nie wieder für den Zirkel zu arbeiten. Doch auch nachdem ich mich mit allem freigekauft hatte, was ich besaß, nur um in einem alten, moosbedeckten Steinhaus vor den Toren der Stadt friedlich leben zu können, ließ mich meine Vergangenheit nicht los. Sie hielt mich gefangen, wie eine alte Erinnerung, die sich schmerzhaft in mein Herz brannte und für immer Teil meines Innersten sein würde.

Als die Sonne aufging und ein neuer Tag anbrach, konnte ich Melias Nähe nicht länger ertragen. Der angenehm süße Geruch ihrer Haut und ihr gleichmäßiger ruhiger Herzschlag raubten mir schlicht den Verstand. Also schob ich sie behutsam zur Seite und stieg über das Gerümpel hinaus ins Freie.

Mein Vater hatte mich damals bei meiner Entscheidung, die Armee des Zirkels zu verlassen, unterstützt. Er war ein angesehener Kaufmann gewesen, bevor wir vor die Stadtmauern ins Exil gingen, um dort auf den Feldern

Steckrüben und anderes Gemüse anzupflanzen. Sein Laden war einer der größten und angesehensten im gesamten Stadtgebiet, bevor ich mit meiner Entscheidung auch sein Leben für immer veränderte. Es war kein glanzvolles, aber dafür ein ehrliches Leben, das wir seit über einem Jahr führten. Mein Vater hatte mir nie Vorwürfe wegen meines Entschlusses gemacht, auch wenn er die Konsequenzen für mein Handeln mittragen musste.

Kilian war außer sich vor Wut gewesen und hat den Laden meines Vaters eines Morgens von seinen Soldaten niederbrennen lassen. Zur Strafe für meinen gebrochenen Treueeid wurde mir das Auge Sombras auf den Rücken gebrannt, damit ich nie vergaß, dass es mich immer und überall sehen konnte.

All diese Gedanken zogen ihre Bahnen in meinem Kopf, als der Tag weiter voranschritt. Ich wusste, dass mir die Zeit davonlief, aber auch, dass diese Entscheidung meines und das Leben der Menschen, die mir etwas bedeuteten, unabänderlich beeinflussen würde.

Es hätte mir leicht fallen müssen, Melia zu verraten, immerhin war es um meine Familie gegangen. Doch dieses Mädchen war irgendwie in mein Leben gestolpert, klitschnass und total durch den Wind. Sie hatte mich mit ihrer direkten und ehrlichen Art von Anfang an in ihren Bann gezogen. Ich wusste nicht, was es war, aber irgendetwas verband uns, das so viel tiefer ging, als bloße Sympathie. Dennoch war da auch eine unsichtbare Mauer, die wir beide nicht überwinden konnten. Melia war wahrscheinlich die aufrichtigste Person, der ich je begegnet war und dieser Umstand reizte mich besonders an ihr. Sie war ohne Lügen aufgewachsen, hatte nie jemanden verraten müssen, um zu überleben und sie besaß ein Gewissen. Niemand in Sombra besaß so ein Pflichtbewusstsein, oder konnte zwischen Gut und Böse unterscheiden. In Sombra herrschte eine zähflüssige, ekelerregende graue Masse vor, die in den Herzen der Menschen waberte und sich von dem letzten bisschen Reinheit in ihnen ernährte.

Mein Vater hatte immer gesagt, Gift sei die Waffe der Frauen und als ich ihn an diesem Morgen auf unserer alten Bank sitzen sah, konnte ich in seinem Blick sehen, dass er enttäuscht von mir und meiner Entscheidung war.

Als ich Melia kurz vor der Schattenburg in die Hände von Kilians Soldaten übergeben hatte, war das Einzige, das mich zu dieser schweren Entscheidung angetrieben hatte, der Gedanke an meine Familie gewesen. Ich bekam die Anweisung, auf dem Marktplatz der Stadt zu warten und kurze Zeit später erschienen mein Vater und meine kleine Schwester. Sie sahen zwar nicht aus, als hätte man ihnen körperliche Schmerzen zugefügt, aber trotzdem war ich mir sicher, dass der Aufenthalt in der Schattenburg alles andere als komfortabel gewesen war. Mein Vater hatte mich fest in seine Arme geschlossen und auch Lou war auf mich zugestürmt, als hätten wir uns eine Ewigkeit nicht mehr gesehen. Wir waren schweigend nach Hause gelaufen und hatten seitdem kein weiteres Wort mehr über diesen Vorfall verloren. Melia war nun schon seit zwei Tagen verschwunden und jede einzelne Sekunde davon war für mich die reinste Qual.

»Jaron, wir müssen dringend über das, was passiert ist, reden. So kann das nicht weitergehen.« Die ruhige Stimme meines Vaters riss mich aus den Gedanken und als ich in sein Gesicht blickte, starrten mich zwei wachsame Augen an.

Mein Vater war kein Mann der großen Worte und umso erstaunter war ich, dass er mit mir über diese Sache reden wollte. Ich schämte mich so sehr dafür, dass ich Lou in Gefahr gebracht hatte und ich wollte sie nie wieder auch nur in der Nähe der Schattenburg wissen. Dennoch zerfraß es mich innerlich, dass ich ein unschuldiges Mädchen ausgeliefert hatte.

»Du bereust deine Entscheidung und ich mache dir keinen Vorwurf. Es ist nicht zu übersehen, dass du dieses Mädchen gern magst und unser Leben hier unter einem schlechten Stern steht.«

Mein Vater stand auf und legte seine Hand auf meine Schulter.

Ich nickte ihm zu, unfähig, etwas zu sagen.

Er schob mich behutsam die wenigen Stufen der Veranda hinab und schlenderte mit mir über die silbrig-glitzernden Felder. Die goldenen Sonnenstrahlen spiegelten sich in jedem Wassertropfen wider und für einen kleinen Moment schien die Welt um uns herum in Ordnung. Die Sonne war angenehm warm und ich schloss die Augen, aus Angst, der Moment könne enden, noch bevor ich ihn in mich aufgesogen hatte.

»Ich wollte so etwas nie mehr tun. Das hatte ich mir selbst versprochen und mich nicht daran gehalten. Als ich Melia den Tee eingegossen habe, war es, als hätte sich ein Schalter in mir umgelegt.«

Als mein Vater sich zu mir wandte, konnte ich seinem Blick nicht standhalten. Ich sah über den nebligen Horizont hinweg zur Burg, dessen Silhouette sich bis hinauf in die Wolken abzeichnete.

»Du kannst deine Entscheidung nicht ungeschehen machen. Aber du kannst die Konsequenzen durch neue Taten vielleicht abmildern. Noch ist es nicht zu spät.« Er klopfte mir ein letztes Mal auf die Schulter und schritt wieder in Richtung Haus.

Ich blieb noch eine Weile auf dem Feld stehen und überlegte. Sollte ich einfach akzeptieren, dass mein altes Ich immer ein Teil von mir bleiben würde oder sollte ich dagegen ankämpfen und versuchen, mein Versprechen an mich selbst zu halten?

Am frühen Nachmittag beschloss ich, mich etwas abzulenken. Oder zumindest, es zu versuchen. Ich schlenderte den steinigen Pfad entlang, der zum großen Stadttor führte und genoss die Zeit allein. Auch wenn ich heilfroh war, dass Lou wieder zu Hause war, so konnte ich ihre Fragerei, die sich ausnahmslos um Melia drehte, nicht länger ertragen.

Auf dem Weg zur Stadt ließ ich meinen Blick Richtung Mentira schweifen. Die dunklen Rauchschwaden, die in den letzten Tagen tief unter dem Himmel gehangen hatten, lösten sich allmählich auf und auch wenn der Horizont immer noch in ein trübes Grau gehüllt war, so verzog sich der Rauch allmählich. Der Gedanke daran, dass nur wenige Stunden von hier entfernt Menschen in Not waren und man nichts tat, um ihnen zu helfen, raubte mir jegliche Hoffnung für unsere Stadt. Sombra war keine Gemeinschaft. Hier lebte jeder für sich und versuchte, sein Leben so gut es ging zu leben. Ohne Rücksicht auf andere und ohne Mitgefühl.

Früher hätte man sich bei so einer Katastrophe gegenseitig geholfen. Das waren zumindest die Worte meines Vaters gewesen. Früher. Wir beide kannten diese Zeit nur aus Erzählungen. Was davon wirklich wahr war und was davon bereits mit einer Prise Lüge gewürzt worden war, konnten wir nur erahnen. Aber die Vorstellung, dass es früher einmal anders gewesen war, dass es *besser* gewesen war, stimmte mich nachdenklich.

Als ich irgendwann das große Stadttor erreichte, nickte ich einer der Zirkelwachen kurz zu. Dan und ich kannten uns aus meiner Zeit als Soldat und auch, wenn ihm der Kontakt zu mir als Deserteur der Zirkelwache verboten worden war, hatten wir viel gemeinsam erlebt. Seine Augen ruhten für einen Moment wachsam auf mir, ehe er sich abwandte und hinter der nächsten Ecke verschwand.

Er wusste, was geschehen war. Alle wussten es. Ich war kurz davor, kehrtzumachen und wieder nach Hause zu laufen, als mir ein bekannter Duft in die Nase stieg. Für einen Moment hielt ich inne und erinnerte mich an meine Kindheit zurück. Als meine Mutter noch gelebt hatte, waren wir öfter über den Markt geschlendert. Damals, als mein Vater noch mit seltenen Artefakten und mächtigen Waffen gehandelt hatte und nicht mit runzeligen Steckrüben. Das Lachen meiner Mutter war in diesem Moment so präsent, als würde sie neben mir stehen. Dieser helle, alles in sich vereinende Ton, der mein Herz berührte wie es nichts anderes vermochte.

Dem Geruch folgend, schlängelte ich mich durch die vielen Menschen, die sich wie jeden Tag auf dem Marktplatz tummelten. Überall drängten sie sich vor den Ständen, begutachteten Stoffe, Fleisch oder auch seltenes Obst und

Gemüse. Obwohl ich meine gesamte Kindheit in Sombra verbracht hatte, achtete ich das erste Mal auf die vielen verschleierten Gestalten. Schlagartig musste ich wieder an Melia denken und ihren Protest, als ich ihr die Robe mitgebracht hatte. Ich schmunzelte. Noch nie war mir jemand so vorlautes begegnet. Erst jetzt begriff ich, wie eigenartig diese Regel auf Fremde wirken musste.

Ich war so aufgewachsen und hatte all dies nie in Frage gestellt – bis jetzt. Der Zirkel kontrollierte diese Stadt seit ich denken konnte und auch mein Vater war unter seiner Herrschaft aufgewachsen. Niemand stellte ihn je in Frage und niemand wagte es, sich seinem Kodex zu widersetzen. Die Menschen in Sombra waren vielleicht nicht unbedingt glücklich, aber sie fügten sich ihrem Schicksal, denn auch wenn der Zirkel grausam regierte, so sicherte er Jahr für Jahr das Überleben der Menschen hier. Auch wenn die meisten der Bewohner nicht wussten, welche Gefahren hinter dem Grenzgebiet Sombras lauerten – ich wusste es. Ich hatte es mit eigenen Augen gesehen. Der Preis, den die Menschen hier zahlten, war ein hoher, aber solange sie ihn ohne Protest zahlten, maß sich niemand an, den Zirkel zu stürzen.

Als ich endlich am Ursprungsort des einzigartigen Geruches angekommen war, knurrte mein Magen, als hätte ich seit drei Tagen nichts gegessen. Nun, ganz so lange war es noch nicht her, dennoch hatte ich durch die viele Aufregung das Essen wirklich vernachlässigt. Ich beugte mich über den Stand und begutachtete die Waren. Die Auslage war über und über gefüllt mit großen, dunklen Broten und allerlei Gebäck. Ich ließ meine linke Hand in meine Tasche gleiten, um zu prüfen, wie viele Münzen ich dabei hatte und seufzte zufrieden, als ich auf Anhieb mehrere berührte. Die Frau am Stand war bereits alt und ergraut, doch ich kannte sie schon seit meiner Kindheit. Als sie mich entdeckte, kam sie auf mich zu und lächelte mich zahnlos an. »Hallo junger Mann. Schön, dass du uns mal wieder beehrst.«

Ihre Stimme war genauso gealtert, wie ihr Gesicht. Vom Klang und der Helligkeit her hatte sie früher jener meiner Mutter geähnelt. Nun wirkte sie voller und rauchiger, aber nicht weniger freundlich als damals. Auch sie trug einen Schleier, der ihr Gesicht nicht vollständig verdeckte.

Ich lächelte ihr freundlich zu und sie packte mir, ohne dass ich auch nur ein Wort sagte, eins der großen Brote ein und reichte es mir. »Grüß` deinen Vater von mir, ja? Und die kleine Lou. Sie ist so ein aufgewecktes, liebes Kind.«

Als ich ihr eine der Münzen reichen wollte, verschränkte sie die Arme übereinander und setzte einen empörten Gesichtsausdruck auf. »Ich weiß, was geschehen ist.«

Dieser Satz würde mich wohl noch einige Wochen verfolgen. Ich bedankte mich bei der Alten und klemmte das Brot unter den Arm. Es war sogar noch warm.

Auch wenn ich es nicht zugeben wollte, wurde mir in diesem Moment schmerzlich bewusst, dass ich all das hier nie mehr so genießen würde wie früher. Die Schattenstadt war kein schöner Ort und das würde sie vermutlich auch nie werden. Aber Menschen wie die Alte vom Brotstand oder Dan hatten mich immer an diese Welt glauben lassen. Auch böse Menschen können Gutes tun. Genauso wie gute Menschen in der Lage waren, Böses zu tun. Ich wollte es mir nie eingestehen, aber ich war immer ein böser Mensch gewesen, der hin und wieder einmal etwas Gutes getan hatte. Melia hingegen …

Ich verdrängte den Gedanken an sie. Als ich den Kopf hob und in die Menschenmenge blickte, stieß ich plötzlich auf eine bekannte Gestalt. Zumindest glaubte ich das.

Mir kam eine Idee. Ich sprang auf und hechtete über den Platz. Durch die vielen vermummten Gestalten, verlor man sein Ziel hier schnell aus den Augen. Immer wieder musste ich andere Menschen grob zur Seite schubsen oder ihnen meine Ellenbogen in ihre Körper drücken, um überhaupt vorwärts zu kommen. Es war mir unerklärlich, wie mein Ziel sich so schnell durch die Massen bewegen konnte, während ich das Gefühl hatte, durch Treibsand zu waten. Als sich die Gassen endlich leerten, holte ich tief Luft. Ich blickte in alle Richtungen, konnte die Gestalt allerdings nicht mehr finden.

»So ein Mist!«, rief ich aus. Ich schlug mit der Faust gegen eine der Hausfassaden und spürte augenblicklich, wie mich eine Woge des Schmerzes erfasste. Zähneknirschend beäugte ich die Haut über meinen Knöcheln, aber sie war nur leicht abgeschürft.

»Na, na, na. Laut zu fluchen passt so gar nicht zu dir, Jaron.«

Ich drehte mich um und blickte in das Gesicht genau der zierlichen, kleinen Frau, die ich glaubte, in der Menge verloren zu haben. Ihr dunkelgrünes Tuch war aufwendig mit ihrem hellen blonden Haar verflochten und Spangen in Form von Schlangen ragten aus ihren Locken.

»Ava, so eine Überraschung!«, stieß ich hervor.

Ihr lauernder Blick ruhte auf mir und ich war mir sicher, dass sie absichtlich vor mir geflüchtet war. Ich versuchte so unbekümmert wie möglich zu wirken, konnte meine angespannten Muskeln aber einfach nicht zur Ruhe bringen. Mein Körper fühlte sich an wie eine gespannte Bogensehne.

»Wir haben uns schon eine ganze Weile nicht mehr gesehen.« Mit ihrer linken Hand versuchte sie, das Tuch wieder über ihr Gesicht zu ziehen.

Ich zog das Brot hervor und entgegnete: »Ja, da hast du Recht, aber bei diesem köstlichen Duft musste ich dem Markt einfach mal wieder einen Besuch abstatten.«

Ihr Blick wurde weicher.

Ava und ich kannten uns aus meiner Zeit auf der Schattenburg. Sie war eine von Kilians unsichtbaren Zofen, die ihm jeden Mist hinterher räumten und ihn trotz seiner teils ekelhaft arroganten Art bewunderten. Mir war es ein Rätsel, wie er überhaupt so mit Menschen umspringen konnte, aber noch viel rätselhafter war mir die Art und Weise vorgekommen, wie die Mädchen auf seine Sticheleien und offenkundigen Beleidigungen reagierten. Es war, als würde sich seine Anbetungswürdigkeit prozentual zu seinem Grad der Unfreundlichkeit steigern. Mir hatten sie immer leidgetan. Vielleicht lag es an Lou, vielleicht auch an der Erziehung meiner Mutter, aber so grausam und skrupellos ich auch in meiner Vergangenheit gewesen war, ich hatte einer Frau nie auch nur ein Haar gekrümmt. Eine Tatsache, die ich für die Zukunft nun berichtigen musste, denn nun gab es eine Ausnahme.

»Wie geht es dir und L-«, Avas Stimme brach für einen Moment ein, so als hätte sie sich an ihren Gedanken verschluckt. Als unsere Blicke sich trafen, war es, als würden zwei Welten aufeinanderprallen. Dann fing sie sich wieder. »Es tut mir so leid. Du hast das alles nicht verdient.«

Ich senkte den Kopf und vergaß das Brot, das ich unter den Arm geklemmt hatte. Mit einem dumpfen Ton fiel es zu Boden. Sofort kniete Ava sich hin und hob es auf.

»Danke.« Zu mehr Worten war ich nicht in der Lage.

»Geht es Lou und Ben denn soweit gut? Kilian würde ihnen doch niemals wehtun, das weißt du hoffentlich.«

Wie konnte sie ihn nur in Schutz nehmen? Kilian war ein skrupelloser, bösartiger und abartiger Mörder und sie sah in ihm immer noch den strahlenden Soberano, der die Stadt beschützte.

»Ava, du kennst ihn nicht so wie ich ihn kenne. Kilian ist zu allem fähig. Wenn ich ihm Melia nicht ausgeliefert hätte, dann hätte er mir meine Familie in mundgerechten Häppchen auf meiner Veranda serviert.«

Kurz wirkte es so, als würde Ava ernsthaft über meine Worte nachdenken. Sie in ihrem Innersten auf eine Waagschale legen, um das Gewicht ihrer Wahrheit zu prüfen. Aber dann fuhr ein Schatten durch ihre Augen und ihr Blick wurde schlagartig wieder ernst. »Es war deine Entscheidung, ihn im Stich zu lassen, als er dich am meisten brauchte! Du musst dich also nicht wundern, wenn er dich immer noch hasst!«

Die Härte ihrer Worte traf mich so unvorbereitet wie ein Eimer kaltes Wasser. Früher wäre all das an mir abgeprallt, aber ich war nicht mehr derselbe Mann, der ich noch vor einem Jahr gewesen war. Vorsichtig machte ich einen Schritt auf sie zu, doch sie wich vor mir zurück.

»Ava, ich war dir gegenüber immer fair. Ich bin dir nicht grundlos hinterhergelaufen, ich brauche deine Hilfe.« Ich wartete auf ihre Reaktion, doch als sie mir lediglich stumm entgegenblickte, sprach ich weiter. »Ich mache mir Sorgen um Melia.«

Sie riss die Augen auf und fing an zu lachen. Es war ein hoher, vor Sarkasmus triefender, unehrlicher Ton, der mich überraschte. Sie lachte mich tatsächlich aus!

»Jaron, du warst es doch, der sie verraten hat. Wieso sorgst du dich um das Mädchen, das du uns eigenhändig ausgeliefert hast?«

Exakt diese Frage war es, auf die ich keine Antwort fand. Zumindest keine, die ich laut aussprechen wollte. Ich zuckte mit den Schultern und versuchte meine Taktik zu ändern. Anscheinend hatte die Schattenburg auch Ava verändert. Von dem unschuldigen und liebenswürdigen kleinen Mädchen war nicht mehr viel geblieben. Als würden die Burgmauern, die Gänge und einfach alles innerhalb des alten Gemäuers das Schlechte in den Menschen nach außen kehren.

»Mir blieb keine andere Wahl. Wenn ich mich zwischen einer Fremden und meiner Familie entscheiden muss, dann würde dies immer für meine Familie ausfallen. Dennoch ist sie eine Unschuldige und ich vergreife mich nicht an unschuldigen Frauen.«

Ava reichte mir stumm das Brot zurück und zog eine Augenbraue hoch. »Das sind ja ganz neue Töne vom ehemaligen ersten Zirkelwächter. Wie nannten sie dich damals noch gleich?«

»Wächter der Qual«, entfuhr es mir in monotonem Ton. Ein stechender Schmerz durchfuhr meine Brust. Ich erinnerte mich noch gut an den Tag, als ich ihn mir verdient hatte. Wir waren mit einem Spähtrupp unterwegs gewesen und ritten die Grenzwege entlang, als wir entfernt Schreie hörten, die der Wind in unsere Richtung getrieben hatte. Wir sammelten uns und Kilians Vater, der damals noch der

Soberano der Stadt gewesen war, gab den Befehl zum Rückzug. Doch ich war viel zu neugierig und abenteuerlustig, um mich der Anweisung zu beugen. Kilian teilte meinen Leichtsinn und so entfernten wir uns unerlaubt von den anderen und ritten dem Geschrei entgegen. Es dauerte eine Weile, bis wir unser Ziel erreichten.

Bis zu diesem Tag hatte ich von der Existenz dieses Ortes nichts gewusst. Vor uns lag eine Einöde, die mir das Blut in den Adern gefrieren ließ. Die Luft war dick und das Atmen fiel uns mit einem Mal um ein Vielfaches schwerer. Wir stiegen von unseren erschöpften Pferden und blickten uns suchend um. Die Sumpfebene erstreckte sich über mehrere Kilometer. Der Morast war dunkel, gleichzeitig schimmerte die Oberfläche im Licht der Sonne leicht purpurn. Wir hielten es zuerst für eine Reflexion, die gleichzeitig wunderschön und bedrohlich auf uns wirkte.

Als wir uns näherten, stellten wir jedoch fest, dass es nicht die Sonne war, die diesen Effekt verursachte, sondern dass der Sumpf selbst leuchtete. Je weiter wir uns durch das unbekannte Moorland kämpften, desto lauter und verzweifelter wurden die Schreie. Die Luft roch modrig und der Schlamm unter unseren Füßen schien uns verschlingen zu wollen. Nur mühsam schafften wir es vorwärts zu kommen und nicht im Morast zu versinken.

Irgendwann erreichten wir den Ort, an dem sich die Quelle der qualvollen Schreie offenbarte. Wir standen am Rande eines kleinen Kraters und ich glaubte kaum, was ich sah. Dort unten waren rund ein Dutzend Menschen versammelt, die alle gefesselt auf dem Boden lagen. Ich blickte zu Kilian und wartete darauf, dass er etwas sagen würde, doch er blieb stumm. Die Menschen schrien und flehten, weinten und litten anscheinend Höllenqualen. Ich trat näher heran und hielt inne. So etwas hatte ich vorher noch nie gesehen. Etwas, das mir den Atem stocken ließ und als ich mich zu Kilian umdrehte, erkannte ich anhand seines Gesichtsausdruckes, dass es ihm genauso ging.

Eines der Kinder, das vor mir auf dem Boden lag, hatte Augen, so rot wie die Glut des Feuers. Erschrocken wich ich zurück. Ihre Schreie waren so ohrenbetäubend laut, dass es Gott-weiß-was dort draußen anlocken würde, wenn sie nicht endlich still waren.

Ich blickte noch einmal zu Kilian zurück, doch der starrte mich nur an und nickte. Ein Nicken von diesem Mann hatte damals genügt, um das Schicksal all dieser Menschen zu besiegeln.

Ich tat etwas, das mich noch in vielen Nächten verfolgte. Ich tötete sie. Jeden Einzelnen von ihnen. Ohne zu fragen, was sie so quälte. Ich machte ihrem Leiden ein Ende, um die Menschen in Sombra zu beschützen. Unter den Menschen auf der Lichtung waren auch einige Kinder. Kinder, die in Lous Alter waren. Die mich mit ihren eigenartigen rötlichen Augen anstarrten und kurz bevor ich ihnen mein Messer in die Brust stieß, für einen Moment verstummten. Diese Augen … Sie verfolgten mich noch immer und erinnerten mich qualvoll an das eigene Auge, das auf meiner Haut über meine Qualen wachte.

»Genau. Wächter der Qual.« Ava lächelte. »Dann wird es dich ja sicherlich freuen zu hören, dass du auch Melias *Wächter der Qual* bist.« Sie blickte mir ein letztes Mal ins Gesicht und schob sich wieder ins Gedränge der Gassen.

Melia

Als ich wieder zu mir kam, schmerzte meine Wunde am Bauch nicht mehr ganz so stark. Es war vielmehr ein Pochen, das sich bis hinauf in meine Brust ausbreitete. Die Vorhänge waren vor die Fenster gezogen und nur das letzte, klägliche Licht der Kerze, die in einem der Fenster stand, erhellte das Zimmer. Wenn mich jemand gefragt hätte, wie lange ich in diesem Bett gelegen hatte, dann hätten es sowohl wenige Stunden, als auch mehrere Tage sein können.

Mein Zeitgefühl war mir abhandengekommen, genau wie mein Körpergefühl. Denn als ich versuchte, aus dem Bett zu steigen, wurde mir sofort wieder ganz mulmig zumute und meine Arme fingen unangenehm an, zu kribbeln.

»Ganz langsam, Melia. Das ist nur dein Kreislauf, der verrückt spielt«, flüsterte ich mir selbst zu. Ich hatte nicht vor, mir erneut von anderen vorschreiben zu lassen, wann ich aus dem Bett steigen durfte und wann nicht. Auch wenn ich Nathan nach wie vor interessant fand, seine bevormundende Art hatte ich nicht vergessen.

Mühsam hielt ich mich an einem der Bettpfosten fest und ließ meine Beine über dem Boden baumeln. Auch wenn neben mir ein flauschiger Teppich lag, war auch dieser kalt und ungemütlich.

Ich verteilte mein Gewicht so gut es ging auf beide Beine und zog mich mit einem Ruck hoch. Auch sie begannen sofort zu kribbeln und vor meinen Augen tanzten schwarze

Punkte. Ich schloss sie für einen Moment und atmete tief ein und wieder aus.

Als ich das Gefühl hatte, nicht direkt wieder wie gelähmt ins Bett zu fallen, schob ich mich vorsichtig durch den Raum. Erst jetzt wurde mir die Größe dieses Zimmers bewusst.

Ich setzte mich an den kleinen Tisch und goss mir etwas Wasser aus der Karaffe in ein Glas. Als ich einen großen Schluck genommen hatte, ging es mir sofort besser. Neugierig ließ ich meinen Blick durch den Raum schweifen und stieß irgendwann auf eine kleine Tür, die perfekt ins Raumbild integriert war. Ich stand auf und lief hinüber. Vorsichtig drückte ich die Klinke hinunter. Ich drängte meinen Kopf durch den entstandenen Spalt und entdeckte einen Raum voll mit gestapelter Kleidung! Mir war eigentlich alles an Stoff recht, solange ich dieses Nachthemd endlich loswurde.

Um besser sehen zu können, zog ich die schweren Samtvorhänge auf. Als die Sonne freie Bahn hatte, beäugte ich die Klamotten genauer. Ich hatte noch nie so viel Stoff auf einem Haufen gesehen. Egal ob grün, rot oder blau, es fühlte sich an, als wäre ein Regenbogen explodiert. Ich wühlte mich durch die Röcke, Kleider und Blusen, konnte aber nicht eine einzige Hose finden, geschweige denn irgendetwas anderes, das mir gefiel.

Ich vermisste aber nicht nur meine alte Kleidung, sondern vor allem meinen Lederbeutel. In diesem befand sich alles, was mir aus meinem alten Leben in Mentira geblieben war. Völlig außer Atem vom vielen Suchen ließ ich mich irgendwann auf den Klamottenberg fallen.

»Wer soll diesen kitschigen Kram denn bitte anziehen?«, fragte ich in den leeren Raum.

»Naja, also eigentlich waren die alle für dich gedacht«, antwortete eine vertraute Stimme.

Als ich mich umdrehte stand Kilian in der Tür und schaute mit seinem unnachgiebigen Blick zu mir hinunter. Ich richtete mich auf, als ein ziehender Schmerz mich dazu zwang sitzen zu bleiben. Ein Keuchen kam mir über die Lippen und ich hielt mir den Bauch.

»Warte, ich helfe dir auf.« Der besorgte Unterton in seiner Stimme überraschte mich. Als er neben mir in die Hocke ging und vorsichtig seinen Arm um meinen Körper schlang, stieg mir ein würzig-süßer Geruch nach Holz und Honig in die Nase. Er stützte mich und führte mich aus dem Ankleidezimmer.

»Das alles da drin ist also für mich?«, fragte ich trotzig.

Ich fand den Gedanken sehr eigenartig, immerhin war ich eine Geisel und Geiseln stellte man eigentlich kein persönliches Stofflager zur Verfügung, oder?

Als er mich zu einem Sessel geführt hatte, nickte er mir kurz zu. »Eigentlich schon. Aber anscheinend tragt ihr in Mentira nur schwarze Klamotten.« Sein Ton war mit einem Mal wieder hart und unnachgiebig. Jedes Wort, das er sagte, klang wie eine Beleidigung.

Ich zeigte auf den Stuhl neben mir. »Setz dich doch bitte. Ich bekomm` einen steifen Hals, wenn ich immer zu dir nach oben gucken muss.«

Eher widerwillig folgte er meinem Wunsch und blickte mich erwartungsvoll an. »Wie geht es dir?«, fragte er dann völlig zusammenhanglos.

Ich wusste nicht, ob ich über so viel mangelndes Taktgefühl lachen oder weinen sollte. »Ich bin weder in der Lage, alleine aus dem Bett zu steigen, noch vom Fußboden aufzustehen. Was meinst du also, wie es mir momentan geht?«

Er zog lediglich die Augenbrauen in die Höhe und bedachte mich erneut mit einem komischen Blick.

Zwangsläufig fragte ich mich, ob Kilian oft mit anderen Menschen zu tun hatte. So wie er sich verhielt, wirkte er nicht so, als würde er häufig Zeit mit jemandem verbringen. Sein Bruder wirkte da umgänglicher, auch wenn er die arme Ava ziemlich angefahren hatte.

»Hast du Hunger? Vielleicht geht es dir nach einem kleinen Snack besser?« Seine hellen, gräulichen Augen funkelten mich herausfordernd an und für einen kurzen Moment meinte ich sogar ein Lächeln zu entdecken.

»Liebend gern, aber nur, wenn ich vorher etwas Vernünftiges zum Anziehen bekomme. Ich esse ungern halbnackt. Da vergeht einem ja gleich wieder der Appetit.«

Kilian grinste, ehe er im Kleiderzimmer verschwand und kurze Zeit später mit einem grauen Stück Stoff unter seinem Arm wieder auftauchte. »Fürs Erste wirst du dich wohl hiermit zufriedengeben müssen. Aber ich denke, zum Essen wird es reichen.« Er reichte mir das schlichte Kleid und ließ mich einen Moment allein. Immerhin musste ich hier anscheinend nicht in dem hässlichen Kartoffelsack umherlaufen, den Jaron mir für unseren Ausflug in die Stadt besorgt hatte.

Ich beäugte es kritisch, kam aber zu dem Schluss, dass es mich wohl weitaus schlimmer hätte erwischen können. Es saß sehr eng, was es mir nicht leicht machte, hineinzukommen und mich unbeholfen durch den Raum stolpern ließ. Hoffentlich kam Kilian nicht eher wieder herein. Ich hatte in Mentira eigentlich noch nie ein richtiges Kleid getragen und konnte dem unnötig eng anliegenden Stoff und dem Spitzensaum nicht viel abgewinnen. Als ich das Kleiderzimmer wieder verließ und zu Kilian ins Schlafzimmer trat, musterte er mich kurz.

»Das scheint doch fürs Erste zu passen«, sagte er zufrieden. Er wies mit seiner Hand kurz zu der anderen Tür und bedeutete mir, ihm zu folgen. »Da entlang.«

Kilian öffnete die Zimmertür. Als ich neben ihm auf dem Flur stand, schloss er die Tür hinter mir ab. Wir liefen schweigend die verschiedenen Korridore entlang und er schaute immer wieder zurück, ob ich ihm auch folgte. Die Flure der Burg erinnerten mich an die des Schlosses in Mentira. Auch hier hingen altertümliche Gemälde von eigenartigen Menschen an den Wänden und schwere, knarrende Türen, trennten die verschiedenen Bereiche voneinander. Unsere Schritte hallten uns voraus und an den Wänden befanden sich bronzefarbene Öllampen, die allerdings nicht brannten. Ich schwankte leicht.

»Kommst du klar?«, fragte Kilian und riss mich aus meinen Beobachtungen. Er hielt mir die Hand hin, doch ich schüttelte nur den Kopf. Auch wenn ich noch ziemlich wackelig auf den Beinen war, wollte ich nicht schon wieder seine Hilfe annehmen.

»So, da wären wir«, sagte Kilian, ehe er eine der wunderschönen Flügeltüren öffnete. Anders als die vorherigen, war diese weiß gestrichen und besaß goldene Türgriffe.

Bevor ich etwas antworten konnte, strömte bereits ein umwerfend verlockender Duft in meine Nase und ich schob mich an ihm vorbei, um die Quelle ausfindig zu machen.

Der Raum war riesig und anscheinend eine Art Bankettsaal. Die Decke erstreckte sich in ungeahnte Höhen und überall war dunkelgrüner Teppich ausgelegt, der dem in meinem Schlafzimmer glich. Auch hier waren die meisten Fenster von schweren Vorhängen verdeckt, wenngleich noch genug Sonnenlicht in den Saal strömte, um die vielen Köstlichkeiten zu offenbaren, die Kilian hatte servieren lassen. Der Tisch war riesig und ich fragte mich, wer diese vielen unterschiedlichen Gerichte essen sollte.

Fassungslos blickte ich mich um und als ich Kilians selbstgefälligen Blick entdeckte, verging mir kurzzeitig der Appetit. Versuchte er ernsthaft, mich mit Essen zu beeindrucken? Meine Gedanken schweiften zu Zohera und sofort hatte ich ein schlechtes Gewissen. Während sie dort unten in dieser nass-kalten und dunklen Zelle hockte und vermutlich seit Tagen hungerte, befand ich mich in einem riesigen Raum voll mit Köstlichkeiten.

Kilian stand vor dem großen Tisch und wartete anscheinend darauf, dass ich mich auf einen der Stühle setzte.

Letztendlich war es nur der Hunger, der mich mein schlechtes Gewissen beiseiteschieben und mich seinem Wunsch nachkommen ließ. Kilian tat es mir gleich und dann starrten wir uns an. Schweigend. Sein Blick war bohrend und unangenehm. Er schob mir eine der großen Schüsseln zu, doch ich reagierte nicht. In meinem Inneren war ein Kampf entbrannt; Loyalität gegen Hunger.

»Vom bloßen Hinsehen wirst du wohl nicht satt werden«, sagte Kilian und zog eine Augenbraue hoch. Er nahm auf dem Stuhl gegenüber Platz und seine Mundwinkel umspielte ein eiskaltes Lächeln.

Ich fühlte mich unglaublich schlecht, als ich mir etwas von dem gebratenen Fleisch und Gemüse auf den Teller legte. Kilian griff sich eine der Karaffen und goss mir etwas Wasser ein.

»Lass es dir schmecken, Melia«, sagte er, ehe auch er anfing, sich seinen Teller zu beladen.

»Danke, du auch«, nuschelte ich mit vollem Mund.

Auch wenn mir strenggenommen der Herrscher von Sombra gegenübersaß und er mich noch vor Kurzem in einem seiner Kellerverließe eingesperrt hatte, überstieg mein Hungergefühl momentan ganz klar jegliche gute Erziehung. Mir war bewusst, dass die Situation, in der ich mich befand, nicht normal war. Strenggenommen war sie einfach nur absurd, aber mit vollem Magen ließ es sich definitiv besser nachdenken und so versuchte ich erst einmal, alle Zweifel aus meinem Kopf zu verbannen. Das Essen roch nicht nur gut, sondern schmeckte auch köstlich. Ich futterte mich quer über den gesamten Tisch und als ich irgendwann so satt war, dass der Anblick des vollgepackten Esstischs meinen vollen Magen krampfen ließ, sank ich in dem bequemen Holzstuhl zusammen.

Kilian saß mir währenddessen gedankenverloren gegenüber. Wir hatten das gesamte Essen über kein Wort miteinander gewechselt und auch jetzt schwiegen wir. Er war so teilnahmslos, dass ich nicht wusste, worüber ich mit so einem Menschen hätte reden sollen. Er hatte mich in dem Kellerraum vorgeführt, mich bloßgestellt und meinen

Schmerz so sehr genossen, wie ich dieses Essen. Wir kamen nicht nur aus zwei völlig unterschiedlichen Städten, nein, wir kamen aus zwei völlig fremden Welten. So weit voneinander entfernt, wie es unser Universum nur zuließ.

Als er meinen nachdenklichen Blick zu bemerken schien, räusperte er sich und beugte sich zu mir herüber. »Hat es dir geschmeckt?«

Mit einem Mal zog sich mein Magen wieder schmerzlich zusammen. Irgendetwas an seiner Stimme ließ mich zusammenzucken. Ich brachte keine Antwort zustande und so nickte ich ihm einfach nur zu.

Plötzlich öffnete sich eine der Flügeltüren und Nathan blickte uns entgegen. Er trug auch heute wieder eine dunkle Uniform mit auffälligen grünen Nähten. Sein Haar hatte er zu einem lockeren Zopf gebunden, wobei ihm einzelne Strähnen ins Gesicht fielen und sein markantes Gesicht perfekt umrahmten. »Hallo ihr zwei. Ich dachte, du hast noch etwas Wichtiges zu erledigen, *Bruder*?« Nathans Stimme klang tadelnd. Die Art, wie er ihn mit seinen stechenden Augen fixierte, jagte mir einen Schauer über den Rücken.

Kilian trat auf seinen Bruder zu und für einen Moment befürchtete ich, die beiden würden sich prügeln. Doch sie blieben friedlich. Zumindest vorerst.

»Hallo Nathan. Ich wurde leider aufgehalten, weil unser Gast völlig allein und ohne Gesellschaft in seinem Zimmer umherirrte und sich offensichtlich niemand für Melias Wohlergehen verantwortlich fühlt. Deshalb dachte ich, ich verschiebe meinen Termin und esse stattdessen eine Kleinigkeit mit unserem Ehrengast, bevor ich zu meinem Treffen mit dem Zirkel gehe.«

Ich lachte bitter auf. »Ehrengast? Darauf komme ich bei Gelegenheit nochmal zu sprechen.«

Nathan schloss die Tür hinter sich und schritt langsam am Tisch entlang. »Ich denke nicht, dass Melia einen Babysitter braucht«, antwortete er lächelnd.

»Das habe ich auch nicht behauptet«, erwiderte Kilian schroff.

Ich hatte es immer für einen Irrglauben gehalten, dass Geschwister sich meistens nicht ausstehen konnten, aber bei diesen beiden war alles andere ausgeschlossen.

»Du hast das wohl falsch verstanden, Ava war für Melia zuständig. Ich werde mich um dieses Missverständnis kümmern. Komm, Melia. Ich begleite dich zurück in dein Zimmer.« Ohne die Antwort seines Bruders abzuwarten, öffnete Nathan die Tür und streckte mir seine Hand entgegen.

Etwas überrumpelt griff ich danach. Die Luft im Raum brodelte wie kochendes Wasser und ich war froh, der unangenehmen Situation entfliehen zu können.

Ich warf Kilian einen letzten kurzen Blick zu, ehe ich aufstand und den Saal zusammen mit Nathan verließ. Als wir in einen der unzähligen Korridore bogen, blieb ich stehen. »Was ist das für ein Problem zwischen dir und deinem Bruder?«

Sein Gesichtsausdruck verriet nicht, was für ein Sturm in ihm tobte, aber dennoch spürte ich, was in ihm vorging. Ein Sturm, aus falschen Hoffnungen, tiefer Enttäuschung und vergessener Brüderliebe. Er strich sich eine seiner verirrten Haarsträhnen hinters Ohr und lächelte mir gequält zu. »Glaub mir Melia, das möchtest du gar nicht wissen. Das, was Kilian und mich auseinandergebracht hat, geht über diesen ganzen Irrsinn, den er mit dir vorhat, weit hinaus.«

Ich schluckte. Was meinte Nathan damit? Welchen Irrsinn hatte sein Bruder vor und wie passte ich in diese unheilvolle Welt, die sie beide ihr Zuhause nannten? Bevor ich ihn fragen konnte, was er mir damit sagen wollte, griff Nathan mit seiner warmen Hand erneut nach meiner und führte mich die vielen Abzweigungen und Treppenabsätze zurück zu meinem Schlafzimmer. Der Rückweg war anstrengend und als Nathan die Tür öffnete, ließ ich mich erschöpft aufs Bett fallen.

»Wie schaffst du es nur, dich in diesem riesigen Ungetüm von Burg nicht zu verlaufen? Für mich sieht hier alles absolut gleich aus.«

Äußerlich mochten die Gänge der Burg vielleicht ähnlich aussehen wie die in Mentira, doch alles hier wirkte größer und irgendwie fremd.

Nathans Blick wurde wieder weicher und er setzte sich neben mich aufs Bett. »Die Schattenburg war immer mein Zuhause. Ich kenne jeden Winkel hier. Ruh dich ein wenig aus. Ich werde in der Zwischenzeit den Doktor holen. Er sollte dich noch einmal untersuchen und danach zeige ich dir gerne noch ein wenig mehr von der Burg.«

Nathan schloss leise die Tür hinter sich als er ging und ließ mich mit all meinen unbeantworteten Fragen zurück. In den letzten Stunden hatte ich mich nicht wie eine Gefangene gefühlt und dennoch verstand ich immer noch nicht den Grund für meinen Aufenthalt in dieser Burg. Kilians überraschendes Auftauchen, das eigenartige Essen und dann Nathans vage Andeutungen. All das konnte ich mir nach wie vor nicht erklären. Doch bevor ich mir weiter den Kopf zerbrechen konnte, übermannte mich ein leichter, unruhiger Schlaf, der die Zweifel über die zwei Brüder für einen Moment fortspülte.

Der Duft von frischen Äpfeln umhüllte meine Gedanken und als ich die Augen öffnete, blickte ich in Jarons wutverzerrtes Gesicht. Er hielt mir eine Teetasse hin und lächelte verkrampft.

Ich schlug ihm die Tasse aus der Hand und stieß ihn zu Boden. »Wie konntest du nur?«, schrie ich.

Er senkte seinen Kopf, scheinbar unfähig, mir in die Augen zu blicken.

»Sieh‘ mich an. Schau dir an, wen du verraten hast! Ich dachte, wir wären Freunde. Ich dachte, ich könnte dir vertrauen. Du bist ein Verräter! Ich hasse dich. Ich hasse dich!« Die letzten Worte brüllte ich heraus.

Meine Stimme hallte durch den Raum und als ich aufwachte, blickte ich in das besorgte Gesicht von Ava. »Alles in Ordnung, Melia? Du hast fürchterlich geschrien. Ich habe dich vom Flur aus gehört. Hattest du einen Albtraum?«

Ich wischte mir über die Stirn und bemerkte, dass meine Haare völlig nassgeschwitzt waren. Mein Körper glühte und ich konnte nur stoßweise atmen.

»Komm, ich helfe dir auf.« Noch ehe ich protestieren konnte, hatte Ava mir schon ihre dünnen Arme um den Bauch geschlungen und half mir beim Aufstehen.

Sie führte mich in einen kleinen Waschraum. Die Wände waren mit rosafarbenen Kacheln versehen und verliehen dem Raum so eine angenehme Wärme. Schneller als ich schauen konnte, holte sie große Eimer und kippte jede Menge Wasser in eine gusseiserne Wanne. Sie zündete ein Feuer unter dem Bottich an und gab noch ein paar duftende Öle hinein. Während wir darauf warteten, dass das Wasser sich erwärmte, schwiegen wir. Die Flammen knisterten vor sich hin und schon bald stiegen kleine Blasen auf. Ava erstickte das Feuer und setzte sich auf einen kleinen Hocker. Ihre Augen ruhten erwartungsvoll auf meinem Körper. »Wenn es dir unangenehm ist, warte ich draußen, bis du dich ausgezogen hast. Aber sei vorsichtig, nicht, dass du ausrutschst. Wenn du noch etwas brauchst, dann ruf mich. Das Wasser kühlt sich langsam ab. Steig einfach rein, sobald dir die Temperatur angenehm ist. Ein heißes Bad wird dir den fürchterlichen Albtraum mit Sicherheit aus dem Körper treiben.«

Sie verschwand und ließ mich mit meinen wirren Gedanken und den letzten Schatten des Albtraums allein im Waschraum zurück.

Kilian

Auf dem Weg zum Ratssaal konnte ich keinen klaren Gedanken fassen. Ich wusste, dass es eine Menge böser Blicke geben würde, weil ich das Treffen wegen einem läppischen Essen mit Melia verschoben hatte. Aber mir waren die Meinungen dieser machtgierigen Idioten sowieso egal. Der einzige Mann im Zirkel, auf dessen Ansicht ich Wert legte und dessen Ratschläge ich annahm, war mein Vater. Ascan Cross hatte den Zirkel über dreißig Jahre lang mit eisernem Willen angeführt und die Menschen in Sombra durch viele Katastrophen, Stürme und Kleinkriege geleitet. Ich bewunderte ihn für seine Stärke und für seine Vision, die er für unsere Stadt hatte. Sombra sollte wachsen und irgendwann die umliegenden, kleineren Siedlungen unter einem großen Banner vereinen. Jahr für Jahr hatte er, unermüdlich wie er war, Männer auf Expeditionen geschickt, um das umliegende Land zu kartografieren. Er wollte endlich aus dem Schatten der *Vergessenen Welt* treten, um das Leben im Hier und Jetzt zu gestalten.

Ich lief die steinernen Flure entlang und überlegte fieberhaft, wie ich meinem Vater von dem Vorfall mit Zohera berichten sollte. Als er den Kontakt zu dem Mädchen aus Mentira vor einigen Monaten hergestellt hatte, waren wir uns einig gewesen, dass wir sie brauchten, um unseren Plan über kurz oder lang verwirklichen zu können.

Aber seit ich Zohera ins Verlies hatte sperren lassen, hatten sich einige Teile des Plans ungewollt verselbstständigt und ich war mir nicht sicher, wie erfreut mein Vater über diese ungeplanten Wendungen sein würde. Sie war unser einziges Druckmittel und um nichts auf der Welt würde ich sie einfach aus der Burg spazieren lassen, nur weil Vater den Ernst der Lage nicht verstand. Solange ich keine andere Idee hatte, würde Zohera dort unten bleiben.

Als ich die letzten Treppenstufen zum Ratssaal hinabstieg, konnte ich die Männer des Zirkels hinter der Tür bereits hören. Ihre tiefen Stimmen dröhnten hinaus und auch wenn man nicht verstehen konnte, was sie so aufbrachte, war klar, dass sich ihre Stimmung am Nullpunkt befand.

Mit einem lauten Quietschen öffnete ich die schwere Holztür und trat in den spärlich beleuchteten Saal. Sofort verstummten die Gespräche und alle Blicke ruhten auf mir.

Ich konnte mich noch sehr gut an meine erste Ansprache in diesem Saal erinnern. Davor hatte ich bestimmt über fünfzehn Minuten hinter der Holztür verharrt und versucht, den richtigen Moment abzupassen, bis ich irgendwann begriff, dass es den gar nicht gab. In unserer Welt wurden wichtige Entscheidungen nie im perfekten Moment gefällt. Wichtige Entscheidungen fielen in ausweglosen Situationen, zwischen unheilvollen Begegnungen und schmerzhaften Verlusten.

Als ich damals den Saal betrat, war nicht eine einzige Stimme verstummt. Ihr Gerede war mir entgegengeschallt und die einzige Aufmerksamkeit galt für einen knappen Moment meinem Bruder. Sie hatten mich nicht akzeptiert und auch wenn dieser Tag bereits einige Zeit zurücklag, so war er in meiner Erinnerung keineswegs verblasst. Denn er mahnte mich, die Aufgabe ernst zu nehmen und jeden Tag meines Lebens dem Schatten und seiner Bewahrung zu widmen.

Ich schritt zum Kopfende des langen, dunklen Tisches und ließ mich in meinem schwarzen Sessel nieder. Auch dieser Saal besaß eine Deckenbemalung. Allerdings mit einem anderen, weniger aufwendigem Muster. Das Feuer im Kamin am anderen Ende des Saals knisterte verräterisch und eine der Kammerdienerinnen huschte an mir vorbei, um noch einige Holzscheite nachzulegen, ehe die Sitzung begann.

Auf dem Stuhl rechts von mir saß mein Vater, während der zu meiner Linken leer blieb. Die übrigen zehn Stühle wurden von den ranghöchsten Männern der Stadt besetzt, einer grausamer und abtrünniger als der andere. Doch auch wenn sie tief in ihrem Innersten einen dunklen Fleck trugen, so hatten sie eines gemeinsam – sie waren mir treu untergeben. Ein Umstand, der mich viel Zeit und Energie gekostet hatte.

»Hiermit eröffne ich die hundertsechsundsiebzigste Ratssitzung der Neuen Zeit«, tönte meine Stimme laut durch den Saal. Das Dienstmädchen eilte nun zur Tür und zog sie mit einem Ruck zu.

Mein Vater neben mir atmete hörbar aus, ehe er seinen Blick abschätzig von dem leeren Platz ihm gegenüber abwendete. Nathans Platz.

»Rodgar und ich, wir fragen uns, wie es um das Wohl des Auges bestellt ist? Wie geht die Mission voran, die ihr mit Ascan geplant habt?« Die Stimme von Diego klang zweifelnd, fast schon mahnend und ich spürte, wie mir die

Hitze ins Gesicht schoss. Diego fuhr sich mit der rechten Hand nervös durch seinen dichten Vollbart, während seine dunklen Augen durch den Saal glitten.

Ich versuchte mir meine Nervosität nicht anmerken zu lassen, indem ich ein nachdenkliches Gesicht aufsetzte und so tat, als würde ich den Papierstapel vor mir genauer begutachten. »Diese Ratssitzung befasst sich nicht mit Dingen, die euch nichts angehen. Am heutigen Tag möchte ich einzig und allein über eine weitere Außenexpedition beraten. Späher am Rande der Mauer haben über Sichtungen berichtet, die unweit unserer östlichen Grenzen erfolgten. Wer immer sich so nah an unser Gebiet heranwagt, wir müssen herausfinden, wer sie sind und was sie vorhaben.«

Diego warf dem dickbäuchigen Rodgar einen fragenden Blick zu. Ich konnte den beiden deutlich ansehen, wie ihnen mein Tadel missfiel. Dennoch war ich neugierig, ob sie hartnäckig bleiben würden, oder ob sie zu viel Angst hatten, sich ihrem Soberano zu widersetzen.

»Also, um ehrlich zu sein ...«, begann Diego, doch ich ließ ihn nicht aussprechen.

»Ich scheiße auf eure Ehrlichkeit!« Ich sprang auf und schritt lässig zu Diegos Platz, bis ich hinter ihm stand. »*Was* ist euer Problem? Habt ihr kein gutes Leben in der Schattenstadt? Habt ihr nicht alle mehr als genug Freiheiten unter meiner Herrschaft?«

Niemand antwortete mir.

»Habe ich nicht bereits bewiesen, dass ich der rechtmäßige Herrscher der Schattenstadt bin?«

Die Wut in meinem Inneren wirbelte so viele schmerzliche Erinnerungen auf, dass ich sie nur mit Mühe unterdrücken konnte. Was hatten diese Nichtsnutze schon für eine Ahnung? Niemand von ihnen war auch nur im Entferntesten fähig zu verstehen, was ich für diesen Posten geopfert hatte.

»Du bist ja auf einmal so still, Diego. Reicht dir das als Antwort? Reicht es *euch* als Antwort?«

Ich schaute jeden der Männer eindringlich an. Musterte sie, wartend, lauernd. Doch keiner wagte es mir ins Gesicht zu blicken. Alle wichen mir aus - bis auf einer. Als ich in die Augen meines Vaters sah, war es, als würde ich in meine eigenen sehen. Ich erkannte Abscheu, Ekel und Verachtung. Doch ich ließ meinen Blick nur kurz auf ihm ruhen, ehe ich wieder zurück zu meinem Platz schritt. Mein Herz hämmerte und ich spürte, wie ein feiner Schweißfilm meine Haut benetzte. Es kostete jedes Mal mehr Kraft, mich zu beherrschen, das Auge zu beherrschen. Nachdem ich erneut im Sessel Platz genommen hatte, goss ich mir etwas Wasser ein.

»Nun, da wir das geklärt hätten – kommen wir zurück zu den wichtigen Dingen.«

Das Schnauben meines Vaters durchschnitt die Stille im Ratssaal und ich biss mir auf die Zunge, um nicht zu explodieren. Dass er meine Autorität vor all diesen Männern untergrub, war wie eine persönliche Kriegserklärung.

»Wer von euch unterstützt mich bei dem Vorhaben einen Trupp ins Umland von Sombra zu schicken, um nach dem Ursprung dieser Eindringlinge zu suchen?«

Zuerst schwiegen sie. Doch dann sah ich im Augenwinkel, wie mein Vater leicht nickte. Die Männer verfielen in ein Murmeln.

Mein Vater beugte sich zu mir herüber und sein gleichgültiger Blick traf mich wie ein Pfeil. »Sieh zu, dass du diese alten Waschweiber besänftigst und die Sitzung schnell beendest. Wir haben Wichtiges zu bereden.«

Ich hämmerte mit der Faust auf den Tisch und ein dumpfer Ton erfüllte den kahlen Raum. Rodgar erhob als Erster die rechte Hand. Diego, Leif und Maurice folgten ihm. Die Übrigen verharrten ungerührt.

»Hat jemand von euch Bedenken, was die Expedition Richtung Osten angeht?«, sprach ich die Verweigerer an.

Ich schaute in die Runde und erblickte steinerne Masken, wie ich sie selbst oftmals trug. Keiner von ihnen würde mir jemals offenkundig widersprechen. Dazu hingen sie zu sehr an ihren jämmerlichen Leben. Dennoch genoss ich diese Momente, denn sie gaben mir die Möglichkeit, ihnen ihre starren Masken vom Gesicht zu reißen und in ihren Zügen nach der Wahrheit zu suchen.

Wahrheit.

Ein flüchtiger Nebel, der sich nicht greifen lässt, einem bei dem Versuch ihn zu fassen, durch die Finger gleitet und kurz darauf im Nichts verschwindet. Ich blickte in Gesichter voller Misstrauen und Zweifel. Gesichter, denen die Expedition offenkundig gleichgültig war und in Gesichter, die einzig und allein den leeren Stuhl zu meiner Linken fixierten. Dieses Maß an Wahrheit genügte, um mir mein Urteil zu bilden.

»Dann steht es also fest: Ich werde morgen einen Trupp zusammenstellen, der Erkundungen jenseits des Grenzlandes anstellen wird. Ihr vier wendet euch an Leif und gebt ihm eine Liste mit euren besten Männern. Aus dieser Auswahl wähle ich dann diejenigen aus, die diese Fremden verfolgen und uns hoffentlich Antworten liefern.«

Ein Blick zu meiner Rechten genügte, um zu sehen, dass

mein Vater bereits mit den Füßen scharrte und so hob ich die Hand und erklärte die Sitzung für beendet. Stühle wurden hin und hergerückt und bereits nach wenigen Minuten war der Saal wieder leer. Mein Vater erhob sich von seinem Platz und schritt unruhig durch den Raum.

»Meinst du nicht, du strapazierst dein Glück ein bisschen?« Er umrundete den länglichen Tisch und blieb vor einem der bodentiefen Fenster stehen. Sein Blick war stur nach draußen gerichtet, als sei ich es nicht einmal wert, von ihm angesehen zu werden.

Ich blieb auf meinem Sessel sitzen, denn dort fühlte ich mich machtvoll. Dabei überblickte ich den Raum und dachte gar nicht daran, auf diese Stichelei zu antworten. Ich wusste, wieso er mich so quälte und, dass kein Erfolg der Welt etwas an seiner Einstellung mir gegenüber ändern würde.

»Ascan, ich schätze dein Wissen sehr. Du hast mich viel gelehrt, mir die graue Welt dort draußen gezeigt und mir eine Vision gegeben, für die es sich zu kämpfen lohnt. Aber solltest du es noch einmal wagen, mich vor dem gesamten Zirkel bloßzustellen und mir Anweisungen zu geben, werde ich an dir ein Exempel statuieren.«

Für einen Moment war das einzige Geräusch, das den Raum erfüllte, das knisternde Feuer im Kamin, das Knacken und Knarzen des Holzes, während es von den Flammen verschlungen wurde. Doch ich kannte meinen Vater und sein Temperament nur zu gut.

Noch ehe ich einen weiteren Atemzug genommen hatte, war er schon auf meinen Platz zugestürmt und baute sich drohend vor mir auf. »Du undankbarer, arroganter Idiot. Ich versuche nur, deinen Stand innerhalb des Zirkels zu wahren und so dankst du es mir? Denkst du etwa, ich wüsste nicht, dass du Zohera im Kerker eingesperrt hast, wie einen räudigen Köter? Ist das deine Art, mit Verbündeten umzugehen? Das habe ich dir nicht beigebracht und ich schäme mich für dich. Hätte ich nicht so viel Respekt vor unseren wenigen Gesetzen, dann hätte ich dir dein Amt schon längst wieder entzogen, aber solange das Auge dich als Wächter akzeptiert, tue ich es ihm gleich. Bring dieses Chaos in Ordnung, bevor ich es tue. Und zwar sofort!« Er rauschte aus dem Raum und ließ nichts in mir zurück, als Hass und Wut.

Ich blieb noch eine ganze Weile im Ratssaal und überlegte, wie ich das Problem mit Zohera und ihrem ungeplanten Aufenthalt im Kerker der Burg am Effektivsten lösen könnte. Sie durfte Melia auf keinen Fall begegnen, aber töten durfte ich sie vorerst auch nicht. Zohera wusste einfach zu viel über Mentira und seine Bewohnerinnen und es wäre unklug, jemanden zu töten, der einem noch nützliche Informationen liefern konnte. Eigentlich war sie im Keller sehr gut aufgehoben, auch wenn mein Vater das anscheinend anders sah. Solange mir allerdings keine andere Idee kam, würde sie bleiben, wo sie war.

Als ich den Ratssaal dann fast eine Stunde nach meinem Vater verließ, fiel mir ein, dass ich Melia immer noch keine *vernünftigen* Klamotten besorgt hatte. Mir war es nach wie vor ein Rätsel, was sie an diesem riesigen Kleiderfundus auszusetzen hatte, aber wenn ich sie mit einem Paar Hosen zufrieden stellen konnte, dann tat ich das.

Zielstrebig lief ich einen der endlos langen Korridore der Burg entlang. Die Sonne stand hoch am Himmel und auch wenn die steinigen Wände eiskalt waren, so bahnte sich die Hitze der brennenden Sonnenstrahlen allmählich ihren Weg ins Innere. Völlig in Gedanken versunken strich ich mir mit dem Handrücken über die Stirn und wischte mir die kleinen Schweißperlen von der Haut.

»Die Sonne wird immer stärker, Soberano. Wir müssen unbedingt einen Weg finden, die Wärme außerhalb der Mauern zu halten, sonst bekommen wir in der nahenden Trockenzeit ernsthafte Probleme.«

Als ich mich umdrehte, blickte ich in das vertraute Gesicht von meinem Onkel Nox, dem Berater meines Vaters. Abwartend musterte er mich mit seinen eisblauen Augen. Wie gewohnt trug er über seinem schwarzen Hemd eine dunkelgrüne Weste, an der er die Brosche in Form eines Auges angesteckt hatte. Trotz seines Alters war Nox noch immer topfit und einer der besten Schwertkämpfer in der gesamten Burg. Früher hatte er die Rekruten im Kampf ausgebildet, bis jemand anderem diese wichtige Aufgabe zuteil wurde. Mein Onkel war mir und Nathan mehr ein Vater, als es Ascan jemals hätte sein können. Während Ascan nur die Herrschaft über das Auge und seine Schatten im Kopf gehabt hatte, war Nox mit uns auf den Marktplatz gegangen und hatte uns dort leckere Teigtaschen gekauft. Er hatte uns alles beigebracht, was wir wussten. Nox hatte uns wie seine eigenen Kinder großgezogen und auch wenn Nathan und ich uns in so gut wie nichts mehr einig waren, so war unser Onkel wohl das einzige Bindeglied, das noch Bestand hatte.

»Ja, ich weiß. Die Näherinnen arbeiten bereits an einem größeren Sonnensegel, das wir über die gesamte Front der Burg spannen werden. Ich bin sowieso gerade auf dem Weg dorthin und werde mir vom Fortschritt ein eigenes Bild machen.«

Mein Onkel lächelte, ehe er einen Schritt auf mich zu machte und mir ermutigend auf die Schulter klopfte. »Junge, dein Vater hat auch seine Zeit gebraucht, sich in diese Aufgabe zu fügen. Nimm es ernst, aber nimm es nicht *zu* ernst. Du hast einen treuen Rat an deiner Seite, der dich in allen Belangen unterstützen wird.«

Ich reichte ihm respektvoll die Hand, ehe ich ihm zunickte und meinen Weg fortsetzte. Doch kurz bevor ich um die nächste Ecke bog, rief ich ihm noch hinterher »Und nenn` mich nicht immer Soberano, Nox!«

Innerhalb weniger Minuten hatte ich die Näherei erreicht und blickte durch den großen Raum. Überall tummelten sich geschäftig wirkende Frauen, die unzählige Bahnen an Stoff im Raum verteilten. In der hinteren Ecke entdeckte ich schließlich die Person, nach der ich suchte. Zielstrebig lief ich durch die Reihen und als die Frauen erkannten, wer den Raum betreten hatten, stoben sie auseinander wie winzige Blütenpollen. Es wurde ruhiger in der Halle und vereinzelt konnte ich sie tuscheln hören. Als ich an dem einzigen Tisch angelangte, der nicht über und über mit Stoff bedeckt war, blickte ich auf eine rothaarige Frau hinab, die hochkonzentriert in einem Buch blätterte.

»Ivy? Kann ich dich für einen kurzen Moment sprechen?«, fragte ich höflich.

Sie hob den Kopf und blickte mir angriffslustig entgegen. Ich hatte bereits vor Monaten feststellen müssen, dass ich bei dieser Frau auf Granit biss. Sie war an Sturheit kaum zu übertreffen und wäre sie nicht so eine Koryphäe auf ihrem Gebiet, dann hätte ich sie schon längst den Schatten zum Fraß vorgeworfen. Aber sie war so viel mehr als nur eine begnadete Näherin. Diese Frau war ein Genie! Eine unglaubliche Nervensäge, aber die wohl begnadetste Schneiderin, die die Schattenstadt je gesehen hatte.

»Kilian. Es ist vermutlich nicht so, als hätte ich eine Wahl?«, fragte sie gereizt.

Ich verzog das Gesicht und versuchte, nicht bereits innerhalb der ersten zehn Sekunden die Beherrschung zu verlieren. »Nox fragt, wann die neuen Sonnenseegel bereit sind. Die Sonnenstrahlung wird von Tag zu Tag stärker werden und die Dürrezeit rückt immer näher. Wir brauchen die neuen Segel dringend, um die Stadt zu schützen.«

Ivy reckte ihr Kinn herausfordernd in die Höhe. »Du meinst wohl eher, um die *Burg* zu schützen«, entgegnete sie spitz und funkelte mich mit ihren gruseligen, fast weißen Iriden an. Ivys Augen hatten mir bereits bei unserem ersten Aufeinandertreffen einen Schauer über den Rücken getrieben. Denn sie waren in einem so hellen Grau, dass ich sie anfangs für blind gehalten hatte. Damals hatte ich laut losgelacht und Nox gefragt, was zum Teufel ich mit einer blinden Schneiderin anfangen sollte. Diesen Vorfall nahm sie mir nach wie vor ziemlich übel, weshalb unser Verhältnis zueinander immer noch angespannt war.

Frauen sind so verdammt nachträglich und empfindlich.

»Nenn` es, wie du willst, Ivy. Mir ist nur wichtig, dass Nox das Segel bekommt, damit seine Männer es so schnell wie möglich anbringen können. Oder möchtest du zur Sonnenzeit in der Burg bei lebendigem Leib gegrillt werden?« Ich lächelte ihr provokativ entgegen und wartete ihre Reaktion ab.

Ivy fing an, in einer der Schubladen zu kramen, ehe sie ein graues Notizbuch herauszog. »Zwei meiner Näherinnen sind leider ausgefallen, weshalb sich der Fertigungstermin etwas nach hinten verschieben wird. Aber ich denke, in etwa einer Woche sind wir soweit.«

Mir fiel ein Stein vom Herzen. Denn ich wollte mit Ivy auf keinen Fall weiter diskutieren, zumal ich eigentlich wegen den Kleidern für Melia gekommen war.

Ich setzte ein zufriedenes Gesicht auf und Ivy wollte sich gerade von ihrem Platz erheben und verschwinden, als ich sie kurz an der Schulter berührte. Sie zuckte erschrocken zusammen und wich meinem Blick aus. »Du musst mir noch bei einer anderen Sache behilflich sein.« Ich ließ meinen Blick zu den umherstehenden Frauen schweifen, die sich wegdrehten und davonschlichen. Ich wollte nicht, dass in wenigen Tagen jeder innerhalb der Schlossmauern wusste, dass wir Besuch einer Außerstädtischen hatten.

»Was kann ich denn sonst noch für dich tun?«, fragte Ivy monoton.

»Ich habe eine besondere Besucherin, die sämtliche deiner Kleider vehement ablehnt. Sie sagt, sie will Hosen und keine Röcke.«

Ivys Blick erhellte sich und ihre Augen strahlten mich an. »Diese Besucherin ist mir glatt sympathisch.« Ivy stiefelte aus der Stoffhalle hinaus in den Korridor.

Ich war bemüht mit ihr Schritt zu halten. Sie führte mich zielsicher durch die verschiedenen Korridore, bis wir nach wenigen Minuten vor der Kleiderkammer der Soldaten hielten.

»Das soll wohl ein Scherz sein«, fragte ich ungläubig.

»Die einzigen Hosen, die es innerhalb dieser Mauern gibt, sind für Männer«, antwortete sie amüsiert.

»Na gut, was bleibt mir anderes übrig.«

Jaron

Das Gespräch mit Ava saß mir noch immer in den Knochen und als ich den Markt verließ, wollte ich unter keinen Umständen zurück nach Hause. Etwas orientierungslos zog ich durch die engen Gassen der Stadt. Die Sonne wurde immer stärker und die Narbe an meinem Rücken fing an, unangenehm zu jucken. Ich bog wieder auf eine der Hauptgassen und plötzlich hatte ich doch ein Ziel vor Augen. Wenige Minuten später stand ich vor Kurbys Tür. Unschlüssig, ob ich reingehen sollte oder nicht, lungerte ich vor dem Eingang zu seiner Werkstatt herum. Doch als jemand die Tür aufstieß und um Haaresbreite meinen Kopf verfehlte, wurde mir die Entscheidung abgenommen.

»Was machst du denn hier, Jaron?«, fragte Kurby verwundert.

»Eigentlich war ich gerade auf dem Weg zum Marktplatz, aber wenn du reinkommen magst.«

Ich zuckte mit den Schultern und er hielt mir schweigend die Tür auf. Im Inneren war es angenehm kühl und dunkel. Meine Augen brauchten einen Moment, ehe sie sich an die Lichtverhältnisse gewöhnt hatten.

Kurby schob sich an mir vorbei und bedeutete mir stumm, ihm in den hinteren Teil seiner Werkstatt zu folgen. Das Brot noch immer unter den Arm geklemmt, trottete ich hinter ihm her und war mir für einen Moment unsicher, was ich hier eigentlich suchte.

»Wie geht es dir, Jaron? Wir hatten ja bei deinem letzten Besuch nicht so viel Zeit zum Reden.« Kurby hatte auf seinem Drehstuhl Platz genommen und blickte mich mit sorgenvollem Ausdruck an. »Du siehst nicht gut aus.«

»Hast du es wirklich noch nicht gehört?«, fragte ich ungläubig. Eigentlich hatte ich fest damit gerechnet, dass Kurby von der Entführung meiner Familie genauso gehört hatte wie alle anderen. Aber sein unwissender, neugieriger Blick sprach Bände.

»Was ist passiert? Ich bekomme hier in meiner stickigen Werkstatt doch kaum etwas mit!«

Ich legte das Brot auf eine der Werkbänke und ließ mich auf einem kleinen Holzhocker nieder. Ich nahm einen tiefen Atemzug und erzählte Kurby alles. Nachdem ich bei der Begegnung von Ava auf dem Markt geendet hatte, räusperte er sich kurz und verschwand in einen der Nebenräume. Verwundert blickte ich ihm hinterher und wollte ihm gerade folgen, als er mit einer Flasche und zwei Gläsern zurückkam.

»Beim besten Willen, das kann man ja nur ertragen, wenn man ordentlich was intus hat«, dröhnte seine tiefe Stimme durch den Raum. Er stellte alles vor mir auf die Werkbank und goss uns beiden etwa zwei Finger breit ein. Ein säuerlicher Geruch stieg mir in die Nase und auch, wenn mir nicht der Sinn nach etwas Selbstgebranntem war, nahm ich das halbvolle Glas und stieß mit Kurby an.

»Auf den Tag, an dem Kilian endlich das Zeitliche segnet«, polterte Kurby und kippte den Inhalt des Bechers in einem Zug hinunter. Er schüttelte sich kurz, verzog aber keine Miene.

Ich nahm einen großen Schluck und spürte das Feuer, das meine Kehle hinunterrann und meinen Körper mit einer angenehmen Wärme einhüllte. »Ganz schön hartes Zeug«, nuschelte ich, bevor ich auch den Rest trank.

Kurby fing an zu lachen, ehe er uns erneut eingoss. »Was willst du denn nun tun? Ich nehme mal nicht an, dass du Kilian in der Burg einen Besuch abstatten möchtest, oder?«

Meine rechte Hand umklammerte das Glas. »Nein, natürlich nicht. Aber in meinem Kopf schwirrt seit Tagen eine Frage herum, die mich nicht mehr loslässt. Was zur Hölle will Kilian von Melia? Wozu macht dieser Mann so einen Aufstand? Er hätte sie doch ganz normal zu sich in die Burg einladen können.«

Ich nahm einen kleinen Schluck und verzog das Gesicht. »Ich werde das Gefühl nicht los, dass an dieser ganzen Situation irgendetwas faul ist«, sprach ich weiter.

»Überleg doch mal, Melia findet dieses Notizbuch mit dieser Videobotschaft und dann verlässt sie total übereilt und in Sorge Sombra, nachdem sie gerade erst aus Mentira geflohen ist. Sie hat mir erzählt, dass sie das Buch gestohlen hat. Aber die Schwestern der Ruína dulden keine Verbrechen innerhalb ihrer Gemeinschaft. Ob sie sie überhaupt wieder aufgenommen hätten nach ihrem Verrat, wage ich ehrlich gesagt zu bezweifeln.« Kurby kratzte sich nachdenklich am Hinterkopf, verharrte in seiner Bewegung und drehte sich plötzlich zu einem seiner riesigen Monitore. »Mir kam diese Datei auch irgendwie seltsam vor. Ich habe mir eine Kopie gemacht und werde mir das Ganze noch einmal genauer ansehen. Aber so eine unbeschädigte Datei aus der *Vergessenen Zeit* zu finden, ist äußerst selten.«

Dann fing er an, wild auf der Tastatur vor ihm herumzutippen, während auf dem Bildschirm verschiedene Buchstaben aufflackerten. »Also, Melia hat dir erzählt, sie hätte das Buch aus Mentira gestohlen?«, fragte Kurby.

Ich nickte, doch dann fiel mir ein, dass Kurby mir den Rücken zugekehrt hatte, weshalb ich schnell ein »Genau«, von mir gab.

»Das ist wirklich eigenartig.«

Kurz herrschte Stille und Kurby schien nachzudenken.

»Du weißt doch, dass ich vor einigen Jahren mal in der Burg einen Auftrag hatte. An dem Tag hast du mich über den Haufen gerannt und mich so arschig von der Seite angemacht.«

Beim Gedanken daran musste ich schmunzeln. »Ja, ich erinnere mich dunkel.«

»Damals sollte ich Daten auswerten, die im Archiv der Burg gelagert wurden. Ascan, Kilians Vater, wollte wissen, ob sich auf den alten Datenträgern Informationen befinden, die für den Zirkel von Interesse sein könnten.«

Ich verstand nicht, worauf Kurby hinauswollte, hörte ihm aber dennoch aufmerksam zu.

»Ich habe gerade einmal die Festplatte durchsucht, auf der ich an diesem Tag alle Daten gesichert habe. Ich habe exakt dasselbe Video bereits vor Jahren im Archiv der Schattenburg entdeckt.«

Ich stand vom Hocker auf und beugte mich zu Kurby hinunter, um einen Blick auf den Bildschirm zu werfen. »Und was bedeutet das genau?«

Kurby griff hinter sich und angelte nach der halbleeren Flasche. »Die Wahrscheinlichkeit, dass dieselbe Datei in zwei Städten archiviert wurde und so viele Jahre unbeschadet überstanden hat, ist faktisch unmöglich. Hinzu kommt, dass Melia ausgerechnet hierhin geflohen ist, um hier nach Antworten zu suchen. In meinen Augen sind das ganz schön viele Zufälle.«

Kurby schraubte den Verschluss auf und nahm einen großen Schluck, diesmal aus der Flasche.

Mein Kopf war wie leergefegt. Alle Sorgen, Ängste und Vorwürfe verschwanden. Ich fasste mir an meine Schläfen und schloss für einen winzig kleinen Moment die Augen. Kurbys Worte geisterten durch meinen Kopf.

»Melia ist also nicht zufällig nach Sombra gekommen?«, fragte ich irgendwann.

Kurby drehte sich in meine Richtung und hielt mir die Flasche hin. »Nein, ist sie nicht. Und wie auch immer sie an diese Speicherkarte gekommen ist, das Ganze war definitiv kein Zufall.«

Melia

Das Badewasser roch angenehm und die Wärme tat meinen müden Knochen gut. Dampf waberte durch den kleinen Raum und das leise Plätschern des Wassers war das einzige Geräusch, das den Raum erfüllte.

Ich schloss die Augen und tastete im Bottich nach dem kleinen Schwamm, den Ava mir hineingelegt hatte. Während ich damit vorsichtig über meine zerschundene Haut rieb, schweiften meine Gedanken immer wieder zu dem Kerker, in den man mich gesperrt hatte und zwangsweise auch zurück zu Zohera. Ich bekam abermals ein schlechtes Gewissen, hatte ich doch bisher nicht wirklich etwas dafür getan, sie dort unten herauszuholen. Ob es ihr gut ging? Hoffentlich brachte man ihr zumindest genug Wasser und Nahrung. Ich musste endlich herausfinden, wie sie hier gelandet war und wieso man sie eingesperrt hatte.

Es gab so viele Dinge, die keinen Sinn ergaben. So viele Fragen, die meinen Kopf fast zum Bersten brachten. Wieso war die Welt hier draußen so kompliziert? Wieso konnte nicht alles so geregelt und geordnet ablaufen, wie in Mentira? Ich wusste nicht einmal mehr, ob ich meine Flucht bereute oder nicht. Natürlich war mein Leben innerhalb weniger Tage im Chaos versunken, aber immerhin wusste ich nun, dass Sombra wirklich existierte. Ich hatte mit eigenen Augen gesehen, dass auch andere Menschen den Krieg, den Hunger und die Krankheiten besiegt hatten. In Mentira hatte ich mich nie wirklich heimisch gefühlt und auch wenn ich nicht wusste, was die Zukunft für mich bereithielt, so wusste ich zumindest, dass ich sie selbst in der Hand hatte. Mehr oder weniger.

Okay, momentan eher weniger. Ich seufzte. Wem wollte ich eigentlich etwas vormachen? Kilian Cross hielt meine Zukunft in seinen mit Blut besudelten Händen! Der Soberano von Sombra entschied über mein weiteres Leben.

Vorsichtig tastete ich mich mit dem Schwamm an den Verband heran, den ich noch immer um meinen Bauch trug und der sich mittlerweile mit Wasser vollgesogen hatte.

Langsam begann ich den Verband zu lösen. Das Wasser färbte sich leicht rot, aber die Wunde sah schon viel besser aus. Vorsichtig tupfte ich das getrocknete Blut an den Wundrändern ab und beäugte die Verletzung etwas genauer. Ich konnte mir noch immer nicht erklären, wer mir diesen Stich zugefügt hatte. Noch eine Frage, auf die ich keine Antwort kannte. Wie konnten die Menschen in dieser Stadt nur ohne Wahrheit leben? Wie hielten sie die Ungewissheit in ihrem Leben nur aus? Immer nur die Wahrheit zu sprechen und niemandem etwas vorzutäuschen war schwer, keine Frage. Es nagte an der eigenen Seele und diese Erkenntnis stach oftmals stärker und tiefer, als jedes Messer. Aber ich wusste lieber, wer mich niederstach, als niederträchtig und verräterisch vergiftet zu werden. Denn Lügen waren wie eine Krankheit, die die Seele infizierte und einen langsam aber schmerzhaft dahinsiechen ließ.

Ich hatte gerade die Augen geschlossen, als ich hörte, wie die Tür leise geöffnet wurde. Ava steckte vorsichtig den Kopf hindurch.

»Komm ruhig rein«, rief ich ihr zu.

Sie schloss die Tür leise hinter sich und trat näher.

»Danke für das Bad. Du hattest recht, die Wärme hat nicht nur die schlimmen Träume verscheucht. Mir geht es schon viel besser.«

Ava lächelte zufrieden und ließ sich auf einem kleinen Holzhocker nieder, der neben dem Badebottich stand. »Die Träume werden irgendwann verschwinden. Es dauert nur eine gewisse Zeit, bis man innerhalb der Burg ruhig schlafen kann.«

»Wie meinst du das?«

Avas Blick huschte nervös durch den Raum, ihr Gesichtsausdruck wirkte besorgt. »Ich weiß nicht, ob ich darüber reden darf und ich möchte keinen Ärger bekommen. Ohnehin habe ich vermutlich sowieso schon zu viel gesagt.«

Sie machte Anstalten wieder aufzustehen, doch ich wollte nicht erneut mit leeren Worten gefüttert werden. Ich wollte endlich wissen, was es mit dieser Burg auf sich hatte. Also griff ich nach ihrem Handgelenk und hielt sie davon ab zu flüchten. Das Feuer knisterte noch immer und Ava blickte mir erschrocken entgegen.

»Ich habe langsam keine Geduld mehr für eure Spielchen. Egal mit wem ich hier rede, jeder von euch verheimlicht mir etwas. Ich habe dich gefragt, was es mit den Albträumen auf sich hat, also antworte mir!« Meine Stimme klang anders, drohend und mein Herzschlag beschleunigte sich. Wut braute sich in meinem Inneren zusammen und plötzlich wurde mir furchtbar heiß. Ava zog ihren Arm aus meinem Griff und rieb sich über die Stelle. Als ich näher hinsah, erkannte ich rote Abdrücke und erschrak. So fest hatte ich nicht zugreifen wollen! Sie eilte zu einem Schrank und griff nach einem großen Tuch.

»Erst einmal holen wir dich aus dem Wasser.« Ihre Stimme klang brüchig und es wirkte, als hätte sie eher zu sich selbst als zu mir gesprochen.

Sie spannte den Stoff auf und ich erhob mich vorsichtig aus dem Bottich. Ich ließ mich von ihr in das leicht raue Material wickeln, während die Gedanken in meinem Kopf immer noch durcheinanderstolperten. Dennoch brachte ich keine Entschuldigung über die Lippen.

Mit nassen Füßen tapste ich zurück ins Schlafzimmer und ließ mich aufs Bett fallen. Langsam folgte sie mir zurück in den Raum und wirkte noch immer nervös.

»Also?«, fragte ich mit Nachdruck.

Sie ging zu der kleinen Sitzecke und trug einen der Stühle an mein Bett. »Die Schattenstadt hat ihren Namen aus zwei Gründen«, begann sie zögerlich. Es folgte eine lange Pause und man konnte ihr förmlich dabei zusehen, wie sie innerlich mit sich rang. »Das Wetter in dieser Gegend ist sehr launisch. In manchen Monaten brennt die Sonne mit solch einer Kraft auf uns herab, dass der alte Soberano damals nach einer Lösung suchte, um die Stadt zu schützen. Also ließ er große Tücher nähen, die die Strahlen abhalten sollten und einen großen Schatten über die Burg warfen.«

»Also hieß die Stadt, bevor es diese Sonnensegel gab anders?«, fragte ich.

Doch Ava schüttelte den Kopf. »Nein, ihren Namen verdankt die Stadt einem anderen Umstand.«

Ich zog das Tuch etwas fester um meinen Körper. »Ich verstehe noch immer nicht ganz, was der Name der Stadt mit meinen Albträumen zu tun hat.«

Ava rutschte nervös auf dem Stuhl hin und her, ehe sie weitersprach. Es war nicht zu übersehen, dass sie immer noch versuchte, meinen Fragen auszuweichen. Dabei waren wir allein.

»Ich weiß nicht, wie ich anfangen soll«, druckste sie weiter herum und ich war erneut kurz davor, die Beherrschung zu verlieren.

»Am besten, du beginnst am Anfang.«

»Sombra wurde erbaut, weil die Stadt etwas bewachen muss. Etwas, das nicht in falsche Hände gelangen darf. Die Mauern der Burg sind dick und halten die Kraft im Inneren so gut es geht verborgen, aber der Schatten sickert trotzdem hindurch. Es ist der Schatten, der dir diese Träume bringt. Er schleicht sich in deinen Kopf und lässt dich Dinge fühlen, die du nicht fühlen willst. Er infiziert dich. Du bist nicht von hier und deine Seele ist unbefleckt. Du bist keine von uns. Deshalb geht es dir auch so schlecht.«

Ich lauschte aufmerksam ihren Worten, doch ich konnte nicht begreifen, was Ava mir da zu erklären versuchte. »Du willst mir also erzählen, ihr bewacht in dieser Burg einen dunkeln Schatten, der sich nachts in meinen Kopf schleicht und mir Albträume beschert? Das klingt ziemlich verrückt!«

Avas Blick blieb ernst. »Weißt du, wenn du mehr wissen willst, solltest du mit Nathan oder Kilian darüber sprechen. Die beiden können dir mehr darüber erzählen als irgendwer sonst. Aber bitte behalte für dich, dass ich dir überhaupt etwas verraten habe.«

Ich blickte hinunter auf meine nassen Füße und wusste nicht so recht, ob mir ihre Antwort gefiel oder nicht. Ominöse Schatten, die durch die Burgmauern waberten, waren nicht die Art von Erklärung, die ich mir erhofft hatte. Doch dann fiel mir der Vorfall mit der Glasscherbe und dem Blut ein.

»Ava, darf ich dich noch etwas anderes fragen?«

Sie lächelte mich kurz an, ehe sie antwortete. »Jederzeit. Nur weiß ich nicht, ob ich garantieren kann, dass dir die Antworten weiterhelfen.«

»Du hast dich an dem einen Morgen an der Hand verletzt, erinnerst du dich? Ich dachte erst, ich hätte es mir eingebildet, aber dein Blut«, meine Stimme stockte für einen Moment. »Dein Blut war nicht rot.«

Ich hatte damit gerechnet, dass sie wieder verlegen zur Seite schauen und meiner Frage ausweichen würde, doch sie hielt meinem Blick stand. »Ja, ich weiß.«

»Es war schwarz«, fuhr ich fort.

Plötzlich ertönte ein dumpfer Knall und ich zuckte erschrocken zusammen. Ava und ich blickten in dieselbe Richtung und liefen zum Fenster, von dem aus der Knall gekommen war. An der Scheibe klebte Blut und auf dem Fensterbrett lag ein toter Vogel.

»Oh Gott, ich habe mich zu Tode erschreckt«, sagte ich lächelnd, doch Avas Blick hing noch immer an der Scheibe.

»Schade um den armen Vogel«, entgegnete ich etwas mitfühlender, doch ihr Gesicht wurde immer bleicher und es wirkte, als sei sie in eine Art Schockstarre gefallen.

»Alles in Ordnung bei dir?« Behutsam legte ich ihr eine Hand auf den Rücken, während ich versuchte, mit der anderen das Badetuch festzuhalten.

Vorsichtig schob ich sie von der Scheibe weg und brachte sie zurück zu dem Stuhl. Nachdem ich ihr ein Glas Wasser gereicht und sie einen großen Schluck genommen hatte, kehrte ihre Gesichtsfarbe allmählich wieder zurück.

»Hör mal, ich will dir nicht zu nahetreten, aber du wirkst nicht so, als wärst du hier glücklich. Wieso gehst du nicht von hier fort und arbeitest auf dem Markt in der Stadt, wenn es dir hier in der Burg nicht gut geht?« Sie blickte bei meinen Worten kurz auf, antwortete mir jedoch nicht. Ich entschied nicht weiter auf dem Thema herumzureiten. Im Grunde war es ihr Leben und ihre Entscheidung. Nur weil ich es nicht verstand, durfte ich mir kein Urteil darüber erlauben.

»Ava, weißt du eigentlich zufällig, wo meine Sachen hingebracht wurden? Ich hatte einen braunen Lederbeutel dabei, aber als ich im Keller der Burg gelandet bin, hat man ihn mir abgenommen.«

Ava drehte den Kopf in meine Richtung. »Ich bin mir sicher, dass er in Kilians Arbeitszimmer liegt. Zumindest habe ich dort einen braunen Beutel gesehen.« Unruhig lief ich im Zimmer auf und ab.

»Und wann hattest du vor, mir das zu sagen?«

Der Drang endlich wieder meinen Beutel in den Händen zu halten wurde immer größer. Dass Ava zwischen mir und meinen Habseligkeiten stand, passte mir überhaupt nicht. Ich konnte dieses Mädchen nicht einschätzen und wusste nicht wirklich, ob ich ihr vertrauen konnte. Bei unserer ersten Begegnung hatte sie sich so aufopferungsvoll um mich gekümmert. Andererseits diente sie der Familie von Kilian anscheinend schon eine ganze Weile lang. Keine Ahnung, wie sie es schaffte, hier zu leben, wenn dieser Ort wirklich von einem dunklen, bösartigen Schatten heimgesucht wurde, der alles Schlechte in den Menschen nach außen kehrte.

»Ich wusste nicht, dass er dir gehört.« Ihre Stimme war brüchig und so leise, dass ich sie kaum verstehen konnte.

Ich war schon halb zur Tür gelaufen, als ich mich noch einmal umsah. »Wo ist Kilians Arbeitszimmer überhaupt?« Avas kindliches Gesicht wirkte in diesem Augenblick erschöpft und unglücklich. Ihre Augen, die bei unserer ersten Begegnung noch vor Neugierde gesprüht hatten, waren nun glasig.

»Weißt du, in diesem Beutel befindet sich etwas, das mir sehr viel bedeutet. Ein Ring, die einzige Erinnerung an meine Heimatstadt, die mir geblieben ist«, redete ich ruhig auf sie ein. Mein sprunghafter Gefühlsausbruch von eben schien sie verunsichert zu haben. Daher versuchte ich sie, mit meiner ruhigen Stimme dazu zu bringen, mir zu helfen.

Ava war vom Stuhl aufgestanden und kam langsam auf mich zu. »Dritte Tür auf der linken Seite.«

Ein leiser Anflug eines Lächelns zuckte über mein Gesicht. Doch dann sprach sie weiter.

»Aber du wirst vermutlich nicht weit kommen. Sie ist immer abgeschlossen.«

»Ava, diese Dinge sind alles, was mir geblieben ist. Alles, was mich noch an meine Herkunft erinnert«, versuchte ich sie zu überzeugen. Sie schloss kurz die Augen und stieß einen Seufzer aus.

»Ich nehme an, *du* hast einen Schlüssel, oder?« Erwartungsvoll sah ich sie an. Die Sekunden vergingen und es wirkte, als würde die Zeit stillstehen.

»Ich schätze wohl, ich habe den Schlüssel im Badezimmer verloren, als ich dir beim Baden geholfen hatte«, sagte sie mehr zu sich selbst, als zu mir, ehe sie sich erhob und den Stuhl zurück an den Tisch schob. Sie zog den Schlüssel aus ihrer Hosentasche und legte ihn auf den Tisch. Danach verschwand sie ohne ein weiteres Wort zu sagen aus dem Raum. Überrascht nahm ich den kleinen, silbernen Schlüssel in die Hand und betrachtete ihn schweigend. Bevor ich den Raum verließ, entschied ich mich dazu, das Badetuch gegen eines der schrecklichen Kleider zu tauschen. Ich lief lieber in einem hässlichen Kleid durch die Korridore, statt mit einem um den Körper geschlungenen Badetuch.

Als ich die Zimmertür wenig später leise hinter mir zuzog, blickte ich kurz an mir hinab. Statt des weichen Badetuches, steckte ich in einem der Kleider, das ich aus dem Stapel auf dem Boden geangelt hatte. Der Stoff war in einem leichten hellblau gehalten und reichte mir ungefähr bis zu den Knien. Es saß nicht ganz so eng am Körper, wie das vorherige, verlieh mir aber dennoch eine schmale Taille. Auch wenn mir eine Hose lieber gewesen wäre, alles war besser, als nur mit einem Badetuch bekleidet, durch die Burg zu spazieren.

Nervös lief ich den Korridor entlang, auf der Suche nach der richtigen Zimmertür. Strenggenommen tat ich zwar nichts Verbotenes, denn ich holte mir lediglich etwas, das mir ohnehin gehörte, dennoch hatte ich Angst davor, erwischt zu werden. Als ich vor der Tür zu Kilians Zimmer stand, blickte ich mich noch einmal verstohlen um. Doch im Korridor drang kein Laut an meine Ohren. Ich schloss auf und schlüpfte ins Innere.

Der Raum war fast vollständig abgedunkelt, sodass ich im ersten Moment nichts erkennen konnte. Leise zog ich die Tür hinter mir zu und legte den Schlüssel auf einen kleinen Tisch im Eingangsbereich. Als sich meine Augen allmählich an die Dunkelheit gewöhnt hatten, schaute ich mich näher um. Im Kamin glomm ein kläglicher Rest Asche. Durch die dunkelgrünen Vorhänge fiel nur wenig Licht in den Raum. Ich durchquerte das Zimmer und zog einen der schweren

Vorhänge ein Stückchen zur Seite, sodass sich die Sonne einen Weg bahnte. Ich kniff die Augen zusammen und drehte mich vom Fenster weg. Als Erstes steuerte ich den riesigen Schreibtisch an. Er war aus dunklem Holz und bildete das Herzstück des Raumes.

Mit einem leichten Ruck zog ich die oberste Schublade auf. Doch dort befanden sich nur ein Brieföffner, ein Taschenmesser und einige Bleistifte. Die übrigen Schubladen ließen sich nicht öffnen.

»So ein Mist!«, fluchte ich leise.

Ich sah mich um. Neben dem Kamin stand ein großer Wandschrank. Als ich gerade dabei war, die Tür zu öffnen, hörte ich vom Flur aus Schritte. Panisch suchte ich nach einem Versteck. Kurz bevor die Tür sich öffnete, schob ich mich hinter einen der dunkelgrünen Vorhänge. Ich versuchte ruhig zu atmen, aber mit einem Mal schlug mein Herz so schnell, dass ich am liebsten laut nach Luft geschnappt hätte.

Nicht bewegen!

Bloß nicht bewegen!

Die Tür wurde leise geschlossen und die Schritte bewegten sich schwer durch den Raum. Ich versuchte zu erkennen, wer den Raum betreten hatte, aber der Stoff der Vorhänge war so dick, dass ich nur eine schemenhafte Person erkennen konnte. Eine schemenhafte Person, die sich genau auf mein Versteck zubewegte. Ich hielt die Luft an, wagte es nicht einmal zu blinzeln. Uns trennte eigentlich nur der Vorhang, es war als würde ich den Atem der großen Statur auf meinem Gesicht fühlen. Ein Mann. Und eigentlich war es offensichtlich, dass er mich längst entdeckt hatte. Dennoch schien keiner von uns ... plötzlich schien mein

Gegenüber aus seiner Starre zu erwachen, denn der Vorhang wurde zur Seite gerissen.

»Du hast so ein unfassbar großes Glück, dass ich nicht mein Bruder bin«, begrüßte er mich.

Fragend schaute ich in Nathans Gesicht.

»Will ich überhaupt wissen, was du hier drin zu suchen hast?«

Seine forsche Art gefiel mir gar nicht. Erst entführten sie mich gegen meinen Willen, dann nahmen sie mir meine gesamten Sachen ab und jetzt wurde ich von ihm dafür verurteilt, weil ich sie zurückforderte?

Ich schob mich an ihm vorbei, nahm meinen Mut zusammen und atmete tief ein. »Ich suche meinen Lederbeutel!«

Nathan zog den Vorhang wieder zu und musterte mich kurz. »Was hast du da überhaupt für einen grauenvollen Fummel an?« Sein Blick wirkte amüsiert und auch sein Tonfall war im Vergleich zu vorhin schon merklich freundlicher geworden.

Ich versuchte unbeeindruckt zu wirken und zuckte mit den Schultern.

»Alles ist besser, als nackt durch das Schloss zu laufen. Das hier war das kleinere Übel.«

»Okay, junge Dame. Bevor du auch nur irgendetwas anderes suchst, sehen wir jetzt erst einmal zu, dass wir dir vorzeigbare Klamotten besorgen.« Er griff nach meinem Oberarm und schob mich sanft aus dem Raum.

»Woher wusstest du überhaupt, dass ich hier drin bin?«, fragte ich, während wir den Korridor in die entgegengesetzte Richtung entlangliefen, aus der ich eben gekommen war.

Nathans Mundwinkel zuckten und der Anflug eines Grinsens breitete sich auf seinem Gesicht aus. In diesem Moment wirkte er unglaublich attraktiv und ich erwischte mich dabei, wie ich mir wünschte, er würde öfter so freundlich schauen.

»Als ich den Raum betreten habe, habe ich den Schlüssel auf dem Beistelltisch gesehen. Ich nehme mal an, dass das Avas Schlüssel ist, oder?«

Ich wollte Ava keinen Ärger bereiten, lügen wollte ich aber auch nicht. Zumindest glaubte ich das. Als ich auf seine Frage nicht sofort antwortete, blieb Nathan kurz stehen und legte die Hand auf meine Schulter. »Melia, du musst aufpassen. Du kannst nicht einfach so in Kilians Räumlichkeiten spazieren. Das hätte ins Auge gehen können.« Nathans Stimme klang besorgt.

Und genau dieser Umstand schmeichelte mir irgendwie. Seine Hand lag noch immer warm auf meiner Schulter und die Berührung verursachte ein Kribbeln im ganzen Körper. Als ich ihm kurz in die Augen sah, lächelte ich und auch sein Gesicht erhellte sich.

»Tut mir leid, Nathan,« antwortete ich leise.

Statt etwas zu erwidern, legte er die Hand an meinen Rücken.

»Wo gehen wir hin?«

»Ich sorge jetzt dafür, dass du etwas Richtiges zum Anziehen bekommst«, erwiderte er, machte jedoch keine Anstalten, das weiter zu erläutern. Er führte mich durch einige Gänge, ehe wir vor einer Holztür stehen blieben. Ich schaute ihn fragend an, doch er griff schweigend in seine Hosentasche und zog einen Schlüsselbund hervor.

»Sind hier eigentlich alle Türen verschlossen?«, fragte ich in die Stille des Korridors hinein.

Während Nathan öffnete, drehte er den Kopf in meine Richtung und antwortete: »Nicht alle. Aber viele.«

Vorsichtig folgte ich Nathan ins Innere. Der Raum war viel freundlicher, als Kilians Arbeitszimmer. Es hingen keine schweren, dunklen Vorhänge vor den Fenstern und die Sonne strahlte ungehindert hinein. Ich schloss die schwere Holztür hinter mir und blickte mich genauer um. Nathan war bereits an einen massiven Schreibtisch getreten und kramte in einer der Schubladen herum.

»Wohnst du hier?«, fragte ich.

Nathan schaute kurz zu mir hinüber, lächelte und nickte.

»Ja, das ist mein Zimmer.«

Langsam lief ich durch den Raum und betrachtete eines der großen Bilder, das an der Wand hing. Es zeigte einen Mann, der auf einer Felsklippe stehend über ein Nebelmeer hinwegblickte. In der Ferne ragten Felsen in den Himmel. Irgendwie strahlte dieses Bild eine unglaubliche Ruhe aus. Es wirkte friedlich und Friede war genau das, was ich innerhalb dieser Mauern am wenigsten erwartet hätte.

»Wie heißt das Bild hier?«, fragte ich. Als ich mich zu ihm umdrehte, sah er mich bewundernd an und plötzlich fühlte ich, wie mir mulmig wurde.

»Du interessierst dich für Kunst?«, fragte er zurück. Nathan hörte auf in der Schublade zu wühlen, kam zu mir und musterte ebenfalls das Gemälde.

»Ich finde, es sieht einfach unglaublich schön aus. Die vielen Wolken und der Nebel, der die Welt in sich eingehüllt hat. Egal, was sich darunter verbirgt, der Mann schaut nur auf ein friedliches Wolkenmeer hinaus. Er hat wirklich

Glück, dass er nicht sehen kann, was sich hinter dem Nebel verbirgt.«

Nathan strich vorsichtig über den schweren, silbernen Rahmen, ehe er mir mit einer Handbewegung signalisierte, näher zu kommen. Als ich dicht neben ihm stand, zeigte er mit dem Finger auf den unteren Rand des Bildes. Dort stand in kleinen geschwungenen Buchstaben: *Der Wanderer über dem Nebelmeer.*

»Es ist vermutlich eines der letzten Kunstwerke aus diesem Jahrhundert. Mein Vater fand es auf einer seiner Expeditionen und nahm es mit nach Sombra. Er schenkte es mir vor einigen Jahren, weil ich ebenso fasziniert von dem jungen Mann war, wie du.« Nathans Stimme klang plötzlich traurig und die Stimmung im Raum schwenkte um. Erneut wurde mir bewusst, dass er und sein Bruder kaum unterschiedlicher hätten sein können. Nathan hatte sich bisher zwar meist im Hintergrund gehalten, jedoch konnte ich nicht abstreiten, dass er sich mehr um mich gekümmert hatte als sein rechthaberischer Bruder. Kilian hatte mir bereits vor Stunden neue Klamotten besorgen wollen, dennoch rannte ich nach wie vor in diesem schrecklichen Kleid herum. Zugegeben, bisher hatte auch Nathan nichts daran geändert, aber er war zumindest bemüht.

»So, hier ist der Schlüssel für die Kleiderkammer der Zirkelwächter. Dort müssten wir mit etwas Glück eine Hose für dich finden. Ich hoffe wir haben eine, die halbwegs passt. Du bist die erste Frau in dieser Burg, die sich weigert, einen Rock zu tragen.«

Ich warf Nathan einen herausfordernden Blick zu. »Das Problem hätten wir nicht, wenn ihr mir nicht meinen Lederbeutel geklaut hättet. Da war nämlich meine

Wechselkleidung drin.« Ich reckte das Kinn trotzig in die Höhe und straffte die Schultern, um meinen Worten etwas mehr Nachdruck zu verleihen.

Nathan lehnte sich an die gegenüberliegende Wand und verschränkte die Arme vor der Brust. »Ich habe mit dieser ganzen Sache nichts zu tun. Ich weiß, du glaubst mir nicht und du hast allen Grund dazu, jedem hier zu misstrauen, aber ich bin nicht dein Feind. Ich versuche nur, dir deine Zeit hier so angenehm wie möglich zu machen. Doch ich kann dir wirklich nicht weiterhelfen, was deinen Beutel angeht. Wenn du ihn zurückhaben möchtest, dann solltest du das mit meinem Bruder ausfechten, aber mach dir lieber keine allzu großen Hoffnungen. Wenn er etwas einkassiert, dann nur, wenn er daraus irgendeinen Nutzen ziehen kann.«

»Ich wüsste nicht, welchen Nutzen er aus meinen dreckigen Wechselklamotten ziehen könnte?«, entgegnete ich schroff. Ich hatte dieses ganze Hin und Her allmählich wirklich satt. Ständig wichen die Menschen in dieser Stadt meinen Worten aus, oder drehten sie mir im Mund herum. Ich begriff nicht, wie man so leben konnte. Wie hielten die Menschen ein Leben nur aus, in dem sie miteinander sprachen, aber im Endeffekt doch nichts sagten? Leere Worte in einer leeren Welt.

»Melia, wir beide wissen, dass in diesem Beutel nicht nur dreckige Klamotten waren. Aber egal was du noch sagst, es wird nichts daran ändern, dass ich dir nicht helfen kann. Das Einzige, was ich tun kann, ist, dir endlich etwas Vernünftiges zum Anziehen zu besorgen, damit du nicht länger halbnackt durch die Burg läufst und alles volltropfst.«

Etwas verunsichert blickte ich zu Boden und entdeckte den kleinen See, den meine nassen Haare auf Nathans Fußboden hinterlassen hatten.

»Tut mir leid«, stotterte ich etwas kleinlaut. Sofort fühlte ich mich wieder schlecht, denn Nathan konnte eigentlich nichts für meine derzeitige Situation. Allerdings war er der Einzige, bei dem ich meiner Wut und meiner Angst freien Lauf lassen konnte.

»Na komm, bevor wir alle noch ertrinken«, sagte er lächelnd, ehe er die Tür zum Korridor öffnete.

Ich lief an ihm vorbei und folgte ihm den langen Flur entlang. Die verwinkelten Wege der Burg würde ich vermutlich niemals verstehen, aber nach einigen Treppenstufen, die wir hinabstiegen und einigen neugierigen Blicken, hielten wir vor einer großen Doppeltür.

»Da wären wir«, tönte Nathans Stimme durch den verlassenen Korridor. »Dann wollen wir dich mal einkleiden, kleine Soldatin.«

Kilian

Bereits seit einer geschlagenen Stunde suchte ich gemeinsam mit Ivy nach passender Kleidung für Melia. Wenn Ascan wüsste, dass ich meine wertvolle Zeit damit verbrachte, nach einem Paar Hosen für unsere Gefangene zu suchen, wäre er wohl an einem Tobsuchtsanfall gestorben.

»Wie groß ist sie denn ungefähr?«, hörte ich Ivy schon zum dritten Mal fragen.

»Keine Ahnung. Normal groß halt.«

»Nicht so winzig wie Ava«, schob ich nach, als ich aus dem Nebenraum nur ein wütendes Schnauben von Ivy hörte.

»Vielleicht sollte ich doch lieber Maß nehmen und ihr direkt zwei Hosen nähen.« Ivys Stimme klang dumpf durch den Vorraum der Kleiderkammer. Plötzlich hörte ich das Quietschen der Tür und drehte mich um. Ich ließ Ivy allein, um zu schauen, wer die Kleiderkammer betreten hatte. Als ich die Neuankömmlinge erblickte, runzelte ich die Stirn. »Melia? Nathan? Wenn das keine Überraschung ist ...«

Irgendwie gefiel es mir nicht, dass die beiden mir ständig gemeinsam über den Weg liefen. Mein Bruder schien sich *zu* gut um das Mädchen zu kümmern. Melias Blick fror schlagartig ein und ihre braunen Augen funkelten mich böse an.

Nathan kam auf mich zu und klopfte mir freundschaftlich auf die Schulter: »Zwei Dumme, ein Gedanke« antwortete er lächelnd.

Auch Melia kam zögerlich näher. Sie trug ein knielanges taubenblaues Kleid, dass so ganz und gar nicht zu ihr passte.

Wir gingen gemeinsam zu den Regalen, in denen normalerweise die Kampfmonturen unserer Soldaten und Zirkelwächter gelagert wurden. Auch wenn ich mir Melia viel lieber in einem luftigen Kleid vorstellte, war ein Teil von mir gespannt darauf, sie in einer Uniform zu sehen. »Ivy, darf ich vorstellen, das ist Melia. Die Dame, die sich weigert, Kleider zu tragen.«

Zunächst musterte Ivy Melia skeptisch, dann hellte sich ihre Miene auf und noch ehe diese widersprechen konnte, wurde sie in eine spontane Umarmung gerissen. »Endlich mal eine Frau, die sich nichts sagen lässt. Dann wollen wir dich mal einkleiden.«

Nathan und ich setzten uns auf eine der Truhen und ließen die beiden Frauen in der hinteren Kammer allein.

»Und, hast du Spaß mit unserem besonderen Gast, großer Bruder?«, stichelte ich. Ich wollte wissen, wieso er so großes Interesse an diesem Mädchen hegte.

»Kilian, lass diese albernen Späßchen. Irgendjemand muss sich ja wohl um sie kümmern. Und bevor sie alleine durch die Burg geistert und Gott weiß was hört oder sieht, habe ich sie halt etwas bei Laune gehalten. Nicht mehr und nicht weniger. Vater war in seinen Anweisungen direkt. Wir sollen sie nicht aus den Augen lassen und genau das habe ich getan.«

Er stand auf und verließ ohne ein weiteres Wort den Raum.

Ich blieb einen kurzen Moment sitzen, ehe ein stechender Schmerz durch meine Brust fuhr und ich für einen Moment keine Luft mehr bekam.

Es wird Zeit.

Jaron

Als ich am frühen Abend wieder zu Hause ankam, hatten mein Vater und Lou bereits ein Feuer im Kamin entzündet. Die dunklen Rauchfahnen waren schon von Weitem zu sehen. Ich wollte eigentlich noch nicht nach Hause, aber ich hatte keine andere Wahl. Ich lief den steinigen Pfad hinunter und versuchte, meine wirren Gedanken zu ordnen. Als ich die Tür unseres kleinen Häuschens öffnete, stieg mir ein bekannter Duft in die Nase und all meine Sorgen waren kurzzeitig verschwunden.

»Jaron! Du bist endlich zurück«, begrüßte Lou mich stürmisch. Sie rannte auf mich zu und schlang ihre Arme um meinen Bauch. »Ich dachte schon, du kommst nicht wieder«, schob sie leise hinterher.

Ich beugte mich zu ihr hinunter und strich ihr eine Haarsträhne aus ihrem kleinen, runden Gesicht. »Lou, du weißt doch, ich komme immer zurück.« Ich küsste sie auf die kleine Stupsnase und ging in die Küche.

»Wie schön, du kommst genau richtig. Das Essen ist gleich fertig.« Mein Vater stand über die Feuerstelle gebeugt und rührte in einem großen Kessel.

Erst jetzt fiel mir der eigentliche Grund für meinen Besuch auf dem Markt wieder ein. »Ich habe uns Brot mitgebracht.« Ich legte es auf eine der Steinplatten und warf einen Blick auf den blubbernden Kessel auf dem Herd.

»Oh, perfekt«, murmelte mein Vater vor sich hin.

Ich wusch mir meine Hände und wechselte schnell mein Hemd, ehe ich zurück in die Küche ging. Lou saß bereits auf ihrem Stuhl und wartete ungeduldig aufs Essen.

»Soll ich dir helfen?«, rief ich meinem Vater zu, der sichtlich bemüht war, den Topf von der Feuerstelle zu heben.

»Dein alter Herr wird wohl noch einen Kessel Suppe vom Feuer heben können«, entgegnete mein Vater.

Ich zögerte, blieb aber trotzdem am Tisch sitzen. Ich wollte ihn nicht kränken und erst recht wollte ich keine unnötige Diskussion vor Lou beginnen.

Als die Teller alle mit der leckeren Suppe gefüllt waren, schnitt ich noch etwas von dem Brot in Scheiben und reichte diese Lou und meinem Vater. Alles war fast wie immer. Aber eben nur *fast*. Denn hatten wir sonst beim Essen immer lebhaft geredet und uns von unserem Tag berichtet, löffelten an diesem Abend alle schweigend ihre Suppe. Ich wollte so tun, als sei alles in Ordnung. Ich wollte glücklich sein, wollte, dass es meiner Familie gut ging. Aber mir ging diese Verschwörung nicht aus dem Kopf. Mir ging Melia nicht aus dem Kopf. Nicht nur ich hatte sie verraten und belogen, sondern offenbar auch geliebte Menschen aus ihrer Heimat. Sie hatte so gelitten und sich so unglaublich schlecht gefühlt, dass sie nicht unverzüglich zurückgekehrt war und anstatt sie aufzubauen und ihr den Rücken zu stärken, hatte ich sie wie einen Ochsen auf dem Viehmarkt verschachert.

Nachdem mein Teller leer war, ging ich in mein Zimmer und ließ mich auf mein Bett fallen. Das letzte Jahr hatte ich nichts anderes getan, als die Felder zu bestellen, die Ernte einzufahren und das Haus instand zu halten. Es war ein einfaches Leben gewesen. Aber ich konnte so nicht weitermachen. Jede Faser meines Körpers sträubte sich dagegen. Mein kaltes Herz kam wieder zum Vorschein und das war einzig und allein Melias Verdienst. Es schien, als hätte sie meine kaputte Seele wie ein Puzzle wieder zusammengesetzt, als wäre sie das letzte Teil gewesen, das meiner Seele wieder Leben eingehaucht hatte.

Mein Vater hatte mir damals erzählt, dass meine Mutter aus ihm einen anderen, einen besseren Menschen gemacht hatte. Er hatte sich zuerst dagegen gewehrt, die Gefühle für sie heftig bekämpft, denn damals bedeuteten Gefühle Schwäche. Doch letzten Endes hatte meine Mutter gesiegt.

Seit Melia fort war, fühlte ich mich verloren. Ich musste wissen, wie es ihr ging und ich musste wissen, wieso man sie nach Sombra gelockt hatte. Noch während ich langsam in den Schlaf glitt, fasste ich einen Entschluss, der mein Leben gewaltig auf den Kopf stellen würde: Ich musste nach Mentira reisen. In die Stadt, die keine Männer akzeptierte.

Melia

Ungläubig starrte ich in den großen, bodentiefen Spiegel, der vor mir stand. Vorsichtig drehte ich mich nach links und beäugte die neuen Anziehsachen, die Ivy mir besorgt hatte. Wir hatten fast zwei Stunden eine Hose gesucht, die nicht wie ein nasser Kartoffelsack an meinen schlaksigen Beinen hinunterhing und waren zum Glück irgendwann fündig geworden. Mit wenigen geschickten Handgriffen hatte Ivy mir endlich etwas gezaubert, in dem ich mich wohlfühlen konnte.

»Du siehst aus wie eine waschechte Kriegerin«, witzelte Ivy, die hinter mir stand und zufrieden ihre Arbeit begutachtete.

Ich musste schmunzeln. Die schwarze Hose hatte an den Seiten eine grüne Naht, wie alle Klamotten der Zirkelwächter. Die Beine hatte Ivy etwas enger genäht. Die Hemden der Wächter waren allerdings alle ausnahmslos zu groß gewesen. Außerdem hatte Kilian verboten, dass ich eine komplette Zirkelwächtermontur trug, denn immerhin war es innerhalb der Burg eine große Ehre, diese Robe tragen zu dürfen.

Also waren Ivy und ich, nachdem wir eine einigermaßen passende Hose gefunden hatten, in ihr privates Zimmer gegangen. Dort hatte sie mir dann einige Oberteile gezeigt. Meine Wahl war schließlich auf drei Trägertops gefallen, die mir gut gefielen und zudem einigermaßen gut saßen.

Das, welches mir am besten stand, hatte ich direkt

angelassen. Es war ein dunkelgrünes Trägertop, das zwar eng an meinem Körper anlag, aber dennoch bequem saß. Ivy war auch so lieb gewesen, mir vorsichtshalber noch einen leichten Verband umzulegen, damit ich meine neu erlangten Klamotten nicht wieder einsaute, indem ich sie vollblutete. Für die kälteren Tage gab sie mir noch eine zerschlissene, dunkelgraue Lederjacke, die über meinen Hüften endete.

Ivy gehörte zu jenen Frauen, die sich nichts sagen ließen. Gar nichts. Bereits nach wenigen Worten war mir bewusst geworden, dass ich sie mochte. Ihre ungezwungene und direkte Art war mir auf Anhieb sympathisch, was kein Wunder war, denn bisher hatte niemand Klartext in meiner Gegenwart gesprochen. Doch Ivy machte um ihre Gedanken und Gefühle kein Geheimnis. Bereits kurz nachdem Kilian den Raum verlassen hatte, war das Erste, was sie gesagt hatte »Endlich ist dieser Idiot weg«, gewesen.

»Ich gebe dir noch ein Band mit, falls du dir deine Haare zusammenbinden möchtest. Hier kann es manchmal unglaublich heiß werden, da wirst du mir noch dankbar sein«, holte mich ihre Stimme wieder zurück in die Gegenwart.

Ich lächelte und stopfte das braune Haarband in die linke Hosentasche. Das erste Mal, seit ich in Sombra gelandet war, hatte ich das Gefühl, jemandem begegnet zu sein, der mich nicht belog und mir nicht auswich. Ich beobachtete Ivy durch den Spiegel dabei, wie sie die übrigen Oberteile zusammenfaltete und wieder zurück in ihren Schrank räumte.

»Ivy?«, fragte ich.

Sie drehte sich zu mir herum und blickte mich durch mein Spiegelbild an. »Ja?«

»Danke. Für alles.«

Ivy legte eines der Oberteile auf ihrem Bett ab und kam auf mich zu.

Ein leichter Duft nach Orchideen stieg mir in die Nase. »Ich habe auch ohne das ganze Gerede im Schloss gewusst, dass du nicht wie die anderen bist. Du bist eine zähe kleine *Ventania* und genau das ist es, was die Stadt braucht.«

Ihre hellen Augen strahlten und ihr Blick war hoffnungsvoll.

»Was bedeutet Ventania?«, fragte ich. Ständig hatte ich in dieser Stadt das Gefühl, nichts zu verstehen. Wieso hatte ich so viele Sprachen gelernt, wenn sie mir hier draußen so überhaupt nichts brachten?

Ivy ließ sich neben den Stapel Klamotten auf das Bett fallen und klopfte mit der Hand auf die Matratze. Ich folgte ihrem stummen Wunsch und setzte mich neben sie.

»Ich bin es nicht gewohnt mit jemandem zu reden, der nicht von hier kommt. Bis vor ein paar Jahren hatten wir nicht nur die Zirkelwächter, die Sombra beschützten, sondern auch die Ventania. Die Zirkelwächter waren ausschließlich männlich und beschützen die Stadt vor Plünderern oder anderen Städtern, die auf der Suche nach Ressourcen waren. Die Ventania hingegen waren meist junge Frauen in unserem Alter, die ausgebildet wurden, um andere Städte auszuspionieren. Sie ritten durch die Lande und kundschafteten das Umland aus. Dabei waren sie unglaublich flink und schlau, sodass jedes Mädchen unbedingt eine Ventania werden wollte. Ventania bedeutet *starker Wind* und genauso waren diese Frauen auch. Sie ließen sich durch nichts und niemanden aufhalten und boten dem herrschenden Soberano immer die Stirn. In dieser Zeit konnte der Soberano nicht alleine über das Schicksal der Stadt entscheiden. Er brauchte die Zustimmung der Ventania. Aber das ist nun schon eine ganze Weile her.«

»Was ist mit den Ventania passiert?«

Ivy zog ihre Beine an und verschlang sie zu einem Schneidersitz. Sie schien plötzlich traurig zu sein, was in Kombination mit ihren hellen Augen fast schon unheimlich wirkte.

»Ascan ist passiert.« Sie atmete laut aus und schloss für einen Moment die Augen. »Meine Mutter war eine der letzten Ventania gewesen. Wenn alles so weitergelaufen wäre, dann wäre ich jetzt auch eine von ihnen. Doch als Ascan Soberano wurde, veränderte sich vieles. Er war der Ansicht, dass die Aufgabe der Ventania auch von den Zirkelwächtern erfüllt werden könnte und beschloss, keine weiteren Frauen mehr in diesen Kreis aufzunehmen.«

»Und deshalb müsst ihr euch nun mit anderen Aufgaben einbringen?«, fragte ich leise.

Für mich klang dieser Ascan mindestens genauso unsympathisch wie Kilian. Aber wer weiß, vielleicht wurde letztendlich derjenige Soberano, der von allen Menschen hier der Unausstehlichste war. Das würde einiges an diesem seltsamen Ort erklären.

Ivy nickte. »Ja, seit einigen Jahren bin ich dafür zuständig, dass die immer stärker scheinende Sonne die Burg nicht in einen gewaltigen Ofen verwandelt. Keine sehr spannende Aufgabe, aber ich versuche, zumindest Kilian die Stirn zu bieten. Denn wenn es nach ihm ginge, dann würde ich nur Sonnensegel für die Burg anfertigen. Was mit den Menschen passiert, die außerhalb der Burgmauern leben, das schert ihn so gut wie gar nicht.«

Ich konnte nicht glauben, dass die Menschen in Sombra so von der Sonne geplagt wurden. Mentira war zwar von einem dichten Wald umgeben, der das meiste an Helligkeit schluckte, aber die Sonne schien schließlich auch dort.

»Irgendwie seltsam, dass ihr hier solche Probleme habt.«

»Innerhalb dieser Stadt ist einiges eigenartig«, nuschelte Ivy. Sie stand vom Bett auf und ging zu einem der Fenster. Ihr Zimmer war ähnlich hell und freundlich wie das von Nathan und die Sonne, die langsam unterging, tauchte den Raum in ein angenehmes warmes Licht.

»Was meinst du damit?«, fragte ich.

»Die ganze Stadt leidet nicht nur unter den Launen vom Soberano. So einfach ist das Ganze leider nicht. So sehr ich Kilian mit seiner rechthaberischen und arroganten Art verachte, ich bin froh darüber, dass er diese Bürde für uns alle trägt.«

Ich runzelte die Stirn. Von welch einer Bürde sprach Ivy? Ich konnte verstehen, dass es für Kilian sicherlich nicht leicht war, über eine ganze Stadt zu entscheiden und das Schicksal von so vielen Menschen zu bestimmen. Aber hatte er sich diesen Weg nicht selbst ausgesucht? So wie Ivy klang, war ich mir nicht sicher, ob Kilian wirklich freiwillig Soberano geworden war, oder ob er diese Rolle von sich aus übernommen hatte.

»Könnte er eigentlich die Ventania wieder zurückbringen, wenn er wollte?«

Ivy stand immer noch am Fenster und beobachtete die Sonne, die sich immer weiter hinter den Horizont schob. »Der Soberano kann fast alles, wenn er denn will. Aber Kilian legt sehr viel Wert auf die Meinung seines Vaters. Und daher wird er so eine Entscheidung auch nicht zurücknehmen.«

»Ascan ist also Kilians Vater?«, fragte ich ungläubig.

»Ja, und Nathans. Als Ascan vor etwa einem Jahr seine Herrschaft über die Schatten abgeben musste, wählte er Nathan zu seinem Nachfolger. Er ist schließlich der älteste Sohn und wurde vom Zirkel als würdiger Anwärter ausgewählt. Aber Nathan machte im letzten Moment einen Rückzieher. Sein Vater explodierte vor lauter Wut. Er schrie und brüllte so laut, dass man ihn im gesamten Schloss hören konnte. Er schlug alles kurz und klein und Nathan war tagelang wie vom Erdboden verschluckt. Kilian hingegen war die Ruhe in Person. Er wartete nur darauf, dass sein Vater ihn als Zweitbesetzung vorschlug und jetzt, wo er Soberano ist, versucht er alles, um seinen Vater stolz zu machen.«

Meine Gedanken überschlugen sich und ich wurde das Gefühl nicht los, dass Kilians und Nathans Rivalität doch berechtigt war. Die Vergangenheit von den beiden schien schwierig und von vielen dunklen Flecken bedeckt zu sein. Auch Ivy machte kein Geheimnis daraus, dass sie nicht gut auf Kilian zu sprechen war, aber vielleicht irrte sie sich ja auch? Schwierige Situationen brachten Menschen dazu, ihre schlimmsten Eigenschaften nach außen zu kehren. Aber auch Nathan sah ich nun in einem völlig anderen Licht. Ich musste an den Moment denken, wo er in meinem Zimmer aufgetaucht war und mir gesagt hatte, dass ich meine Meinung über Sombra bald ändern würde.

Ich gab es nicht gern zu, aber er hatte Recht behalten. Die Schattenstadt war eingehüllt in einen dichten, verworrenen Nebel aus Halbwahrheiten, Ausreden und leeren Worten. Egal, wie sehr ich versuchte, all die vielen Dinge zu verstehen, die ich in den vergangenen Tagen erfahren hatte, ich tappte immer noch im Dunklen. Ich konnte irgendwie noch immer nicht verstehen, wieso die Menschen hier den Drang verspürten, ihre wahren Gedanken und Gefühle zu verstecken.

»Das klingt, als hätte Kilian es nicht wirklich einfach«, grübelte ich laut.

Ivy drehte sich zu mir herüber und schaute mich besorgt an. »Melia, pass gut auf dich auf. Lass dich nicht von ihm manipulieren. Ich weiß leider nicht, wieso er dich hergebracht hat, aber eines weiß ich mit Sicherheit: Er will etwas von dir. Lass dich nicht von falschen Versprechungen oder vagen Ausreden ködern. Was immer er von dir braucht, wenn du nicht aufpasst, wirst du einen schmerzhaften Preis für dein Vertrauen zahlen. Kilian und sein Vater sind eine verschworene Einheit. Du kannst ihnen nicht trauen. Ich weiß, dass du es aus deiner Heimat sicherlich anders gewöhnt bist, aber hier in Sombra spielt man nicht fair.«

Ich beobachtete die untergehende Sonne und dachte über Ivys Worte nach. »Und wer sagt mir, dass du mich nicht belügst?«

»Niemand. Aber was hätte ich davon, dich zu belügen? Mein Leben läuft einfach weiter, völlig egal, ob du hier bist oder nicht. Aber ich mag dich irgendwie. Und Menschen, die ich mag, belüge ich nicht.«

Irgendetwas an Ivys Art erinnerte mich an *Zohera*. Ich erwischte mich dabei, wie ich mich das erste Mal seit meiner Ankunft an diesem fremden Ort wirklich einsam fühlte. Einsam und allein. Ich hätte niemals gedacht, dass ich die Schwesternschaft wirklich vermissen würde, obwohl ich mich dort immer eingeengt gefühlt hatte. Die vielen Regeln, die Bevormundung und die vielen Geheimnisse. Aber hier war es nicht besser.

Zohera.

Schmerzhaft flackerten die Bilder von meiner eingesperrten Freundin auf. Noch immer befand sie sich dort unten im Dunklen, während ich mich hier oben weitestgehend frei bewegen konnte. Das schlechte Gewissen nagte plötzlich wieder an mir. Wie hatte ich es überhaupt geschafft, diese schrecklichen Bilder aus meinem Kopf zu verbannen? Zohera hatte völlig ausgelaugt und erschöpft gewirkt. Und erst ihr Blick. Diese leeren, kalten Augen verursachten sofort eine Gänsehaut. Schmerzhaft wanderten meine Gedanken weiter zu Mentira. Ich hatte immer noch nichts über das Feuer herausgefunden. Es war mir nicht einmal möglich gewesen, Zohera zu fragen, wie sie aus der Stadt entkommen war. Dennoch gab es dank ihrer Flucht die Hoffnung, dass die Stadt nicht gänzlich verwüstet worden war. Die Hoffnung, dass noch andere Schwestern das Feuer überlebt hatten, lebte in mir weiter.

Ivy war vielleicht meine einzige Chance, diesen Ort besser kennenzulernen und so schnell wie möglich wieder zurück nach Mentira zu gelangen. Egal, aus welchem Grund Kilian mich hierhergeschleppt hatte, für mich stand fest, dass ich mich nicht für eine fremde Sache benutzen lassen wollte.

»Ivy, würdest du mir bei einer Sache behilflich sein?«, fragte ich nach einer Weile und durchbrach die Stille, die sich über den Raum gelegt hatte.

Ivys Gesicht erhellte sich.

»Kommt ganz drauf an«, antwortete sie mit einem verschmitzten Lächeln auf den Lippen.

Kilian

Unruhig stand ich am Fenster und blickte auf Sombra hinab. Meine Stadt. Die Stadt meines Vaters. Das letzte Jahr war so unfassbar schnell an mir vorübergezogen, dass ich kaum Zeit gehabt hatte, zu realisieren, was überhaupt alles passiert war. Als kleiner Junge hätte ich nie gedacht, dass ich jemals Nathans Platz einnehmen würde. Ich hätte niemals geglaubt, dass er derjenige sein würde, der als Erster in der Geschichte von Sombra den Platz als Soberano ablehnte. Während ich über die Stadt blickte, die ruhig vor mir lag, konnte ich fast nicht glauben, was für Aufstände vor knapp einem Jahr getobt hatten, als Nathan die Wächterschaft über das Auge ablehnte. Überall waren dicke, dunkle Rauchschwaden über der Stadt aufgestiegen, die Menschen hatten vor den Burgmauern gestanden und geschrien. Sie hatten Angst gehabt, waren wütend und all die Schatten, die innerhalb dieser Zeit in den Herzen der Menschen wüteten, hatten das Auge nur noch machtvoller gemacht.

Das Auge Sombras.

Ich blickte noch ein letztes Mal über die schlafende Stadt, ehe ich die Vorhänge zuzog und durch mein Zimmer schritt. Das Feuer im Kamin knisterte und die Burgmauern hielten den Atem an. *Stille kann trügerisch sein*, hatte mein Vater mir gesagt, als wir damals darüber geredet hatten, ob ich dem Wächteramt wirklich gewachsen war.

Stille ist das schärfste Schwert, hatte ich ihm darauf geantwortet.

Als ich in die Flammen blickte, wurde mir schmerzlich bewusst, dass ich nicht mehr der Mann war, der noch vor einem Jahr in diesem Zimmer gelebt hatte. Auch an mir war die Zeit nicht spurlos vorbeigegangen. Alle Menschen in Sombra trugen eine schwere Bürde. Alle Menschen in unserer Stadt kämpften gegen den wohl härtesten Gegner, den man haben konnte: sich selbst.

Das Stechen in meiner Brust war wieder verebbt. Es kostete mich jedes Mal aufs Neue Überwindung, doch die Schmerzen ließen sich jedes Mal ein bisschen leichter vertreiben.

Das Auge fordert Tribut, waren die Worte meines Vaters gewesen, als ich mit angstverzerrtem Blick vor seiner Tür gestanden und ihm unter Tränen von diesem unerträglichen Schmerz erzählt hatte.

Ich hatte meinen Vater dafür gehasst, dass er mir nicht die Wahrheit gesagt hatte. Wie dumm ich doch gewesen war. Ich hatte von ihm erwartet, dass er seinem Sohn nichts verheimlichen würde, dass er als der vorhergegangene Soberano den wohl größten Schatten in seinem Herzen trug. Der Schatten ist dunkler und dicker als jedes Blut auf Erden.

Das Auge sieht alles.

Erst nachdem ich vom Auge erwählt worden war, hatte ich diese Sätze meines Vaters wirklich verstanden.

Er war ein Tyrann, ein Barbar und der wohl unbarmherzigste Mensch, der auf Erden wandelte. Aber er war eben auch mein Vater. Allerdings würde ich vor ihm nie zugeben, dass für mich Blut dicker war als jeder Schatten.

Plötzlich schallten Worte durch die schwere Tür und ich drehte mich reflexartig um. Es klang nach einer hitzigen Diskussion. Am liebsten wäre ich im bequemen Sessel sitzen geblieben, aber ich war einfach zu neugierig, was dort draußen vor sich ging. Müde erhob ich mich und schlurfte zur Tür. Bereits als ich diese nur einen Spalt breit öffnete, schallten die lauten Stimmen bereits in den Raum hinein.

Der Korridor war von der Dunkelheit verschluckt worden und die wenigen Fackeln, die an den Wänden brannten, schienen nicht bis zu den beiden Personen.

Ich zog die Tür weiter auf und ließ sie laut ins Schloss fallen. Sofort herrschte Stille auf dem Gang. Doch kurz darauf schallten erneut Stimmen zu mir herüber.

»Du Idiot! Schrei hier gefälligst nicht so rum, uns kann sonst jeder hören«, erreichte mich eine beunruhigte Frauenstimme.

Ich trat auf den Gang und stieß auf Ava, die mit einem jungen Mann stritt. Als sie mich erblickte, weiteten sich ihre Augen und sie versuchte verzweifelt, sich aus dem Griff des Mannes zu lösen.

»Lass mich endlich los«, spie sie ihm entgegen.

Doch der Mann, der eine Zirkelwächteruniform trug, rührte sich nicht. Er stand mit dem Rücken zu mir und hatte mich nicht einmal bemerkt.

»Gibt es hier ein Problem?«, fragte ich betont kühl.

Ava zappelte noch immer herum wie ein Fisch, der sich in einem Netz verfangen hatte, während der Wächter still stand.

»Oh nein. Nein, es ist alles in Ordnung. Wirklich«, stotterte Ava.

Aber es war nicht zu übersehen, wie ängstlich sie war. Ihre Augen waren noch immer schockgeweitet und der Mann drückte sie nach wie vor mit der flachen Hand gegen die kalte Mauer.

»Ihr würdet mir einen großen Gefallen tun, wenn ihr euer Beziehungsdrama woanders ausdiskutieren würdet. Ich brauche meine Ruhe.«

Ava begann zu nicken. Doch der Mann verharrte weiterhin regungslos. Forsch griff ich nach seiner Schulter. Als er sich zu mir herumdrehte, sahen mir zwei kalte, beinahe schwarze Augen entgegen. Das Gesicht des Mannes wirkte wie in Stein gemeißelt. Keinerlei Gefühlsregung zeichnete sich darin ab. Ich kannte ihn nicht.

»Hast du mich verstanden?«, herrschte ich ihn an.

Ich verstärkte den Griff an seiner Schulter, um den Worten etwas Nachdruck zu verleihen. Der Wahn in seinen Augen war mir nicht unbekannt. Es waren die Schatten, die sein Bewusstsein im Griff hielten, dennoch hatte er mir Folge zu leisten. Immerhin war ich der Herrscher über eben diese Schatten.

»Ja, Soberano«, antwortete er beherrscht. Seine Stimme wirkte rau und bedrohlich.

Mein Blick ruhte noch einen Moment auf den beiden, ehe ich mich umdrehte und wieder in der Dunkelheit des Korridors verschwand.

Mit der Zeit waren solche Ausbrüche nichts Besonderes mehr. Dennoch hatte es etwas gedauert, bis ich gelernt hatte, mit all dem umzugehen. Es brachte nichts, diese Menschen wegzusperren oder sie zu bestrafen. Sie lebten nur ihre Natur aus. Hier in Sombra waren die Menschen eben nicht gut. Sie waren schlecht. Manche mehr, manche weniger. Dennoch folgten sie nur dem inneren Ruf, der sie das ausleben ließ, wonach sie sich sehnten. Kurz bevor ich die Tür erreicht hatte, hörte ich einen Schrei, der so verzweifelt, so schmerzerfüllt klang, dass ich innerlich zusammenzuckte. Sofort machte ich kehrt und hechtete im Laufschritt zurück. Doch an der Stelle, an der die beiden noch vor wenigen Sekunden gestanden hatten, war niemand mehr zu sehen. Ich suchte den gesamten Korridor ab, doch sie waren wie vom Erdboden verschluckt.

Als ich mich unverrichteter Dinge wieder auf den Weg zu meinem Zimmer machte, fiel mein Blick auf etwas, dass zwischen den Steinen auf dem Boden des Korridors lag. Es sah aus wie eine Murmel. Als ich mich bückte, um sie aufzuheben, veränderte sie ihre Farbe. Ungläubig nahm ich sie in die Hand und hielt sie in den Schein einer flackernden Öllampe, die sich an der gegenüberliegenden Wand befand. Es wirkte, als würde diese Kugel kleine Flammen in sich vereinen. Viele verschiedene Rottöne, die sich vereinten und sich im Inneren wie eine Art Rauch vermischten.

Ich steckte die Murmel in eine meiner Jackentaschen und lief zurück in mein Zimmer. Als ich die Tür hinter mir schloss, saß jemand in meinem Sessel, auf den ich gut und gern hätte verzichten können.

»Ascan, was für eine nette Überraschung«, begrüßte ich meinen Vater abschätzig.

»Wir müssen reden, Junge. Setz dich!«, wies er mich barsch an.

Ich zögerte für einen Moment, doch irgendwie fehlte mir an diesem Abend die Kraft, gegen meinen Vater zu rebellieren.

Langsam schritt ich um ihn herum und ließ mich auf dem zweiten Sessel nieder. »Womit habe ich denn die Ehre verdient, mich gleich zwei Mal an nur einem Tag mit dir streiten zu dürfen?«

Der Blick meines Vaters war stur auf den Kamin gerichtet. Sein Atem ging schwer und ich wusste, es fehlte nicht mehr viel, bis er wieder einmal die Beherrschung verlor. Doch erstaunlicherweise blieb er ruhig. Zumindest vorerst.

»Nach unserem Gespräch im Ratssaal hat man mir eine beunruhigende Nachricht überbracht. Ich konnte sie erst nicht glauben, doch ich habe den restlichen Tag auf eigene Faust Nachforschungen angestellt und mich mit eigenen Augen davon überzeugt, dass die Nachricht wahr ist.«

Ich runzelte die Stirn. Was war denn nun wieder passiert? Es kam nicht oft vor, dass mein Vater mir mit so sorgenvoller Miene unter die Augen trat. Für gewöhnlich beriet er alle Angelegenheiten, die die Stadtführung betrafen, mit meinem Onkel. Doch seit Nathans Entscheidung, dem Rat den Rücken zuzukehren, war auch das Verhältnis zwischen Ascan und Nox angespannt.

Ich wollte eigentlich immer nur, dass Ascan stolz auf mich war, doch mir wurde immer mehr bewusst, dass ich seinen Ansprüchen nie gerecht werden würde. Egal was ich tat, egal welche Entscheidungen ich traf, sie waren immer falsch. Vater lenkte mich als Marionette und in den letzten Wochen hatte ich mich nicht nur einmal gefragt, weshalb er überhaupt als Wächter zurückgetreten war. Er konnte einfach nicht ertragen, dass die Zügel der Stadt nicht länger in seinen Händen lagen.

»Ich höre«, entgegnete ich kurz angebunden.

Mein Vater blickte zur Seite, ehe er wieder die Flammen fixierte. »Das Auge«, sagte er leise. »Das Auge verändert sich.«

Meine kalten Hände berührten die Murmel, die ich in meine Jackentasche gepackt hatte. Sie war seltsam warm. »Wie meinst du das?«

Ascan atmete hörbar aus und mir stieg ein seltsam säuerlicher Geruch in die Nase. Ich hustete kurz, ehe ich wieder richtig atmen konnte. »Ich habe dir damals nicht alles gesagt, was die Bürden des Soberano betrifft. Es gibt so viel mehr, so viele Dinge, die du nicht verstehst. Ich hatte gehofft, dass dir all das erspart bleiben würde, aber ich kann es nicht länger vor dir geheim halten. Es wird Zeit, dass du endlich alles erfährst. Du musst wissen, weshalb das Mädchen hierherkommen musste. Denn wenn wir Sombra schützen wollen, dann müssen wir das Auge besänftigen. Sonst werden wir die Schatten auf Dauer nicht beherrschen können.«

Ich beugte mich ein Stück vor und griff nach einem der Holzscheite. Ich warf ihn ins Feuer und zuckte vor den umherfliegenden Funken zurück.

»Ich denke, das hat noch Zeit bis morgen. Es ist schon spät und ich bin müde.«

Ich stand auf und ging zur Tür, um sie demonstrativ zu öffnen. Ascan rührte sich nicht, als ich ihn abwartend ansah, sondern starrte immer noch wie gebannt in die sich windenden Flammen.

»Ascan? Würdest du bitte gehen.«

Die Worte, die gerade erst meinen Mund verlassen hatten, standen im Raum, füllten ihn bis zur Decke und ließen keinem von uns beiden Luft zum Atmen. Obwohl es so vieles gab, worüber wir reden mussten, obwohl es so vieles gab, was wir uns verschwiegen und obwohl wir eigentlich keine Zeit zu verlieren hatten, schwiegen wir. Die Sekunden rannen wie zäher Honig und dann irgendwann erhob er sich und schritt gemächlich auf mich zu.

»Du verschwendest Zeit.«

Ohne ein weiteres Wort ging er hinaus und wurde kurz darauf vom dunklen Schatten des Korridors verschluckt. Meine Hand berührte noch immer die Murmel und plötzlich überkam mich ein eisiger Schauer.

Jaron

Die letzte Nacht in unserem Haus verbrachte ich wach. Ich lag im Bett und starrte aus dem kleinen Fenster, das sich über mir befand. Der Himmel war fast schwarz und nur vereinzelt strahlte ein Stern.

Meine Narbe pochte unangenehm an meinem Rücken. Ich hatte den gesamten Nachmittag überlegt, ob ich die Reise wirklich antreten sollte. Eine Reise für ein Mädchen, das ich kaum kannte. Eine Reise in eine Stadt, die keine Männer duldete. Und eine Stadt, die vielleicht gar nicht mehr existierte. Ich hatte mir stundenlang den Kopf zerbrochen, was ich dort wohl vorfinden würde. Ob überhaupt noch jemand in Mentira lebte. Wollte ich mein Leben wirklich für eine Fremde riskieren? Meine kleine Schwester und meinen alten Vater hier zurücklassen, nur um mein Gewissen zu beruhigen, damit ich nachts wieder ruhig schlafen konnte?

Aber ich war immer und immer wieder zu demselben Entschluss gekommen: Ich musste gehen. Wann hatte ich das letzte Mal die Möglichkeit gehabt, etwas zu verändern? Etwas zum Guten zu wenden, das eigentlich schon längst verloren war?

Melia war die Chance für mich, mein begangenes Unrecht wiedergutzumachen. Sie war so davon überzeugt gewesen ihre Schwesternschaft zu retten und vielleicht konnte die

Ruína ja auch Melia retten? Durch meine Vergangenheit als ehemaliger Zirkelwächter war es mir unmöglich, die Burg jemals wieder zu betreten. Ich konnte von Glück reden, dass Kilian mich damals nicht getötet hatte. Meine einzige Chance Melia zu retten, bestand darin, mir Hilfe bei ihrer Schwesternschaft zu holen. Dafür musste ich allerdings erstmal Überlebende finden.

Endlich gab es einen Weg, all meine Verbrechen zu tilgen und jemanden zu retten, anstatt ihn ins Verderben zu stürzen.

Vielleicht würden die Albträume dann endlich aufhören.

Was würde ich dafür geben, eine Nacht durchzuschlafen. Ohne Schmerzensschreie, ohne weinende kleine Kinder, die mich auch nach dem Aufwachen noch verfolgten.

Unruhig wälzte ich mich in meinem Bett hin und her, ehe ich beschloss, aufzustehen. Es war zwar noch immer mitten in der Nacht, aber immerhin konnte ich die Zeit nutzen, um meine Tasche für die Reise zu packen. Ich hatte mir noch keine Gedanken darüber gemacht, wie ich die Distanz bis nach Mentira überbrücken wollte, denn den alten Rappen, den wir besaßen, brauchte Ben, um die Waren auf den Marktplatz zu schaffen. Aber ich war mir sicher, dass ich auf dem Markt fündig werden würde.

In Gedanken fing ich an, ein paar Wechselklamotten in meinen Rucksack zu stopfen. Ich war mir nicht sicher, wie lange ich unterwegs sein würde. Die Zeit rannte mir langsam davon.

Die Schwestern der Ruína waren ein eigenartiges Volk. Zumindest hörte man nur sonderbare Geschichten über Mentira. Auch wenn Melia ganz normal gewirkt hatte, konnte ich mir nicht vorstellen, dass die Reise dorthin ohne

Probleme ablaufen würde. Mit einem kräftigen Pferd war es möglich, die Strecke innerhalb eines Tages hinter sich zu bringen. Aber für ein starkes und junges Tier fehlte mir schlichtweg das nötige Kleingeld. Ich musste also hoffen, dass ich für die wenigen Münzen, die ich entbehren konnte, ein Pferd bekommen würde. Eines, das mich innerhalb von zwei bis drei Tagen von Sombra nach Mentira brachte, oder was auch immer von dieser Stadt nach dem Feuer noch übrig war.

Ich hatte mich nach dem Besuch bei Kurby gefragt, ob wir wirklich die richtigen Schlüsse gezogen hatten. Aber die Vorkommnisse der letzten Tage waren einfach nicht anders aufzuklären. Irgendetwas ging vor sich und es hatte mit Melias Ankunft in Sombra zu tun. Was immer Kilian mit all dem zu tun hatte, ich würde es herausfinden. Melia hatte ein Recht darauf, zu erfahren, weshalb man sie in die Schattenburg verschleppt hatte und ich kannte die Menschen innerhalb der Gemäuer gut genug, um zu wissen, dass dort niemand in der Lage war, die Wahrheit auszusprechen. Die Burg war von oben bis unten bewohnt von Abschaum, der eher sterben würde, als dass er einem Mädchen die Wahrheit über ihren Verbleib verraten würde.

»Jaron? Kannst du nicht schlafen?« Die helle, süße Stimme meiner kleinen Schwester riss mich aus den wirren Gedanken und als ich mich umdrehte, stand sie mit müdem Blick im Türrahmen.

»Lou, es ist noch mitten in der Nacht. Leg dich wieder hin«, flüsterte ich liebevoll.

Wie sie dort stand, die Augen klein wie Glasperlen, wurde mir schwer ums Herz. Lou war immer mein kleiner Schatten gewesen. Überall, wo ich hinging, folgte sie mir und löcherte mich mit Fragen.

Meine Schwester war so gespannt auf die Welt, so hungrig nach Wissen. Ich war unendlich stolz, dass sie zu so einem liebevollen und aufmerksamen Mädchen herangewachsen war und ich hoffte sehr, dass sie stark genug war, sich nicht negativ von den Menschen aus der Stadt beeinflussen zu lassen. Der aufmerksame und wachsame Blick, den sie aufgesetzt hatte, während sie dort vor mir stand, stimmte mich traurig. Das letzte Mal, als Lou mich mit diesem ängstlichen Blick angesehen hatte, würde ich niemals vergessen. Es war einer unserer Ausflüge auf den Marktplatz gewesen, der sie so verängstigt hatte, dass es Wochen gebraucht hatte, bis sie mich erneut in die Stadt begleiten wollte. Damals war ich noch Teil der Zirkelwache gewesen und trug meine Uniform voller Stolz. Die Menschen, die den Markt besuchten, stoben auseinander wie winzige Staubpartikel, wenn sie mich sahen und blickten mir voller Neid und Abscheu entgegen.

Kilian war zu diesem Zeitpunkt erst seit wenigen Wochen Herrscher und die Unruhen in der Stadt hielten, wenn auch nicht mehr so unerbittlich, noch an. Rückblickend war es ein großer Fehler gewesen, aber damals kam mir daran nichts falsch vor. Ich wollte Lou stolz zeigen, was für ein Ansehen ich genoss und wie die Menschen auf meine Anwesenheit reagierten. Doch Lou, ganz das kleine Kind, das sie war, reagierte auf diese Machtdemonstration ganz anders, als ich erwartet hatte.

»Wieso schauen die Menschen dich so ängstlich an, Jaron?«, fragte sie mich neugierig. Ihre Hand zupfte an meiner Uniform und ihre großen, runden Augen blickten fragend zu mir hinauf.

»Sie haben doch keine Angst, kleine Maus. Sie zollen mir nur ihren Respekt«, antwortete ich ihr damals.

Lou verengte die Augen und dachte über meine Worte nach. »Aber sie sehen nicht so aus, als hätten sie Respekt vor dir. Sie wirken wie die Kröten an unserem Teich. Immer wenn ich auf sie zu renne, dann hüpfen sie vor Schreck davon und quaken laut.«

Ich wuschelte ihr spielerisch durch das dunkle Haar. »Du bist auch so eine kleine Kröte, weißt du das?«, ärgerte ich sie.

»Gar nicht«, erwiderte sie wie auf Kommando.

Wir liefen über den Markt und die Menschen behielten uns dabei immer im Auge. Wachsam, abwartend. Ein Zirkelwächter war äußerst selten in der Innenstadt zu sehen. Schon gar nicht gemeinsam mit einem kleinen, aufgeweckten Mädchen.

Lou umfasste meine linke Hand. »Können wir später etwas von dem leckeren Brot kaufen?«

Ich lächelte und nickte. »Natürlich können wir das.« Gemeinsam machten wir uns auf den Weg zu dem Stand, an dem es das beste Brot der Stadt gab.

Doch wir kamen nie an. Denn in einer der engen Gassen, die wir durchqueren mussten, fielen mir zwei Männer auf, die in einem der Häusereingänge herumstanden. Sie wirkten ungepflegt und ihre Kleidung war verdreckt und zerrissen.

Ich umfasste Lous Hand fester und schritt erhobenen Hauptes die Gasse entlang. Umkehren kam damals für mich nicht in Frage, denn ein Zirkelwächter wich vor niemandem zurück. Als wir die zwielichtigen Personen passiert hatten wurde es mir leichter ums Herz und ich ließ Lous Hand los. Nur für einen kurzen Moment.

Der harte Schlag auf den Hinterkopf traf mich unvermittelt. Ich taumelte vorwärts und versuchte, mich an einer der Wände abzufangen. Mein ganzer Körper pulsierte und der Schmerz pochte in meinem Kopf, schlug wilde Wellen durch meinen Körper.

Lou schrie.

Ich drehte mich um und suchte die Straße nach ihr ab. »Lou versteck` dich!«, brüllte ich durch die Gassen. Kurz darauf standen mir die zwei Männer auch schon gegenüber.

»Du Schnösel hältst dich wohl für besonders toll? In deiner schicken Uniform, mit deinem blank geputzten Schwert«, grölte mir der erste wütend entgegen. Seine Augen glänzten und sein dunkles, fettiges Haar fiel ihm strähnig in das schmale Gesicht.

»Dem gehört mal ordentlich die Fresse poliert«, stimmte der andere ein.

Ich richtete mich auf und zog mein Schwert. »Seid ihr zwei wirklich so dumm, einen Zirkelwächter anzugreifen? Mitten am Tag auf den Straßen Sombras? Ihr wisst, dass ich euch für dieses Vergehen töten muss, oder?«

Die beiden grinsten sich erst gegenseitig an, ehe sie mir ihre dunklen, verfärbten Zähne präsentierten.

»Du kannst es gerne versuchen«, tönte der Linke. Er lief auf mich zu und ballte drohend die Fäuste.

Das Gefühl, das mich damals durchströmte, war warm und angenehm. Wie die ersten Sonnenstrahlen am Morgen. Ich fühlte mich machtvoll und über alles erhaben. Es war nicht nötig darüber nachzudenken, was als nächstes geschehen würde. Ich tat es einfach.

Schwungvoll stieß ich mich von der Wand ab und wich dem Mann aus, der auf mich zugestürmt kam. Während einer Drehung, hob ich das Schwert und hieb ihm in den Rücken. Erst einmal. Dann noch einmal. Der Mann sackte in sich zusammen, den Oberkörper voller Blut. Sein dreckiges Hemd färbte sich dunkelrot.

»Ich habe euch gewarnt«, waren meine letzten Worte an ihn.

Doch der Mann nahm sein letztes bisschen Leben, das noch durch seine Adern floss, hob den Kopf und spuckte mir ins Gesicht.

»Verreck` doch!«, spie er mir entgegen. Danach floss nur noch Blut aus seinem Mund. Dick und dunkel. Als ich mich herumdrehte, war der andere bereits um die nächste Ecke verschwunden. Ich fasste mir benommen an den Nacken und bemerkte erst dann, dass auch ich blutete.

Plötzlich wurde mir bewusst, dass ich Lou suchen musste. Aber das war gar nicht nötig, denn sie hatte in einem der leeren Hauseingänge gekauert und den Kampf mitangesehen.

Als ich sie entdeckte, lag sie dort und schlang ihre kleinen Hände schützend um ihren Körper. Der Anblick brach mir beinahe mein dunkles Herz. Vorsichtig trat ich näher und bückte mich zu ihr herunter. Doch sie zuckte erschrocken zusammen. Als sie das Kinn hob, blickte mir nicht mehr die kleine süße Kröte entgegen, sondern ein von Angst gezeichnetes kleines Mädchen, dem dicke Tränen übers Gesicht rannen.

»Lou. Meine kleine tapfere Lou«, flüsterte ich.

Sie vergrub ihr Gesicht an meiner Brust und ich konnte spüren, wie ihr Körper bebte.

»Wieso hast du das getan?«, flüsterte sie.

Ich zog sie an mich und starrte sie an. »Wieso habe ich was getan?«

»Wieso hast du den anderen Mann einfach getötet?«

Ich atmete tief ein und wieder aus. Wieso hatte ich den anderen Mann getötet? Wieso? Weil ich es konnte. Aber war das wirklich die Antwort, die ich einem kleinen Mädchen geben sollte? Ich hatte einen anderen Mann umgebracht, weil ich die Macht dazu besaß. Die Macht, über die Existenz der Menschen zu bestimmen. Die Macht, ihre Schatten zu zerstören, wenn ich es wollte. Ich hatte Lou diese Frage nie beantwortet. An diesen Tag hatte ich oft gedacht, ihn unzählige Male in meinem Kopf abgespielt. Die Situation immer und immer wieder durchlebt. Ich hatte als der gehandelt, der ich damals war. Als ein Mann ohne Mitgefühl für andere, ohne ein Gewissen, ohne Mut und ohne eigenen Verstand. Ich war eine Marionette gewesen. Ein Spielball der Mächtigen innerhalb dieser Stadt. Dieser Tag hatte mich nicht direkt verändert. Immerhin hatte ich auch danach noch weiter getötet. Aber er hatte etwas in mir ausgelöst. Es war der Tag gewesen, an dem ein Samen gesät worden war. Nach und nach war aus diesem winzigen Korn etwas herangereift. Kaum erkennbar. Es war gewachsen, hatte sich von Zweifeln ernährt und war nun zu einem kräftigen und unerschütterlichen Baum herangewachsen.

»Jaron?«

Ich zuckte zusammen, als die Stimme meiner Schwester mich abrupt aus meiner Erinnerung riss. Sie blickte mich fragend an und brachte mich damit wieder ins Hier und Jetzt. Ich ging auf Lou zu und drückte sie fest an mich. »Weißt du noch, als wir auf dem Markt waren? Du hast mich damals gefragt, wieso ich diesen Mann getötet habe. Erinnerst du dich?«

Lou sah mich verwirrt an. Schließlich nickte sie.

»Ich habe dir damals keine Antwort gegeben, weil es keine gab. Aber jetzt habe ich eine. Möchtest du sie hören?«

Lou griff mit ihren kleinen Fingern nach meinen. Ihre warme Haut fühlte sich unglaublich weich an. Langsam rieb sie über meine rauen und zerrissenen Hände. Hände, die unzählige Menschenleben genommen hatten. Hände, die viele Fehler begangen hatten und an denen Unmengen Blut klebte.

»Ich weiß warum, Jaron«, sagte sie schließlich.

Ich brauchte einen Moment, um zu verstehen, was meine kleine unschuldige Schwester gerade gesagt hatte.

»Was weißt du, Lou?« Ich starrte sie an und konnte noch immer nicht glauben, was sie gerade eben zu mir gesagt hatte.

»Das damals warst nicht du. Du warst besessen. Dir ist es vielleicht nicht aufgefallen, aber du warst nicht mehr mein Bruder.«

Ich starrte sie an.

»Du warst fast nur noch weg und immer, wenn du mal zu Hause warst, hast du dich komisch verhalten. Du hattest so einen eigenartigen Gesichtsausdruck.«

Ich schluckte hart, denn bis hierhin hatte ich immer geglaubt, Lou wäre viel zu jung gewesen, um das, was vor sich ging, verstehen zu können.

»Papa und ich haben nichts gesagt, aber wir haben gemerkt, dass du dich verändert hast. Du warst uns einfach fremd. Auch an dem Tag, als wir auf dem Markt waren, warst du nicht mein Bruder, sondern ein Fremder.«

Plötzlich merkte ich, wie ich anfing zu zittern. Ich ballte die Hände zu Fäusten, aber Lou hielt meine Finger noch immer fest.

»Es ist okay. Du bist nicht mehr so.« Sie lächelte mich warm und so hell an, dass es mich aus meinen dunklen Gedanken herausriss.

Ich drückte sie fest an mich. Wann hatte ich all das hier aufgegeben für das Gefühl von Macht? Es kam mir vor, als wäre all das Jahre her, als wäre es so unglaublich weit entfernt, dass es vielleicht nicht einmal real gewesen war. Aber das war es. Meine Taten waren ein Teil von mir und meine Vergangenheit war mir nach wie vor tief ins Fleisch gebrannt. Ich weiß nicht, wie lange ich Lou so im Arm hielt, aber ich begriff, dass sie nicht mehr das kleine unwissende Mädchen war, für das ich sie gehalten hatte. Sie war unglaublich schlau und aufmerksam. Ich hoffte so sehr, dass sie diese grausame Welt, in der wir lebten, durchschaut hatte und dass sie nie dieselben schweren Fehler begehen würde, die ich begangen hatte.

»Ich hoffe, du kommst bald wieder zurück.«

»Das hoffe ich auch«, antwortete ich.

Ich packte meinen Rucksack zu Ende und beobachtete die Sonne dabei, wie sie schleichend den Himmel hinaufkroch.

Melia

Auch in dieser Nacht plagten mich erneut wilde und unruhige Träume. Ich schreckte mehrmals aus dem Schlaf und jedes Mal, wenn ich erwachte, fühlte sich meine Haut an, als hätte ich auf glühenden Kohlen geschlafen. Mein Herz schlug gegen meine Brust und irgendwann gab ich es auf und verließ das Bett. Ich streunte erneut durch das riesige Schlafzimmer und setzte mich schließlich auf eine der breiten Fensterbänke. Von meinem Zimmer aus konnte ich fast die gesamte Stadt überblicken und auch die Felder vor den Stadtmauern ließen sich in weiter Ferne erahnen.

Ich konnte noch immer nicht verstehen, wieso Jaron mich einfach verraten hatte. Er hatte so aufrichtig gewirkt. Die Menschen in dieser Stadt waren anders. Ihre Herzen schlugen alle, aber anscheinend in einem anderen Takt als das meine. Immerhin schien es, als hätte ich in Ivy endlich eine Verbündete gefunden. Heute Nachmittag hatte ich sie darum gebeten, herauszufinden, weshalb man mich in die Burg verfrachtet hatte.

Ivy war mindestens genauso neugierig auf die Antwort wie ich, weshalb ich guter Dinge war, dass sie mir bald schon ein paar Neuigkeiten überbringen würde.

Als ich langsam von der Fensterbank hinunterglitt, hörte ich draußen leise Schritte. Ich überlegte kurz, ob ich schnell wieder zurück ins Bett huschen sollte, entschied mich aber dagegen.

Stattdessen schlich ich zur Tür und drückte sie leise auf. Ein Teil von mir hatte damit gerechnet, dass diese verschlossen war. Doch sie glitt lautlos auf. Mit einem Mal überkam mich die Neugierde und ich entschied mich dazu, eine kleine Nachtwanderung durch diese ominöse Burg zu machen. Vielleicht hatte ich Glück und konnte unbemerkt alles auskundschaften.

Die Korridore waren in unregelmäßigen Abständen mit alten, rostfarbenen Öllampen versehen, die große unheimliche Schatten über den Boden zucken ließen. Trotz der warmen Sonne am Tage fröstelte ich nun etwas. Die Temperaturen waren innerhalb weniger Stunden um einige Grade gesunken.

Als ich an eine Gabelung kam, blieb ich ratlos stehen. Ich glaubte mich daran zu erinnern, dass ich den rechten Weg gemeinsam mit Kilian entlanggelaufen war, als wir zusammen essen gewesen waren. Daher entschied ich mich für eben diesen Gang, der bereits nach wenigen Metern zu einem Aufgang führte. Leise schritt ich die Treppen hinauf, immer darauf bedacht, möglichst keine Geräusche zu verursachen. Mich wunderte es, dass mir auf dem Weg bisher noch niemand entgegengekommen war. Keine Wachtposten, kein Personal – niemand. Es schien so, als wäre ich allein in dieser unheimlichen Burg.

Ich ließ den Treppenabsatz hinter mir und folgte dem angrenzenden Korridor. Von hier oben konnte man weit über die Stadt blicken. Ich war offensichtlich einen der Türme hinaufgestiegen. Gerade als ich wieder kehrtmachen wollte, fiel mir eine Tür auf, die anders als die Übrigen war. Sie befand sich am Ende des Ganges und war aus Eisen gefertigt. Im Lichtschein glänzte sie metallisch und wirkte so schwer, als könne man sie allein kaum öffnen.

Ich verlangsamte meine Schritte, bis ich kurz vor ihr stehen blieb. Erst jetzt sah ich, dass in das Metall ein Auge eingestanzt war. Die große Pupille starrte mir bedrohlich entgegen und die Wimpern waren so filigran gearbeitet, dass es tatsächlich so wirkte, als würde es einem entgegenblicken. Als ich die Tür berührte, überlief mich eine Gänsehaut. Das Metall war eiskalt.

»Melia? Was machst du denn ganz alleine hier oben?«

Als ich mich umdrehte, stand Nathan an der Treppe.

Überrascht, ihn hier oben zu treffen, wankte ich einen Schritt nach hinten und berührte mit meinen Füßen die Tür. »Irgendwie habe ich mich verlaufen.«

Er kam langsam auf mich zu. »Verlaufen. So, so.«

»Was ist hinter dieser Tür?«, fragte ich. Ich hatte keine große Hoffnung, dass er mir meine Frage wirklich beantworten würde, aber einen Versuch war es wert.

Nathan stand vor mir und blickte mir in die Augen. »Der dunkelste Schatten, den du je gesehen hast.«

Was bedeutete das nun wieder? Für mich waren alle Schatten dunkel, das machte sie schließlich zu Schatten, oder?

Ehe ich nachfragen konnte, was er damit meinte, griff er nach meinem Arm und zog mich behutsam aber dennoch mit Nachdruck zurück zur Treppe. »Wir sollten gehen, bevor jemand mitbekommt, dass du hier oben warst.«

Ich senkte den Kopf und trottete hinter ihm her. »Wenn ich hier nicht herumlaufen darf, wieso war meine Tür dann nicht verschlossen?«, platzte ich heraus.

Nathan drehte sich kurz zu mir um, ehe er die letzten Treppenstufen hinunterstieg. »Du bist hier keine Gefangene, Melia. Auch wenn du nicht müde wirst, es so hinzustellen, als seist du das. Ich habe die Wachen angewiesen, diesen Teil der Burg nicht länger zu bewachen, da es nichts zu bewachen gibt. Du bist unser Gast und Gäste sperrt man nicht in ihren Zimmern ein, oder irre ich mich da?« Er schaute mich belustigt an und für einen kurzen Moment huschte sogar ein Lächeln über sein Gesicht.

Ich schüttelte den Kopf. »Aber ...«, setzte ich an, als er die rechte Hand hob und mich unterbrach.

»Melia, ich weiß, dass du dich hier niemals heimisch fühlen wirst. Die Art und Weise deiner Ankunft war alles andere als ideal. Man hat dich in den Kerker gesperrt wie einen räudigen Hund und dich nicht gut behandelt. Aber ich versuche wirklich alles, damit es dir hier gut geht. Ich will, dass du dich hier wohlfühlst. Bitte mach es mir doch nicht so unglaublich schwer.« Sein Blick wurde traurig und seine treuen Augen wirkten mit einem Mal einfach unglaublich leer. Als hätte eine der Windböen seine Leichtigkeit hinfort geweht.

»Was ist hinter der Tür?«, hakte ich noch einmal nach. Ich hatte keine Lust über seine Bemühungen zu reden, denn selbst wenn ich wollte, so konnte ich nicht abstreiten, dass Nathan wirklich sehr viel für mich getan hatte. Er war ehrlich zu mir gewesen, soweit es an diesem Ort nur irgendwie möglich war und statt ihm zu danken, machte ich ihm bei jeder unserer Begegnungen das Leben schwer.

»Wieso schläfst du eigentlich nicht, wie jeder normale Mensch zu dieser Uhrzeit?«, fragte er zurück.

Ich zuckte mit den Schultern und dachte an die Albträume, die mich sofort wieder frösteln ließen. »Ich bin nicht müde«, antwortete ich stattdessen. Erst jetzt fiel mir auf, dass das eine Lüge war! Augenblicklich rumorte es in meinem Magen und ich spürte, wie meine Haut anfing, unangenehm zu kribbeln, als würden tausende Käfer unter meiner Haut auf große Wanderschaft gehen.

»Du bist plötzlich so blass. Geht es dir nicht gut?«, fragte Nathan besorgt.

Ich schloss kurz die Augen und zählte innerlich bis drei.

Eins. Zwei. Zweieinhalb. Drei …

Als ich ihn wieder ansah, war Nathans Gesicht meinem so unglaublich nah, dass ich erschrocken die Luft anhielt. Sein Haar war diesmal nicht zu einem lockeren Zopf zusammengebunden, sondern fiel ihm über die Schultern. Er wirkte weniger streng und auf eine eigenartige Art und Weise vertraut. Diese Nähe zu ihm fühlte sich ungewohnt an. Mein Bauch kribbelte immer noch nervös und ich wusste nicht, wie ich reagieren sollte. Ich ballte meine Hände zu Fäusten und versuchte ruhig zu atmen.

»Komm mit. Wir gehen erst einmal zu meinem Zimmer und du ruhst dich etwas aus, in Ordnung? So blass wie du bist, lasse ich dich nicht allein«, sagte er und griff wie selbstverständlich nach meiner Hand. Seine war warm und mich durchflutete bei dieser vertrauten Berührung erneut dieses Gefühl, das sich nicht wirklich greifen ließ. Es war die Gewissheit, dass dieser Mann mir wirklich nicht schaden wollte, gepaart mit Misstrauen, weil ich ihn kaum kannte. Aber da war noch etwas anderes. Etwas, das tiefer ging als all das.

Während wir erneut das Labyrinth der Schattenburg durchquerten, wurde mir bewusst, dass ich mich in Nathans Nähe tatsächlich sicher fühlte. Als wir nach wenigen Minuten vor seinem Zimmer standen, wirkte es fast so, als würde Nathan seinen Vorschlag bereuen. Dennoch schloss er die Tür auf und hielt sie mir auf.

»Nach dir«, bat er mich herein und lächelte leicht.

Im Inneren war es dunkel und es dauerte nur wenige Sekunden, bis ich gegen das erste Hindernis stieß. »Aua«, stieß ich hervor und spürte augenblicklich eine Hand an meinem Rücken.

»Warte hier und lauf nicht weiter«, hörte ich Nathans Stimme.

Schritte drangen durch den Raum. Wenige Sekunden später wurde ich von einem Lichtstrahl geblendet. Nathan hielt eine kleine Öllampe in der Hand und entzündete einige Kerzen bis der Raum von gemütlicher Helligkeit beleuchtet wurde.

Mein Blick fiel wieder auf das imposante Bild, das den Mittelpunkt des Raumes bildete.

»Hast du dir wehgetan?«, fragte er mich besorgt und deutete auf mein Knie, das mit einer der Kommoden kollidiert war.

»Halb so wild«, sagte ich schnell.

Langsam durchquerte ich den Raum und ließ mich auf einem alten Holzstuhl nieder, der vor dem Schreibtisch stand.

Nathan stellte die Öllampe vor mir auf dem Tisch ab und setzte sich mir gegenüber.

»Magst du was trinken? Vielleicht geht es dir dann wieder etwas besser?«

Ich nickte stumm, während Nathan nach der Karaffe griff, die ebenfalls auf dem Tisch stand. Nachdem er eines der kleinen Gläser gefüllt hatte, reichte er es mir.

»Ich werde aus dir einfach nicht schlau.«

»Da sind wir ja schon zu zweit«, entgegnete ich knapp. Vorsichtig nahm ich einen kleinen Schluck und spürte das kalte Wasser meine Kehle hinunterrinnen.

»Wie kannst du nur so leben? Du wirkst so anders als dein Bruder. Du passt nicht an diesen Ort mit deiner ganzen Art, aber dennoch kannst du dich so perfekt in diese Welt einfügen.« Meine Stimme zitterte und ich wich Nathans bohrenden Blicken aus.

»Das sagt das Mädchen, das mitten in der Nacht durch die Gänge schleicht und einen Weg sucht, um abzuhauen. Ich dachte, ihr könnt nicht lügen? Dafür, dass du es angeblich noch nie getan hast, warst du gar nicht so schlecht.«

»Ich scheine von den Besten zu lernen«, versuchte ich zu kontern. Ich wollte ihn nicht verletzen und jede Faser meines Körpers schrie förmlich auf, diesen Satz nicht zu sagen. Dabei war ich nicht einmal auf der Flucht gewesen. Mir war seit meiner Ankunft hier bisher nicht ein einziges Mal der Gedanke gekommen von hier zu fliehen. Niemals würde ich Sombra verlassen, ohne zuvor Zohera zu befreien.

Als die Worte Nathan erreichten, sah ich, wie etwas in ihm zerbrach. Ich konnte das Klirren seines Herzens förmlich hören. Sein Körper fiel in sich zusammen, als wäre jede Spannung aus ihm gewichen und als ich erkannte, wie sehr meine Worte ihn getroffen hatten, fühlte ich mich abscheulich.

Was hatte dieser Ort nur an sich, dass alle hier die Bösartigkeit einatmeten wie Luft?

»Es … es tut mir leid. Ich … wollte dich nicht verletzen«, stotterte ich.

Doch Nathans Miene blieb unverändert. »Vielleicht solltest du langsam wieder in dein Zimmer gehen und noch etwas schlafen?«

Aber ich wollte nicht zurück. Das Zimmer war viel zu groß für mich und auch wenn es mich schmerzte, es zugeben zu müssen: Ich wollte bei *ihm* bleiben. »Nathan, ich würde gerne hierbleiben. Dieses Zimmer, es ist … Ich fühle mich dort nicht sicher«, sagte ich.

»Du träumst schlecht, oder?« Seine Stimme klang diesmal sanfter und ich spürte die Sorge in seinem Tonfall.

»Sie sind einfach so unglaublich real. Ich habe das Gefühl, dass ich nicht mehr zwischen Realität und Traum unterscheiden kann. Alles vermischt sich, die Orte, die Menschen und dann schreckt man immer wieder auf und es fühlt sich an, als würde man vor Hitze vergehen«, versuchte ich, zu beschreiben, wie ich mich gefühlt hatte.

Nathan stand auf und ging zu einem der Schränke. Er öffnete einige Schubladen und kramte leise in ihnen herum, bis er eine kleine Dose in den Händen hielt. Mit dieser kam er wieder zurück und reichte sie mir. »Ich wünschte, ich könnte dir mehr geben, als das. Es kann die schlechten Träume und Wahnvorstellungen nicht vollständig vertreiben. Aber mit Hilfe dieser Kräutermischung kannst du die Albträume in Zaum halten. Lege etwas davon beim Schlafen unter die Zunge. Eine kleine Menge reicht schon. Es wirkt wahre Wunder.«

Ich griff nach der Dose und öffnete den Deckel. Sofort stieg mir der Geruch nach getrockneten Kräutern in die Nase. Leicht süßlich, aber gleichzeitig auch herb. »Dankeschön. Darf ich für diese Nacht trotzdem hierbleiben?« Etwas in mir sträubte sich, durch die kalten, unheimlichen Gänge in das leere Zimmer zurückzukehren. Nathans Gesellschaft nahm diesem unheimlichen Ort ein paar seiner dunklen Schatten. Er schien einfach einer der wenigen Guten innerhalb dieses Gemäuers zu sein. Während mein Schlafzimmer ungemütlich und unbewohnt wirkte, strahlte sein Raum etwas aus, nach dem ich mich in dieser Nacht wirklich sehnte. Wärme.

Nathan schien zu zögern, nickte aber schließlich und warf einen flüchtigen Blick auf sein Bett, das in der hinteren Ecke des Raumes stand. »Du kannst dich gerne noch etwas hinlegen. Ich wollte sowieso noch einige Dokumente lesen.«

»Ist das auch wirklich in Ordnung für dich? Ich kann es mir auch einfach in dem Sessel dort drüben gemütlich machen. Du musst mir dein Bett nicht einfach so überlassen.«

Nathan schritt bereits in Richtung seines Schreibtisches.

»Ach, das macht mir nichts aus. Ich bin sowieso noch nicht müde.«

Zögerlich lief ich zu dem großen, massiven Holzbett und zog mir die Stiefel aus. Als ich mich auf die seidene Bettdecke fallen ließ, schloss ich meine Augen und genoss den Duft, der mir in die Nase stieg. *Nathan.* Sein frischer Geruch nach Zitronen und einem Hauch Minze umhüllte die Bettdecke.

»Vergiss die Kräuter nicht«, rief er mir zu. Ich griff nach der Dose und legte eine kleine Menge davon unter meine Zunge, ehe ich meine Augen schloss.

Kurze Zeit später schlief ich mit einem Lächeln im Gesicht ein.

Kilian

Als ich am nächsten Morgen vom grellen Sonnenschein geweckt wurde, hatte ich direkt schlechte Laune. Dieser Tag würde einfach nur grauenvoll werden. Das hatte ich im Gefühl. Ich versuchte mich noch ein letztes Mal umzudrehen und die Ruhe zu genießen, die momentan noch vorherrschte, doch meine Gedanken flogen so wild und ungeordnet durch meinen Kopf, dass ich nicht mehr länger ruhig herumliegen konnte.

Ich quälte mich aus dem Bett und lief zum Fenster. Die Sonne stand bereits hoch am Horizont und von draußen schallten die ersten Geräusche vom Marktplatz herüber. Die Stadt war hellwach und die meisten Menschen schon längst auf den Beinen. Ich ging mich waschen und zog mich an. Dabei wählte ich etwas aus edlem Stoff mit eleganten Mustern. Ich war kein König, aber ich musste für die Menschen Respekt und Macht symbolisieren. Meine Gedanken kehrten zum gestrigen Abend zurück und zu den besorgten Worten meines sonst so unerschrockenen Vaters.

Ich hatte noch lange darüber nachgedacht, was diese ominöse Nachricht wohl zu bedeuten hatte, war aber letztlich einfach eingeschlafen ohne eine Idee zu haben. Aber was immer er mir zu sagen hatte, es wäre ein fataler Fehler, ihn heute warten zu lassen. Wie ich diesen egozentrischen und griesgrämigen alten Mann kannte, lauerte er bereits hier irgendwo im Korridor, damit ich ihm auch ja nicht entkommen konnte. Er hasste es, wenn man ihn warten ließ. Eine der wenigen Eigenschaften, die wir gemein hatten. Aber ich hatte absolut keine Lust, wieder mit ihm in einem geschlossenen Raum festzusitzen, wohlwissend, dass er mir sowieso nur seine Meinung aufzwingen wollte. Egal, was passiert war und egal, was der Stadt und ihren Bewohnern angeblich drohte, es war mit Sicherheit nichts, das man nicht regeln konnte.

Ein dumpfes Klopfen an der Zimmertür zog meine Aufmerksamkeit auf sich. Ich seufzte genervt.

Es klopfte noch einmal. Diesmal lauter und drängender. »Kilian, ich weiß, dass du da drin bist. Lass mich bitte rein, es ist wichtig.«

Ich atmete erleichtert aus. Das war nicht die Stimme meines Vaters. Ich schritt zur Tür und öffnete sie einen Spalt breit. Sofort wurde sie mir entgegengedrückt und eine vertraute Gestalt schob sich in mein Zimmer.

»Entschuldige die Störung, aber wir müssen heute entscheiden, welche Männer die Expedition antreten, die sie bei der Sitzung festgesetzt haben.«

Leif, einer der Zirkelwächter strotzte nur so vor Enthusiasmus. Er hatte ein leicht gerötetes Gesicht und sein Haar war zerzaust. Wir hatten kein freundschaftliches Verhältnis, aber von allen Wächtern, die im Rat saßen, war er derjenige mit dem ich mich am Besten verstand. Er war nur ein paar Jahre älter als ich und lebte schon seit meiner Jugend in der Burg. Schon immer war er meiner Blutlinie treu untergeben und deshalb einer der wenigen, denen ich ein Mindestmaß an Vertrauen entgegenbrachte.

»Guten Morgen, Leif. Ich nehme an, dass du gerne eine Vorauswahl treffen würdest?«

Leif grinste und nickte. »Ich habe mir erlaubt, eine Liste anzufertigen, mit einigen sehr fähigen Männern. Mit manchen warst du auch selbst schon auf Expedition, als dein Vater noch Soberano war.« Er griff in seine Brusttasche und fischte ein sorgfältig gefaltetes Blatt Papier heraus. Ich nahm die Liste entgegen.

»Danke, Leif. Ich werde sie mir ansehen und dir eine finale Version in deine Räumlichkeiten bringen lassen. Ich wäre dir sehr verbunden, wenn du die Männer in den Osten begleiten würdest. Du warst bereits einige Male in der Gegend auf Erkundungstour und kennst das Gebiet beinahe so gut wie ich. Ich möchte allerdings noch einmal betonen, dass niemand angegriffen wird. Falls es überraschenderweise doch Kontakt zu irgendwelchen Rebellen oder Unruhestiftern gibt, dann zieht ihr euch zurück. Ich möchte, dass ihr nur auf Konfrontation geht, wenn es sich absolut nicht vermeiden lässt.«

Leif hörte mir aufmerksam zu und nickte am Ende kurz. »Verstanden. Ich werde die übrigen Männer noch einmal darüber in Kenntnis setzen, dass es sich um eine reine Auskundschaftung handelt.«

Ich reichte ihm die Hand und verabschiedete mich. Als ich die Tür hinter ihm schloss, warf ich einen kurzen Blick auf die Liste. Auf ihr befanden sich fast ausschließlich die Söhne der älteren Zirkelwächter. Lediglich drei unserer normalen Soldaten waren aufgelistet. Ich runzelte die Stirn. Diese Expedition hatte vielleicht nicht oberste Priorität. Dennoch waren die Sichtungen von Fremden vor den Mauern in den letzten Monaten stark gestiegen. Ich wurde das Gefühl nicht los, dass sich vor den Toren meiner Stadt etwas zusammenbraute, das ich im Auge behalten musste. Ein fremder, verborgener Sturm, der sich außerhalb der sichtbaren Grenzen unserer Welt formierte und zum Ziel hatte, Sombra zu verschlucken.

Ich faltete das Papier wieder zusammen und legte es auf meinen Schreibtisch. Jemand musste bei dieser Tour die Zügel in der Hand haben. Leif war eher eine Marionette, jemand der keine Führungsqualitäten besaß. Auch wenn ich es nicht gern zugab, aber ich würde wohl oder übel mit Nathan sprechen müssen. Ich grinste. Wenn er für die nächsten Tage auf Expedition war, hatte er zumindest keine Zeit mehr für Melia und ich hätte einen fähigen Mann bei der Erkundung vor Ort. So schlug ich nicht nur zwei Fliegen mit einer Klappe, sondern ich schaffte mir auch meinen nervigen Bruder für ein paar Tage vom Hals. Melia wäre endlich gezwungen, Zeit mit mir zu verbringen.

Melia

Irgendetwas kitzelte mich im Gesicht. Als ich versuchte, mich wegzudrehen, blinzelte ich für einen kurzen Moment. Ich schloss mein Auge schnell wieder, als ich vom grellen Licht geblendet wurde und versuchte meinen Körper auf die andere Seite zu drehen.

Plötzlich berührte ich etwas Warmes. Ich verharrte in dieser Position, bis ich erschrocken die Augen aufriss.

Ich lag neben Nathan! Nur wenige Zentimeter und eine dünne Decke trennten uns voneinander. Mein Herz hämmerte aufgeregt in meiner Brust und ich konnte keinen klaren Gedanken fassen. Wie war das denn passiert? Als wir gestern Abend das letzte Mal miteinander gesprochen hatten, war ich davon ausgegangen, dass ich allein im Bett schlafen würde. Doch er lag mit geschlossenen Augen und leicht zerzaustem Haar direkt neben mir und atmete in gleichmäßigen Zügen ein und wieder aus. Irgendwie machte er einen friedlichen Eindruck. Ich beobachtete ihn eine Zeit lang, bis ich entschied, leise aufzustehen.

Vorsichtig versuchte ich die Decke zur Seite zu schlagen, um dann meine Beine aus dem Bett zu hangeln. Doch kaum dass ich den Versuch gestartet hatte, bewegte er sich hinter mir. Sein Arm streifte meinen Rücken und sofort ging ein Kribbeln durch meinen Körper. Ich hielt kurz inne und schob mich vorsichtig aus dem Bett. Hatte Nathan nicht noch arbeiten wollen? Anscheinend hatte auch ihn die Müdigkeit noch übermannt. Ich war allerdings wirklich überrascht, dass er sich zu mir ins Bett gelegt hatte. Andererseits hatte ich strenggenommen in seinem Bett geschlafen. Was war ihm also anderes übriggeblieben?

Leise schlich ich zu den großen Fenstern, durch die einige helle Sonnenstrahlen in den Raum fielen. Ein neuer Tag brach an und somit auch eine neue Chance endlich herauszufinden, wie ich Zohera von hier befreien konnte. Als ich meinen Kopf aus dem Fenster schob, konnte ich zumindest vereinzeltes Marktgeschrei gehören. Vielleicht sollte ich mich einfach wieder ins Bett legen und warten bis Nathan aufwachte? Andererseits war mir die Vorstellung neben ihm zu liegen, wenn er aufwachte, unangenehm. Ich wollte mich gerade in den alten Sessel setzen, als jemand von außen fest gegen die Tür hämmerte.

»Nathan? Mach` auf. Wir müssen dringend reden«, hörte ich die Stimme von außen rufen und erkannte sie sofort. Kilian.

Nathan hingegen, schlief noch immer.

Als das Hämmern an der Tür immer lauter wurde, bekam ich plötzlich Panik. Was würde Kilian wohl davon halten, dass ich die Nacht bei Nathan verbracht hatte? Sicherlich nichts Gutes. Schnell sah ich mich in dem Zimmer um. Kurzerhand ließ ich mich auf alle Viere fallen und kroch unter das massive Holzbett. Nachdem das Hämmern und die Rufe von außen immer drängender wurden, regte sich auch Nathan. Benommen und leise vor sich hinmurmelnd schlurfte er zu der Zimmertür und öffnete sie. Ich drückte mir eine Hand auf den Mund und hielt einen aufkommenden Nieser zurück. Kurz darauf fiel mein Blick auf Kilians Füße, die sich mit schweren Schritten durch den Raum bewegten.

»Was machst du denn so früh schon hier?«, hörte ich Nathans verschlafene Stimme.

Kilian blieb abrupt stehen. »Was ich so früh schon hier mache? Dein Leben möchte ich gerne führen. Wo zur Hölle ist Melia? Ich war gerade in ihrem Zimmer, aber dort ist sie nicht! Es war deine beknackte Idee, sie nicht einzusperren und jetzt schlendert sie munter durch das Schloss, oder was? Dir ist schon klar, dass Vater uns beide den Kopf abreißt, wenn er sie da draußen rumlaufen sieht, oder?«

Kilians Stimme bebte und seine Worte quollen nur so über vor Hass und Wut. Ich konnte nicht sagen, ob er so sauer war, weil er sich ernsthaft um mich und mein Wohlergehen sorgte, oder ob er einfach nur einen Grund suchte, um Nathan eine Szene zu machen. So wie ich Kilian bisher kennengelernt hatte, scherte er sich eher um das Ansehen bei seinem Vater, als darum, wie es mir tatsächlich ging. Die Ruhe, die den Raum für wenige Minuten füllte, wurde jäh von Nathan durchbrochen, als dieser anfing zu lachen.

Sein tiefes, wohlklingendes Lachen hallte durch den Raum und ein Teil von mir befürchtete schon, dass Kilian seinen Bruder nur noch lauter anbrüllen würde. Doch nichts dergleichen geschah. »Wenn man dich so reden hört, meint man, du sprichst von deinem neuen Haustier, das nicht ohne Leine im Schloss herumstreunen darf. Sie ist eine junge, mutige und schlaue Frau. Willst du ihr wirklich einen gottverdammten Vorwurf machen, weil sie den Ort, den sie nicht verlassen kann, näher kennenlernen will? Du hast sie hierher verschleppt, ohne dass sie weiß, warum. Du folgst den eigenartigen Plänen unseres übergeschnappten Vaters blind, ohne auch nur einmal darüber nachzudenken. Was meinst du denn, wozu er sie braucht, Kilian? Irgendeine Idee?« Nathans Stimme klang abschätzig. Die tiefe Kluft, die zwischen den beiden lag, schien sich rasend schnell auszuweiten.

»Es hat sie auch nichts anzugehen, was sie hier zu suchen hat. Vater wollte mich heute in seine Überlegungen einweihen, aber wenn er erfährt, dass das Mädchen abgehauen ist, dann …«

»... reißt er dir gewaltig den Arsch auf«, beendete Nathan den Satz seines Bruders.

»Du wolltest unbedingt Teil dieser ach-so-glanzvollen-Welt werden, kleiner Bruder. Sieh also zu, wie du dein Problem wieder geradebiegen kannst. Ich brauch jetzt erst einmal Kaffee«, fuhr Nathan fort. Seine Stimme klang wieder ruhiger.

»Du hängst genauso in der Scheiße mit drin wie ich, vergiss das bloß nicht. Wenn du sie siehst, sag mir sofort Bescheid.«

Kilian lief schnellen Schrittes wieder auf die Tür zu und ließ sie hinter sich ins Schloss fallen. Ich hielt noch immer die Luft an und presste mir beide Hände auf den Mund. Mein ganzer Körper bebte und ich fühlte mich absolut unfähig mich auch nur einen Millimeter zu bewegen. Die Minuten zogen zäh an mir vorbei und noch immer regte sich in Nathans Zimmer nichts.

»Melia? Bist du hier irgendwo?«, rief Nathan plötzlich. Ich schloss meine Augen und atmete erleichtert aus. Das war ja nochmal gut gegangen! Kilian war anscheinend wirklich sauer über mein Verschwinden und ich war mir sicher, wenn er mich hier gefunden hätte, hätte das weder für Nathan, noch für mich ein gutes Ende gefunden. Die Rivalität, die die beiden verband, zog sich wie eine riesige Mauer durch ihr Leben. Keiner von ihnen war anscheinend bereit dafür, sie einzureißen und das Letzte, was ich wollte war, von diesen Trümmern begraben zu werden.

Langsam kroch ich unter dem Bett hervor und zog mich an dem Gestell zurück auf die Beine. »Ich … also … Ich hab plötzlich Panik bekommen. Da habe ich mich unter deinem Bett versteckt«, stotterte ich.

»Woher wusstest du, dass ich noch hier bin?«, fragte ich überrascht.

Nathan lächelte mich an und kam auf mich zu. »Ich habe deine Schuhe in der Ecke liegen sehen. Da war mir klar, dass du noch irgendwo hier sein musst.«

Erst jetzt fiel mein Blick auf seinen nackten Oberkörper. Angestrengt versuchte ich ihm in die Augen zu schauen, aber auch das fiel mir schwer. Seine Muskeln wölbten sich leicht, während er auf mich zukam und erst jetzt wurde mir klar, was für einen muskulösen Oberkörper Nathan besaß. Er hatte breite Schultern und auf seinem rechten Arm waren filigrane, kleine Linien gezeichnet. Sie verliefen in verschiedene Richtungen, verbanden und trennten sich wieder. Neugierig folgte ich ihnen, bis mir wieder bewusst wurde, wem diese Schultern gehörten.

»Tut mir leid, dass du dir diese Sticheleien anhören musstest. Mein werter Bruder und ich, wir können einfach nicht anders.« Nur kurz blickte er auf den Boden, traurig, fast schon schmerzlich. Doch als er wieder aufsah, war dieser Ausdruck weggewischt.

»Ich glaube, wir müssen dich etwas entstauben«, sagte er grinsend und kam auf mich zu.

Als Nathan vor mir stehen blieb, fing er an mir mit seiner Hand über die Schultern zu streichen. »Du bist voll mit Staub und Spinnenweben.«

Ich rieb mir den Dreck von der Hose und versuchte ihn so gut es ging abzuklopfen. »Du solltest da drunter echt mal sauber machen«, sagte ich betont locker.

Als ich wieder halbwegs sauber war, legte sich eine sonderbare Stimmung über uns. Es war mir unangenehm, das Gespräch zwischen den beiden mitangehört zu haben. Diese tiefe Abneigung so nah gespürt zu haben. Auch Nathan schien den Moment von eben kurz Revue passieren zu lassen, denn auf seiner Stirn bildeten sich kleine Fältchen. Schweigend ging er zu einem seiner Schränke und zog sich ein dunkelblaues Hemd über.

»Du und Kilian ...«, begann ich zögerlich. »Habt ihr euch immer schon *so* gehasst? Immerhin seid ihr doch Brüder.«

Ich wollte ihm beim letzten Versuch irgendetwas über seinen Bruder entlocken, aber er hatte eisern abgeblockt. Doch je mehr Zeit ich mit der Familie verbrachte, desto verworrener wurde dieses Beziehungsgerüst. Jeder hasste jeden, das war das Einzige, was ich mir bisher hatte merken können. Aber niemand verriet mir, wieso, und diese Frage wuchs langsam zu etwas Übermächtigem in meinem Kopf heran.

»Uns trennt mehr als du vermuten würdest«, murmelte Nathan.

»Ich denke einfach, er wollte immer deinen Platz haben, aber jetzt wo er ihn hat, merkt er vielleicht, dass deine Entscheidung einen anderen Weg einzuschlagen, richtig war.«

Nathans Augen verengten sich und es bildeten sich leichte Falten auf seiner Stirn. »Ja *und* Nein. Bei uns ist nicht immer alles Schwarz oder Weiß. Die Welt, in der ich aufgewachsen bin, war oftmals grau. Oder aber in den verschiedensten Grautönen schattiert. In Situationen, in denen es für dich nur zwei Optionen gibt, da gibt es für mich hunderte. Egal, welche ich wähle, am Ende wird garantiert jemand verletzt oder stirbt.«

Nathan holte tief Luft. Ich konnte in seinen Augen die Zweifel erkennen, die ihn in diesem Moment quälten. Zweifel, ob er mir wirklich mehr erzählen konnte. Skepsis, ob ich ihn und sein Leben überhaupt verstehen konnte. Misstrauen, ob ich all das, was er mir erzählen würde, auch wirklich innerhalb dieser vier Wände bleiben würde. Es war ein hin und her, aber dann blickte er zu mir hinüber. Seine Augen bohrten sich in meine und für einen kurzen, alles verschlingenden Moment war es, als könnten wir uns gegenseitig tief in die Seele blicken. Keine hohen Mauern, die alles vor anderen abschirmten und auch keine Dunkelheit, die die wichtigen Dinge verhüllte und vor der Außenwelt versteckte. Nur wir zwei, ohne Geheimnisse, ohne Lügen. Ich sah Nathan mit anderen Augen.

»Ich hoffe, du hast keinen Hunger«, sagte Nathan. Ich schaute ihn fragend an.

»Es wird eine Weile dauern, falls du möchtest, dass ich noch mehr erzähle«, warnte er mich vor. Ich ging zu einem der Fenster und schwang mich auf den steinernen Sims. Mit angewinkelten Beinen lehnte ich mich an die Wand.

»Ich komme hier vorerst sowieso nicht weg«, witzelte ich.

Melia

Nathan presste die Zähne so fest aufeinander, dass seine Kiefermuskulatur hervortrat.

»Es gibt hier in Sombra so etwas wie eine Legende«, begann er zögerlich. »Ich weiß nicht mehr genau, wer sie mir das erste Mal erzählte, ich glaube es war mein Onkel Nox. Sombra hat viele Legenden und Geschichten, aber diese kennt so gut wie jeder innerhalb der Stadt. Sie handelt von zwei Brüdern. Der eine hieß Kealan und der andere Nathanael. Beide lebten lange vor unserer Zeit, als die Welt noch nicht vergessen war und sowohl Mentira, als auch Sombra noch nicht existierten. Als die große Katastrophe über die Menschen hereinbrach, kämpften alle um ihr Überleben. Die Luft wurde so dick, dass man kaum atmen konnte und die Sonne strahlte in den ersten Jahren der Katastrophe so stark, dass es den Menschen die Haut von den Knochen brannte. Die beiden Brüder hingegen überlebten die Katastrophe gemeinsam und suchten in den folgenden Jahren nach Überlebenden. Letztlich bildete sich eine kleine Gruppe, die wie durch ein Wunder immun gegen die radioaktiven Strahlen war. Sie zogen durch das zerstörte Land auf der Suche nach einem Ort, an dem sie leben konnten.«

Nathan blickte kurz zu dem Ölgemälde an der Wand.

»Sie wanderten viele Jahre immer auf der Suche nach Überlebenden, bis sie einen Ort entdeckten, dessen Boden und Vegetation nicht vergiftet wirkte. Sie entschlossen sich, dort zu bleiben und gründeten eine Siedlung. Die Überlebenden bauten gemeinsam mit den beiden Brüdern Stück für Stück eine kleine Stadt auf. Es dauerte viele Jahre, aber die Stadt wuchs und wuchs. Doch irgendwann erwachte ein Schatten im Herzen der beiden Brüder. Beide wollten über die Stadt herrschen, die sie gemeinsam erbaut hatten. Sie wollten nicht länger gemeinsam entscheiden und so zerbrach das innige Verhältnis irgendwann. Sie fingen an, sich gegenseitig zu manipulieren. Nicht nur das Verhältnis der beiden Brüder litt unter den Streitereien, sondern auch das Leben der Menschen innerhalb der Siedlung. Kealan setzte alles daran, die Bewohner auf seine Seite zu ziehen und durch seine Überredungskünste gelang es ihm letztlich auch, seinem Bruder den Einfluss in der Stadt zu entziehen. Nathanael war darüber so erbost, dass er eines Nachts versuchte, seinen Bruder zu töten. Doch dieser hatte in seinem Größenwahn bereits mit so einem hinterhältigen Angriff gerechnet und schlug Nathanael in einem erbitterten Kampf die rechte Hand ab. Er verbannte ihn aus der Stadt und dem Umland und man sah Nathanael danach niemals wieder.«

Ich lauschte Nathans Geschichte aufmerksam. »Das ist eine ziemlich grausame Legende, die dein Onkel dir da erzählt hat«, sagte ich, als das Schweigen zu lange anhielt.

»Sie ist noch nicht vorbei, Melia. Nathanael wurde verbannt. Aber die Siedlung, von der diese Legende spricht, ist keine geringere als das heutige Sombra. Diese Legende und die Fehde dieser beiden Brüder ist einer der Grundpfeiler unserer Stadt. Der brüderliche Zwist wurde mir und Kilian quasi in die Wiege gelegt. Meinem Vater war nie daran gelegen, dass Kilian und ich ein gemeinsames Leben führten, in dem wir uns hätten unterstützen können. Ascan benannte uns nach diesen beiden Brüdern und manchmal werde ich das ungute Gefühl nicht los, dass er nur darauf wartet, dass Kilian und ich uns gegenseitig töten so wie Kealan Nathanael töten wollte.«

Ich wusste nicht, was ich darauf entgegnen sollte. Die Tatsache, dass sein Vater dieses schwierige Verhältnis zu seinem Bruder überhaupt erst verursacht hatte, war schon schlimm genug. Aber dass er den Zwist dieser jungen Männer für seine niederen Zwecke missbrauchte, war einfach nur krank. Was ging in so einem Menschen bloß vor sich?

»Kennt Kilian diese Legende auch?«

Nathan nickte kurz. »Natürlich. Er saß neben mir, als Nox sie uns das erste Mal erzählte. Wir wissen um die Vergangenheit unserer Stadt und doch können wir uns dem Schicksal irgendwie nicht so recht entziehen. Kilian war immer nur ein Schatten für unseren Vater. Er hasste seine ständigen Launen, seine Flatterhaftigkeit. Ascan hat sich von Anfang an nur darauf fokussiert, dass ich irgendwann die Zügel der Stadt in den Händen halten würde. Kilian konnte machen, was er wollte, er war unserem Vater immer schon egal.«

»Das muss unglaublich hart für ihn gewesen sein.« Meine Stimme war leise geworden.

»Wir hatten beide keine sonderlich leichte Zeit. Ich wäre nur nie zurückgetreten, wenn ich gewusst hätte, dass Kilian sich von Vater formen lässt wie eine Hand voll Ton. Kilian war immer gerissen und schlau. Mir tut es einfach weh, zu sehen, dass unser Vater ihn so vor seinen eigenen Karren gespannt hat. Im Grunde hat Kilian überhaupt keine Macht über die Stadt. Er merkt es nicht mal.«

Schweigend ließ ich meinen Blick über die Weiten der Stadt gleiten. Der Gedanke, dass all das hier durch die Idee zweier Brüder entstanden sein sollte, beeindruckte mich. Mir war es ein Rätsel, wie Kilian und Nathan diese Männer nicht als Vorbilder sehen konnten. Mutige Männer, die in schweren Zeiten niemals aufgegeben, sondern sich und viele andere gerettet hatten. Man gründete nicht einfach so eine Stadt und kümmerte sich dann um so viele Menschen. »Ich könnte so nicht leben«, stieß ich zwischen zusammengepressten Lippen hervor.

»Das Einzige, das du bisher getan hast, ist, deinem kleinen Bruder in den Rücken zu fallen. Du hättest doch die Möglichkeit gehabt, die Stadt so zu führen, wie du wolltest, aber das hast du abgelehnt. Im Nachhinein ist es immer leicht, über das Werk anderer zu urteilen. Aber anstatt an den Taten deines Bruders zu zweifeln, solltest du ihn vielleicht unterstützen. So wie ich Kilian kennengelernt habe, würde er dich niemals um Hilfe bitten. Aber wenn du sie ihm von dir aus anbietest, würde er sie sicherlich annehmen. Du bist der Schlauere von euch beiden. Meinst du nicht, du könntest diese Stadt zu einer anderen machen? Zu einem *besseren* Ort?«

Es dauerte, bis Nathan auf diesen Satz antwortete. Vermutlich, weil er selbst nie darüber nachgedacht hatte, seinen Bruder bei der Führung der Stadt zu unterstützen.

»Ich will mit der Stadt nichts mehr zu tun haben.«

»Weißt du wirklich nicht, weshalb ich hierhergebracht wurde?«, stellte ich Nathan die Frage, die mir nicht mehr aus dem Kopf gehen wollte.

»Nein, ich werde schon seit über einem Jahr nicht mehr in die Pläne des Rats miteinbezogen. Mein Stuhl bleibt bei den Sitzungen unbesetzt. Gewissermaßen bin ich kein Zirkelmitglied mehr. Es tut mir leid, ich wünschte, ich könnte dir helfen, aber innerhalb dieser Burgmauern wird es nur zwei Menschen geben, die wissen, weshalb du hier bist.«

»Kilian und dein Vater, richtig?«

»Ganz genau.«

»Der Witz ist, ich wollte immer weg aus Mentira und hinaus in die große unbekannte Welt. Ich habe mich immer wie ein Fremdkörper gefühlt. Alle lebten dort so glücklich, so unglaublich zufrieden. Keiner hinterfragte etwas, alles wurde einfach als gegeben akzeptiert, aber irgendwas hat mich immer misstrauisch gemacht. Ich habe mich immer als Außenseiterin gefühlt und daran hat sich eigentlich nie etwas geändert. Von Anfang an hatte ich kaum Kontakt zu den anderen Schwestern und eckte überall an. Als ich die Stadt hinter mir gelassen hatte, war ich mir so sicher, dass es überall anders *besser* wäre. Ich hätte es niemals für möglich gehalten, innerhalb kürzester Zeit an einem Ort zu landen, der noch viel schlimmer und einengender sein würde, als meine Heimat. Hätte ich gewusst, was ich jetzt weiß, wäre ich niemals von dort abgehauen.«

»Was weißt du denn jetzt, was du zu diesem Zeitpunkt nicht wusstest?«, bohrte Nathan nach.

»Ich weiß, dass es selbst an den dunkelsten und verlorensten Orten Menschen gibt, die Licht in dieses Dunkel bringen. Du bist bisher die einzige Person hier, die zumindest bemüht war, immer ehrlich zu mir zu sein. Das muss dir unglaublich schwerfallen und deshalb bin ich dir wirklich dankbar. Du kannst dir nicht vorstellen, wie viel mir das bedeutet.«

Der Moment, als sich unsere Blicke fanden, war wie das Aufeinandertreffen von Licht und Dunkelheit. Ein flüchtiger, kaum existenter Moment, in dem beide Seiten versuchten, die Oberhand zu gewinnen. Nathan schritt langsam auf mich zu und ich beugte mich vom Fenstersims aus zu ihm hinüber. Als er mit seiner Hüfte meine Knie berührte, blieb er abrupt stehen.

Ich wusste nicht, was da in mir tobte, aber als ich Nathans Nähe spürte, fühlte es sich an wie ein unbändiger Sturm aus Gefühlen, der mich in seinem Auge gefangen hielt. Am liebsten wollte ihn davonstoßen und aus diesem Zimmer verschwinden. Aber gleichzeitig wollte ich die Nähe zu diesem Mann spüren. Die Sicherheit, die Nathan ausstrahlte und seine wilde, unbändige Art zogen mich an.

»Du kommst mir einfach so unglaublich bekannt vor, Melia. Dein Lächeln, deine Stimme, deine ganze Art. Du wirkst nicht, als seist du aus einer fremden Stadt geflohen. Ich weiß nicht, ob du dir selbst etwas vormachst, oder ob du selbst daran glaubst, dass du wieder zurück nach Mentira willst. Aber auf mich wirkt es nicht so, als hättest du sonderlich Heimweh. Du saugst jedes Stückchen Wissen zu diesem Ort so gierig auf und bist so interessiert an unserer Stadt. Wenn du wirklich hättest fliehen wollen, dann hättest du es doch wohl schon längst versuchst, oder?«

Hätte ich das? Ich fühlte mich ertappt. Konnte er mit dieser absurden Unterstellung letztlich sogar Recht haben? Wollte ich gar nicht mehr zurück und redete mir Mentira nur unnötig schön? Ich wusste es nicht.

»Ich kann nicht von hier verschwinden. Nicht, bevor ich Zohera aus ihrer Zelle befreit habe.«

Nathan senkte kurz den Blick, bevor er mir wieder in die Augen sah.

»Ich kann dir leider nicht helfen, sie zu befreien. Ich wünschte, ich könnte es.«

»Wieso kannst es du nicht?«, flüsterte ich.

»Weil ich dann in der Zelle neben ihr landen würde.«

Ungläubig riss ich die Augen auf.

»Mein Vater würde mir diesen Verrat nicht verzeihen. Und Kilian käme diese Chance gerade recht, um mich endgültig los zu werden. Ich fürchte, wenn dir deine Freundin wirklich so viel bedeutet, wie du sagst, wirst du dieses Anliegen mit Kilian klären müssen. Mir sind da die Hände gebunden.«

Langsam stieg ich den Fenstersims herunter und landete vor Nathans Füßen. »Ich habe einfach Angst vor dem, was mich hier erwartet«, gestand ich ihm. »Ich habe Angst, dass ich Zohera nicht helfen kann, die immer noch unten im Verlies hockt, während ich hier oben mit dir in aller Seelenruhe spreche. Ich habe verdammt nochmal Angst, dass überhaupt niemand mehr in Mentira am Leben ist, nach dem riesigen Feuer, das ich gesehen habe. Diese Ungewissheit ist unerträglich. Dazu kommen diese Träume … ständig höre ich die Schreie meiner Schwestern und spüre die Flammen, wie sie mir das Fleisch von den Knochen brennen. Es fühlt sich langsam an, als würde ich wahnsinnig werden.«

Ich spürte, wie mich eine Lawine unterschiedlicher Gefühle überrannte. Wie sie sich ihren Weg bahnte und letztlich mit so einer Wucht über mich hinwegbrach, dass ich zitterte. Bevor ich wusste, wie mir geschah, kullerte die erste

Träne meine Wange herab und fiel auf den Boden. Gerade als ich mich umdrehen wollte, griff Nathan nach meinem Arm und zog mich sanft an sich. Er schloss die Arme wie eine schützende Mauer um mich. Als ich die Augen schloss, atmete ich seinen angenehmen Duft ein. Bei ihm fühlte ich mich sicher. Ich versuchte, alles um mich herum zu vergessen. Diese fremde Stadt, die vielen fremden Menschen und die vielen Geheimnisse, die mich unter ihrem schweren Gewicht beinahe erdrückten. Obwohl ich erst wenige Tage hier war, fühlte ich mich so verloren, wie niemals zuvor in meinem Leben. Der einzige Mensch, der mich in dieser Zeit nicht im Stich gelassen hatte, war Nathan gewesen. Auch wenn er am Anfang ähnlich kühl und distanziert auf mich gewirkt hatte wie sein Bruder, war er nach und nach aufgetaut und hatte sich mir anvertraut. Nach allem, was ich wusste, war Vertrauen hier viel mehr wert, als Gold, Silber und alle Schätze der Erde gemeinsam. Wer innerhalb von Sombra jemandem vertraute, offenbarte diesem Menschen sein Innerstes. Er gab seinem Gegenüber das blanke Messer in die Hand und entblößte die Brust. Entweder stach man hinterhältig zu, oder aber man bewies demjenigen, dass man sein Vertrauen in die richtige Person gesetzt hatte.

Als ich in Nathans Armen lag, wusste ich, dass ich ihm niemals in den Rücken fallen würde. Er war mir so nah gekommen, wie niemand sonst und ich spürte, wie mein Körper auf seinen reagierte. Diese Wärme in meinem Herzen, die ich zuvor noch nie gespürt hatte, war durch ihn überhaupt erst entstanden.

»Ich bin für dich da, Melia«, ertönte seine Stimme leise an meinem Ohr.

Ich vergrub mein Gesicht auf Höhe seiner Schulter und sog seinen mittlerweile vertrauten Duft tief ein. Seine Hand strich über meine zerzausten Haare und langsam verebbte auch die letzte Träne.

Als ich zu ihm aufsah, lächelte er mich an. »Ich denke, was du jetzt brauchst, ist ein deftiges Frühstück.« Vorsichtig löste er unsere Umarmung und auch, wenn ich es mir nicht eingestehen wollte, hätte ich ihn am liebsten noch länger an meiner Seite gespürt.

Jaron

Der Abschied von meiner kleinen Schwester war das Schwierigste an dieser ganzen Reise. Sie hatte den gesamten Morgen wach neben mir gesessen und mich stumm dabei beobachtet, wie ich die Karte studierte. Kurz nachdem die Sonne aufgegangen war, erwachte auch mein Vater. Er hatte mir nur flüchtig zugelächelt, bevor er einen Kessel mit heißem Wasser auf den Ofen gestellt hatte.

»Junge, deine Mutter wäre stolz auf dich«, sagte er mit seiner brummigen Stimme. Er klopfte mir auf die Schulter, ehe er sich wieder abwandte.

Der Abschied von meinem Vater war weniger schlimm. Ich wusste, dass er mir vertraute und mein Vorhaben guthieß. Er hatte mir selbst dazu geraten, etwas zu tun, solange ich noch die Möglichkeit dazu hatte. Genau diesen Rat befolgte ich. Egal, wie verrückt die Idee war, ich würde endlich herausfinden, weshalb Melia in die Schattenstadt gelockt worden war. Es waren einfach zu viele Zufälle, die ihre Ankunft in Sombra begleitet hatten. Irgendetwas stimmte an dieser Geschichte nicht und wenn ich Melia die Wahrheit erzählen konnte, vielleicht verzieh sie mir dann den Verrat?

Ich war kurz nach dem Frühstück aufgebrochen, um auf dem Schattenmarkt ein Pferd zu kaufen. Die Händler baten von prächtigen Streitrössern über dickliche Maulesel alles an ihren Ständen an und wer das nötige Kleingeld besaß, der konnte sogar Pferde aus der Zirkelarmee kaufen. Leider fehlten mir für so ein starkes Tier die nötigen Münzen. Dennoch hatte ich einen passablen und bezahlbaren Begleiter gefunden. Die graugescheckte Stute war mir direkt aufgefallen, denn sie scharrte aufgeregt mit den Hufen, als ich den Stand betrat. Ihre dunklen Augen trugen etwas Schelmisches in sich. Ich wollte gerade ihren Kopf streicheln, da riss sie ihn im letzten Moment zur Seite. Sie passte zu mir. Dementsprechend leicht fiel mir die Entscheidung. Nachdem ich sie für einen guten Preis erstanden hatte, führte ich sie samt Sattel und Zaumzeug vom Platz.

Die Stute drückte ihren Kopf in meine Seite und wieherte herausfordernd.

»Du bist genau die richtige Lady für dieses Abenteuer.«

Als wir den Marktplatz verlassen hatten und vor dem großen Stadttor standen, blickte ich mich noch ein letztes Mal um. Ich hatte Sombra zwar schon oft verlassen und viele umliegende, zum Teil sehr kuriose Orte erkundet, aber Mentira hatte ich bisher nur aus Erzählungen gekannt. Mich nun selbst auf den Weg in diese Stadt zu begeben, würde wirklich ein kleines Abenteuer werden. Ich verstaute den Proviant in den Taschen, überprüfte noch ein letztes Mal, ob der Sattel festgezogen war und ich auch nichts Wichtiges vergessen hatte. In Gedanken versunken ließ ich meinen Blick über die Felder schweifen und blieb an dem großen Felsen vor den Toren Sombras hängen. Genau dort war ich Melia begegnet. Unglaublich, dass unser Zusammentreffen erst wenige Tage her war. In meinem Kopf fühlte sich diese

Begegnung so viel weiter weg an. Gleichzeitig waren ihr Gesicht und ihre ganze Art noch so präsent, als wäre sie gerade erst hinter der Ecke verschwunden und würde jeden Moment wieder zurückkommen. Doch das tat sie nicht.

Locker schwang ich mich in den Sattel und ritt los. Die Stute trabte durch die Felder und ihr kräftiger Hufschlag hatte eine beruhigende Wirkung auf mich. Gestern Abend hatte ich auf meiner Karte noch Stellen markiert, an denen man gut rasten konnte. Da es nicht allzu viele bekannte Wasserstellen in dieser Richtung gab, ritten wir zum Teil auch kleinere Umwege. Aber ohne ein ausgeruhtes Pferd war diese Reise nicht zu meistern. Wenn alles klappte wie geplant, dann würde ich Mentira vielleicht schon am nächsten Tag erreichen.

Ich hatte mir noch nicht viele Gedanken darüber gemacht, wie ich die Schwestern der Ruína davon überzeugen sollte, mich überhaupt in ihre Stadt zu lassen. Aber ich war so entschlossen wie nie, endlich Licht ins Dunkel zu bringen. Auch wenn die Explosion in der besagten Nacht heftig gewesen war, zweifelte ich doch daran, dass sie die Stadt völlig zerstört hatte. Mein Bauchgefühl sagte mir, dass die Schwesternschaft dieses Feuer überstanden hatte. Sie *mussten* es einfach überlebt haben!

In schnellem Trab durchquerten wir das Umland Sombras. Die Felder waren zu großen Teilen von dunkelgrünen Wiesen umgeben und östlich von hier wuchs der undurchdringliche Dunkelwald. Die Vegetation hatte sich von der Katastrophe zumindest in diesem Gebiet gut erholt. Zwar wuchsen seitdem auch einige gefährliche

Pflanzen, die giftig waren, aber zumindest litten wir keinen Hunger.

Die Welt schien sich eine kurze Atempause zu nehmen und gab den Menschen eine zweite Chance. Ob sie das verdienten, stand allerdings auf einem ganz anderen Blatt. Durch die Expeditionen mit dem Zirkel waren wir teilweise mehrere Wochen hier draußen umhergeschweift. Tagesritte von Sombra entfernt sah die Welt schon ganz anders aus. Weniger grün, weniger hoffnungsvoll. Es gab Orte hier draußen, die ich niemals mehr betreten wollte. Orte, die so trostlos und verlassen waren, dass dort kein Lebewesen existieren konnte. Zu groß war die Zerstörung, die die Landstriche durchzog. Eigenartige Stille umgab diese Orte, an denen nichts Lebendiges mehr existieren konnte.

Doch in der kargen Felsenlandschaft, die Mentira und Sombra voneinander trennte, lebten dennoch wenige Menschen, die der Katastrophe und ihren Auswirkungen trotzten. Sie zogen von Höhle zu Höhle, jagten das wenige Wild, das es noch gab oder plünderten die Felder, die sich nicht in der Nähe Sombras befanden. Die Schattenwache hatte diese Nomaden dennoch immer wieder bei ihren Raubzügen erwischt und einige von ihnen in den Kerkern weggesperrt oder aber öffentlich hingerichtet. Diese Menschen gehörten weder zu Sombra, noch zu Mentira. Sie waren Ausgestoßene, Kranke oder Missgebildete, die selbst der Zirkel nicht in seiner Schattenstadt beherbergen wollte. Die Fremden waren ein wachsendes Problem, das mich aber seit meinem Austritt aus der Welt der Schatten nicht mehr betraf. Unsere Ländereien lagen zum Glück zu nah an der Stadt, um für solche Diebe attraktiv zu sein. Das Risiko erwischt zu werden, war einfach zu groß.

Mein Pferd trabte über den Kiesweg, der nach und nach verschwand und ehe ich es richtig bemerkte, hatten wir die felsigen Ebenen erreicht. Ich stieg von meiner Stute ab, um die Karte noch einmal genauer in Augenschein zu nehmen. Als ich sie aus einer der Satteltaschen zog, raschelte es hinter einem der großen Felsen und ich zuckte erschrocken zusammen. Der Wind wehte mir pfeifend um die Ohren und ich drehte mich ruckartig um. Doch dort war nichts, bis auf eine riesige, graue Felswand.

Ich griff in die Tasche und faltete die Karte auseinander. Wir waren gut vorangekommen und ich entschied, einen kleinen Umweg zu einer naheliegenden Wasserstelle zu machen, damit Grey, wie ich meine neue tierische Begleiterin insgeheim getauft hatte, eine kleine Verschnaufpause bekam. Vorsichtig faltete ich die Karte wieder zusammen und steckte sie zurück in meine Brusttasche. Als ich wieder aufstieg, tänzelte Grey nervös herum und es kostete mich einige Mühen, das aufgescheuchte Pferd zu beruhigen.

Der Wind nahm zu und mir lief ein Schauer über den Rücken. Auch wenn wir uns vielleicht nicht in einer der abgelegeneren Gegenden befanden, so war diese graue, kalte Felslandschaft alles andere als einladend.

Vorsichtig führte ich die Stute einen der steinigen Wege entlang, denn laut Karte befand sich genau in dieser Richtung ein kleiner Flusslauf. Grey tippelte vorsichtig den Berg hinauf. Ansonsten war nichts zu hören als das Pfeifen des Windes, das mich nach wie vor frösteln ließ.

Als wir dann endlich den höchsten Punkt erreicht hatten, konnte ich in der Ferne tatsächlich einen kleinen Fluss erkennen, der sich durch die Landschaft schlängelte. Vorsichtig lotste ich Grey den Hügel wieder hinunter. Die quirlige Stute schmiss ihren Kopf immer wieder ruckartig zur Seite.

»Ruhig Grey. Wir sind ja gleich da«, versuchte ich sie zu beruhigen. Ich tätschelte ihren Hals und streichelte sie behutsam. Ihr entfuhr ein leises Wiehern, ehe sie ihren Kopf wieder still hielt.

Ich klopfte ihr anerkennend den Hals, ehe ich wieder mit beiden Händen die Zügel erfasste. Bereits kurze Zeit später waren wir an dem Bachlauf angekommen. Die Sonne quälte sich durch den wolkenverhangenen Himmel, schaffte es aber immer nur für kurze Zeit, ihn zu durchbrechen. Ich stieg ab und band Grey an einen der kahlen Bäume, die am Wasserlauf standen. Die Stute steckte ihre Schnauze ins kühle Nass und trank, während ich versuchte, einen Platz zu finden, an dem auch ich mich einen Moment ausruhen konnte. Doch als ich mich umsah, blickte ich nur in eine kahle Steppe mit verdorrtem Gras und vielen Felsen.

Resignierend ließ ich mich auf einem der Steine nieder und beobachtete Grey dabei, wie sie durch das Wasser des Bachlaufs watete. Als sie bemerkte, dass die Zügel sie zurückhielten, wieherte sie anklagend und blickte fast schon vorwurfsvoll in meine Richtung.

Irgendwie musste ich bei diesem Anblick lächeln. Das Pferd war ein genauso großer Sturkopf wie ich. Ich hätte mich nicht besser entscheiden können. Als ich aufstand, um die Zügel vom Baum zu lösen, erklang erneut ein knackendes Geräusch. Als wäre in unmittelbarer Nähe jemand auf einen Ast getreten. Ich wusste nicht, ob es diese Einöde war, die mich Dinge hören ließ, die nicht da waren, oder ob dort wirklich etwas hinter den Felsen lauerte. Reflexartig griff ich an meine Seite, um zu überprüfen, ob mein Dolch noch da war. Ich hatte mich gegen größere Waffen entschieden, da sie diese Reise nur beschwerlicher gemacht hätten. Dennoch wollte ich mich im Zweifelsfall verteidigen können.

In diesem Moment war ich mir allerdings nicht mehr so sicher, ob dieser mickrige Dolch mich im Zweifel wirklich vor einer drohenden Gefahr schützen konnte. Darauf bedacht, keinen Lärm zu erzeugen, schlich ich in die Richtung, aus der das eigenartige Geräusch gekommen war. Vorsichtig setzte ich einen Fuß vor den anderen und blickte mich noch ein letztes Mal zu Grey um. Die Stute würdigte mich keines Blickes.

Als ich den Kopf um die nächste Ecke schob, knackte es erneut. Doch bevor ich mich umdrehen konnte, um zu sehen, was dieses Geräusch verursacht hatte, traf mich etwas am Kopf. Die Felswände verschwammen zu einem dunklen Grau.

Ein eigenartiger holziger Klang holte mich zurück. Es erinnerte mich an ein altes Windspiel, doch die Töne waren nicht hell und klar, sondern dumpf. Dennoch wirkte es angenehm und irgendwie beruhigend.

Als ich die Augen öffnete, starrte ich in dunkles Nichts. Ich versuchte mich an die dunkle Umgebung zu gewöhnen, doch auch nach einigen Minuten konnte ich weder Umrisse, noch Konturen meiner Umgebung wahrnehmen. Als befände ich mich unter einem dunklen Felsen, tief unter der Erde begraben.

Vorsichtig probierte ich aufzustehen, bemerkte aber, dass meine Hände hinter meinem Rücken zusammengebunden waren. Ich tastete den Untergrund ab und bemerkte weiche Erde, die unter meinen Händen nachgab. Sie war eiskalt. Angespannt setzte ich mich auf und lehnte mich mit dem Rücken gegen die kalten Wände.

Noch immer hallten die wunderschönen, traurigen Klänge durch den Raum. Durch die Dunkelheit konnte ich zwar nichts erkennen, war mir allerdings ziemlich sicher, dass man mich in eine Felshöhle gebracht hatte. Der Geruch von feuchtem Moos und frischer Erde drang mir in die Nase. Ich hatte keine Ahnung, wer mich niedergeschlagen und wieso man mich hierhergebracht hatte, aber erst jetzt kam mir eine viel zu späte Erkenntnis – genauso musste sich Melia gefühlt haben, als ich sie in einer Holzkiste nach Sombra verfrachtet hatte!

Orientierungslos, allein in der Dunkelheit und gefesselt. Ich schluckte und spürte kalten Schweiß auf meiner Stirn. Nicht zu wissen, was einen in dieser Gefangenschaft erwartete, machte mich jetzt schon wahnsinnig. Als ich überlegte, wem ich den Aufenthalt in diesem Loch zu verdanken hatte, war ich mir ziemlich sicher, dass die Schwestern der Ruína dafür nicht verantwortlich waren. Ich war noch viel zu weit weg von der Stadt, als dass ich einer von ihnen begegnet wäre.

Plötzlich sah ich weit entfernt ein kleines Licht. Nein, es waren sogar zwei. Runde, rötlich leuchtende Punkte, die sich mir langsam näherten. Ich zwinkerte nervös, unsicher, ob ich mir das nur einbildete. Doch auch nach mehrfachem Blinzeln waren sie dennoch da. An einer der gegenüberliegenden Wände wurde eine Fackel entzündet und räumte alle Zweifel aus. Zuerst kniff ich die Augen zusammen. Die plötzliche Helligkeit brannte und überforderte mich. Doch als ich sie langsam wieder öffnete, blickte ich mich orientierungslos um.

Ich war umgeben von dunklen, feuchten Felswänden, die sich weit in die Höhe erstreckten. Zum Teil waren sie mit dunkelgrünem Moos bedeckt. Die brennende Fackel warf flackernde, große Schatten an die grauen Wände.

Eine Frau stand an der gegenüberliegenden Wand und musterte mich. Ihre Haut war fahl und diese Augen … Ich konnte nicht aufhören ihre Augen anzustarren. Sie durchbohrten mich, schnitten mir tief in die Seele und ließen mich nicht mehr los.

»Bist du also endlich aufgewacht?«, hallte ihre Stimme durch die Höhle.

Sie schritt auf mich zu. Erst jetzt konnte ich ihr Gesicht näher erkennen. Ihr dunkles Haar bildete einen starken Kontrast zu der hellen, porzellanfarben Haut. Doch ihre Augen raubten mir nach wie vor den Verstand. Sie glühten, fraßen sich wie Flammen durch mich hindurch und waberten in einem flammenartigen Schein.

»Was … Was ist mit deinen Augen?«, stotterte ich ungläubig.

Ich war unfähig, einen klaren Gedanken zu fassen. Was war diese Frau für ein Wesen? Woher kam sie und was viel wichtiger war: Was wollte sie von mir? Als sie direkt vor mir in die Knie ging, bekam ich eine leichte Gänsehaut.

»Ich vergesse immer, dass das für *euch* etwas ungewohnt ist«, sagte sie lächelnd.

Ihre ganze Erscheinung machte mich nervös. Nicht, weil ich Angst hatte, dass sie mir wehtun würde, sondern weil mir diese Augen bekannt vorkamen. Ein Schweißtropfen lief mir übers Gesicht, doch ich konnte ihn mit gefesselten Händen nicht fortwischen.

»Machen dich meine Augen etwa nervös, Fremder?«, sagte die Frau mit einem schelmischen Lächeln auf den Lippen. Es war nicht zu übersehen, dass sie diese Situation auskostete und mit mir spielte. Sie genoss die Macht, die sie über mich hatte.

»Wer seid Ihr und was wollt Ihr von mir?«

Schwach zu wirken war keine Option, auch wenn ich momentan nicht in der Position war, Stärke zu zeigen. Ich versuchte, mich auf die Knie zu setzen, um wenigstens einigermaßen auf Augenhöhe mit der Unbekannten zu sein. Doch gerade, als die Fremde den Mund öffnete, vermutlich um zu antworten, erschien ein Mann in der anderen Ecke der Höhle. Auch seine Augen waberten in einer Mischung aus verschiedenen Rottönen und jagten mir einen Schauer über den Rücken.

»Ah endlich. Er ist wach. Na dann können wir ja endlich anfangen«, brummte seine tiefe Stimme. Er stapfte auf mich zu und packte mich an den Armen. Mit einem Ruck half er mir auf die Beine und zog ein kleines Messer aus dem Halfter.

»Ich schneide dich jetzt los. Denk gar nicht erst daran, loszustürmen. Die Höhle ist tief und wir kennen jeden Winkel hier. Wenn du tust, was wir dir sagen, darfst du weiterleben. Die Wahl liegt also ganz bei dir.«

Er blickte mir erwartungsvoll entgegen und ließ mir gar keine andere Wahl als zu nicken.

Mit einem kräftigen Ruck schnitt er mir erst die Fesseln an den Händen und dann die an meinen Füßen durch. Er zog mich unsanft auf die Beine und ich spürte, wie meine Füße anfingen, unangenehm zu kribbeln. Grob schob er mich vor sich her und ich hatte Mühe, nicht zu stolpern.

Als wir den Teil der Höhle verlassen hatten, wurden wir erneut von Dunkelheit verschluckt.

»Ich kann nichts sehen«, sagte ich.

Als ich versuchte, mich zu den beiden umzudrehen, glühten ihre Augen unheimlich in der Finsternis.

»Weiterlaufen«, war alles, was der seltsame Typ mir antwortete. Er umfasste meinen Oberarm noch fester und schob mich zielstrebig durch das verwirrende Gängesystem der riesigen Höhle. Zwischendurch durchquerten wir kleinere Räume, in denen sich Schlafplätze befanden, die jedoch alle verlassen schienen. Dieser Ort wirkte wie eine kleine eigenständige Welt. So, als hätten sich diese seltsamen Menschen unter die Erde verkrochen, um vor der Oberfläche ihre Ruhe zu haben.

Nachdem wir mehrfach abgebogen und ich durch zahlreiche Gänge getrieben worden war, erschien irgendwann das rettende Licht der Oberfläche. Als wir den Ausgang erreicht hatten, japste ich erleichtert nach Luft. Auch wenn das Atmen mir innerhalb der Höhle nicht schwergefallen war, so war es doch ein unheimlich beruhigendes Gefühl, endlich wieder frische Luft einzuatmen.

Der unbekannte Mann stieß mich weiter voran und vor dem Eingang der Höhle fiel mein Blick auf meine quirlige Stute, die neugierig ihren Kopf in unsere Richtung reckte.

Neben ihr brannte ein kleines Feuer und der Himmel fing bereits an, seine Farbe zu wechseln.

»Was wollt ihr von mir?«, fragte ich die Fremden erneut.

Die Frau mit den dunklen Haaren ließ sich vor dem Feuer nieder und wenige Minuten später kam eine weitere Frau auf mich zu. Beide Frauen trugen zerschlissene, olivgrüne Hosen, die sie perfekt mit dem kargen Ödland verschmelzen ließen. Ihre Oberteile hingegen waren in dunklen Brauntönen gehalten. Die Art wie sie auf mich zuliefen, hatte etwas Starkes, Anmutiges an sich. Wer wusste, ob diese Fremden mir nicht schon eine ganze Weile aufgelauert hatten? In diesen Tarnklamotten wären sie mir jedenfalls nicht weiter aufgefallen. Auch ihre Augen schimmerten in einem hellen Orangeton, wenn auch nicht so wild und unheimlich wie die der anderen beiden. Ihr außergewöhnliches, grau schimmerndes Haar war kurz und stand in wilden Strähnen ab.

»Ah, ist unsere Schlafmütze also endlich erwacht.« Ihre Stimme klang schrill und dröhnte unangenehm durch meinen Schädel. Ich verzog das Gesicht und musterte die eigenartige Frau.

Im Schein des Feuers wirkten die drei beinahe, als wären sie von den Toten wiederauferstanden.

»Nun denn, dann wollen wir zu dem unangenehmen Teil kommen«, fuhr die Grauhaarige fort. Sie schritt auf mich zu und schlug mir völlig ohne Vorwarnung in den Magen.

Ich krümmte mich und versuchte das Gleichgewicht zu halten.

»Was machst du hier draußen?«

Ich spürte, wie sich meine Eingeweide schmerzlich zusammenzogen. Dennoch hatte ich nicht vor, der Fremden auch nur ein Wort über meine Pläne zu verraten.

Erneut schlug sie mir in den Bauch. Ich spürte, wie der Schmerz durch meinen Körper drang. Hektisch versuchte ich nach Luft zu schnappen, doch es fühlte sich an, als würde ich ersticken. Ohne Vorwarnung trat sie zu. Ich krümmte mich am Boden und hustete gequält. Als ich meinen Blick hob, schaute ich in ihr ausdrucksloses Gesicht.

Sie würde nicht aufhören.

Ich senkte den Kopf und schielte zu den anderen beiden, die mich teilnahmslos musterten. Von denen durfte ich definitiv keine Hilfe erwarten, soviel stand fest.

Immer und immer wieder stellte sie mir dieselben Fragen.

Was machst du hier?

Wo willst du hin?

Wer hat dich geschickt?

Im Grunde waren es genau die Dinge, die ich sie selbst gern gefragt hätte. Doch selbst wenn ich hätte antworten wollen, durch die vielen Schläge war ich unfähig, einen klaren Gedanken zu fassen. Ich driftete immer wieder weg, spürte, wie die Bewusstlosigkeit an die Tür meines Verstandes klopfte, bereit, mich wieder ins Dunkle zu ziehen.

»Antworte mir endlich!«, schrie sie.

Der letzte Schlag ins Gesicht beförderte mich endgültig ins schwarze Nichts.

Kilian

Ich fühlte mich wie ein Spion, während ich verborgen hinter einer Ecke lauerte und darauf wartete, dass sich die Tür von Nathans Zimmer öffnete. Ich wurde das Gefühl nicht los, dass er mich eiskalt belogen hatte. Das wunderte mich nicht, die Lüge hatte ihm quasi im Gesicht gestanden. Nun wartete ich bereits seit fast einer Stunde darauf, dass er endlich sein Zimmer verließ.

Kurze Zeit später schien sich etwas zu regen. Die Tür öffnete sich erst einen kleinen Spalt breit, ehe sie ganz von meinem Bruder aufgezogen wurde. Er trug seine gewohnt dunkle, uniformähnliche Kleidung und das Haar fiel ihm wie immer zottelig und ungepflegt auf die Schultern. Es war mir nach wie vor ein Rätsel, wie er sich traute, mit dieser langen Mähne draußen herumzulaufen. Nathan verschwand hinter der nächsten Ecke.

Keine Spur von Melia. Eigenartig.

Ich wartete noch einen Moment, doch der Korridor blieb ruhig. Als ich mich schon auf den Weg zu dem Treffen mit Ascan machen wollte, hörte ich ein Geräusch. Schnell hastete ich zurück und konnte meinen Augen kaum trauen. Melia war gerade dabei, den Korridor entlangzulaufen. Genau in dieselbe Richtung, in die Nathan vor knapp fünf Minuten verschwunden war.

Ich wusste, wie töricht es war, aber in diesem Moment fühlte ich mich nicht nur verraten von meinem Bruder, sondern auch verletzt. Melia hatte gleich vom ersten Moment an etwas in meinem Innersten berührt. Zu sehen, dass sie ihre Aufmerksamkeit einzig und allein Nathan schenkte, machte mich einfach wütend. Es wurde wirklich Zeit, dass er aus der Burg verschwand! Wenn er erst einmal auf der Expedition wäre, dann hatte ich vor ihm einige Tage, wenn nicht sogar Wochen meine Ruhe.

Entschlossen folgte ich den beiden. Ich würde ein für alle Mal klarmachen, wer in dieser Stadt das Sagen hatte! Noch länger würde ich mir nicht von meinem großen Bruder auf der Nase herumtanzen lassen. Es war hart genug gewesen, immer in seinem Schatten zu stehen und auch jetzt war er mir und meinen Plänen im Weg. Das musste endlich aufhören!

In sicherem Abstand folgte ich den beiden. So wie es aussah, hatte Nathan ihr den Weg zu einem der kleineren Speisesäle erklärt, denn wenig später verschwand Melia in einem von ihnen.

Unschlüssig blieb ich vor der Tür stehen. Von innen hörte ich die Stimmen der beiden und kurz darauf fing Melia an zu lachen. Bisher hatte ich sie seit ihrer Ankunft hier noch nicht ein einziges Mal glücklich erlebt. Sie war mir immer nur wütend entgegengetreten und hatte vehement versucht, ihre nervige Freundin aus Mentira zu befreien. Vielleicht war es wirklich an der Zeit, Zohera aus ihrem Gefängnis unterhalb der Burg zu entlassen? Mit ihrer Hilfe würde ich Melia vielleicht eher in meine Arme treiben können und Vater war ohnehin nicht damit einverstanden gewesen, dass ich die junge Frau dort unten gefangen hielt. Trotzdem wollte ich zu allererst Nathan von seiner neuen Aufgabe berichten. Immerhin sollte die Expedition bereits heute Abend starten.

Mit einem breiten Lächeln auf den Lippen öffnete ich die Holztür und unmittelbar nachdem ich den Raum betreten hatte, fror Melias Lächeln ein. Ihre wachsamen Augen ruhten auf mir und ich konnte erkennen, wie wenig erfreut sie über meinen morgendlichen Besuch war.

Mein Bruder hingegen lächelte mich an. »Kilian, setz dich und iss eine Kleinigkeit mit uns.«

Etwas überrascht ließ ich mich auf einen der freien Stühle nieder. Nathan reichte mir schweigend eine dampfende Kanne herüber.

»Wie ich sehe, hast du unseren verlorenen Gast wiedergefunden?«, fragte ich betont ruhig.

Nathan nickte, während er sich eine Scheibe Brot in den Mund schob. Er nuschelte etwas vor sich hin, das ich jedoch nicht wirklich verstehen konnte. Als er endlich heruntergeschluckt hatte, warf er einen kurzen Blick zu Melia. »Sie lief mir entgegen, als ich auf dem Weg zum Speisesaal war.«

Melia reckte ihr Kinn leicht in die Höhe und nahm einen Schluck Saft.

»Dir ist schon klar, dass du hier nachts nicht einfach so durch die Burg spazieren kannst, oder?«, richtete ich das Wort an sie. Doch sie ignorierte mich einfach.

»Es ist gefährlich hier. Vor allem für jemanden wie dich. Ich bleibe bei meinem Wort, dass du unser Gast bist. Aber auch Gäste müssen sich an bestimmte Regeln halten.«

»Ach? Plötzlich gibt es also in der bösen Schattenstadt Regeln, an die man sich halten muss? Ist ja mal was ganz Neues«, fiel sie mir schnippisch ins Wort. Ihre Augen sprühten vor Abneigung und ich spürte zum ersten Mal, wie groß ihre Verachtung mir gegenüber wirklich war.

»Ich versuche nur, dich zu beschützen!«, polterte ich aufgebracht.

Hatte sie überhaupt eine Ahnung, was ich für sie auf mich nahm? Wenn Ascan wüsste, dass ich sie einfach unbewacht durch die Gänge streunen ließ, würde er mir den Kopf abreißen. Er hatte mir unmissverständlich klargemacht, dass dem Mädchen unter keinen Umständen etwas passieren durfte. Melia wollte es mir zwar nicht glauben, aber auch innerhalb der Schattenburg lauerten Gefahren. Die Schatten sickerten durch das Mauerwerk in die Herzen der Menschen und für jemanden, der dieser Macht noch nie begegnet war, konnte diese Dunkelheit gefährlich werden.

»So wie du Zohera beschützt? Die immer noch dort unten in diesem Loch verrottet? Du bist einfach nur ein tyrannischer, selbstgefälliger Idiot! Du tust doch einfach nur blind, was dein Vater von dir verlangt.«

Ihre Worte trafen mich wie ein Pfeil. In dem Moment, in dem sie ihren Mund verließen, wurde mir klar, dass es nicht Melia war, die das zu mir gesagt hatte. Es war ihre dunkle Seite, ihr eigener Schatten, der gerade versuchte, mich aus der Reserve zu locken.

Ich blickte zu Nathan, der zuckte jedoch nur kurz mit den Schultern.

»Melia, ich denke, es wäre das Beste, wenn wir heute einen kleinen Ausflug unternehmen würden. Etwas frische Luft und Bewegung würden dir sicherlich gut tun«, schlug ich vor.

Ich hatte Melia bisher noch nicht wirklich kennenlernen können und wollte diesen Umstand endlich ändern. Die wenigen Worte, die wir bisher gewechselt hatten, waren von Boshaftigkeit und den Streitereien mit meinem Bruder überschattet gewesen. Vielleicht half die ungezwungene Umgebung uns ja, unser angeknackstes Verhältnis etwas zu verbessern. Auf diese Weise würde ich sie ganz für mich haben und schlimmer konnte es zwischen uns sowieso kaum noch werden.

Nathan schaute mich verwirrt an und auch Melia schien nicht recht zu wissen, was sie zu meinem Vorschlag sagen sollte.

Ich entschied, meine Ankündigung für Nathan noch ein wenig nach hinten zu verschieben. »Ich hole ich dich später in deinem Zimmer ab. Sagen wir, in einer Stunde?«

Melia nickte mir wenig begeistert zu, was mir zunächst reichen musste und so wandte ich mich der Tür zu. Doch kurz bevor ich sie aufschob, drehte ich mich noch einmal zu meinem Bruder um.

»Wenn ich von meinem kleinen Ausflug zurück bin, möchte ich gerne mit dir reden. Unter vier Augen.« Ohne ein weiteres Wort verschwand ich auf dem Korridor. So wie die Dinge sich entwickelt hatten, musste mein Vater wohl doch noch ein wenig auf unser wichtiges Gespräch warten. Es gab noch einiges zu tun, bevor ich mich seinen Angelegenheiten widmen konnte. Ich lief den Weg zurück Richtung Arbeitszimmer und wollte gerade eintreten, als Leif um die Ecke bog.

»Ah, du kommst genau im richtigen Moment«, begrüßte ich ihn erfreut. Ich öffnete die Tür zu meinem Arbeitszimmer und ließ ihn eintreten. Mit einer knappen Geste wies ich ihn an sich zu setzen.

»Ich habe mir noch einmal deine Liste angesehen. Nach langen Überlegungen musste ich mich schweren Herzens dazu entscheiden, meinem Bruder Nathan das Kommando über diese Exkursion zu erteilen. Er braucht eine Möglichkeit, sein Ansehen bei unserem Vater zu erhöhen und leidet noch immer unter seinem Ausschluss aus dem Zirkel. Er ist ein erfahrener Soldat und wird diese Mission sicherlich sehr gut leiten.«

Das Strahlen in Leifs Augen verblasste. Hatte dieser Idiot allen Ernstes geglaubt, ich würde ihn diese wichtige Mission leiten lassen? Er hielt den Kopf gesenkt und wie er so da saß, erinnerte er mich an einen kleinen Jungen, der gerade erfahren hatte, dass sein liebstes Haustier verstorben war. Als er den Blick wieder hob, versuchte er seine Enttäuschung sichtlich hinter einem schmalen Lächeln zu verbergen. Dennoch entging mir der Schatten um seine Augen nicht.

»Das ist eine ausgezeichnete Wahl«, pflichtete er mir bei. Doch ich hörte deutlich, wie aufgewühlt er im Inneren sein musste. Trotzdem bewunderte ich ihn für seinen professionellen Umgang mit der Nachricht. Nicht jeder war gut darin, seine Enttäuschungen so geschickt zu verbergen.

»Hast du die anderen Männer denn bereits über die Begebenheiten der Expedition instruiert? Ich denke, es wäre gut, wenn ihr erst weit nach Sonnenuntergang losreitet. Diese Expedition muss unbedingt geheim gehalten werden. Die Menschen sollen nicht unnötig in Alarmbereitschaft versetzt werden, nur weil sie eine größere Gruppe von Soldaten sehen, die die Stadtgrenzen überqueren.«

Leif nickte erneut. »Ich habe die meisten bereits persönlich über den Plan informiert. Diejenigen, die ich bisher noch nicht angetroffen habe, werde ich aber umgehend in Kenntnis setzen, damit es zu keinerlei Verzögerungen kommt. Ich bin mir sicher, wir werden herausfinden, was diese Fremden so weit in unsere Ländereien verschlägt.«

Zufrieden lehnte ich mich in meinem Sessel zurück. Zumindest dieser Plan schien so zu laufen wie er sollte. Ich verabschiedete mich von Leif, ehe er mich in meinen Räumlichkeiten allein ließ.

Unschlüssig tippte ich mit meinen Fingern auf dem hölzernen Schreibtisch herum. Das dumpfe Klopfen im gleichmäßigen Takt beruhigte mich. Aber ich kam nicht umhin, mich zu fragen, wie ich die Angelegenheit mit Zohera klären sollte. Seit unserer letzten, eher unerfreulichen Begegnung hatte ich sie nicht noch einmal in ihrem Gefängnis besucht. Selbstverständlich hatte man ihr weiterhin das Nötigste an Nahrung und Wasser gegeben, aber vielleicht wurde es tatsächlich Zeit, sie aus diesem Loch herauszuholen.

Ich griff in eine der Schubladen und kramte den Zellenschlüssel hervor, um mich auf den Weg in den Kerker zu machen. Bereits nach der Hälfte der Stufen bemerkte ich die Kälte, die im unterirdischen Teil der Burg herrschte. Die Feuchtigkeit schien mir in die Knochen zu kriechen und ich spürte, wie sich alles in meinem Inneren zusammenzog. Ich spielte mit dem Gedanken, wieder kehrt zu machen und mich zurück in mein Zimmer zu begeben, doch es führte kein Weg an dieser Unterhaltung vorbei. Egal, wie lange ich diese unangenehme Angelegenheit vor mir her schob, früher oder später musste ich mich darum kümmern.

Ein Teil von mir bereute mittlerweile den kleinen Gewaltausbruch. Ich hatte Zohera nicht verletzen wollen.

Aber ihre selbstgefällige und selbstsichere Art hatte mich komplett die Kontrolle verlieren lassen. Irgendetwas in mir hatte den unbändigen Drang verspürt, ihr zu zeigen, wer am längeren Hebel saß. Allerdings hatte ich nicht bedacht, dass sich die weitere Zusammenarbeit durch diesen kleinen Unfall erschweren würde. Als ich die letzte Treppenstufe erreicht hatte, wurde ich von zwei hageren Soldaten neugierig beäugt.

»Soberano. Uns hat ... niemand darüber informiert, dass Ihr heute ... hierherkommen würdet«, stotterte der eine mühselig vor sich hin. Der andere umklammerte den Griff seiner Waffe so stark, dass bereits das Weiß seiner Fingerknöchel hervortrat.

Machthaberisch trat ich näher an die beiden heran und musterte sie irritiert. »Ich denke nicht, dass ich mein Kommen und Gehen vor irgendjemandem in dieser Burg rechtfertigen müsste. Oder irre ich mich da?«

Beide schüttelten die Köpfe und traten augenblicklich zur Seite. Schweigend schloss der andere mir die erste Gittertür auf und zog sie, nachdem ich hindurchgegangen war, mit einem lauten Knall wieder zu.

Unterwegs drang kein einziges Geräusch an meine Ohren. Hier unten hielten die Schatten den Atem an. Nur meine Schritte hallten über den nasskalten Boden und kündigten meine Ankunft an.

Als ich die Zelle von Zohera erreicht hatte, rückte ich noch ein letztes Mal meine Jacke zurecht, ehe ich den Zellenschlüssel in sein Schloss schob. Ich drehte den großen Schlüssel mühsam herum und zog die schwere Tür mit einem kräftigen Ruck auf.

Meine Augen mussten das Mädchen erst mühsam suchen, denn die Zelle war so dunkel, dass ich auf den ersten Blick dachte, sie wäre leer. Doch als ich mich an das spärliche Licht gewöhnt hatte, erblickte ich sie. Zusammengekauert in der hintersten Ecke ihres Gefängnisses hockte Zohera auf dem kalten Boden. Ihr Blick war leer und ihre Haut über und über mit Dreck überzogen. *Was ein paar Tage Isolation und Gefangenschaft mit einem Menschen anstellen können*, ging es mir durch den Kopf.

Es schien, als würde sie gar nicht bemerken, dass ich in der geöffneten Zellentür stand. Ihre großen, dunklen Augen starrten zwar in meine Richtung, aber es wirkte auf mich so, als würden sie einfach durch mich hindurchgleiten, statt mich anzusehen.

Dieser Anblick setzte mir mehr zu, als ich zugeben wollte. Ich ging ein paar Schritte auf sie zu und ließ das kleine Häufchen Elend dabei nicht aus den Augen. Kurz vor ihr kniete ich mich hin. »Zohera?«

Es dauerte einen quälend langen Moment, bis sie sich bewegte. Ihr Gesicht wirkte schmaler, als bei unserem letzten Treffen und auch ihre übrige Erscheinung wirkte kläglich.

»Ich hatte nicht damit gerechnet, dich noch einmal hier unten zu sehen«, brachte sie erschöpft hervor und hustete.

Vorsichtig schlüpfte ich aus meiner Jacke und hielt sie ihr entgegen. »Zieh das über. Ich bringe dich hier raus.«

Melia

Nachdem Kilian den Speisesaal verlassen hatte, waren Nathan und ich in ein tiefes Schweigen verfallen. Keiner von uns hatte es gebrochen, bis er irgendwann von seinem Platz aufgestanden und mir in wenigen Worten mitgeteilt hatte, dass er mich jetzt zurück in mein Zimmer bringen würde. Als wir dort angekommen waren, setzte er sich auf einen der Stühle und starrte ins Leere. Nervös tigerte ich durch mein Schlafzimmer und starrte die fremden Gesichter an, die mich von den Wänden aus beobachteten. Sie sahen auf mich herab und ich wurde das Gefühl nicht los, dass sie mich mit einem spöttischen Blick musterten.

So sehr ich es auch versuchte, ich konnte dieser seltsamen Einladung beim besten Willen nichts Positives abgewinnen. Mich nervte es, dass er mir vorschreiben konnte, was ich tat und mit wem ich es tat. Viel lieber hätte ich den heutigen Tag mit Nathan verbracht. Irgendwie befürchtete ich, dass Kilian unsere gemeinsame Zeit mit diesem Vorschlag zu sabotieren versuchte.

Nervös zupfte ich an meinem Oberteil herum und plötzlich fiel mir wieder der Verband ein. Vorsichtig wickelte ich die dünnen Stoffschichten ab und staunte nicht schlecht – alles, was noch an meine schmerzhafte Verletzung erinnerte, war eine leichte Rötung. Vorsichtig fuhr ich mit dem Finger über die Stelle, die vor wenigen Tagen noch stark geblutet hatte und erwartete einen stechendbrennenden Schmerz. Doch dieser blieb aus. Ich zog mein dunkles Oberteil wieder über den Bauch.

»Wie ist das möglich?«, fragte ich Nathan ernst.

Er hob den Kopf und schaute mich fragend an.

»Mir ist klar, dass du viel mehr weißt, als du zugibst. So langsam habe ich ein paar Antworten verdient, findest du nicht auch?« In meinem Innersten sammelte sich erneut Wut.

»Die Schatten ermöglichen alles«, war seine wenig hilfreiche Antwort.

Meine Hand griff nach seiner Schulter und ich zog ihn an mich heran. »Verdammt! Ich habe eure Spielchen langsam satt! Du sagst mir jetzt sofort, wie es möglich ist, dass eine so tiefe Verletzung sich einfach in Luft auflöst! Ich bin doch nicht verrückt«, schrie ich ihn an.

Nathans Augen weiteten sich vor Schreck und erst als ich seinen argwöhnischen Blick sah, wurde mir bewusst, wie verrückt ich auf ihn wirken musste. Sofort ließ ich seine Schultern los.

»Es tut mir leid, ich wollte dich nicht erschrecken«, sagte ich nach einer Weile leise.

Ich erkannte mich selbst nicht wieder. Aber andererseits verlor ich wirklich die Geduld. Die Tatsache, dass mir niemand sagen konnte, was es mit diesen Schatten auf sich hatte und jeder sich nur in kryptische und missverständliche Ausreden flüchtete, brachte mich langsam wirklich um den Verstand.

Ich ging zum Tisch, auf dem eine volle Karaffe mit Wasser stand, und goss mir ein großes Glas ein. Gerade hatte ich den letzten Schluck getrunken, als es an der Zimmertür klopfte.

Dass Kilian überhaupt klopfte. Immerhin spielte er sich oft genug als Herrscher über alles und jeden auf. Doch die Tür wurde nicht geöffnet.

Neugierig blickte ich zu Nathan, der mich fragend ansah.

»Herein!«, rief ich genervt.

Kilian

Als ich Melias Zimmer betrat, konnte ich sehen, wie sich ihr Gesichtsausdruck verfinsterte.

»Bist du soweit?«

Sie nickte und ich reichte ihr die Hand. Doch anstatt sie zu greifen, lief sie zielstrebig an mir vorbei in Richtung Tür.

»Kommst du jetzt?«, fragte sie genervt.

Ich biss die Zähne aufeinander und verkniff mir die Worte, die durch meinen Kopf geisterten. Wieso musste dieses Mädchen es auch immer so überreizen?

Sie blickte mich fragend an und einen Moment genoss ich es, die Oberhand zu haben. Immerhin konnte sie jetzt nicht einfach vorpreschen, denn sie wusste nicht, wohin wir gehen würden. Ich lächelte sie an und lief in gemächlichem Tempo in Richtung des Burghofes.

»Hat dir das Frühstück vorhin geschmeckt?«, versuchte ich, die Stille zwischen uns zu unterbrechen. Es war mir ein Rätsel, wie mein Bruder es schaffte, sie zum Lachen zu bringen. Ich konnte froh sein, dass Melia in meiner Gegenwart nicht aus Protest aufhörte, zu atmen!

Doch Melia blieb stumm. Schweigend liefen wir quer durch die Burg. Langsam kamen mir die ersten Zweifel, ob mein Plan wirklich so eine gute Idee war.

»Was soll das hier eigentlich werden?«, fragte sie kurz vor unserem Ziel. Ihre Hände hielt sie verschränkt vor ihrem

Körper und auch ihre restliche Haltung schrie eigentlich nur eines: Ich will hier weg.

Seufzend blieb ich stehen und sah sie an. Ihr Haar war keinesfalls mehr so zerzaust und verfilzt wie am Anfang, aber das Feuer und das Temperament, das in ihren Augen loderte, war noch immer dasselbe wie bei unserem ersten Aufeinandertreffen.

Trotzig schob sie ihr Kinn vor und untermalte ihre Frage damit, dass sie laut ausatmete.

»Gedulde dich noch einen kurzen Moment.« Ohne ihre Reaktion abzuwarten lief ich weiter.

Als wir den Burghof erreichten, erhellte sich ihr Gesichtsausdruck für einen Moment. Wir waren umringt von wunderschönen Pflanzen und hochgewachsenen Bäumen. Ich liebte diesen Ort.

Doch das war nicht die eigentliche Überraschung. Wir überquerten den grünen, saftigen Rasen und das einzige Geräusch, das uns begleitete, war das Rascheln unter unseren Füßen. Kurz bevor wir das andere Ende des Hofes erreichten, fiel ihr Blick auf die großen Stallungen. Ich schob die schweren Holztüren zur Seite und da standen sie – Cynder und Rash. Cynder schnaubte laut zur Begrüßung und keine Sekunde später stand Melia bereits vor den beiden und streichelte ihnen ihre zierlichen Köpfe.

»Die beiden sind wirklich wunderschön.« Damit hatte sie ausnahmsweise mal recht.

Schnell machte ich mich daran, zu überprüfen, ob das Zaumzeug und der Sattel der beiden Pferde richtig saßen. Ich schnappte mir einen der leichten Jagdbögen und schnallte ihn mir um. Dabei entging mir nicht, wie Melia mich musterte.

»Gehen wir jagen?«, fragte sie ungläubig.

Ich schwang mich auf den Rücken von Rash und blickte von oben auf sie herab. »Nur wenn du auch weißt, wie man mit einem Bogen umgeht«, entgegnete ich locker.

Melia schnappte sich den zweiten Bogen und schwang sich elegant auf den Rücken der Stute. Cynder schnaubte und streckte ihren eleganten Hals in die Luft. Dieses Pferd passte einfach perfekt zu Melia.

Wir trabten über den Hof in Richtung Südtor. Die Wachtposten schauten uns hinterher, als wir die Burg hinter uns ließen und gemächlich über die umliegenden Felder ritten.

»Kannst du denn einfach so ohne Begleitung verschwinden?«, fragte sie. Ihre Stimme klang nicht mehr so bissig. Ich lenkte Rash etwas nach rechts, um besser mit Melia reden zu können. Sie zog die Zügel von Cynder enger.

»Wer sollte mich denn daran hindern?«, fragte ich zurück.

»Ich dachte, du bist der Herrscher über die Stadt. So eine Art König. Ist es nicht gefährlich für dich, hier draußen ohne Schutz umherzureiten? Dir könnte etwas passieren?«

Ihre plötzliche Sorge wunderte mich. Doch dann begriff ich, dass sie sich nicht um mein Wohlergehen kümmerte, sondern einfach nur wissen wollte, ob mein Handeln riskant und töricht war, weil ich die Verantwortung über eine riesige Stadt besaß.

»Wer sollte mir hier denn etwas tun wollen? Die Menschen in der Stadt haben ein gutes Leben. Ein sicheres Leben. Sie leiden keinen Hunger und es mangelt ihnen an nichts. Ich habe nichts zu befürchten.«

Eine leichte Brise wehte uns entgegen und Melia drosselte das Tempo und strich sich die Haare aus dem Gesicht.

»Es ist wirklich schön hier.« Sie ließ ihren Blick umherschweifen.

»Ja, Sombra und sein Umland sind fruchtbar. Das war aber nicht immer so. Die Menschen zahlen für dieses Privileg einen hohen Preis.« Ich streichelte über das dunkelbraune Fell von Rash, ehe ich ihn in einen kräftigen Galopp fallen ließ. Mein letzter Ausflug hierher war schon so lange her, dass ich mich nicht einmal mehr daran erinnern konnte. Früher, als Vater noch Soberano von Sombra gewesen war, hatten Nathan und ich uns fast jeden Tag hier draußen herumgetrieben.

Wir waren stundenlang umhergeritten, waren auf Bäume geklettert und hatten darüber gerätselt, wie die Welt da draußen wohl aussah. Mir fehlte diese unbeschwerte Zeit, als ich nur der kleine Bruder des zukünftigen Soberanos gewesen war. Damals war ich frei gewesen und hatte mein Leben so gelebt, wie es mir gepasst hatte. Mittlerweile hielt ich hunderte Leben in der Hand. Die Verantwortung für eine ganze Stadt wog schwer, viel schwerer als alles andere. Wieder hier draußen zu sein, ohne Druck, fühlte sich so vertraut an.

Als wir näher in Richtung Wald kamen, ließen wir die Pferde wieder in einen leichten Trab fallen. Cynder stieß ein helles Wiehern aus und Melias Wangen hatten ein leichtes, frisches Rot angenommen. Sie wirkte das erste Mal seit unserem Aufeinandertreffen lebendig. So, als sei sie innerhalb der Stadt nur eine leere Hülle gewesen. Ihr Gesicht wirkte entspannt und auch ihre übrige Körperhaltung war bei Weitem nicht mehr so verkrampft.

»Du kannst wirklich gut mit Pferden umgehen«, lobte ich sie aufrichtig. »Cynder kann eine richtige kleine Diva sein, wenn sie will.«

Melia streichelte die helle Stute sanft. »Wir lernen bei der Schwesternschaft sehr früh den Umgang mit Pferden. Für mich war der Reitunterricht immer das Einzige, was mich wirklich interessiert hat.«

An einem der großen Apfelbäume, die am Waldrand standen hielten wir an. Ich schwang mich aus dem Sattel und auch Melia saß ab.

»Hier riecht es gut«, stellte sie fest.

Ich atmete tief ein. Die Bäume blühten und ein leicht süßlicher Duft schwebte durch die Luft.

»Bald tragen die Bäume wieder ihre Früchte. Du solltest dann mal hierherkommen«, schwelgte ich in Erinnerungen.

Als die Äste immer tiefer hingen und die Büsche immer dichter wurden, blieb ich stehen. »Wir sollten die beiden hier festbinden. Es ist nicht mehr weit.«

Ich zog die Zügel über Rashs Kopf und befestigte ihn an dem erstbesten Baum. Der Hengst blähte seine Nüstern auf, ehe er anfing, zu grasen. Melia band Cynder neben Rash an und wir liefen zu Fuß weiter.

»Du hast aber nicht vor, mich jetzt hier im Wald zu verscharren?«, fragte sie etwas kleinlaut.

Bei ihrem besorgten Tonfall musste ich schmunzeln. Doch dann machte es mich traurig, denn ich war mir sicher, Nathan hätte sie diese Frage nicht gestellt.

»Denkst du wirklich *so* schlecht von mir?«

Sie warf mir einen kurzen Seitenblick zu, ehe sie mit ihrer Hand einen tiefhängenden Ast beiseiteschob. »Wundert dich das denn ernsthaft? Du gibst dir doch seit meiner Ankunft alle Mühe, dass ich dich verachte.«

Wir liefen an einem großen Baumstumpf vorbei.

»Das war nie meine Absicht«, versuchte ich das Gespräch weiterzuführen.

Doch Melia schwieg den restlichen Fußmarsch über.

Wenig später waren wir am Ziel angekommen. Eine kleine Lichtung, die sich inmitten der vielen dichtgewachsenen Bäume offenbarte. Es war Jahre her, dass ich hier gewesen war, aber dieser unberührte Ort hatte nichts von seinem Charme eingebüßt. Die Sonne tauchte die Umgebung in ein helles, freundliches Licht und vor uns befand sich das alte Baumhaus, das Nathan und ich als Kinder gebaut hatten. Es hing etwas schief in einem der größeren Bäume.

»Wow. Das ist ja unglaublich!«, stieß Melia aus. Sie stürmte über die Lichtung und blieb unter dem Baumhaus stehen.

Ich folgte ihr langsam und stellte mich neben sie. »Das ist das Werk von Nathan und mir. Als wir jünger waren, haben wir diesen Ort gemeinsam entdeckt und dieses Baumhaus gebaut. Ich war schon Jahre nicht mehr hier und dachte vielleicht, es wäre mal wieder Zeit, nach dem Rechten zu sehen.«

Melias Blick richtete sich fragend nach oben. »Meinst du, es hält noch?«

Ich war mir ehrlich gesagt nicht so sicher, wie stabil diese Konstruktion letztlich war. Andererseits waren es lediglich ein paar aneinandergereihte Holzbalken, auf denen man sich zu zweit eng nebeneinanderhocken konnte und ein kleines Dach, das vor dem Regen schützte.

»Warte kurz, ich schau mal nach, wie stabil es noch ist.« Ich reichte ihr meinen Bogen und schwang mich an einem der unteren Äste nach oben. Erst jetzt wurde mir bewusst, wie lange es her sein musste, dass ich diesen Baum hinaufgeklettert war. Meine Hände griffen nach einem der größeren Äste und ich stemmte meinen Körper mühsam hinauf. Dann zog ich meine Beine an und versuchte, mich auf dem Ast aufzustellen, um an eine der Eisenketten zu gelangen, die von der Plattform hinunterbaumelten. Ich ging leicht in die Hocke, federte mit den Knien nach, sprang und ergriff die Kette.

Stück für Stück zog ich mich hinauf. Doch die alten Glieder der Kette hielten mein Gewicht nicht aus und ich landete unsanft auf dem Waldboden. Die Wucht des Sturzes presste mir sämtliche Luft aus den Lungen und ich rang nach Atem. Mein Rücken fühlte sich taub an und mein Kopf dröhnte.

Sofort tauchte Melias Gesicht in meinem Sichtfeld auf. »Hast du dir wehgetan?«, fragte sie leise. Sie hielt mir die Hand entgegen und ich griff danach. Mit aller Kraft versuchte sie, mich wieder auf die Beine zu hieven, doch statt mich hinaufzuziehen, wurde sie von meinem Gewicht ebenfalls zu Boden gedrückt.

Und dann geschah etwas, das mein Herz berührte, wie nichts zuvor. Melia fing an zu lachen. Nicht so abfällig wie bei unserer letzten Begegnung, es klang herzlich. Der Laut schallte über die gesamte Lichtung und mir wurde warm. Ich ließ mich ebenfalls wieder auf den Rücken fallen und stimmte ein. Dabei drehte ich den Kopf zu Melia, deren Wangen einen rötlichen Ton angenommen hatten.

Es dauerte eine halbe Ewigkeit, bis unser Gelächter verstummte, doch wir blieben auf dem Boden liegen.

»Das Klettern sollten wir unbedingt noch einmal üben«, brachte sie prustend hervor. Ihre Worte schienen nicht boshaft gemeint zu sein. Der Ton ihrer Stimme klang neckend, herausfordernd, aber nicht verletzend. Zum ersten Mal trafen sich unsere Blicke und die Wucht der Erkenntnis, wie schön sie war, überwältigte mich.

Ich rappelte mich auf und kniete vor ihr im Dreck. Erneut reichte ich ihr meine Hand und ein Teil von mir befürchtete, dass sie sie auch dieses Mal nicht nehmen würde. Doch sie richtete sich langsam auf und griff danach.

Als wir beide wieder festen Boden unter den Füßen hatten, warf sie erneut einen Blick nach oben und noch ehe ich ein Wort sagen konnte, hatten sich ihre Hände schon um den ersten Ast geschlungen.

»Sei bitte vorsichtig«, rief ich ihr zu.

»Also, das Holz scheint nicht morsch zu sein«, rief sie mir von oben aus zu.

»Hier oben liegt ein Seil, warte, ich werfe es dir herunter.« Sie verschwand kurz aus meinem Sichtfeld, tauchte aber wenig später wieder am Rande der Plattform auf. »Ich hoffe dieses hält besser.«

Das hoffte ich auch, denn noch so einen Sturz würde ich vermutlich nicht so unbeschadet überstehen.

Ich griff nach dem Seil und zog mich erneut nach oben. Als ich die Kante der Plattform erreichte, wackelte diese für einen Moment. Erleichtert zog ich mich hoch und blieb auf dem Bauch liegen.

»Die Aussicht von hier oben ist wirklich atemberaubend«, schwärmte sie.

Mein Blick wanderte über die vielen Baumwipfel und blieb weit hinter dem Horizont hängen. Während über uns die Sonne schien, braute sich dort hinten eine bedrohliche, graue Masse zusammen.

»Was ist das?« Ihre Stimme war nicht mehr als ein leiser Hauch.

»Wir nennen es ›*Das Hinterland*‹. Aber so wirklich weiß niemand, was abseits der Grenzen von Sombra noch alles liegt.«

Ein starker Windstoß wehte uns entgegen.

»Meinst du, dort leben noch andere Menschen?« So zögerlich wie sie diese Frage stellte, war ich mir sicher, dass sie die Antwort darauf schon kannte.

»Die Frage ist nicht, ob dort Menschen leben, sondern ob diese Menschen dort so wie wir leben.«

Ihr Blick blieb noch eine Weile auf dem weit entfernten dunklen Fleck am Horizont gerichtet, ehe sich ihr Gesicht wieder erhellte.

Ich rückte etwas näher an sie heran und hob den Arm.

»Siehst du diese Felsen dort hinten?« Als sie nickte, fuhr ich fort. »Mein Onkel hat uns, als wir kleiner waren, immer erzählt, dass dort Wesen leben, die die Sonne scheuen und sich deshalb in den tiefen Tunneln unter den Felsen verstecken.«

»Euer Onkel hat ja einen komischen Geschmack, was Gute-Nacht-Geschichten angeht.«

Doch ich sah ihr an, dass meine Worte sie grübeln ließen.

»Warum bin ich hier?«, fragte sie mich plötzlich.

Ich ließ meine Beine von der Plattform baumeln. »Weil dir etwas frische Luft eindeutig mal gut tut.«

Sie wollte gerade zu weiterem Protest ansetzen, als ich sie mit einer knappen Geste unterbrach.

»Schon gut«, sprach ich weiter. Ich suchte nach den richtigen Worten. Doch was sollte ich ihr sagen? Die Wahrheit? Selbst wenn ich kein notorischer Lügner wäre, könnte ich dem Mädchen keine ehrliche Antwort auf ihre Frage geben.

Sie blickte mich erwartungsvoll an und ein Teil von mir wollte sie nicht länger belügen. Ich wollte, dass sie mir vertraute, auch wenn ich nicht wusste, wieso. Seit ich Herrscher über die Stadt geworden war, hatte sich mein Leben so sehr verändert, dass ich diesen herrlich normalen Moment außerhalb der Burg nicht ruinieren wollte. Das Risiko, dass Melia wütend davonlaufen würde oder mir Vorwürfe machte wollte ich einfach nicht eingehen.

Ich stützte mich mit meiner Hand auf der Plattform ab und wollte mich gerade zu ihr herumdrehen, als sie ihre Finger auf meine legte. Als ich ihr in die Augen sah, spürte ich den Strudel, in den mich ihr Blick hinab zog. Die Abwärtsspirale der Wahrheit. Hell und warm, ohne Schatten, ohne Lügen und Verrat. Nur kurz schloss ich die Augen, um diesen Moment für immer in meinen Erinnerungen zu verschließen.

»Kannst du mir denn nicht einfach die Wahrheit sagen?«, flüsterte sie mir ins Ohr. Sie zog ihre Hand zurück und sofort fröstelte es mich.

»Es ist so viel komplizierter als du vielleicht denkst«, versuchte ich, mich zu rechtfertigen. Ich rückte näher zu ihr und berührte sie sanft an der Schulter.

»Hör mir zu. Bitte«, bat ich sie.

Melia nickte kaum merklich. Aber es genügte. Es genügte, um das erste Mal in meinem Leben ein Mann zu sein, der die Wahrheit sprach. Ohne Eigennutz, ohne Hintergedanken. »Du wurdest nach Sombra gebracht, weil mein Vater es so wollte.«

Melia drehte den Kopf und strich sich eine Haarsträhne aus dem Gesicht. »Weil dein Vater es so wollte?«, fragte sie ungläubig.

Ich nickte.

»Das kann doch aber nicht sein«, stotterte sie.

»Also, ich wurde von euch entführt, weil ...«

Als ich sie näher an mich heranzog, spürte ich, wie ihr Körper anfing zu beben.

»... weil du für die Pläne meines Vaters von großer Bedeutung bist«, beendete ich ihren Satz.

Sie schmiegte sich an mich, nahm den Schutz, den ich ihr bot, dankend an. Das erste Mal seit unserem Aufeinandertreffen war ich Melia wirklich nah.

»Was weißt du noch?«

Ich schluckte, presste meine Kieferknochen aufeinander, um nicht sprechen zu müssen. Aber ich musste, ob ich wollte oder nicht. »Alles, was ich weiß ist, dass mein Vater gestern Abend mit mir reden wollte. Er sagte, es sei dringend. Aber ob es dabei um dich ging weiß ich nicht. Es tut mir leid, aber ich bin im Grunde genauso unwissend wie du.«

Langsam löste sie sich aus der Umarmung und blickte mir mit ihren braunen Augen entgegen.

»Immerhin weiß ich jetzt, dass nichts dem Zufall überlassen wurde.« Melia ließ ihre Schultern sinken und lehnte sich ein Stück nach hinten. Es wirkte, als sei etwas in ihr gestorben. Der Funke, der ihre Augen gefährlich glitzern ließ, war erloschen.

Wir blieben noch einige Zeit dort oben zwischen den Bäumen sitzen, lauschten der Stille der Bäume und hingen unseren Gedanken nach.

Melia legte den Kopf auf meine Schulter. Ich wusste, dass dies ein gewaltiger Fehler war, aber die Wahrheit, oder zumindest ein Teil davon, fühlte sich befreiend an. Trotzdem hatte ich ihr verschwiegen, dass ihre beste Freundin viel tiefer in der ganzen Sache mit drinsteckte, als sie ahnte. Wie viel Verrat konnte ein Mensch ertragen, bevor er an der Dunkelheit zerbrach? Wie viele Lügen hielt ein Menschenherz aus, bevor es zerbrach? Ich wusste es nicht und würde es vermutlich auch niemals erfahren. Das letzte, was ich wollte, war Melia zu verletzen und wenn ich sie dafür belügen müsste, dann würde ich das tun. Immer und immer wieder!

»Musst du nicht langsam wieder zurück?«, fragte sie irgendwann.

»Strenggenommen hätte ich niemals weggehen dürfen, also denke ich, haben wir noch etwas Zeit«, sagte ich grinsend.

Die Wolken in der Ferne waren nähergekommen und die Dunkelheit zog immer größere Kreise. Ein Blitz zuckte am Horizont über den Himmel. Weit entfernt konnten wir das Leuchten erkennen.

»Das ist wunderschön!«

Violette Lichtblitze gesellten sich zum ersten und tauchten die Wolken in ein fremdartiges Licht.

»Glaub mir, wenn ich dir sage, dass es nur aus dieser Entfernung wunderschön ist. Ich habe so einen Sturm schon einmal aus nächster Nähe erlebt und daran war überhaupt nichts schön.« Vorsichtig stand ich auf. »Komm, ich helfe dir runter.«

Doch Melia sprang auf die Füße und winkte ab. »Wenn du so langsam herunterkletterst, wie du heraufgeklettert bist, dann kann es sich ja nur noch um Stunden handeln.«

Elegant hangelte sie sich die Plattform hinunter und griff nach dem ersten Ast, den sie in die Finger bekam. Als wir beide sicher am Boden angekommen waren, hoben wir die Bögen auf und liefen zum anderen Ende der Lichtung.

»Hattest du gar keine Angst, dass ich dich mit einem Pfeil töte?« Sie hielt den Bogen selbstsicher zwischen ihren Händen.

Ich drehte mich zu ihr herum und musterte sie kurz. »Du bist keine Mörderin. Du würdest eher an dieser Tat zerbrechen, als dass sie dir Genugtuung verschaffen würde.«

»Wer sagt denn, dass ich aus Vergnügen töten würde? Ich würde für meine Freiheit töten.« Sie blickte mich herausfordernd an, doch ich wollte diesen flüchtigen Augenblick der Ruhe zwischen uns nicht mit einer albernen Neckerei zerstören.

Wie hatte ich glauben können, sie würde durch meine Schatten hindurchblicken können? Für sie war ich nach wie vor noch der Feind, der sie gefangen hielt in einer Stadt, die sie zutiefst verachtete.

Wir liefen weiter zwischen den Bäumen hindurch und wenige Minuten später erreichten wir den Waldrand. Vor uns standen drei ziemlich heruntergekommene, alte Holzscheiben, deren Farbe bereits fast vollständig ausgeblichen war.

»Ist das ein Schießstand?«, fragte Melia.

»Na also zumindest war es mal einer. Anscheinend hat die Natur sich diesen Platz schneller zurückgeholt, als gedacht.«

Ich schritt auf die verwitterten Ziele zu und befreite sie grob von Moos und allerlei Efeu, das sich um die Scheibe gewickelt hatte. Anschließend holte ich mein Messer aus der Tasche und zog die Kreislinien nach, die die verschiedenen Ringe auf der Scheibe bildeten. Als ich mich umdrehte, war Melia gerade dabei, den Bogen zu spannen.

Sofort zog sich mein Herz zusammen. Sie würde doch nicht …

Ich schritt langsam auf sie zu und spürte nur noch einen feinen Luftzug, der an meinem Gesicht entlangwehte.

Als ich mich umdrehte, steckte ein Pfeil in der Scheibe. An der Stelle, an der ich eben noch gestanden hatte!

»Bist du verrückt?«, schrie ich.

Doch sie hielt den Bogen wie selbstverständlich in den Händen und lächelte mich an. »Wenn ich dich hätte treffen wollen, dann hätte ich das auch. Also entspann dich!«

Sie legte einen weiteren Pfeil nach, schoss und traf in die Mitte der alten Holzscheibe.

»Anscheinend hast du das schon einmal gemacht?«

Melia strich vorsichtig über den Bogenrücken. »Scheint wohl so. Der ist wirklich wunderschön. Wer hat ihn gebaut?«

Ich ging auf sie zu und nahm ihr die Waffe aus der Hand. »Unser Waffenmeister. Aber unsere Bögen sind eher für den Zeitvertreib

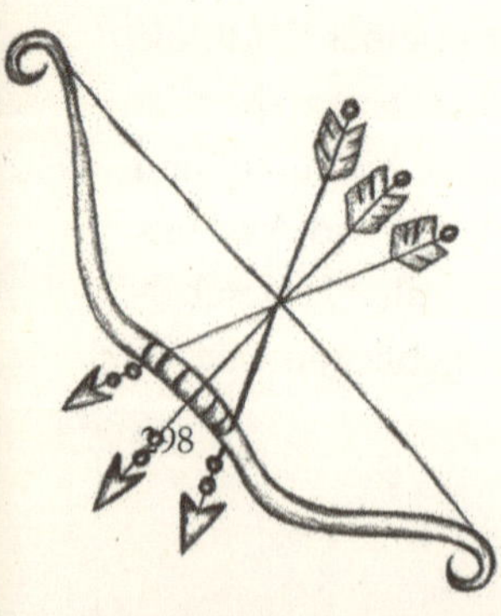

gedacht. Wenn wir kämpfen, dann mit richtigen Waffen.«

Melia legte den Kopf schräg und schien zu überlegen.

»*Richtige* Waffen?« Ihre Stimme klang vorwurfsvoll, fast schon abwertend.

»Na, du weißt schon, Waffen aus der alten Welt.«

Ihre Augen weiteten sich. Ich konnte nicht sagen, ob vor Angst oder weil sie die Antwort schockierte.

»Meinst du nicht, die alte Welt hat sich aus einem bestimmten Grund versucht zu reinigen? Vielleicht wollte sie genau diese Waffen und ihre Macht vernichten?«

Sie klang völlig überzeugt.

»Glaubst du alles, was dir deine Schwesternschaft in den letzten Jahren über erzählt hat? Denn ich bin mir sicher, dass es *nicht* die Wahrheit war. Die Welt hat sich nicht selbst gereinigt. Es waren Menschen, die Krieg geführt haben. Sie wollten Macht und diese forderte viele Opfer. Wach endlich auf, Melia! Du glaubst die Bewohner Sombras wären schlecht und verlogen und vielleicht sind sie es auch. Aber immerhin stehen sie dazu. Deine Schwesternschaft in Mentira ist doch kein bisschen besser.«

Meine Stimme war immer lauter geworden und ein Knoten bildete sich in meiner Brust. Ich wollte sie nicht so anschreien, doch ihre Blindheit und ihr Glaube an die Wahrheit machten mich manchmal krank.

»Ach und du weißt also alles über die alte Welt? Dein toller Vater ist also immer ehrlich zu dir und erzählt dir die Dinge, die wichtig sind? Das klang vorhin noch ganz anders. Du kannst einfach nicht verstehen, dass es Menschen gibt, die nicht so sind wie du. Ich lebe gerne an einem Ort, an dem die Menschen sich nicht belügen und auch wenn es dir vielleicht schwer fällt es zu glauben: Ich denke, du würdest dich dort auch wohler fühlen. Du tust immer so unnahbar und böse, dabei willst du doch nur die Anerkennung deines Vaters. Würdest du selbst mal darüber nachdenken, dann wüsstest du, dass du so viel mehr ohne ihn erreichen könntest.«

Sie stapfte wütend davon. Ihre Worte hingen noch eine Zeit lang im grünen Blätterdach des Waldes und hallten in meinem Kopf wider. Ich legte die beiden Bögen zur Seite und ließ mich ins Gras fallen. Sie würde schon wieder zurückkommen. Wo sollte sie sonst auch hin?

Trotzdem konnte ich ihre Worte nicht verdrängen, denn zumindest ein Teil von ihnen war richtig – Alles was ich wollte war, dass Ascan stolz auf mich war. Und ich hatte immer und immer wieder versagt. Vielleicht wurde es wirklich langsam Zeit, meinen eigenen Weg zu gehen. Die Worte meines Vaters waren lange Zeit alles gewesen, worauf ich gehört hatte. Nathan hatte mich immer vor ihm gewarnt, vor seiner Manipulation und seiner Gier nach Macht. Ich war blind gewesen, taub und stur. Als ich mich auf den Rücken fallen ließ und nur kurz die Augen schloss, hörte ich ein Rascheln zwischen den Bäumen. Als ich mich umdrehte, stand dort Melia.

»Ich will wieder zurück.« Sie zog sich erneut zwischen die Bäume zurück.

Den Weg zu den Pferden sprachen wir kein Wort. Die Stimmung war noch viel kälter als bei unserer Ankunft. Sie hatte sich nur noch weiter von mir entfernt und dieses Gefühl, das sich in meiner Brust ausbreitete, war verabscheuungswürdig. Melia hatte mich gebrochen und sie wusste es nicht einmal.

Taron

Als ich aufwachte, brummte mein Schädel wie ein Hornissennest. Vorsichtig öffnete ich die Augen, doch um mich herum war alles dunkel. Ich versuchte mich umzublicken, doch als ich aufstehen wollte, hielten mich meine zusammengebundenen Hände davon ab. Noch immer lag ich gefesselt im Dreck, aber immerhin befand ich mich nicht mehr in der dunklen Höhle.

Diesmal lag ich in einem Zelt, zumindest vermutete ich das. Über mir war dunkler Stoff gespannt, der kein Licht von außen hineinließ. Im Inneren dieses Unterschlupfs befanden sich viele Kisten und Regale. Sie reihten sich am Rande der Plane aneinander. Was waren das bloß für eigenartige Fremde und was zur Hölle war ihnen zugestoßen? Ihre Augen gingen mir einfach nicht mehr aus dem Kopf! Sie erinnerten mich an die Menschen, die ich mit Kilian damals im Sperrbezirk gefunden hatte. Diese Augen würde ich niemals vergessen. Sie verfolgten mich manchmal noch immer in meinen Träumen. Genauso wie ihre fahle, von Adern durchzogene Haut, die so dünn war, wie Pergamentpapier. Vergeblich versuchte ich, meine Fesseln zu lösen, die unangenehm in meine Handgelenke schnitten. Ich rieb sie immer und immer fester gegen eine der Holzkisten, in der Hoffnung, dass sich das Tau löste. Doch das Einzige, das sich löste, war meine Haut.

»Scheiße!«, fluchte ich leise, als meine rechte Hand anfing, zu bluten.

»Wie ich sehe, bist du wieder wach«, begrüßte mich die Anführerin der Gruppe. Ihre grauen Haare und die helle Haut verschmolzen fast im Schatten des Zeltes.

»Wer seid ihr und was ist mit euren Augen geschehen?«, fragte ich sie erneut.

Sie lächelte mich an, ehe sie weiter auf mich zu schritt. »Mein Name ist Ruby und meine Augen sind vollkommen nebensächlich. Ich will wissen, was du in der Einöde dort draußen zu suchen hattest.« Ihre sich verändernden glutroten Augen fixierten mich.

»Ein kleiner Spaziergang, nichts weiter«, entgegnete ich trocken.

Sie beugte sich zu mir hinunter und schlug mir erneut ins Gesicht. »Lüg mich nicht an! Ich weiß, das ist das Einzige, wozu das Schattenpack in der Lage ist, aber mich täuschst du nicht. Sag mir, was du hier draußen willst. Sofort!«

Der Schmerz, der sich sofort wieder durch meinen gesamten Körper zog, ließ meinen Schädel fast explodieren. Diese Ruby hatte einen verdammt harten Schlag auf Lager und ich wollte mir gar nicht ausmalen, wie fest die Rechte von ihrem bulligen Freund wohl war. »Ich komme nicht aus der Stadt.«

Sie hob erneut ihre Hand.

»Ich lüge nicht!«, schrie ich. Unsere Blicke trafen sich und sie verharrte in ihrer Bewegung.

»Du trägst das Auge auf deinem Rücken. Woher bitte kommst du sonst?«

Als ich versuchte, mich aufzusetzen, wurde ich erneut von den Fesseln auf dem Boden gehalten.

»Würdest du mir diese Dinger bitte abnehmen?«, fragte ich Ruby gereizt. Ich fühlte mich wie ein geprügelter Hund, den man in einen Käfig gesperrt hatte. Mir blieb nichts anderes übrig, als mit dieser Frau zu reden, andernfalls würde sie mich erneut bis zur Besinnungslosigkeit verprügeln.

Sie zögerte, zog dann aber ihr Messer hervor und zerschnitt meine Fesseln. Ich rieb meine Hände aneinander, um wieder etwas Gefühl in den Fingern zu bekommen. Dann setzte ich mich auf und lehnte mich erschöpft an eine der Holztruhen.

»Vor einiger Zeit arbeitete ich für den Zirkel und erledigte für ihn die Drecksarbeit. Aber ich konnte es irgendwann nicht mehr. Als ich aufhören wollte, war das ihre Art, sich bei mir für die Zusammenarbeit zu bedanken.«

Ruby hielt noch immer das Messer in der Hand, sie wirkte unschlüssig, ob sie mir glauben sollte oder nicht. Ihre Stirn war in Falten gelegt und man sah ihr an, wie sie die Worte auf ihre Wahrheit prüfte.

»Das klingt nach Ascan«, sagte sie nur, ehe sie mir den Rücken zuwandte.

»Es war nicht Ascan, sondern sein Sohn.«

Ruby drehte sich noch einmal um und atmete hörbar aus. »Ist doch völlig egal. Die Zügel in dieser Stadt hält Ascan in seinen Händen. Niemand sonst. Aber das wird sich schon sehr bald ändern.« Sie verschwand wieder aus dem Zelt.

Unschlüssig ob ich ihr nach draußen folgen sollte, stöberte ich in den Regalen und beäugte die Holzkisten genauer. Die meisten von ihnen waren leer, doch in einigen lagen Waffen. Die Regale waren mit Messern, Dolchen und allerlei Proviant gefüllt und der Tisch in der Ecke war über und über bedeckt mit Karten und dichtbeschriebenen Briefen. Gerade als ich einen von ihnen in die Hand nahm, um ihn zu lesen, betrat jemand das Zelt.

»Kommst du jetzt endlich?«, fragte Ruby mich genervt.

Ich ließ das Papier wieder auf den Tisch fallen und folgte ihr hinaus.

Der Himmel war in ein helles Grau getaucht und die Sonne war nirgends zu sehen. Die Gegend wirkte trostlos und leer. Das Gras, das sich rund um das Zelt herum befand, war allenfalls gelblich. Die meisten Halme waren verdorrt und der Wind ließ die wenigen verbliebenen Halme wild hin und her tanzen. Die Bäume waren kahl und ihre Äste wirkten verkommen und leblos.

»Kein Vergleich zu den saftig-grünen Wäldern rund um Sombra, oder?«, fragte mich der große Typ, der neben der Feuerstelle stand. Er ballte die Hände zu Fäusten und hatte sichtlich Mühe, die Beherrschung nicht zu verlieren. »Du hast ja gar keine Ahnung, wie gut es dir geht.« Seine Stimme klang vorwurfsvoll und anklagend, dabei hatte ich keinen blassen Schimmer, was diese Fremden überhaupt von mir wollten. Ich blickte zu Ruby, deren Haut im hellen Tageslicht fast durchsichtig schimmerte. Als sie meinen Blick bemerkte, wich sie ihm aus.

»Wir sehen gruselig aus, oder?«, fragte der wütende Typ in die Stille hinein. Niemand antwortete ihm.

»Wenn du nur wüsstest! Ihr lebt wie die Maden im Speck und einen knappen Tagesritt entfernt verrecken die Menschen elendig. Du machst mich einfach krank. Ihr habt es nicht verdient, zu leben, während wir sterben.« Er schnaubte verächtlich, ehe er Richtung Zelt verschwand.

»Ist der immer so aggressiv?«, fragte ich nach einer Weile, um die Stille zu durchbrechen.

Ruby ließ sich auf einer der Decken nieder und schwieg. Ich wollte es dabei belassen und mich ein wenig umschauen, als eine weitere Person das Lager betrat.

»Du wärst genauso wütend, wenn du so ein Leben führen müsstest wie wir. Wir sind bis an den Rest unseres Lebens gezeichnet und können unsere Herkunft vor niemandem verbergen.«

Ein junger, athletischer Mann, mit hellem, blonden Haar näherte sich. Zielstrebig steuerte er auf Ruby zu und umarmte sie. Sie küssten sich innig und das erste Mal seit meiner Gefangennahme wurde mir wieder bewusst, weshalb ich überhaupt hier war. Ich musste endlich weiter. Schließlich hatte ich keine Ahnung, wieviel Zeit Melia noch blieb.

»Ich störe eure Zweisamkeit nur ungern, aber könntet ihr mir nun endlich verraten, was ihr von mir wollt? Ich war auf einer wichtigen Reise und ich muss unbedingt weiter.«

Die beiden ließen nur widerwillig voneinander ab, ehe sich der junge Mann mir zuwandte. »Wohin warst du unterwegs?«, fragte er.

Ich schwieg. Konnte ich diesen Fremden meine Pläne wirklich anvertrauen? Ich wusste es nicht. Andererseits würde ich mein Ziel niemals erreichen, wenn sie mich nicht endlich frei ließen.

»Ich war auf dem Weg nach Mentira.«

Die beiden schauten sich überrascht an. »Mentira? Was verschlägt einen Mann aus der Schattenstadt denn bitte dorthin?«, fragte Ruby neugierig.

»Ich muss meine Freundin retten.«

Ruby ging zu einer großen, roten Kiste und zog eine Flasche hervor. Sie lächelte ihrem Freund zu und dieser griff ebenfalls in die Kiste, um drei Becher herauszufischen.

»Wenn es um ein Mädchen geht, dann bin ich ganz Ohr«, entgegnete er nur. Er schob mir den Becher zu, den Ruby kurz darauf mit einer braunen Flüssigkeit füllte.

»Was ist das?«, fragte ich zögerlich. Der Geruch war schwer zu definieren, aber es war auf jeden Fall etwas Alkoholisches.

»Das, mein Lieber, ist der beste Rum aus Sedimento, den du jemals trinken wirst.«

Als ich davon getrunken hatte, fühlte sich meine Kehle an, als hätte ich flüssiges Feuer hinuntergeschluckt. Mein Körper ging innerlich in Flammen auf und meine Hände wurden feucht. Doch nachdem das Brennen nachließ, entfaltete sich ein süßliches Aroma in meinem Mund, das mich an einen schönen, warmen Frühlingstag erinnerte. Während ich nur einen Schluck von diesem Rum probierte, hatten die beiden anderen bereits die Hälfte des Bechers geleert. Ich wusste nicht, ob ich sie für verrückt halten oder sie für ihre Resistenz bewundern sollte.

»Ich bin übrigens Crane«, stellte der junge Mann sich vor.

»Jaron«, gab ich zurück. Wir saßen noch eine Weile da und tranken Rum, während der Wind stärker wurde und der Himmel eine immer dunklere Farbe annahm.

»Es zieht ein Sturm auf«, sagte Ruby irgendwann. Die beiden fingen an, die Sachen, die draußen verstreut lagen, zusammenzusuchen und in das Zelt zu verfrachten. Kurz danach kamen auch der Kerl und seine Freundin wieder auf das Lager zugerannt.

»Los, wir müssen in die Höhle!«, schrie der Große uns von Weitem entgegen.

Crane packte mich am Arm und zog mich hinter sich her. Wir liefen zwischen den großen Felsen hindurch und gelangten so zu dem großen Höhleneingang. Während wir in das Innere eilten, zündete Ruby die Fackeln an den Wänden an.

Nachdem der kleine Vorraum der gewaltigen Höhle in ein schummeriges, warmes Licht getaucht wurde, starrten mich die Fremden erneut erwartungsvoll an.

»Also, du warst auf dem Weg nach Mentira, weil du eine Freundin retten musst«, fragte Ruby schließlich. Die anderen beiden schauten überrascht.

»Das ist alles etwas komplizierter. Sie wird in der Schattenburg gefangen gehalten und das alles ist allein meine Schuld. Sie ist eine Schwester der Ruína und ich hab' das Gefühl, dass die Schwesternschaft mehr weiß, als sie zugeben möchte.«

»Crane, du glaubst diesem Lügner ja wohl nicht etwa, oder?«, stichelte der Große.

»Was ich glaube oder nicht, ist nicht wichtig, Dom.«

Dom funkelte mich böse an, ließ das Thema aber vorerst auf sich beruhen.

»Ich weiß nicht, ob dir bewusst ist, dass in Mentira kein Mann so ohne weiteres Zutritt hat. Aber wir kennen einen Weg hinein. Du könntest dich ungesehen in die Stadt schleichen und dort tun, was auch immer du vorhast.« Ruby lächelte und ihre rötlichen Augen funkelten erneut in der

Dunkelheit der Höhle. Die kleinen Punkte flackerten wild um ihre Pupille. Fast, als würden wilde Flammen in ihren Augen tanzen.

»Wo ist der Haken?«, fragte ich. Ich wusste, dass diese Hilfe einen Preis haben würde. Diese Fremden hatten mich gefangen genommen und übel zugerichtet, sie würden mich nicht aus purer Nächstenliebe unterstützen.

»Wir helfen dir bei deinem Weg hinein. Wenn du hast, was du willst, begleitest du uns zurück nach Sombra und hilfst uns dabei, in die Burg zu gelangen.«

Cranes Stimme wirkte ruhig und gelassen. Ruby und er warfen sich vielversprechende Blicke zu. Ich musste ein wahrer Glücksgriff für diese Truppe sein. Mir war bewusst, dass ich keine andere Möglichkeit hatte, als diesem Deal zuzustimmen. Dennoch würde ich es ihnen nicht so leicht machen, weshalb ich mir mit meiner Antwort etwas Zeit ließ.

»Also?«, drängte Crane.

»Ihr helft mir also unerkannt in die Stadt zu kommen und im Gegenzug bringe ich euch zur Schattenburg?«

Crane nickte und auch Ruby stimmte zu.

»Einer von euch begleitet mich mit hinein. Ich kenne mich dort nicht aus und weiß nicht, wer bei den Schwestern das Sagen hat.«

Cranes Gesicht verfinsterte sich. Doch noch ehe er antworten konnte, kam Ruby ihm zuvor: »Ich begleite dich hinein und helfe dir bei was auch immer du dort drinnen zu suchen hast. Aber wenn du hast, was du wolltest, dann begleiten wir dich zurück. Wenn dein Mädchen sowieso in der Burg festsitzt, dann haben wir denselben Weg vor uns, richtig?«

»Einverstanden. Aber ich will wissen, was ihr dort wollt.«

Ruby und Crane warfen sich einen verstohlenen Blick zu, doch keiner der beiden antwortete mir.

»Wir wollen etwas von dort stehlen«, mischte Dom sich ein.

Langsam schritt ich durch die Höhle und versuchte, meine Gedanken zu ordnen. Ich befand mich also mit Dieben in einer Felshöhle, die mir dabei halfen, nach Mentira zu gelangen und als Gegenzug sorgte ich dafür, dass sie den Soberano bestehlen konnten?

»Wir wollen das Auge«, schob Ruby nach.

»So nennt *ihr* es zumindest«, fügte Crane hinzu.

Ich ließ mich auf einen der Schlafplätze fallen und musterte diese eigenartigen Fremden. »Was wollt ihr denn mit dem Auge anstellen?«

Um ehrlich zu sein, war es mir egal, was sie damit vorhatten. Ich kannte es nur aus Erzählungen und wusste nach wie vor nicht, welche der Schauermärchen wahr und welche nur erfunden waren. Kilian hatte immer sehr geheimnisvoll über das Artefakt gesprochen. Für ihn war es eine machtvolle Waffe, meiner Ansicht nach war es der Ursprung allen Übels. Es verdarb die Menschen und nahm ihnen ihre Seelen. Von mir aus sollten diese Fremden es ruhig mitnehmen.

»Unser Volk braucht es«, antwortete Ruby knapp.

»Wir kommen nicht von hier und sind auf einer Art Mission. Wir sollen die Stadt beschatten und im richtigen Moment zuschlagen. Das Umland von Mentira war das ideale Versteck, dachten wir zumindest. Aber dann bist du hier aufgekreuzt, mit deinem Klappergaul.« Ich ignorierte den spöttischen Unterton in Doms Stimme.

»Du solltest einen Plan schmieden, wie du innerhalb der Stadt vorgehen möchtest. Denn wir werden bereits heute Abend aufbrechen. Je eher wir dich nach Mentira bekommen, desto eher bringst du uns nach Sombra.« Crane stand auf und verließ gemeinsam mit den anderen die Höhle. Ich rieb mir erneut über die wunden Handgelenke und begriff zum allerersten Mal, dass ich meinem Ziel immer näherkam. Auch wenn das bedeutete, in der Schuld dieser Diebe zu stehen.

Ich hatte mir zwar überlegt, was ich zu den Schwestern sagen wollte, wenn ich Mentira erreichte. Aber da ich nicht damit gerechnet hatte, unentdeckt in die Stadt zu gelangen, musste ich meinen Plan noch einmal überdenken. Wer auch immer in diese Verschwörung verwickelt war, musste Melia nahe gestanden haben. Es musste also irgendwer sein, dem sie vertraute. Gleichzeitig drängte sich der Verdacht auf, dass jemand aus den oberen Reihen der Ruína von alldem gewusst haben musste. Egal wie ich es drehte und wendete, es blieb dabei, dass ich einfach extrem viel Glück brauchen würde, um die richtigen Antworten zu finden. Nach einiger Zeit, in der ich allein gewesen war, betrat die andere Frau mit dem dunklen Haar die Höhle. Sie schien die Freundin von Dom zu sein, zumindest deutete ich ihren Blick so, als er an uns vorbeilief.

»Wir haben Essen gekocht, falls du Hunger hast«, sagte sie versöhnlich.

»Darf ich dir eine Frage stellen?«

Die Frau schien für einen kurzen Moment nachzudenken, ehe sie leicht nickte.

»Warum leuchten eure Augen eigentlich so?«

Ihr Gesicht blieb emotionslos, einzig die kleinen Fältchen an ihren Augen verrieten eine Regung. »Das ist eine längere Geschichte, befürchte ich.«

Flüchtig wies ich mit meiner Hand neben mich und deutete auf die dort liegenden Decken. »Ich habe heute nicht mehr viel vor.«

Ich war neugierig, was zu dieser Veränderung geführt hatte. Woher kamen diese Menschen und was war mit ihnen geschehen? Auf den ersten Blick schienen sie normal zu sein, aber bereits beim näheren Hinsehen konnte niemand abstreiten, dass das Erscheinungsbild dieser Menschen etwas Beängstigendes an sich hatte.

»Sobald ich uns etwas zu Essen geholt habe, erzähle ich es dir, abgemacht?«

Ich nickte ihr zu und lehnte mich an die Wand. Sie verschwand hinter der nächsten Ecke und kam bereits nach wenigen Minuten mit zwei dampfenden Schalen zurück. »Ich hoffe, du magst Suppe?« Sie reichte mir die Schale und setzte sich vorsichtig neben mich.

Während ich probierte, bemerkte ich im Augenwinkel, wie sie auf meine Handgelenke schielte. Als ich zu ihr sah, senkte sie ihren Blick. »Es tut mir leid. Wir sind eigentlich nicht so grausam. Aber unseren Freunden und Familien läuft die Zeit davon. Wir müssen endlich in diese gottverdammte Burg.«

Ich verschluckte mich beinahe an der heißen Suppe, als ich bitter anfing zu lachen. »Ohne dir zu nahe treten zu wollen, aber die Schläge und Tritte von Ruby waren um ein Vielfaches schmerzhafter als deine Fesseln. Die Frau hat aber auch einen ordentlichen Rums hinter ihren Schlägen!«

Schweigend aßen wir unsere Schalen leer und ich ertappte mich dabei, wie ich verstohlen in Richtung der jungen Frau blickte.

»Wie heißt du überhaupt?«, fragte ich.

»Amber. Und bevor du fragst, woher ich die anderen kenne – Crane ist mein großer Bruder. Er und Ruby wurden beauftragt, den Energiekern nach Sedimento zu bringen.«

Ich runzelte die Stirn. »Energiekern? Du meinst das Auge Sombras, richtig?«

Amber schob die leeren Schalen beiseite und nickte. »Ja genau. Nur ist der Name eigentlich irreführend und im Grunde auch egal. Es ist immerhin kein richtiges Auge.«

Ich beugte mich etwas nach vorn. Es schien, als hätte die Gruppe viel mehr Ahnung über dieses Artefakt, als ich anfangs vermutet hatte. Nachdem ich nicht auf Ambers Erklärung einging, fuhr sie fort. »Du weißt ja sicherlich, dass die neue Zeitrechnung eingesetzt hat, weil die Alte Welt fast vollständig zerstört wurde. Nur wenige Menschen haben die Katastrophe überlebt und selbst das ist ein Wunder. Die Welt wurde durch eine ziemlich komplizierte Kettenreaktion von mehreren Super-GAUS erschüttert. Dadurch wurde die Erde fast vollständig radioaktiv kontaminiert.« Ambers Stimme überschlug sich fast, so aufgeregt ratterte sie die Informationen herunter. Sie holte gerade Luft, als ich sie unterbrach.

»Radioaktiv? Ich habe vor Kurzem ein Video gesehen, in dem ein Wissenschaftler genau darüber gesprochen hat. Du sagst also, diese Radioaktivität umgibt uns die ganze Zeit und überall?«

Amber nickte. »Die Vorfälle sind viele hundert Jahre her und die Menschen haben es aus unerklärlichen Gründen geschafft, sich an die Strahlung anzupassen. Trotzdem hinterlässt die Radioaktivität in manchen Landstrichen sichtbare Spuren. Für Mensch und Tier.«

Ich schluckte. Das klang ganz so, als wäre an der Videobotschaft doch etwas Wahres dran gewesen. Nur hatten Melia und ich sie völlig falsch verstanden. »Also sind wir immun gegen die Strahlung, bis auf wenige Ausnahmen?«

»Sieh dir mein Gesicht an! Sehe ich aus, als sei ich immun gegen die Strahlung? Meine Haut ist so dünn, dass sie bei der kleinsten Einwirkung reißt und mein Körper ist überzogen von bläulichen Adern. Meine Augen glühen wie Feuer! Du magst dich an die Verhältnisse angepasst haben, aber es gibt hunderte Menschen, die unter diesen Folgen qualvoll leiden.« Aufgeregt sprang sie auf und schnappte sich die beiden leeren Schalen.

»Warte, bitte! So war das nicht gemeint«, versuchte ich sie zu beruhigen. Ich hatte sie nicht verletzen wollen. Im Gegenteil. Ich wollte diese Menschen verstehen und fragte mich, was es mit dieser Strahlung und dem Auge auf sich hatte.

Amber zögerte und drehte sich letztlich doch zu mir herum. »Wir brauchen das Auge, um unsere Stadt zu retten. Damit die Menschen in Sedimento eine Chance haben zu überleben. Das Auge ist der Grund, wieso die Erde rund um Sombra fruchtbar ist und ihr dort so friedlich leben könnt. Es hat die Macht, die Strahlen in sich aufzunehmen.« Ihre Augen flackerten aufgeregt und ich konnte sehen, wie viel ihr an dieser Mission lag. Trotzdem bekam ich ein mulmiges Gefühl. Wenn sie wirklich recht hatte, dann würde das bedeuten, dass Sombra ohne das Auge in höchster Gefahr schwebte, oder? Was würden diese Strahlen mit den

Menschen innerhalb der Stadt anstellen? Was würde mit Lou und Ben geschehen?

»Alles in Ordnung? Du wirkst so blass«, fragte Amber und ihre Stimme schien auf einmal unendlich weit weg zu sein.

»Ich frage mich nur, was mit den Menschen in Sombra geschieht, wenn das Auge fort ist. Müssen sie dann sterben, damit eure Leute leben können?«

Sie beugte sich zu mir hinunter und legte ihre Hand auf meine Schulter. »Aber nein. Der Kern ist schon seit vielen Jahren in eurer Stadt. Er hat jegliche Strahlung in sich aufgenommen. Euer Land wird fruchtbar bleiben und ihr werdet keinen Nachteil daraus ziehen.«

»Bist du dir sicher?«

Amber rieb mir aufmunternd über die Schulter. Selbst durch den Stoff konnte ich die Kälte ihrer Haut deutlich spüren.

»Wir haben sehr schlaue Wissenschaftler in unserer Stadt, die bisher mit allem, was sie gesagt haben, recht behielten. Sie sehen keine Gefahr darin, das Auge an einen anderen Ort zu bringen. Stell es dir so vor: Das Auge ist wie eine Kuh, die auf einer saftigen Weide grast. Aber irgendwann ist die Wiese abgegrast und die Kuh hat Hunger. Also bringt man sie auf eine neue Weide.«

Ich zögerte. »Aber das Gras auf der Weide wächst irgendwann wieder nach.«

»Aber Strahlen wachsen eben nicht nach. Sie vermehren sich auch nicht. Einmal vom Kern aufgenommen, bleiben sie für immer in ihm. Deshalb ist es auch unfair, dass ihr das Auge unter Verschluss haltet und es nicht hergeben wollt. Ihr habt dadurch keinen Schaden. Nur leider scheint das euer *Soberano* nicht verstehen zu wollen. Er weigert sich seit vielen Jahren, das Auge herauszurücken. Aber wir haben keine Zeit mehr für Verhandlungen! Wir brauchen den Kern und wenn man ihn uns nicht aus freien Stücken gibt, dann holen wir ihn uns mit Gewalt!« Amber richtete sich auf. »Du scheinst wirklich in Ordnung zu sein, aber wenn du dich uns in den Weg stellst, wird es dir nicht anders ergehen, als denen in der Burg. Deshalb pass gut auf dich auf, Jaron.« Sie schnappte sich die Schüsseln und verließ die Höhle.

Melia

Schweigend ritten wir denselben Weg zurück, den wir gekommen waren. Mittlerweile hatten die dunklen Wolken uns eingeholt und der sonnige Morgen hatte sich in einen windigen, kühlen Nachmittag gewandelt. Kilian ritt voraus und ich folgte ihm mit einigem Abstand. Ich verstand noch immer nicht, was dieser Ausflug zu bedeuten hatte. Glaubte er denn wirklich, er könnte meine Meinung über ihn von jetzt auf gleich ändern? Der kalte Wind ließ mich frösteln. Dieses Unwetter musste unglaublich stark sein, wenn es innerhalb so kurzer Zeit über die Ländereien hinweg zog.

»Kilian?«, rief ich ihm zu. Es dauerte einen Moment, bis er sein Pferd zügelte und sich zu mir umdrehte.

»Ja, Melia?«, antwortete er ruhig. Seine Augen ruhten auf meinem Gesicht und er blickte mir erwartungsvoll entgegen.

»Ist es noch weit bis wir wieder zurück sind? Mir wird langsam etwas kalt.«

Kilian ließ sich elegant aus dem Sattel gleiten und kam auf mich zu. Er öffnete seine Jacke, zog sie aus und reichte sie mir stumm.

»Dankeschön«, murmelte ich. Ich wurde einfach nicht schlau aus diesem Mann. Im einen Moment war er aufbrausend, arrogant und ein richtiges Ekel. Aber auf der Lichtung, da war er ruhig und ausgeglichen gewesen. Er hatte aufrichtig gelacht und sich das allererste Mal überhaupt richtig mit mir unterhalten. Ich wusste noch immer nicht, ob er die Wahrheit gesprochen hatte und vermutlich würde ich es auch nie erfahren, aber ein kleiner Teil von mir vertraute ihm und seinen Worten.

Als die Burg wieder in unserem Sichtfeld auftauchte, machte sich in mir ein ungewohntes Gefühl der Freude breit. Der Ausflug und die Freiheit hatten mir gut getan. Die Wälder, die warmen Sonnenstrahlen und der Ausritt hatten mich für einen Moment vergessen lassen, was in den letzten Tagen geschehen war. Doch als die mächtige Burg in der Ferne immer näher und näher rückte, ertappte ich mich dabei, wie mein Herz immer schneller zu schlagen anfing.

Je näher wir der Schattenburg kamen, desto näher kamen wir auch Nathan. Es war mir nach wie vor ein Rätsel, wie die beiden Brüder so unterschiedliche Wege hatten einschlagen können und ich fragte mich, ob diese Rivalität zwischen ihnen bis an ihr Lebensende bestehen bleiben würde. Gemeinsam könnten sie so viel erreichen, wenn sie nur nicht länger gegeneinander ankämpfen würden. Kalyra hatte uns in unserer Ausbildung immer und immer wieder vorgehalten, dass das schwesterliche Band, welches uns zusammenhielt, stärker war als jeder Hammer und schärfer als jede Klinge. Allein waren wir gefährlich, aber gemeinsam konnten wir tödlich sein. Ich hatte eigentlich nie viel von Teamwork gehalten, aber in diesem Punkt musste selbst ich ihr zustimmen. Mit Zohera zusammen war ich in allem was ich tat immer stärker gewesen. *Zohera.*

Noch immer hatte ich keinen Weg gefunden, sie aus dem Kerker zu befreien. Ich zügelte Cynder und blieb stehen. Es dauerte eine Weile, bis Kilian bemerkte, dass ich ihm nicht weiter folgte.

»Alles in Ordnung bei dir?«, rief er mir zu und kam auf mich zugeritten.

»Du musst etwas für mich tun, Kilian. Ich weiß nicht, ob du heute nur so vorgegeben hast, kein Arsch zu sein, aber jetzt hast du die Möglichkeit, es zu beweisen! Bitte, lass Zohera endlich aus der Gefangenschaft frei. Ich kann nicht länger in dem Wissen leben, dass sie dort unten festsitzt, während ich hier draußen bin.«

Kilian kam langsam näher und Rash stupste Cynder mit seiner Nase in die Seite.

»Sie sitzt nicht mehr dort unten«, sagte er monoton.

Ich beugte mich nach vorn, griff Rashs Zügel und zog an ihnen, bis Kilian und ich auf gleicher Höhe waren. »Wo ist sie?«

»Ihr geht es gut, Melia. Sie ruht sich in einem der Zimmer aus. Du kannst sie später besuchen, wenn du möchtest.«

Mein Atem ging schnell und ich fixierte Kilian mit meinen Augen. *Konnte ich diesem Mann wirklich glauben?* Oder war es nur wieder ein Spiel, eine Lüge oder der Versuch, mich auf seine Seite zu ziehen?

»Ich hoffe für dich, dass du die Wahrheit sagst. Denn wenn nicht, dann zeige ich dir, wie die Hölle auf Erden wirklich aussieht!«

Ich ließ Rashs Zügel los und ließ ihm keine Zeit für eine Antwort oder eine weitere Lüge. Mit einem letzten scharfen Blick trieb ich mein Pferd an und preschte davon. Cynder flog über die grasbedeckten Felder. Es dauerte nicht lange, bis Kilian mich eingeholt hatte. Er sah bedrückt aus, als er mich überholte und mir die Richtung vorgab.

Wir erreichten die Burgmauern völlig verschwitzt und außer Atem. Kilian führte die beiden Pferde durch die kleine Unterführung zurück in den Burghof und ich folgte ihm.

Einer seiner Zirkelwächter reichte ihm eine Decke und während der Soldat die Pferde absattelte, rieb Kilian kraftvoll über den Rücken von Rash. Irgendetwas an der Art wie er mit diesem Tier umging, stimmte mich nachdenklich. Er sprach in ruhigem Ton mit dem anmutigen Pferd und der Anflug eines Lächelns umspielte Kilians Gesicht.

Ich lehnte mich an die Stalltür und beobachtete ihn eine Weile. Doch dann stieß mich eine Person fast zu Boden, als sie die Stalltür durchquerte und mich dabei grob zur Seite drückte. Als ich mich umdrehte, sah ich nur noch, wie Nathan an mir vorbeistürmte. Er steuerte geradewegs auf Kilian zu.

Noch ehe Kilian seinen Bruder bemerkte, schlug Nathan ihm mit der Faust voller Wucht ins Gesicht.

»Du verlogenes Arschloch!«, brüllte er ihn an.

Als ich mich aufgerappelt hatte, eilte ich auf die beiden zu.

»Dachtest du, du kommst damit durch?«, schrie Nathan.

Seine Stimme hallte durch den Stall. Rash und Cynder scharrten aufgeregt mit den Hufen und der Soldat blickte neugierig in die Richtung der beiden Brüder.

»Verschwinde!«, fuhr Kilian den Wächter an. Dieser schob sich an mir vorbei ins Freie.

»Was zur Hölle ist hier los?«, fragte ich die beiden.

Kilian rieb sich über die Wange, die bereits anfing, sich leicht zu verfärben.

Ich lief auf ihn zu und begutachtete sein Gesicht. Behutsam tastete ich über die Wangenknochen, konnte aber nicht erkennen, ob er sich ernsthaft etwas getan hatte.

»Geh bloß weg von diesem Heuchler«, wies Nathan mich grob an.

»Heute Morgen hast du uns noch so verlogen beim Frühstück Gesellschaft geleistet. Dein kleiner Arschkriecher Leif hat mir vorhin Anweisungen für die Expedition mitgeteilt. Eine Expedition, die *ich* leiten soll! Wann hattest du vor, mir davon zu erzählen?«

Kilian ließ seine Hände sinken und schaute erst mich, dann seinen Bruder an. »Eigentlich wollte ich es dir heute Morgen mitteilen. Aber dann kam der Ausflug mit Melia dazwischen. Entschuldige, dass ich den letzten Tag, den du mit unserem Gast hättest verbringen können, in Beschlag genommen habe.«

Der Hauch eines Grinsens zeigte sich auf Kilians Zügen. Anscheinend ausreichend um erneut Nathans Wut zu entfachen. Er stürzte sich auf seinen Bruder und riss ihn zu Boden. Im letzten Moment sprang ich zur Seite, um nicht zwischen die beiden zu geraten.

»Du bist nichts als eine kleine verlogene Ratte! Wenn du glaubst, ich würde Melia mit dir und Vater einfach so alleine lassen, dann hast du dich geschnitten!«

Kilian versuchte vergeblich, Nathan von sich zu stoßen. Immer und immer wieder probierte er seinen Bruder zu fassen, doch Nathan drückte ihn mit aller Kraft zu Boden.

»Es reicht! Hört auf damit«, schrie ich entgeistert.

Nathans Blick traf meinen und diesen Moment der Unachtsamkeit nutzte Kilian, um Nathan zu überwältigen und ihm ebenfalls einen Schlag ins Gesicht zu verpassen. Die beiden atmeten schwer und wie es schien, wollte keiner zur Vernunft kommen.

»Ich schaue mir diesen Mist nicht länger an«, sagte ich und verließ die Stallungen. Ich schritt durch den kleinen Garten, der sich vor den Stallungen befand. Neben einer kleinen Rasenfläche, auf der auch vereinzelte Blumen blühten, befand sich eine Holzbank.

Sollten die beiden sich doch prügeln, bis sie grün und blau waren. Erschöpft ließ ich mich auf die Bank fallen und schloss die Augen.

Kurz darauf stürmte Kilian ohne ein Wort an mir vorbei und lief auf eine der Türen zu, die zurück in die Burg führte. Mit einem lauten Knall zog er sie hinter sich zu. Der Himmel wurde immer dunkler und der Wind kälter. Weit konnte der Sturm nicht mehr entfernt sein. Einige Zeit später verließ auch Nathan die Stallungen. Als er seinen Kopf hob und mich auf der Bank sitzen sah, kam er auf mich zu und ließ sich schweigend neben mir nieder.

»War das wirklich nötig?«, fragte ich mit ruhiger Stimme. Ich wollte nicht riskieren, dass er seine Wut auch an mir ausließ.

»Ja, war es. Er lächelt mir ins Gesicht, während er mir insgeheim ein Messer in den Rücken sticht. Die Exkursion startet bereits heute Nacht. Und so gerne ich mich einfach seinen Befehlen widersetzen würde, mir bleibt leider nichts anderes übrig, als ihnen Folge zu leisten. Er hat mir angedroht, mich vor das Zirkelgericht zu stellen, wenn ich mich seinen direkten Befehlen widersetze. Im schlimmsten Fall verurteilt man mich sogar zum Tode.«

Ich schluckte. Würde Kilian seinen Bruder töten lassen? So grausam war selbst er nicht, oder? »Meinst du, er wusste, dass ich heute Morgen bei dir war?«

Nathan wandte sich mir zu und als ich in sein Gesicht blickte, stellte ich erleichtert fest, dass sein verbissener und angespannter Ausdruck bereits merklich sanfter geworden war.

»Ich bin mir sicher, er weiß es. Denn ich traue ihm durchaus zu, dass das seine Art ist mir zu zeigen, dass ich mich von dir fernhalten soll. Er ist eifersüchtig, dass du mehr Zeit mit *mir* verbringst, als mit ihm. Aber wenn er mal nachdenken würde, dann wüsste er auch, weshalb kein halbwegs gesunder Mensch seine Zeit freiwillig mit ihm verbringen will. Er muss einfach alles kontrollieren und tyrannisieren.«

Ich legte den Kopf auf seine Schulter und vergaß kurz die Kälte um uns herum. Der dunkle Himmel, der pfeifende Wind und die kleinen, kalten Tropfen, die bereits vom Himmel fielen. All das war mir egal.

Nathan strich mit der Hand über mein zerzaustes Haar und die Wärme, die seine Fingerspitzen abgaben, durchfluteten meinen Körper. Es kribbelte und ich genoss es.

»Also wirst du heute schon abreisen?«, fragte ich nach einer Weile. Ich wollte eigentlich gar keine Antwort von ihm hören. Er sollte einfach hier neben mir sitzen. Mehr nicht. Damit wäre ich bereits zufrieden.

Nathans Hand zog sich zurück und er sah mich ernst an. »Diese Expedition ist leider ziemlich wichtig. Es besteht eine Gefahr für die Stadt und die Menschen hier. Wir sollen herausfinden, wieso immer öfter Fremde vor den Mauern der Stadt herumlungern und was diese Menschen von unserem Land wollen. Wir reiten im Schutz der Dunkelheit, damit die Bewohner sich keine Sorgen machen und wir ungesehen in das Land dieser fremden Menschen eindringen können. Ich war vor einigen Jahren bereits schon einmal dort und es ist gefährlich und anders als hier. Ich wünschte, ich könnte dir sagen, wann ich wieder zurückkehre, aber das kann ich nicht. Es kann eine Woche dauern, oder einen Monat. Aber ich habe bereits einige Vorkehrungen getroffen, um sichergehen zu können, dass es dir während meiner Abwesenheit gut gehen wird. Vater und Kilian ist einfach nicht zu trauen und bitte versprich mir, dass du keine Dummheiten anstellst, okay? Du streunst nicht mitten in der Nacht in der Burg umher und verhältst dich so ruhig wie möglich.«

Beschämt blickte ich zu Boden, unschlüssig, was ich zu alldem sagen sollte. Der einzige Mensch, dem ich in dieser fremden Stadt halbwegs vertraute, würde fortgehen und das noch heute Nacht. Mein Magen krampfte sich schmerzhaft zusammen. Ich spürte, wie sich in meinem Inneren eine dunkle, zähflüssige Leere breit machte, vor der ich mich fürchtete. Ich wollte nicht ohne Nathan sein. »Aber ich will nicht, dass du gehst.« Warum mussten mich alle Menschen, die mir etwas bedeuteten, früher oder später verlassen? Wie viel Verlust konnte ich noch ertragen?

»Ich will auch nicht, aber ich nütze dir auch nichts, wenn man mich in den Kerker sperrt, weil ich wegen Missachtung von Befehlen festgenommen werde.«

Er würde zu mir zurückkehren, daran durfte ich nicht zweifeln.

»Leif hat für heute eine Versammlung aller Beteiligten einberufen. Ich habe nicht mehr viel Zeit, bis sie beginnt.« Nathan erhob sich von der Bank.

Ich wartete darauf, dass er noch ein paar letzte Worte des Abschieds an mich richtete, doch er schwieg. Seine Augen glänzten hell und der Regen wurde immer stärker. Die anfänglichen kleinen Tropfen hatten sich in einen prasselnden Regenschauer gewandelt und meine Haare hingen bereits nass und zerzaust herunter.

»Du willst also einfach so gehen? Ohne dich von mir zu verabschieden?«, flüsterte ich. Ich blinzelte gegen die Tränen an, durfte keine Schwäche zeigen. *Wollte* keine Schwäche zeigen. Nicht vor Nathan.

Seine Brust bebte und ich sah ihm an, wie schwer es ihm fiel. Er griff nach meiner Hand und half mir auf die Beine. Ehe ich wusste, wie mir geschah zog er mich in seine Arme, aber das reichte mir nicht. Als er seinen Kopf an meine Schulter legen wollte, zog ich mich zurück und blickte ihm tief in die Augen. Mein Atem ging schwer und mein Herz pumpte so viel Blut durch meinen Körper, dass ich das Gefühl bekam, innerlich zu zerbersten.

Ich holte tief Luft, nahm all meinen Mut zusammen und drückte meine Lippen auf seine. Es fühlte sich an, als befände ich mich hinter eine Wand aus Glas. Nichts von allem, was mich ängstigte oder mich wütend machte, kam in diesem Augenblick an mich heran. Die Welt um mich herum verschwand hinter dieser unsichtbaren Scheibe und hielt all meine Sorgen und Ängste hinter ihr verborgen. Ich sog diesen einzigartigen Moment gänzlich in mich ein. Doch dann lösten Nathans Lippen sich abrupt von meinen und ich schlug überrascht die Augen wieder auf.

Als ich in sein Gesicht blickte, erschrak ich. Nathan wirkte entsetzt, fast schon angeekelt. Er riss seine Augen weit auf und drückte mich mit beiden Händen von sich.

Übelkeit stieg in mir auf. Mein Körper fühlte sich an, wie eine leere Hülle und meine Brust quoll über vor den vielen verschiedenen Gefühlen in meinem Inneren. Die vehemente

Art, mit der er mich von sich schob, schmerzte beinahe mehr, als der unerwiderte Kuss.

Wie hatte ich mich nur so irren können?

»Melia, was tust du da?«, fragte er mich erschrocken.

Seine Stimme klang fremdartig und ich stolperte benommen ein paar Schritte zurück. Was sollte ich bloß auf diese Frage antworten? Was hatte ich überhaupt getan? Ich hatte doch nur den Menschen geküsst, der mir momentan *alles* bedeutete. Mich von dem Menschen verabschieden wollen, den ich von allen am meisten vermissen würde. Was war daran so verkehrt?

Als ich Nathan nicht antwortete, fuhr er sich nervös durch das nasse Haar.

»Das hier …« wies er mit der Hand erst auf sich, dann auf mich, »Das hier ist nicht richtig.«

Er starrte mich noch einen Moment an, ehe er sich zum Gehen wandte.

»Willst du jetzt wirklich einfach so verschwinden?«

Nathan zögerte. »Ich glaube, wir beide sehen einander in einem gänzlich anderen Licht. Du warst für mich die ganze Zeit über eher wie eine kleine Schwester. Unsere Gefühle füreinander scheinen sehr unterschiedlich zu sein.«

Während Nathan sprach, fühlte ich, wie sich diese Leere weiter in mir ausbreitete. Hatte ich mich wirklich so in Nathan geirrt? Ich hatte noch nie so ein wohlig warmes Gefühl verspürt, wenn ich an jemand anderes dachte, hatte mich noch nie so nach der Nähe eines anderen Menschen gesehnt. Wie hatte ich mich nur so irren können?

Beschämt blickte ich zu Boden. Ich schämte mich für den Kuss und die Gefühle, die ich mit ihm offenbart hatte.

Ohne nachzudenken hatte ich Nathan den Schlüssel zu meinem Innersten gegeben, doch er wollte ihn gar nicht haben.

Als ein dröhnendes Donnern durch den Burghof schallte, zuckte ich erschrocken zusammen. Der Sturm war nun direkt über uns. Als ich den Kopf zum Himmel hob, zuckten violette Blitze durch dunkle Wolkenberge. Ich schaute mich im Hof um und realisierte, dass Nathan bereits gegangen war. Er hatte mich einfach zurückgelassen.

Allein und im Regen stehend suchte ich die richtige Tür, die mich auf schnellstem Wege zu meinem Zimmer bringen würde. Da ich mich nicht mehr erinnern konnte, aus welcher Richtung wir heute Morgen gekommen waren, lief ich zur erstbesten Tür. Doch diese ließ sich nur mühselig öffnen. Mein Atem ging schwer und ich begann leicht zu Zittern. Als ich die Schattenburg betrat, fühlte ich mich selbst wie ein Schatten. Der kleine Vorraum, in dem ich nun stand, kam mir nicht bekannt vor. Er wurde von vereinzelten Öllampen beleuchtet, ansonsten drang jedoch kein weiteres Licht ins Innere. Mein Blick fiel auf die vielen Treppenstufen vor mir. Neben dem Treppenabsatz stand die Statue einer Frau. Sie trug einen Bogen über den Schultern und ihr Ausdruck strotzte nur so vor Anmut und Stärke.

Anmutig und stark. Zwei Eigenschaften, von denen ich in meiner derzeitigen Verfassung Welten entfernt war.

Ich war durchnässt bis auf die Knochen, mir war unglaublich kalt und mein Kopf schmerzte. Das Einzige, was ich momentan verkörperte war ein Häufchen Elend. Die vielen Fragen, die in mir umhergeisterten, machten es mir unmöglich, auch nur einen klaren Gedanken zu fassen. Ich wollte mich gerade auf die Suche nach meinem Zimmer machen, als die Tür hinter mir erneut aufgerissen wurde. Regentropfen fielen auf den dunklen Steinboden, als ein älterer Mann den Saal betrat. Er zog die schwere Holztür mit einem Ruck zu und blieb vor mir stehen. Sein Blick wirkte selbstsicher. Als er mich bemerkte, lächelte er mir zu. Doch es war kein freundliches Lächeln.

»Schön, dass wir uns auch endlich einmal begegnen, Melia.« Die Stimme des Mannes hatte etwas Erhabenes an sich. Sie schwang durch den Raum und erfüllte jede noch so kleine Ecke mit ihrem Klang.

»Wer sind Sie?«, fragte ich. Flüchtig rieb ich mir über das Gesicht, in der Hoffnung, dass man durch den Regen nicht erkennen konnte, dass mir doch einige Tränen über das Gesicht gelaufen waren.

Der Fremde kam mit schweren Schritten auf mich zu. »Mein Name ist Ascan. Ich bin der Vater von Nathan und Kilian. Aber das wusstest du sicherlich schon.«

Ich stand noch immer an derselben Stelle, unfähig, mich zu bewegen. »Freut mich, Ihre Bekanntschaft zu machen«, entgegnete ich monoton. Ich wollte einfach nur in mein Zimmer und das Geschehene vergessen.

»Ich denke, wir beide sollten uns einmal näher unterhalten.«

»Ehrlich gesagt wüsste ich nicht, worüber.«

Ich wollte gerade die Stufen der Treppe erklimmen, als Ascan mich an der Schulter berührte.

»Ich habe dich und meinen Ältesten vorhin draußen gesehen. Du solltest froh sein, dass Nathan bereits heute Abend abreist. Glaube mir, mein Kind, mein Sohn ist kein guter Umgang für dich.« Ascan fixierte mich mit seinem starren Blick.

»Danke, aber meinen Umgang bestimme ich ganz allein.« Ich drehte mich zur Treppe und stieg die Stufen hinauf. Sollte er doch denken, was er wollte. Anscheinend besaß Nathan ohnehin keine richtigen Gefühle für mich. Als ich den Absatz erklommen hatte, warf ich einen flüchtigen Blick nach unten. Doch Ascan war verschwunden. Wie der Vater, so der Sohn …

Jaron

Ich streichelte gedankenverloren über das Fell von Grey. Die freche Stute wieherte vergnügt und stupste mich an.

»Du hast wirklich ein quirliges Pferdchen an deiner Seite«, ertönte Rubys Stimme hinter mir.

»Sie ließ sich nur mit Mühe hierher bringen. Sie hat anscheinend direkt gespürt, dass etwas nicht stimmt.« Ich fuhr ein letztes Mal mit meinen Fingern durch die Mähne des Tieres, ehe ich mich zu Ruby herumdrehte.

Der Sturm hatte sich gelegt und der Himmel war aufgeklart.

»Ruby, seit wann habt ihr euer Lager an dieser Stelle aufgeschlagen?«

Wir liefen gemeinsam über den felsigen Platz und ich sog die frische, klare Luft tief ein. Nachdem wir mehrere Stunden in der Höhle gehockt hatten, tat es gut, wieder richtig durchatmen zu können.

»Seit einigen Wochen. Wir haben beide Städte im Auge behalten. Sowohl Mentira, als auch Sombra. Wieso fragst du?«

Ich blickte in Richtung der rötlichen Felsen. Ein ungutes Gefühl machte sich in meiner Magengegend breit und ich befürchtete, es war nicht den harten Schlägen dieser Frau zuzuschreiben.

»Vor einigen Tagen, als ich mit Melia unterwegs war, haben wir eine gewaltige Explosion und einen lauten Knall gehört. Es war nachts und das Feuer erhellte fast den gesamten Nachthimmel. Melia ging davon aus, dass ein Turm in der Nähe der Stadt explodiert ist. Sie wollte zurück, doch ich habe sie davon abgehalten. Ich hatte Angst, sie würde in den Flammen umkommen, bei dem Versuch ihre Schwestern Hals über Kopf zu retten.«

Rubys Blick wanderte unruhig über mein Gesicht. Es fiel mir nach wie vor schwer ihr in die Augen zu blicken. Stattdessen sah ich auf die rötlich schimmernden Felsen, die durch den Regen im Licht der Sonne glänzten.

»Die Explosion haben wir mitbekommen. Immerhin haben wir sie auch verursacht.« Rubys Gesicht umspielte ein Lächeln. »Meine Leute und ich entdeckten ganz in der Nähe der Stadt einen alten Gastank. Es war schon spät und wir spähten die Verteidigungslinien der Ruína aus, als wir von einer der Schwestern entdeckt wurden. Als wir flohen, nutzten wir den alten Tank als Ablenkungsmanöver. Aber das Feuer hat nur einen kleinen Teil der umliegenden Häuser von Mentira erreicht.«

»Also war es nicht der Turm, der in die Luft geflogen ist?«

Ruby prustete los und blickte mich dann ungläubig an. »Meinst du ernsthaft, dann würden wir noch hier sein?«

Rubys Aussage ließ mich erleichtert aufatmen. Das bedeutete also, dass die Schwesternschaft die Explosion weitestgehend unbeschadet überstanden hatte, wie bereits von mir vermutet. Vor meinem geistigen Auge sah ich die Flammen wieder in die Luft hinaufsteigen. Es hatte so verheerend gewirkt, so endgültig.

»Ihr habt diese riesige Explosion verursacht?«, hakte ich nach.

Ich konnte es immer noch nicht glauben. Wenn Melia doch nur wüsste, dass es ihren Schwestern gut ging. Wie erleichtert sie wohl über diese Neuigkeiten wäre?

»Wie schon gesagt, der Gastank war voller, als wir vermutet haben. Wir hatten selbst nicht erwartet, so eine riesige Explosion zu verursachen. Aber Crane war selbst vor Ort, um sich zu vergewissern, dass die Stadt noch steht. Einige Außentürme wurden durch den Funkenflug getroffen, aber ansonsten ist das Schloss unversehrt.«

»Das bedeutet aber auch, dass die Schwesternschaft vermutlich in Alarmbereitschaft versetzt sein wird, oder? Immerhin werden sie wohl kaum glauben, das Feuer sei ein Zufall gewesen.«

Ruby runzelte die Stirn und zog mich näher zu sich. Nachdem sie den anderen am Lagerfeuer einen schnellen Blick zugeworfen hatte, zerrte sie mich ein Stück von ihnen weg.

»Ich habe eine Kontaktperson innerhalb von Mentira. Ihr Name ist Resá. Wir werden uns mit ihr vor den Mauern der Stadt treffen, an einem alten Brunnen. Sie wird dort heute Nacht auf mich warten.«

Ruby steckte wirklich voller Überraschungen. Ich hatte nicht erwartet, dass sie jemanden innerhalb von Mentira kannte. Umso erleichterter war ich allerdings, denn das bedeutete, dass diese Frau uns vielleicht mehr über Melias ominösen Auftrag erzählen konnte.

»Woher kennst du diese Resá?«, fragte ich neugierig.

Ruby scharrte mit ihren Stiefeln im trockenen Gras und kickte einen der kleineren Steine zur Seite. »Ich habe sie bei meiner ersten Erkundung getroffen. Sie stand an diesem alten Brunnen und versuchte, Wasser aus ihm zu schöpfen. Doch der Eimer, der an dem Seil befestigt war, hatte sich gelöst und sie hatte keinen anderen dabei. Ich beobachtete sie bei ihrem kläglichen Versuch und entschloss mich schließlich ihr zu helfen. Also kletterte ich in den Brunnen und holte den Eimer hinauf.« Rubys Stimme klang hell und ihre Augen strahlten. Ich wurde das Gefühl nicht los, dass zwischen ihr und der Schwester der Ruína eine ganz besondere Beziehung bestand. Aber mir war nur wichtig, dass ich den Geheimnissen, die diese Schwesternschaft verbarg, endlich auf den Grund ging. Der Weg zur Wahrheit war mir vollkommen egal. Ich hatte mich lange genug hinter fadenscheinigen, grauen Schlieren der Lügen versteckt, war lange genug im Schatten des Schmerzes gewandelt. Ich wollte nur eines: Die Wahrheit. Die Helligkeit und Wärme, die diese mit sich brachte und die Vergebung, nach der ich mich so schmerzlich sehnte.

»Du magst diese Resá, oder?«, fragte ich Ruby nach einer Weile.

Wir liefen immer noch über die kahle Lichtung und entfernten uns immer weiter vom Lager der Gruppe. »Es ist schwer zu erklären. Crane ist ein toller Kerl, aber Resá …« Rubys Stimme stockte und ihr fiel es sichtlich schwer, ihre Gefühle in Worte zu fassen.

»Du musst nicht darüber reden, wenn du nicht willst.« Ich schenkte der jungen Frau ein aufmunterndes Lächeln und bemerkte, wie der Sturm, der in ihren Augen tobte, sich langsam beruhigte.

»Erzähl mir lieber von *deiner* Freundin Melia. Was hast du Schlimmes angestellt?«

Ich zögerte. Sollte ich ihr wirklich von meinem Verrat erzählen? Sie hatte mehr als einmal ihre Abneigung gegen das *Schattenpack* zum Ausdruck gebracht und ich war mir nicht sicher, ob sie mich nach meiner Geschichte, nicht in einem völlig anderen Licht sehen würde.

»Ich habe sie selbst ausgeliefert. Kilian, der Sohn von Ascan, hatte meine Familie in seiner Gewalt und stellte mich vor die Wahl: Entweder meine Familie oder Melia. Das war die schwierigste Entscheidung, die ich jemals treffen musste.«

Ruby lief schweigend neben mir her. Ihre Schritte und der Wind, der durch die vertrocknete Ebene wehte, waren die einzigen Geräusche. »Das klingt, als wäre Kilian genauso grausam und egoistisch wie sein Vater. Aber wieso wollte er Melia im Austausch deiner Familie? Wieso hat er dich erpresst?«

»Genau das versuche ich herauszufinden. Melia kam nach Sombra, nachdem sie einen ziemlich eigenartigen Auftrag von ihrer Schwesternschaft bekam. Eine Art Tagebuch, dessen Schlüssel sie suchen sollte. Doch Melia trieb es nach Sombra, um das verschlossene Buch zu öffnen. Wir liefen uns zufällig über den Weg und ich bot ihr meine Hilfe ein. Einer meiner Freunde knackte das Schloss und fand eine SD-Karte aus der Vergessenen Zeit. Auf dieser war ein beunruhigendes Video von einem Mann, der über Radioaktivität redete. Er sprach von einer Lüge und dass es allein seine Schuld sei, dass die Welt im Chaos versunken sei. Er zeigte ein Bild von einem ominösen Turm und Melia bildete sich irrtümlich ein, dass Mentira in Gefahr schweben würde. Sie schlich sich noch in der gleichen Nacht davon, aber ich holte sie ein und dann ertönte dieser laute Knall und wir sahen die Explosion und den vielen Rauch. Melia und ich glaubten, der Turm sei wirklich explodiert und hätte Mentira mit dieser Radioaktivität verseucht. Aber wenn das, was ihr mir erzählt habt, wirklich stimmt, dann umgeben uns diese Strahlen die ganze Zeit und unsere Sorge ist völlig unbegründet gewesen.«

Ruby lauschte meiner Geschichte aufmerksam. Mein Gefühl sagte mir, dass ich ihr vertrauen konnte. Und bisher konnte ich mich auf solche Eingebungen stets verlassen.

»Das klingt nach einem ziemlich beschissenen Zufall«, sagte sie in einem bedauernden Tonfall. »Aber das erklärt nicht, wieso du sie an euren Herrscher ausgeliefert hast.« Sie runzelte erneut die Stirn und die vielen kleinen Falten ließen sie ernst wirken. Allgemein fiel es mir schwer ihr Alter zu schätzen. Wie sie momentan vor mir stand, wirkte sie weise und reif. Doch als sie mich so übel zugerichtet hatte, war sie dermaßen flink und beweglich wie ein junges Mädchen gewesen.

Ich erzählte ihr von dem Brief und wie es dazu gekommen war. Die Entschuldigung, die in meinen Worten mitschwang schmeckte fad, doch sie war das Einzige, das ich vorzubringen hatte.

Als ich geendet hatte, holte ich tief Luft. »Ich sehe ständig ihr Gesicht vor mir und es macht mich ganz verrückt nicht zu wissen wie es ihr geht.

Das was ich für Melia fühlte, ließ sich nicht in Worte fassen. Dennoch war es auch so offensichtlich, was für eine Kraft mich antrieb. Auch Ruby schien langsam zu verstehen, wie kompliziert meine Situation war, denn sie klopfte mir sanft auf die Schulter.

»Wir werden schon herausfinden, was Kilian mit deinem Mädchen vorhat. Und dann treten wir ihm und seinem Vater ordentlich in ihre arroganten, hochwohlgeborenen Ärsche!«

Wir drehten um und schlenderten zurück zum Lager.

»Hallo ihr zwei, ich hoffe doch wohl sehr, dass du nicht mit meinem Mädchen geflirtet hast?«, begrüßte Crane uns. In seiner Stimme schwang ein drohender Unterton mit.

Ich warf Ruby einen Blick zu, ehe ich ihm antwortete. »Das würde mir nie einfallen«, gab ich in lockerem Ton zurück.

Wenn Crane nur wüsste, ging es mir durch den Kopf. Doch es stand mir nicht zu, mich in die Beziehung der beiden einzumischen. Wann immer Ruby bereit sein würde, Crane die Wahrheit zu sagen, ich würde ihr diesen Zeitpunkt nicht diktieren. Ich war ihr für ihr offenes Ohr überaus dankbar und ich würde ihr Vertrauen nicht verspielen, indem ich ihr Geheimnis verriet. Ich ließ mich neben Crane am Lagerfeuer nieder und starrte in die kleine, lodernde Flamme. Es war fast erloschen und diente einzig dazu, die Suppe warm zu halten.

»Du solltest noch einen Happen essen, ehe es heute Abend losgeht«, richtete Dom das Wort an mich. »Du und Ruby habt noch einen langen Weg vor euch, bis ihr die Stadt erreicht.«

Dom hatte vollkommen Recht. Ich griff nach einer der Blechschüsseln und gab eine große Kelle Suppe hinein. Schweigend löffelte ich die fade Brühe.

Was auch immer mich heute Abend erwarten würde, ich konnte es kaum erwarten, endlich aufzubrechen.

Jaron

Ich schlief unruhig und drehte mich immer wieder von einer Seite auf die andere. Als ich irgendwann bemerkte, dass die anderen ihre Sachen zusammenpackten, öffnete ich die Augen. Der Himmel über uns war dunkel geworden und die Sterne strahlten heller, als über Sombra.

Müde stolperte ich aus dem Zelt und rieb mir benommen meine Augen. Ruby hatte bereits alles für unsere Reise nach Mentira gepackt. Grey stand gesattelt und mit einigen Taschen beladen etwas abseits und stupste ein großes dunkelbraunes Pferd spielerisch an.

Als ich mich umsah, bemerkte ich, dass alle bis auf Ruby verschwunden waren. »Wo sind die anderen?«, fragte ich.

Ruby saß am Lagerfeuer und starrte in die sich windenden Flammen. »Sie warten an einer von uns verabredeten Stelle auf unsere Ankunft. Wir treffen uns dort mit ihnen, sobald wir dich in die Stadt geschafft haben.«

Ihre Stimme klang abwesend und ihr glasiger Blick hatte sich nicht einmal vom Feuer gehoben.

Ich schritt auf das Feuer zu und setzte mich neben sie. »Du musst Crane die Wahrheit sagen«, sagte ich leise zu ihr.

Das Knistern des Feuers war das einzige Geräusch, das uns umgab. Es dauerte eine ganze Weile bis Ruby mir antwortete. »Irgendwie amüsant, wie das ausgerechnet von jemandem kommt, der in Sombra lebt.« Sie warf mir ein amüsiertes Lächeln zu.

»Gerade dann solltest du auf meinen Rat hören. Ich bin gewissermaßen ein Experte in diesen Dingen«, gab ich zurück.

Ihr Grinsen wurde breiter und sie stieß mir ihren Ellenbogen in die Seite. »Eure Stadt heißt nicht umsonst Schattenstadt, oder?«

Ich warf einen kurzen Blick in die Flammen und überlegte, ob ich auf diese Frage antworten sollte. »Weißt du Ruby, Schatten kann vieles bedeuten. Ich habe schon so oft gehört, dass Sombra die Stadt allen Übels ist und die Menschen dort durch und durch böse sind, aber wenn ich ehrlich bin, sind die meisten Menschen dort liebenswürdig und aufrichtig. Wir alle tragen einen Funken Böses in uns. Das allein ist nichts Verwerfliches. Aber nicht alle Schatten sind böse und das ist es, was die meisten nicht verstehen. Es ist nur ein Name, ob es Realität ist oder nicht, das entscheiden wir allein.«

»Kennst du eigentlich die Geschichte, die man sich über das Auge erzählt?«, fragte ich, als sie auf meine Worte hin in Schweigen verfiel.

Ruby schüttelte den Kopf. »Wir haben noch ein wenig Zeit, bis wir aufbrechen müssen, also schieß los.«

»In der Stadt erzählt man sich, dass das Auge von Ascans Vorfahren nach Sombra gebracht wurde. Es beschützte die Stadt und das umliegende Land vor Feinden. Doch wie alles in der Welt hat auch Frieden seinen Preis. Daher forderte das Auge einen Tribut dafür, dass es die Menschen und das Land vor Gefahren beschützte. Das Auge erwählte sich einen Wächter, der sein eigenes Leben an das des Auges kettete. Untrennbar mit der Macht des Auges verbunden, sollte dieser Wächter das Auge beschützten. Doch das war nicht seine einzige Aufgabe. Das Auge brauchte für den enorm starken Zauber, mit dem es das Land schützte, Energie, die es von seinem Wächter nahm. Die Wächter des Auges durchlebten ihre größten Ängste und ihre qualvollsten Schmerzen. Sie litten Todesqualen und das Auge labte sich an ihrem Schmerz. Doch nicht alle Wächter kamen ihren Pflichten nach und so labte sich das Auge gleichsam auch an den Schmerzen der Bewohner. Es säte Zwietracht, Verrat und Schatten, um die Ängste der Menschen zu mehren. So wurde das Auge immer mächtiger und mächtiger, denn je mehr Schatten es unter den Menschen verbreitete, desto machtvoller wurde sein Zauber.« Ich griff nach einem der Äste, die neben mir im Sand lagen und stocherte damit im Lagerfeuer herum. Funken stoben auseinander und wurden vom Wind in die Nacht hinausgetragen.

»Das klingt wie eine fiese Gutenachtgeschichte«, erklang Rubys ernste Stimme.

Gleichgültig zuckte ich mit den Schultern. »Ich würde lügen, wenn ich behaupten würde, dass die Geschichte sonderlich glaubwürdig klingt. Aber ich war der oberste Zirkelwächter des amtierenden Soberanos. Er nennt sich sicherlich nicht umsonst *Hüter der Schatten.* Seid ihr euch sicher, dass ihr die Kraft dieses Auges bändigen könnt? Haben eure Wissenschaftler in eurer Heimatstadt wirklich eine Ahnung, was passiert, wenn ihr dieses Artefakt stehlt und an einen anderen Ort bringt? Denn wenn ihr euch nicht absolut sicher seid, wäre es eine verdammt dumme Idee, in die Burg zu marschieren.«

Ruby ballte ihre kleinen Hände zu Fäusten und starrte mich wütend an. »Du denkst nicht wirklich, dass ich dir dieses Schauermärchen abkaufe, oder? Selbst wenn du so einfältig bist, diese Geschichte selbst zu glauben, musst du doch bemerken, wie verrückt das klingt! Es gibt keine Magie in unserer Welt und auch keine magischen Artefakte. Das Auge ist eine Bündelung von starker, überaus mächtiger Energie aus der Vergessenen Zeit. Es absorbiert allerlei schädliche Umwelteinflüsse und hat überaus große Macht. Es gibt daran nur eine Sache, die dumm wäre – diese Macht nicht zu nutzen.« Ruby griff nach einem kleinen Stein, der vor ihren Stiefeln lag und warf ihn ins Feuer. Erneut stoben allerlei orangefarbene Funken auf und verschwanden in der Dunkelheit der Nacht.

»Komm, wir sollten uns langsam auf den Weg machen.« Ruby sprang auf und lief zu den beiden Pferden.

»Was ist mit eurem ganzen Zeug? Lasst ihr das alles einfach zurück?«

Ruby verschränkte die Arme. »Warum sollen wir denn die ganzen Zelte mühselig abbauen, wenn wir bald wieder in unserer Heimat ankommen?« Sie schwang sich auf den braunen Hengst und blickte auf mich hinab. »Kommst du endlich?«

Ich nahm einen Eimer mit Wasser und löschte das Feuer. Im Schein des Halbmondes ritten wir durch die verdorrte Landschaft. Weit entfernt schrie eine Eule. Ruby ritt in einigem Abstand voraus und ich hatte Mühe, sie in der Dunkelheit nicht zu verlieren.

»Hast du keine Angst, dass uns hier draußen jemand hört, wenn wir so schnell durch den Wald reiten?«, fragte ich, als wir bereits einige Zeit unterwegs waren.

»Die Schwesternschaft hat so weit vor der Stadt noch keine Späher. Sie fühlen sich in ihrer Festung ziemlich sicher. Es ist unzählige Jahre her, dass sie so etwas wie Krieg führen mussten. Nicht umsonst liegt die Stadt so gut hinter dem dunklen Wald verborgen. Man übersieht das schöne Schloss, wenn man nicht weiß, dass es existiert.«

Durch die immer enger stehenden Bäume und die vielen tiefhängenden Äste verfielen wir kurze Zeit später in einen leichten Trab. Das Hufgetrappel wurden vom weichen Waldboden fast vollständig geschluckt. Die schreiende Eule verfolgte uns bis in den tiefen Wald und immer wieder erklang aus dem Unterholz ein dunkles Knurren, oder ein unheimliches Heulen.

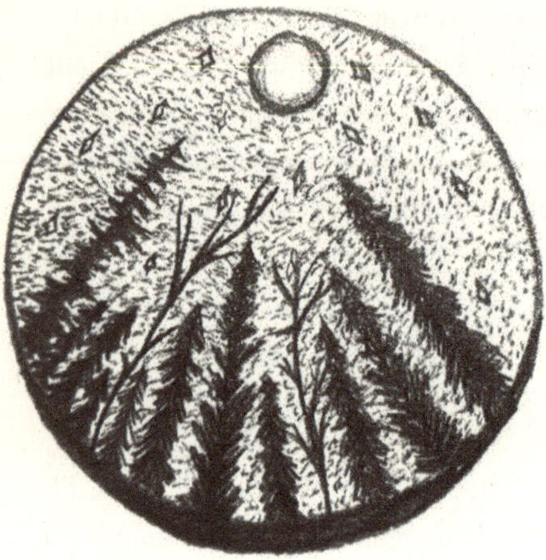

»Hat da etwa jemand Angst?«, versuchte Ruby die Stimmung etwas aufzulockern, die meine unruhigen Blicke mit einem spöttischen Lächeln quittierte. Mittlerweile ritten wir nebeneinander.

»Keine Angst, aber Respekt. Wilde Tiere sollte man nicht unterschätzen.«

Das unheimliche Geräusch hinter uns verebbte. Der helle Mond und die Sterne wurden fast vollständig vom dichten

Blätterdach über unseren Köpfen abgeschirmt, sodass ich Mühe hatte, mein Pferd durch den Wald zu manövrieren.

Grey tänzelte immer wieder einige Schritte rückwärts. Auch ich hatte ein ungutes Gefühl in der Magengegend, immerhin hatte ich keine Ahnung, was mich vor den Stadttoren erwartete. Ich kannte diese Resá nicht. Selbst Ruby konnte nicht sicher wissen, ob die junge Frau uns wirklich helfen würde. Ich setzte alles auf eine Karte, hoffentlich war es auch die Richtige.

Das Zirpen der Grillen und der Atem der Nacht vermischten sich mit dem leicht wehenden Wind, der die Blätter rascheln ließ. Während die Welt schlief, tasteten wir uns immer weiter an die Stadt der Lügen heran.

Plötzlich tauchte vor uns eine gewaltige, dunkle Felswand auf. Sie erstreckte sich mehrere Meter über uns und es schien, als würde die höchste Spitze den Mond berühren. Ungläubig starrte ich hinauf.

»Es ist nicht mehr weit«, flüsterte Ruby. Die Pferde schritten nur noch gemächlich voran, dennoch musste ich mich einige Male ducken, damit mir keiner der Äste ins Gesicht schlug. Dunkelheit hielt uns fest umschlungen und ich orientierte mich nur noch am Geräusch der Hufe. Wir folgten der hohen Felswand eine ganze Weile, bis sich die Bäume lichteten und eine kleine verlassene Ansammlung von alten Häusern offenbarte. Wir ritten auf den kleinen Platz, als Ruby ihr Pferd zum Stehen brachte.

»Sollten wir uns verlieren, oder irgendetwas schief gehen, dann treffen wir uns hier an diesem Ort wieder. Hier haben wir uns auch versteckt, als wir den Gastank hochgejagt haben.«

Ich nickte Ruby zu, bis mir einfiel, dass sie dies wegen der Dunkelheit vermutlich nicht erkennen konnte. »Verstanden.«

Ruby sah sich noch ein letztes Mal um und ritt weiter. Nach einer leichten Rechtskurve erkannte ich einen kleinen Schotterweg. Die grauen Kiesel erzeugten ein dumpfes Geräusch als die beiden Pferde in gemächlichem Tempo darüberschritten.

Noch immer konnten wir in einiger Entfernung fauchende und knurrende Tiere hören. Als der Weg leicht nach links verlief, bemerkte ich den kleinen Bachlauf, der sich neben dem Trampelpfad entlangschlängelte. Das leise, aber kontinuierliche Plätschern des Wassers hatte eine beruhigende Wirkung auf mich.

Wir folgten dem Weg noch einige Zeit, bis ich zwischen den Bäumen hindurch Lichter erkannte. Als ich angestrengt hinsah, offenbarte sich die Helligkeit als Fackeln, die auf den Mauern Mentiras entfacht worden waren. Wir waren also fast da …

»Sei jetzt bloß ruhig«, zischte Ruby. Auch ihr war die Anspannung anzumerken, immerhin würde sie ihre Geliebte mit unserem gemeinsamen Besuch überrumpeln. Wir kamen dem besagten Gastank immer näher, denn bereits aus der Entfernung konnte man die verbrannte Erde und das angesenkte Holz deutlich riechen. Der Boden war schwarz vom Ruß und die Umgebung verschmolz dank der verkohlten Bäume fast gänzlich mit dem dunklen Nachthimmel. Je näher wir kamen, desto unangenehmer wurde der Geruch. »Dieser Gestank ist abartig«, flüsterte ich.

»Ja, was meinst du, wie schlimm es war, als das Feuer ausbrach? Wir haben kaum Luft bekommen. Aber genug gejammert. Dort hinten ist der Brunnen.«

Ruby stieg von ihrem Pferd und bedeutete mir, es ihr gleich zu tun. Ich griff Greys Zügel und führte die Stute über den rußbedeckten, verbrannten Waldboden. Tatsächlich befand sich an der Stadtmauer geschützt von einigen Sträuchern ein kleiner Brunnen.

»Wann wollte deine Freundin denn hier sein?«, fragte ich.

Hier draußen verlor man jegliches Zeitgefühl.

»Es dürfte eigentlich nicht mehr lange dauern«, gab sie leise zurück. Ruby befestigte die Zügel ihres Pferdes am Brunnen und lief unruhig auf und ab.

»Es wäre besser, wenn du dich erst einmal im Schutz der Bäume versteckst, damit ich Resá in Ruhe vorbereiten kann.«

Zuerst war ich unschlüssig, was ich von diesem Vorschlag halten sollte, willigte aber mit einem Nicken ein. Ich war einfach nur froh meinem Ziel langsam näher zu kommen, da interessierten mich die Details nicht mehr sonderlich.

Vorsichtig führte ich Grey zwischen die engstehenden Bäume und streichelte der Stute über die Stirn. Die Sträucher um uns herum raschelten verräterisch, als wir uns im Dickicht versteckten. Die Stute scharrte ungeduldig mit ihren Hufen und ich versuchte, sie so leise wie möglich zu beruhigen. Das letzte, was ich wollte, war, mich schon vor Resás Ankunft zu verraten und so Rubys Zorn auf mich zu ziehen. Immerhin brauchte ich ihre Unterstützung.

Es dauerte noch eine ganze Weile, bis sich etwas tat. Irgendwann ertönten dumpfe Schritte und dann erschien eine schlanke Gestalt vor dem Brunnen. Ihr Gesicht war von einer dunklen Kapuze verdeckt. Ruby lief ihr entgegen und schlang die Arme um sie. Ich war leider zu weit entfernt um verstehen zu können, was die beiden in der Dunkelheit und im Schatten der Bäume besprachen, aber ich erkannte sehr wohl, dass Resá Ruby von sich schob. Sie gestikulierte wild herum und war kurz davor, die kleine Lichtung wieder zu verlassen. *Ich musste etwas tun!*

Vorsichtig ging ich durch die Dornenbüsche zurück auf die Lichtung. »Warte! Bitte«, rief ich Resá zu.

Rubys Blick durchbohrte mich. Ich konnte förmlich spüren, wie wütend sie auf mich war, weil ich ihre Anweisung ignoriert hatte. Aber das war mir in diesem Augenblick vollkommen egal. Das einzige, was ich wollte, war diese Frau davon zu überzeugen uns zu helfen.

Resá stand mir gegenüber und musterte mich kurz. Ihr schulterlanges, braunes Haar lugte an den Seiten der Kapuze hervor und umrahmte ihr schmales Gesicht. Mit ihren strahlenden, grünblauen Augen durchdrang sie mich förmlich. Ein wallender, grauer Umhang verdeckte ihren Körper und ließ sie mit der Dunkelheit beinahe verschmelzen.

»Ich kann euch nicht helfen. Tut mir leid.« Ihre Stimme durchschnitt die Nacht wie ein gewetztes Messer.

»Du kannst nicht, oder du *willst* nicht?«, frage ich.

»Ich schulde euch beiden keine Rechenschaft!«

Ich schnappe nervös nach Luft. »Mir nicht, da hast du recht. Aber Melia schon! Immerhin hat eine deiner Schwestern sie belogen. Diese Ironie wird sicherlich auch dir nicht entgehen, oder?«

Die junge Frau funkelte mich mit ihren Augen böse an, dann zog sie sich ihre Kapuze vom Kopf. Ihr Gesichtsausdruck wirkte verbissen und ernst und kleine Fältchen durchzogen ihre schmale Stirn. »Das ist nichts als eine böswillige Unterstellung. Keine meiner Schwestern würde jemals lügen!«

»Dann tut es mir leid, dich enttäuschen zu müssen, aber genauso ist es!« Meine Stimme donnerte durch die Stille der Nacht und Ruby zuckte erschrocken zusammen.

»Wenn du noch lauter hier herumbrüllst, kannst du auch gleich mit einer Fackel vor der Mauer herumwedeln, damit dich die Wachen sehen«, giftete sie.

Resá verschränkte ihre Arme vor der Brust und blickte mir unschlüssig entgegen. Ich konnte ihr ansehen, dass sie nicht so sicher war, wie sie sich nach außen hin gab. »Kommt mit. Wir reden an einem etwas sicheren Ort.«

Ich holte Grey aus dem Versteck und begleitete die anderen durch den dunklen Wald. Allerdings dauerte es nicht lang, bis wir zu einer anderen verlassenen Hüttensiedlung gelangten. Die Häuser wirkten, als seien sie schon viele Jahre unbewohnt. Resá stieg die morschen Treppenstufen einer verfallenen Veranda hinauf und bedeutete Ruby und mir, ihr zu folgen. Ich band Grey an einem kleinen Baum fest und folgte den beiden Frauen in einigem Abstand. Resá öffnete die alte Holztür, die mit einem unheimlichen Quietschen aufschwang und trat in das dunkle Haus.

»Hier herein«, sprach sie leise. Ruby und ich folgten ihr. Zielstrebig lief Resá voran. Der Mond fiel durch die Fenster und unheimliche Schatten zuckten über den löchrigen Holzboden. Ruby durchquerte den ersten Raum und blieb an einem alten Tisch, der sich an einer der Wände befand, stehen. Resá war bereits aus meinem Blickfeld verschwunden, aber aus einem der angrenzenden Räume drang ein leises Poltern zu mir herüber. Plötzlich erkannte ich ein Licht und wenig später kam Resá, mit einer brennenden Öllampe in der Hand, zurück. Sie stellte diese auf einen kleinen runden Tisch vor Ruby ab.

»Setz dich, wies sie mich an. Ich trat auf die beiden zu und ließ mich auf einem der wackeligen Stühle nieder.

Das Licht der Lampe offenbarte eine verlassene, alte Hütte. Die wenigen Möbelstücke, die sich noch im Haus befanden, waren von einer dicken Staubschicht bedeckt. Doch bei näherem Hinsehen konnte ich erkennen, dass der Tisch nicht von Staub überzogen war. Es schien, als wäre hier vor Kurzem doch jemand gewesen. Resá nahm zwischen mir und Ruby auf dem dritten Stuhl Platz und sah mich durch den Schein der Lampe mit ihren stechenden Augen an.

»Du behauptest also allen Ernstes, jemand hätte Melia absichtlich aus Mentira gelockt, um sie nach Sombra zu schaffen?« Resás Stimme klang ernst. Kleine Furchen bildeten sich auf ihrer Stirn und tauchten das noch recht junge Gesicht in Sorge.

»Hat Melia Feinde unter den Schwestern? Jemanden, der sie unbedingt loswerden möchte?« Kaum hatte ich die Frage ausgesprochen, konnte ich sehen, wie Resás Augen verräterisch durch den Raum zuckten. Ich hoffte inständig, dass Resá keine von Melias Feinden war. Denn dann hätten Ruby und ich uns bereits verraten und unser Plan wäre noch bevor er richtig begonnen hatte kläglich gescheitert.

»Ich weiß nicht, ob ich euch das wirklich erzählen sollte«, versuchte Resá, sich herauszureden. Einen ähnlich gequälten Blick hatte ich auch auf Melias Gesicht schon einmal beobachtet. Der Moment, wenn ein normaler Mensch einfach lügen würde, um sich aus der Situation zu befreien. Aber eine Schwester der Ruína log nicht.

Ruby tigerte nervös durch das heruntergekommene Haus und bei jedem Schritt, den sie tat, knarrte der alte Holzboden verräterisch unter ihren Füßen.

»Ich brauche erst einmal einen Drink.« Ohne ein weiteres Wort hastete Ruby in den angrenzenden Raum. Es wirkte so, als wären die beiden schon öfter in diesem verlassenen Haus gewesen. Kurze Zeit später ertönte ein Rumoren, schwere Gegenstände wurden verrückt.

Fragend blickte ich Resá an, die meinem Blick gekonnt auswich. Doch dann kam Ruby bereits zurück und stellte eine verstaubte alte Glasflasche mit vergilbtem Etikett auf den Tisch.

»Cheers«, prostete sie uns zu, ehe sie den Schraubverschluss öffnete und einen großzügigen Schluck aus der Flasche nahm. »Braucht sonst noch jemand etwas flüssigen Mut?«

Ich schüttelte den Kopf. Es galt einen klaren Verstand zu behalten, immerhin ging es hier um Melia. Auch Resá verneinte.

»Nun ja«, begann sie zögerlich. »Melia hätte niemals Teil der Ruína werden dürfen. Sie war schon als kleines Mädchen anders, als wir Übrigen.«

Ruby warf mir einen fragenden Blick zu. »Inwiefern?«, hakte ich nach.

»Die Schwesternschaft hat strenge Regeln für das Zusammenleben. Wir stellen nichts über das Wohl unserer Verbindung. Es wird nicht gelogen, wir betrügen einander nicht und wir beschützen uns gegenseitig mit unserem Leben. Aber als wir alt genug waren, unsere Ausbildungen zu beginnen, merkten die Ältesten schnell, dass Melia diese Grundsätze nicht so verinnerlicht hatte, wie sie sollte …«

Resás Stimme war immer leiser geworden, bis sie zuletzt kaum mehr als ein Flüstern war. Die Öllampe flackerte wild und tauchte das verkommene Haus in lauernde Schatten. Als weder Ruby noch ich ein Wort erwiderten, fing Resá sich und sprach weiter. »Melia hat eine unserer Schwestern bestohlen. Diebstahl kommt einer Lüge gleich, zumal sie die Anschuldigungen damals vehement abstritt. Sie war von Neid geleitet und von Eifersucht getrieben. Jede andere von uns hätte diese Tat mit ihrem Leben bezahlt. Aber Melia kam davon. Niemand von uns verstand weshalb, Melia selbst am aller wenigsten. Doch auch, wenn sie bei den ältesten Ordensschwestern noch einmal mit ihrer Tat davonkam, wir Übrigen verachteten sie für ihre verlogene, hinterhältige Art. Wir mieden sie, aus Angst, sie würde uns ebenfalls hintergehen. Einzig allein Zohera, das Mädchen, welches sie bestohlen hatte, hielt zu ihr.«

Zohera. Warum hatte ausgerechnet das Mädchen, welchem Melia doch am meisten Schaden zugefügt hatte, ihr als einzige verziehen?

»Zohera und sie waren über die Jahre hinweg unzertrennlich. Wie ein und derselbe Mensch. Egal, wann Melia mal Hilfe brauchte, Zohera war immer in der Nähe, wie ein Schatten, der über sie wachte. Manchmal war es fast schon gruselig.«

»Haben die höheren Ordensschwestern je begründet, wieso für Melia die Regeln gebrochen wurden?«, fragte Ruby.

»Sie haben doch nicht die Regeln gebrochen! Das würden die Ältesten niemals tun. Ein Mädchen namens Ira erzählte damals, sie hätte die höheren Schwestern auf einem der Flure über Melia reden hören. Sie hätten ihr Verhalten wohl auf ihre Herkunft geschoben. So, als könne sie nichts dafür, dass sie verkommen sei.«

Bei dem Wort *verkommen* knirschte ich mit den Zähnen. Melia war nicht *verkommen*, im Gegenteil. Sie war ein liebenswertes, lustiges und aufgewecktes Mädchen. Die Art, wie sie mit Lou umgegangen war, hatte mich sofort davon überzeugt, dass sie jemand war, für den es sich einzustehen lohnte. Natürlich hatte sie mich mit ihrer vorschnellen Art beinahe zur Weißglut gebracht. Dennoch hatte ich bei ihr von Anfang an dieses Gefühl von Vertrautheit gespürt.

»Hat diese Ira auch erzählt, welche dieser Schwestern über Melia an diesem Tag geredet hat?«

Resá runzelte erneut mit der Stirn. »Na alle, die im Orden etwas zu sagen hatten. Mentira hat keinen Alleinherrscher wie Sombra. Hier entscheiden die hohen Schwestern gemeinsam.«

Ruby griff erneut zu der Flasche. Doch kurz bevor sie zum Trinken ansetzte, zögerte sie. »Gab es denn eine Schwester, also von denen, die etwas in der Stadt zu sagen hatten, die Melia besonders streng behandelt hat?«

Resá brauchte nur einen kurzen Moment, um auf diese Frage zu antworten. »Kalyra. Die beiden haben aus ihrer gegenseitigen Ablehnung nie ein Geheimnis gemacht. Sie war für die kämpferische Grundausbildung der Rekrutinnen zuständig. Aber Melia wurde nicht nur viel härter bei den Übungen bewertet, sondern bekam immer die schwierigsten und anstrengendsten Aufgaben. Es war kein Geheimnis, dass Kalyra damals für Melias Tod war. Aber die übrigen Schwestern stimmten dagegen. Auf diese Art ließ Kalyra Melia ein dutzend Mal innerlich sterben.«

Nun griff ich zur Flasche und schraubte den Verschluss auf. Ein beißender Geruch stieg mir in die Nase. »Na dann wissen wir ja jetzt, wem wir zuerst einen Besuch abstatten, wenn wir in Mentira sind.« Ich nahm einen kräftigen Schluck und verzog angewidert das Gesicht.

Kilian

Den ganzen Tag über hatte es fürchterlich geregnet. Der Sturm fegte mit so einer Wucht über die Burgmauern hinweg, dass ich mir sicher war, dass er im Dorf das eine oder andere Häuserdach abdecken würde.

Ich saß allein in meinem Zimmer und starrte aus dem Fenster. Wie hatte ich nur ernsthaft glauben können, dass ich Nathan und Melia so einfach entzweien könnte? Ich kannte meinen Bruder bereits mein Leben lang, aber ich hatte noch nie erlebt, dass er so aus der Haut fuhr. Er war immer ruhig und besonnen gewesen. Ein wahrer Herrscher, jemand, der immer die Kontrolle über sich behielt. Aber diese aufbrausende und emotionale Art kannte ich nicht.

Wie er auf mich losgestürmt war, wie ein Wahnsinniger. Natürlich hatte ich mit Gegenwehr gerechnet, immerhin riss ich ihn aus seinem gewohnten Umfeld und verfrachtete ihn für einige Wochen an den Arsch der Welt. Aber dass er sich so dagegen wehren würde, das hatte ich beim besten Willen nicht geahnt.

Zum Glück hatte ich rechtzeitig meine Fassung zurückgewonnen und ihm eindringlich klar gemacht, was es für ihn bedeutete, wenn er sich meinem eindeutigen Befehl widersetzen würde. Eine Anklage vor dem Zirkelgericht konnte seinen Tod bedeuten und ich kannte meinen Bruder gut genug, um zu wissen, dass er sehr an seinem Leben hing.

Trotzdem lag mir diese Begegnung schwer im Magen. Ich hatte Melias entgleiste Gesichtszüge bemerkt, wie sie nicht nur Nathan, sondern auch mich mit großen, weit aufgerissenen Augen angestarrt hatte.

So hatte ich sie nur noch weiter von mir entfernt. Aber sobald Nathan fort war, würde ich sie schon wieder für mich gewinnen. Sie konnte schließlich nicht ewig sauer auf mich sein.

Ein leises Klopfen aus Richtung meiner Tür erklang. Ich spielte mit dem Gedanken, einfach abzuwarten, bis derjenige von selbst wieder verschwand. Doch dann siegte meine Neugierde. »Wer ist da?«, rief ich schroff.

Die Tür öffnete sich langsam und Leif steckte seinen Kopf durch den Türspalt. Er trug bereits die Rüstung unserer Späher. »Ich wollte Ihnen Bericht erstatten, dass alle Soldaten bereits abreisefertig sind. Aber Nathan hat sich noch nicht blicken lassen.« Leifs Stimme war zum Ende hin merklich leiser geworden, als befürchte er Ärger.

»Der taucht schon noch auf«, wiegelte ich ab. Ich wusste genau, dass Nathan die Expedition antreten würde. Er suchte vermutlich gerade das letzte bisschen Stolz, das er noch besaß.

»Ein wenig Zeit haben wir ja auch noch bis zur Abreise«, versuchte Leif, die Situation zu entspannen.

Ich nickte ihm zustimmend zu. »Nun dann wünsche ich euch auf eurer Mission viel Erfolg. Kommt wohlbehalten wieder nach Sombra zurück.«

Leif straffte seine Schultern, setzte einen ernsten Blick auf und verabschiedete sich.

Dann war ich mit meinen Gedanken über Melia wieder allein. Erst nach einer ganzen Weile fiel mir ein, dass ich unbedingt noch jemandem einen Besuch abstatten wollte.

Ich schloss das offene Fenster und zog die dunklen Vorhänge zu, ehe ich mein Arbeitszimmer verließ. Ein kalter Wind pfiff durch die steinernen Flure der Burg. Sofort zog ich meine Jacke enger um meinen Körper und stieg eilig die zwei Treppenabsätze hinab. Auf dem Weg zu meinem Ziel kamen mir einige aufgescheuchte Bedienstete entgegen, die allerlei Holzplatten und Werkzeug in den Händen hielten.

»Was ist hier los?«, herrschte ich sie an. Eines der zierlichen Dienstmädchen blieb stehen und lief rot an.

»Soberano, Ihr Onkel gab uns diese Anweisungen. Er befindet sich unten und wartet auf das Werkzeug«, antwortete sie mir zaghaft. Ihre Stimme klang hell, gleichzeitig aber so leise, dass ich Mühe hatte sie zu verstehen.

Ich nickte ihr kurz zu und bedeutete ihr somit, weiterzugehen. Als ich im unteren Teil der Burg angelangt war, entdeckte ich Onkel Nox. Eilig schritt ich auf ihn zu. »Was zur Hölle ist hier los? Was tun all diese Leute mit den Brettern in der Burg?« Meine Stimme klang verärgerter, als ich beabsichtigt hatte.

Nox hob eine Augenbraue und drehte sich zu mir um. Er verabschiedete sich von einer dunkelhaarigen Frau, mit der er sich bis vorhin anscheinend noch sehr angeregt unterhalten hatte. »Kilian, hat dein werter Vater dir in all den Jahren nie beigebracht, dass man Menschen, die sich unterhalten, nicht einfach so unterbricht?«

Ich musterte meinen Onkel für einen Moment, ehe ich ihm antwortete. »Es ist völlig irrelevant, was mein Vater mir beigebracht hat oder nicht. Ich bin der Soberano und ich habe dir eine Frage gestellt. Also, was hat diese Unruhe zu bedeuten?«

Nox atmete hörbar aus und selbst einem blinden Mann wäre aufgefallen, dass er über unser zufälliges Zusammentreffen nicht sonderlich erfreut war. »Sie sind auf dem Weg zu den Stallungen, denn dort hat der Wind das Dach abgedeckt. Wir müssen die Löcher flicken, damit die Pferde nicht durchgehen und dann im Burghof umherirren.« Mein Onkel warf mir einen vorwurfsvollen Blick zu. Irgendwie wurde ich das Gefühl nicht los, dass seine Laune einem gewissen Umstand geschuldet war.

»Liegt dir sonst noch etwas auf dem Herzen, Onkel? Du wirkst so angespannt«, fragte ich.

Für einen Moment wurde sein Gesichtsausdruck ernst, fast schon wütend. »Junge du machst einen großen Fehler. Deinen Bruder fortzuschicken ist der falsche Weg. Überdenke diese Entscheidung noch einmal. Du brauchst Nathans Rückhalt hier. Zwei Brüder sollten sich nicht so bekämpfen«, versuchte er, auf mich einzureden. Seine Stimme war tief und rauchig. Nox strahlte die Ruhe eines knisternden, brennenden und wärmespendenden Feuers aus.

»Der Auftrag ist erteilt. Ein guter Herrscher steht zu seinen Entscheidungen, denn letztlich sind sie es, die ihn definieren und ausmachen. Was wäre ich für ein Soberano, wenn ich bei der kleinsten Kritik meine Pläne über Bord werfen würde? Mich interessiert eher, woher du überhaupt davon weißt. Diese Absprache betraf nur eingeweihte Soldaten innerhalb der Zirkelwache.« Ich beäugte meinen Onkel kritisch. Er hatte seine Augen und Ohren einfach überall und es war nicht das erste Mal, dass er über Dinge Bescheid wusste, die er eigentlich nicht wissen durfte.

Auch Nox wurde anscheinend bewusst, dass er sich auf dünnem Eis bewegte. Er fummelte nervös an seiner Jackentasche herum, ehe er seine Hände in dieser vergrub. »Ich bin vorhin deinem Vater begegnet. Er war auf der Suche nach dir und teilt meine Ansichten. Ascan war sehr aufgebracht, dass sein ältester Sohn auf eine so gefährliche Expedition geschickt wird, ohne dass er davon wusste. Du solltest unbedingt ein Wort mit ihm wechseln.«

Meinen Vater hatte ich völlig vergessen. Kurz flackerten seine letzten Worte auf. Er hatte mir von etwas berichten wollen, etwas, das ihn beunruhigte. Als ich nachdenklich die Hände in meine Jackentaschen schob, stieß ich auf etwas Hartes. Als ich es herauszog, erkannte ich die ominöse Murmel, die ich in dieser Nacht auf dem Korridor gefunden hatte.

»Woher hast du das?«, riss mich Nox Stimme aus meinen Gedanken.

Überrascht blickte ich in seine weit aufgerissenen Augen, die in meine geöffnete Hand starrten. »Woher habe ich *was*?«, fragte ich genervt.

Plötzlich griff Nox nach meinem Arm und drückte zu. »Junge, das ist nicht witzig, hörst du! Das Ganze ist kein albernes Spiel, ich dachte wirklich, so langsam wüsstest du das.« Seine tiefe Stimme dröhnte in meinen Ohren und seine Hand umfasste meinen Unterarm. Er drückte zu und zog mich näher an sich heran. Ungläubig starrte er auf die Murmel.

»Ich habe sie nachts auf einem der Korridore vor meinem Zimmer gefunden, wieso?«, fragte ich. Ich wusste wirklich nicht, wieso mein Onkel sich plötzlich so eigenartig aufführte. Normalerweise war er kein ängstlicher Mensch, aber die Art und Weise, wie er dieses Ding anstarrte, beunruhigte mich. Was immer es mit diesem murmelartigen Ding auf sich hatte, es konnte nichts Gutes bedeuten.

Nox stützte sich mit seinem anderen Arm an einer der Wände ab, ehe er antwortete. »Du hättest deinen Vater nicht wegschicken sollen, du Dummkopf! Er hätte dich sonst warnen können. Wegen deiner Arroganz musste ein unschuldiger Mensch sein Leben lassen. Ich hoffe, das war es dir wert.«

Immer noch verwirrt, starrte ich meinen Onkel an.

»Nox wovon redest du überhaupt? Ich habe keine Ahnung was du meinst!?«

Nox verstärkte den Griff um meinen Arm und zog mich zu einer der Türen. Mit seiner freien Hand stieß er diese auf und zerrte mich in den verlassenen Raum. »Diese *Murmel*, wie du sie nennst, war ein Mensch, Kilian!«

Der harte Tonfall traf mich völlig unvorbereitet und auch die Bedeutung der Worte brauchte einige Minuten, um ihren Weg in mein Bewusstsein zu finden.

»Das ist doch Schwachsinn«, fuhr ich ihn an.

Als ob diese kleine, glänzende Murmel ein Mensch gewesen war? Wen wollte dieser alte, abergläubische Idiot bitte für dumm verkaufen?

Doch seine Miene blieb starr und je länger wir schwiegen, desto schwerer wurde die Luft zwischen uns.

»Das Auge … Es verändert sich. Dir muss doch aufgefallen sein, dass der Tribut, den es von dir verlangt hat, immer größer wurde. Es will mehr und weil du es ihm nicht geben konntest, hat es sich an Unschuldigen gelabt.«

Als Nox‘ Worte den Raum mit ihrer Schwere füllten, spürte ich, wie sie mich zu Boden drückten. Die kleine Kugel lag immer noch in meiner Hand. Die leichte Wärme, die sie abgab, durchfuhr meinen Körper und jagte mir einen kalten Schauer über die Schultern.

»Wie ist das möglich?«, krächzte ich. Ich war unfähig, auch nur einen klaren Gedanken zu fassen.

»Du bist nicht stark genug, um das Auge zu besänftigen. Der Zirkel war im Allgemeinen überrascht, dass das Auge dich überhaupt als Soberano akzeptiert hat, nachdem dein Bruder sich weigerte, diese Aufgabe zu übernehmen. Doch dein Vater äußerte bereits damals seine Bedenken, dass du nicht stark genug sein könntest, um diesen Tribut auf Dauer zu zollen. Anscheinend hat Ascan doch Recht behalten.« Nox lief langsam durch den verstaubten, dunklen Raum. Seine Schritte hallten dumpf durch die Stille und nur ein kleiner Lichtstrahl erhellte die Kammer.

»Du meinst, ich bin zu schwach, um das Auge zu bändigen und deshalb tötet es Menschen? Das klingt absurd, wie sollte es das tun? Es ist eingeschlossen im Turm und wird Tag und Nacht bewacht.«

Nox hielt inne. »Du bist einfach zu blind, um das große Ganze zu erkennen, oder? Diese Macht ist so viel größer als du oder unsere Stadt. Das Auge ist in der Lage, uns alle zu töten. Nur tot nützen wir ihm nichts. Einzig und allein deshalb lässt es uns leben. Aber es will seine Kräfte steigern und dazu braucht es Qualen. Anscheinend ist ihm dein Schmerz nicht mehr genug, Kilian.«

Anscheinend ist ihm dein Schmerz nicht mehr genug, Kilian.

Hatte Nox überhaupt die leiseste Ahnung, was dieser Satz bedeutete? Meine Qualen waren doch nichts, was man aufwiegen konnte. Dass er sich anmaßte, mir zu erzählen sie seien nicht qualvoll genug, war ein Schlag in die Magengrube.

Ich wusste nicht, was ich zu all dem sagen sollte. So absurd diese ganze Geschichte klang, irgendetwas in mir spürte, dass mein Onkel die Wahrheit sprach.

»Hast du Ava in letzter Zeit gesehen?«, fragte ich nach einer Weile.

Nox schaute mich verwundert an. »Wie kommst du denn plötzlich darauf?«, fragte er verständnislos.

Ich starrte auf eine der grauen Backsteinwände, unfähig, mich zu bewegen. Ich öffnete die rechte Hand und offenbarte den Blick auf die kleine rötliche Kugel in meiner Handfläche. »Ich glaub, es war Ava, die vom Auge getötet wurde.«

Nox ließ sich auf einen der staubigen Stühle fallen. Er kannte Ava schon, seit sie das erste Mal ihren Fuß in die Stadt gesetzt hatte. Mein Onkel war es, der sie Ascan als Dienstmädchen vorgeschlagen und sie letztlich in den Dienst des Zirkels aufgenommen hatte. Sein Gesicht wurde bleich.

»Das … kann nicht sein«, murmelte er und starrte dabei ins Leere. »Sie war doch ein gutes Mädchen.«

»Als ob das Auge jemals darauf Rücksicht genommen hätte, ob jemand den Tod verdiente oder nicht«, sagte ich abweisend.

Plötzlich sprang er auf und packte mich am Kragen. »Bist du dir sicher, dass sie es war?«, schrie er mich an.

Ich versuchte, mich aus dem Griff von Nox zu befreien, bekam ihn aber nicht zu fassen. »Ja, ich bin mir sicher. Ich habe sie kurz vorher auf dem Korridor gesehen. Sie hat gestritten, mit einem der Soldaten.«

Nox ließ mich genauso plötzlich wieder los, wie er mich gepackt hatte. Er fuhr sich mit der Hand durch sein zerzaustes Haar. »Ich werde nach ihr rufen lassen, vielleicht irre ich mich auch und es war der wütende Zirkelwächter. Die beiden haben sich auf dem Flur angeschrien, doch nachdem ich sie darauf hinwies, dass sie ruhiger sein sollten, ging ich wieder. Ich war gerade wieder in meinem Zimmer angekommen, da schrie Ava erneut. Doch als ich die Stelle erreichte, fehlte von ihnen jede Spur. Nur die Kugel lag auf dem Boden. Sie war noch warm.«

Nox wandte sich von mir ab, als könne er meine Gegenwart nicht mehr ertragen. Auch mir war diese Situation unangenehm, immerhin hatte ich die letzten Stunden einen toten Menschen mit mir herumgetragen, auch wenn ich noch nicht so ganz verstand, wie diese Murmel entstanden war. Unsicher, ob ich Nox danach fragen sollte, drehte ich die Kugel in meiner Hand und hielt sie gegen den spärlichen Lichtstrahl, der den Raum durchbrach.

Das Innere schien sich langsam zu bewegen, wie zwei Flüssigkeiten, die sich gegenseitig umschlossen.

»Es ist ihre Seele, Kilian«, sagte Nox leise. »Dieses Gefäß, das *Xadrez*, ist das Einzige, was das Auge nicht gebrauchen kann. Wen auch immer sich das Auge letztlich einverleibt hat, dieser Mensch war nicht gänzlich verkommen, denn dann wäre nichts mehr von ihm übriggeblieben.«

»Was soll ich mit diesem *Xadrez* denn nun tun, Nox?«, fragte ich leicht verunsichert.

Ich wollte dieses Gefäß, diese Seele, nicht weiter in meiner dreckigen Jackentasche umhertragen. Es fühlte sich falsch an, respektlos und irgendwie grauenvoll.

»Ich weiß es nicht, Kilian. Bisher habe ich so etwas noch nicht miterlebt. Du solltest zu deinem Vater gehen und ihn um Rat bitten. Er wird sicherlich wissen, was zu tun ist. Ich glaube, er hat so etwas zu seiner Herrschaftszeit selbst erlebt.«

Er schritt ohne ein weiteres Wort zur Tür und ließ mich allein.

Ich blieb noch kurz in dem staubigen Raum, ehe auch ich hinaus auf den Flur trat. Eigentlich hatte ich vorgehabt, zu Zohera zu gehen. Denn auch mit ihr hatte ich noch einiges zu besprechen. Aber diese Sache hier ließ sich unmöglich weiter aufschieben. Ich lief zu dem Arbeitszimmer meines Vaters. Unterwegs kam mir eine der anderen Dienstmädchen entgegen.

»Leyla?«, rief ich der zierlichen jungen Frau zu.

Sie schreckte zusammen und blickte mich mit weitaufgerissenen Augen an. »Ja, Herr?« Ihre Stimme war eher wie ein zarter Luftzug, der meine Ohren streifte.

»Hast du Ava in letzter Zeit gesehen?«

Sie überlegte scheinbar angestrengt und schüttelte schließlich zaghaft ihren blonden Kopf. »Nein. Ich habe sie schon länger nicht mehr gesehen. Vielleicht hat sie einen Auftrag von Ihrem Bruder und befindet sich auf dem Markt?«

Ich nickte ihr zu und schritt den Gang weiter entlang. Es war Ava. Ich war mir sicher. Das Mädchen hatte sich mit diesem einfältigen Soldaten auf dem Flur gestritten und dann war sie für immer verschwunden. Vielleicht sollte ich nach dem Soldaten suchen, der bei ihr war? Andererseits, was ging mich der Tod dieses Dienstmädchens überhaupt an? Sie waren doch alle ersetzbar und dort draußen warteten hübsche junge Mädchen doch nur darauf, Teil der Schattenburg zu werden. Wie dumm sie alle waren …

Nach wenigen Minuten erreichte ich das Zimmer meines Vaters. Die dunkle Holztür wirkte genauso alt und undurchdringbar wie der ehemalige Herrscher selbst. Alles in mir sträubte sich dagegen, an diese Tür zu klopfen. Ich würde mal wieder von Vorwürfen, Anklagen und missbilligenden Blicken überhäuft werden und darauf konnte ich gut verzichten. Mein Vater war einfach ein Fall für sich und es schmerzte mich innerlich, dass ich es erst so spät eingesehen hatte.

Ich blieb vor der schweren Tür stehen und hob gerade die Hand, um zu klopfen, als ich von drinnen leises Stimmgewirr hörte. Mein Vater hatte also anscheinend bereits anderen Besuch. Ich entschied, ihn nicht bei seinem Gespräch zu stören und machte auf dem Absatz kehrt. Doch ich war gerade erst um die Ecke gebogen, als ich hörte, wie die Tür sich hinter mir öffnete. Ich drehte mich um, und spähte vorsichtig zur Tür. Dort stand mein Vater – mit keiner geringeren als Zohera!

Er tätschelte ihr freundlich die Schulter und sie lächelte ihm zu. Sie verschwand in die andere Richtung und die Tür zum Arbeitszimmer schloss sich.

Was hatten die beiden nur miteinander beredet und wieso zur Hölle lief Zohera einfach so durch die Schattenburg? Ich hatte den Wachtposten klare Anweisungen gegeben, sie nicht aus dem Raum zu lassen, außer in meiner Begleitung.

Mal wieder überging man die Anordnungen des Soberanos. Langsam aber sicher reichte es mir. Zielstrebig und mit angespannter Brust schritt ich zurück zur Tür. Es wurde Zeit, dass ich meinem Vater bewusst machte, wer hier in Sombra das Sagen hatte!

Melia

Ich hatte keine Ahnung wie lange ich bereits durch die Burg irrte, aber es kam mir vor wie eine Ewigkeit. Alles in diesem riesigen Gebäude sah gleich aus und die Begegnung mit Ascan hatte mich völlig aus dem Konzept gebracht. Irgendetwas an diesem alten Mann jagte mir Angst ein, denn nach allem, was Nathan mir über seinen Vater erzählt hatte, war er nicht nur ein machtgieriger, herzloser Mann, sondern auch ein unberechenbarer Herrscher. Wer seinem eigenen Sohn nicht gönnte, seinen Platz einzunehmen, war kein richtiger Vater.

Aber die Art und Weise wie Ascan mich vorhin gemustert hatte, ließ mir das Blut in meinen Adern gefrieren. Er hatte mich mit seinen kalten Augen beinahe durchbohrt, gleichzeitig war er so ruhig geblieben, dass ich nur meinen Atem gehört hatte, als wir in der großen Halle aufeinandergestoßen waren. Am unangenehmsten war die Tatsache, dass er mich dabei beobachtet hatte, wie ich seinen Sohn geküsst hatte und dieser mich von sich weggestoßen hatte.

Diese Zurückweisung war ein völliger Schlag ins Gesicht gewesen, aber dann auch noch zu wissen, dass ein fremder Mann dabei zugesehen hatte, brachte mich völlig aus dem Konzept. Ich rieb mir über die Arme, aber es half nicht. Die Kälte fraß sich wie ein Parasit durch meinen Körper.

Plötzlich schwang vor mir eine der vielen Türen auf und eine zierliche, athletisch gebaute Frau kam heraus. Ihr Blick huschte kurz zu mir herüber, ehe sie stehen blieb.

»Melia?«, fragte sie ungläubig.

»Ivy!«, rief ich erleichtert.

Ich war in diesem Moment einfach überglücklich, endlich eine mir bekannte Person gefunden zu haben, die mir den Weg zurück in mein Zimmer zeigen konnte.

»Was irrst du denn hier so ziellos herum?«, fragte sie besorgt. Als sie sah, dass ich von Kopf bis Fuß nass war, schlug sie die Arme über dem Kopf zusammen. »Gütiger Himmel, du holst dir noch den Tod in den nassen Klamotten. Komm, wir besorgen dir jetzt erst einmal warme und trockene Anziehsachen und dann erzählst du mir, wieso du klitschnass durch die Gänge irrst.«

Ivy führte mich zielstrebig durch die labyrinthartigen Gänge.

Nach einigen Treppenabsätzen und unzähligen Abzweigungen hatten wir endlich unser Ziel erreicht. Ivy hatte uns zu ihren Räumlichkeiten gebracht. Als sie den Schlüssel im Schloss drehte und sie die Tür aufstieß, kam mir ein süßer, angenehmer Duft entgegen.

Als ich eintrat, entdeckte ich sofort, woher dieser betörende Geruch kam – ein riesiger rosafarbener Blumenstrauß stand auf einem kleinen Tisch neben dem Bett. Ivys Zimmer war bedeutend kleiner als das von Nathan und mir. Die Wände waren mit einer fliederfarbenen Tapete bedeckt und zu meiner Rechten befand sich ein imposanter Spiegel.

»Wow, du hast anscheinend einen großen Verehrer«, sagte ich mit einem gequälten Lächeln auf den Lippen. Ich wollte nicht über den Kuss nachdenken, daher kam mir jegliche Ablenkung gelegen.

»Ach wo«, winkte Ivy vehement ab. »Die sind doch nicht von einem Mann. Da kennst du mich aber schlecht. Die Apfelblüten hat mir meine Schwester vorbeigebracht. Sie arbeitet draußen auf einer der Farmen und die ersten Bäume blühen schon. Eigentlich etwas zu früh, aber duften tun sie trotzdem schon himmlisch.« Ivy schritt zum Fenster. »Es hört einfach nicht auf zu regnen. Dabei war der Himmel heute Morgen noch wolkenlos.« Sie drehte sich wieder zu mir um und lief zu einem weißlackierten Schrank.

Sie öffnete ihn und kramte ein Tuch heraus, dass sie mir reichte. »Hier, trockne dir erst einmal die nassen Haare ab. Was hast du überhaupt bei diesem Mistwetter draußen gemacht?«

Ihre hellen Augen fixierten mich erwartungsvoll und ich suchte verzweifelt eine Ausrede, fand aber keine. »Ich war auf einem Ausritt.«

»Und weiter?«, fragte Ivy ungeduldig.

»Mit Kilian.«

Ivys Augen weiteten sich überrascht. Sie ließ sich auf einen der Stühle fallen und starrte mich eine ganze Weile schweigend an. »Was zur Hölle habt ihr denn bitte da zu suchen gehabt?«

Ich rieb mit dem Tuch über meine Haare, die nun sicherlich in alle Richtungen abstanden und versuchte vergeblich, auch meine nasse Kleidung abzutrocknen. Doch diese klebte weiter klamm an meinem Körper.

Ivy erhob sich und lief zu ihrem Kleiderschrank. »Ein Glück, haben wir doch beinahe dieselbe Größe, Kleines«, sagte sie mehr zu sich selbst und kramte wild in ihrem Schrank herum.

Sie hielt mir sowohl eine Hose, als auch ein graues langärmliges Shirt hin. »Probier das mal.«

Mühsam schälte ich mich aus der nassen Kleidung und hing meine Lederjacke zum Trocknen auf. Anschließend streifte ich mir das frische Shirt über. Als ich meine Arme hochstreckte, um in das enge Top zu schlüpfen, fiel mir auf, dass meine Bauchwunde die letzten Stunden überhaupt nicht mehr geschmerzt hatte. Etwas unbeholfen fummelte ich an dem nassen Verband herum und wickelte die Binden vorsichtig ab. An dem Stoff klebte noch ein wenig getrocknetes Blut, doch das eigentlich faszinierende offenbarte sich auf meiner Haut. An der Stelle, an der noch bei meiner Ankunft in Sombra eine ziemlich schmerzende Wunde geklafft hatte, war beinahe nichts mehr zu erkennen. Man konnte lediglich erahnen, dass dort einmal eine Verletzung gewesen war. Ich warf einen fragenden Blick Richtung Ivy, die ihre Arme verschränkte.

»Das Auge kann verletzen, aber auch heilen. Je nachdem, in welcher Gunst du stehst.«

Diese Worte verunsicherten mich. Schnell zog ich das dunkle Langarmshirt über und schälte mich auch aus der nassen Hose. Als ich endlich wieder trockene Anziehsachen am Körper trug, setzte ich mich an den Kamin.

Ivy schnappte sich einen Stuhl und setzte sich zu mir.

»So, und jetzt erzählst du mir, wieso du völlig allein und so durchnässt durch die Gänge geirrt bist.«

Ich schluckte. Zögerlich fuhr ich mir mit meiner Hand durch die zerzausten Haare und versuchte vergeblich, die Knoten mit den Fingern zu lösen.

Ivy drehte sich zur Seite und langte nach der Bürste, die auf der Kommode lag. »Hier, nimm die.«

Ich griff danach und fuhr mir vorsichtig durch mein langes braunes Haar.

»Irgendetwas belastet dich doch, oder? Wenn du nicht darüber reden willst, verstehe ich das«, tönte Ivys Stimme sanft durch den Raum. Doch das war es nicht. Ich wollte ja darüber reden. Über den Ausflug mit Kilian, über den Kuss mit Nathan, einfach über alles. Wieso ich hier war, was Ascan damit zu tun hatte und wie mein Leben hier weitergehen sollte. Doch ich bekam einfach keinen klaren Gedanken zu fassen. Mich umwaberten tausend wirre Überlegungen, die wie flüchtige Schatten durch mein Bewusstsein geisterten. Immer, wenn ich gerade nach einem von ihnen griff, fühlte es sich an, als würde meine Hand ins Leere greifen.

Aber nachdem ich einen letzten tiefen Atemzug genommen und meinen Mut zusammengekratzt hatte, erzählte ich ihr alles. Von dem Ausritt mit Kilian, den vertrauten und ehrlichen Momenten, die ich ihm gar nicht zugetraut hätte. Als ich bei der Prügelei ankam, weiteten sich ihre Augen ungläubig, doch sie lauschte schweigend. Und mir tat es gut, sich alles von der Seele zu reden. Ich endete an dem Punkt, an dem Nathan mich im Regen hatte stehen lassen und ich spürte neben Trauer, auch Scham in mir aufsteigen. Ich biss mir auf die Zunge, als ich spürte, wie meine Wangen heiß wurden und kniff die Augen zusammen. Ich durfte nicht weinen. Wir Schwestern der Ruína weinten nicht!

Ivy stand auf und ging zu der Vitrine, die hinter der Tür stand. Sie griff nach einem dunkelblauen Taschentuch und kam dann wieder auf mich zu.

»Unfassbar, dass ich eine Prügelei zwischen Nathan und Kilian verpasst habe! Ich bin echt ein bisschen neidisch.«

Sie reichte mir das Taschentuch. Ich putzte mir die Nase und musste wegen ihres frechen Kommentars kurz grinsen.

»Es liegt nicht an dir, Melia. Du hast wirklich nichts falsch gemacht«, begann sie auf mich einzureden. Bisher hatte ich Ivy vor allem wegen ihres losen Mundwerks in mein Herz geschlossen. Sie nun ehrlich besorgt zu sehen, war ungewohnt.

Für einen kurzen Moment sah ich auf den steinernen Boden, ehe ich mich zu Ivy wandte und sie fragend ansah.

»Wie meinst du das?«

»Nathans Herz gehört einer Frau, die seit knapp zwei Jahren tot ist. Er ist noch nicht über ihren Tod hinweg und nur der Wind weiß, ob sich daran jemals etwas ändern wird.«

Ivy griff nach meiner Hand und drückte sie kurz. Es war eine kleine Geste, aber ich wusste sie sehr zu schätzen. Als sie mich wieder los ließ, wurde mir bewusst, dass sie innerhalb dieser kurzen Zeit, die wir uns erst kannten, zu einer Freundin geworden war.

»Hast du Hunger?«, fragte sie plötzlich.

Ich zuckte nur mit den Schultern. Nach Essen war mir eigentlich nicht wirklich zumute. Doch Ivy war bereits zu einem der Regale gelaufen und holte etwas daraus hervor. Als sie sich zu mir umdrehte, hielt sie zwei dunkelrote Äpfel in der Hand.

»Die hat mir meine Schwester gestern vom Markt mitgebracht. Ich schwöre dir, du hast in deinem ganzen

Leben noch nie einen so leckeren Apfel gegessen.« Sie hielt den linken vor die Nase und ich nahm ihn in die Hand.

»War das etwa ein Versprechen?«

Ich rieb den Apfel kurz an meinem Oberteil, ehe ich hineinbiss. Der Saft lief mir am Kinn herunter und ich wischte mir mit dem Ärmel übers Gesicht.

Ivy begann zu lachen.

»Wo sind denn deine Tischmanieren? Oder habt ihr sowas bei euch in Mentira etwa nicht?«

Auch sie biss ein Stück von ihrem Apfel ab und kaute genüsslich. Als ich endlich heruntergeschluckt hatte, antwortete ich ihr. »Du hast nicht übertrieben, der schmeckt ja wirklich köstlich!« Nachdem ich aufgegessen hatte, senkte ich den Blick. Auch wenn sich die Gedanken an Nathan kurzzeitig hinwegschieben ließen, so brachen sie in unregelmäßigen Abständen wieder über mich hinweg. Ivy legte ihren Apfel beiseite.

»Seine Reaktion hatte nichts mit dir zu tun, Melia. Du bist eine mutige, hübsche und intelligente junge Frau. Du kannst verdammt stolz auf dich sein.« Ivys Worte schmeichelten mir, aber so ganz glauben konnte ich ihr nicht.

»Ich habe meine Schwesternschaft im Stich gelassen und bin einfach abgehauen, weil ich das Gefühl hatte, dass ich dort nie wirklich hingehört habe. Als ich dann hier war, habe ich gemerkt, wie falsch das alles war. Ich hätte niemals von dort abhauen dürfen. Seit ich hier bin, läuft mein ganzes Leben in die falsche Richtung.«

»Bist du dir da wirklich so sicher? Ich hatte seit unserer ersten Begegnung eher das Gefühl, dass du genau hierhin gehörst. Wenn du unserem werten Soberano kein Feuer unterm Arsch machen kannst, wer denn dann?«

Ich zuckte nur kurz mit den Schultern, ehe wir dann doch gemeinsam über diese eigenartige Situation lachten.

»Hast du eigentlich etwas herausgefunden, Ivy? Darüber, wieso ich hier bin?«

Ivy schüttelte den Kopf. »Ich habe mich unauffällig umgehört, aber die meisten wissen nicht einmal, dass du überhaupt hier bist, geschweige denn, wer du bist. Als seist du ein Geist, der unsichtbar durch die Korridore schwebt. Konnte Nathan dir denn auch nichts sagen?«

»Nein, er meinte, dass er seit seiner Abdankung kaum mehr in wichtige Dinge eingeweiht wird.«

Ivy erhob sich von ihrem Stuhl und ging Richtung Tür. »Dann müssen wir wohl weiterhin Augen und Ohren offenhalten. Ich bring dich jetzt erst einmal wieder zurück in dein Zimmer. Ich muss leider in die Schneiderei, bevor auffällt, dass ich so lange fort war.«

Jaron

Wir schlichen leise um die riesigen Stadtmauern, die Mentira vor Eindringlingen und neugierigen Blicken schützen sollten. Unter meinen Schuhen knackte verdächtig ein Ast und sofort schnellten die Blicke von Ruby und Resá nach hinten.

»Psssst. Sei gefälligst still«, zischte Resá.

Ich hob entschuldigend die Arme, ehe ich den beiden weiter folgte. Es hatte unglaublich viel Überzeugungskraft gebraucht, bis Resá sich bereit erklärt hatte, uns tatsächlich in die Stadt zu schmuggeln. Wir hatten beinahe zwei Stunden in der heruntergekommenen Hütte mit ihr darüber diskutiert, wie wichtig es war, mit dieser Kalyra sprechen zu können.

Resá hatte immer wieder betont, dass man sie aus der Schwesternschaft verbannen würde, wenn dieser Verrat jemals ans Licht kommen würde.

Aber Ruby und ich hatten ihr geschworen, nie zu verraten, wer uns bei unserem Weg in die Stadt geholfen hatte. Die junge Frau hatte uns dann von einem alten Abflussrohr erzählt, das durch einen kleinen Tümpel führte und durch das man halbwegs unerkannt in die Stadt gelangen konnte, sofern man keine Abneigung gegen Wasser hatte. Allerdings lag dieser Zugang auf der komplett entgegenliegenden Seite und deshalb schlichen wir uns im

Schutz der Nacht an der riesigen Stadtmauer entlang und hofften, dass keine der Wachen uns bei unserem Vorhaben bereits frühzeitig entdeckte.

Mühsam kämpften wir uns durch das dichte Geäst, bis Resá irgendwann vor einer großen Röhre hielt.

»Da wären wir«, flüsterte sie uns zu.

Ruby und ich tauschten einen fragenden Blick aus. Da sollten wir also hindurchwaten? Der Boden des Durchgangs war bis zu den Knien mit Schlamm bedeckt und aus dem Rohr drang ein widerlicher Gestank.

»Entweder hier durch oder durch das Eingangstor«, entgegnete sie schnippisch.

Auch wenn ihr Tonfall nicht freundlich war, konnte ich ihre angespannte Haltung durchaus verstehen. Mentira war ihre Heimat und all das setzte sie für uns aufs Spiel.

»Was passiert, wenn wir am anderen Ende angelangt sind?«, fragte Ruby.

»Ihr müsst dem Rohr folgen, bis ihr am anderen Ende auf eine Art Teich trefft. Direkt dort befindet sich ein großer alter Baum. Dort versteckt ihr euch, bis ich euch holen komme. Egal was passiert, ihr wartet dort, bis ich erscheine. Verstanden?«

Ich nickte.

»Danke, Resá. Ich weiß wirklich zu schätzen, was du für uns tust«, erklang Rubys sanfte Stimme.

Sie ging auf Resá zu und schloss sie in ihre Arme. Ich drehte mich leicht zur Seite, denn ich wollte die beiden nicht stören. Doch bereits kurze Zeit später lösten sie sich aus ihrer innigen Umarmung und Resá lief bereits in die andere Richtung davon.

»Also dann, wollen wir?«, fragte ich.

»Worauf habe ich mich hier nur eingelassen?«, entgegnete Ruby mit einem frechen Grinsen im Gesicht.

Allerdings war die Frage durchaus berechtigt – worauf hatten wir uns hier nur eingelassen? Gemeinsam krochen wir durch den dunklen Durchgang und sahen bereits kurze Zeit später nicht einmal mehr die eigene Hand vor Augen.

»Ruby?«, dröhnte meine Stimme durch den Hohlraum.

»Ja?«

»Danke.«

Ruby schwieg, aber ich wusste, dass sie mich gehört hatte.

Wir krochen weiter und der abgestandene Geruch des dreckigen Wassers stieg mir in die Nase. Immer und immer weiter kämpften wir uns durch den Schlamm, bis ich nach einiger Zeit endlich einen kleinen, hellen Punkt am Ende des Durchgangs ausmachen konnte. Ruby kroch schneller, doch ich griff nach ihrer Schulter, um sie zurückzuhalten.

»Langsam. Je schneller wir kriechen, desto mehr Lärm verursachen wir.«

Sie nickte und verlangsamte ihr Tempo. Als die Öffnung nur noch wenige Meter von uns entfernt war, verharrten wir. Ich lauschte, konnte jedoch kein Geräusch von außen festmachen. Vorsichtig streckte Ruby ihren Kopf aus der Öffnung und blickte sich um.

»Die Luft scheint rein zu sein«, flüsterte sie mir über die Schulter zu. Ich beobachtete sie dabei, wie sie vorsichtig aus der Öffnung kletterte und sich leise in den kleinen Teich unter uns gleiten ließ. Ein Plätschern ertönte, als ihr Körper das Wasser berührte. Kurz darauf ließ ich meine Beine ebenfalls nach unten baumeln und verlagerte mein Gewicht so, dass ich langsam in das knietiefe Wasser glitt.

Sofort durchfuhr mich ein kalter Schauer. Als ich mich

suchend nach Ruby umsah, entdeckte ich den großen Baum, von dem Resá erzählt hatte. Dort angekommen, entdeckte ich auch Ruby, die fröstelnd mit ihren Händen über ihre Arme rieb. Sie stand auf einer Art Vorplatz, der ruhig und verlassen vor uns lag. Rechts von ihr befand sich ein kleiner, runder Brunnen.

»Wieso muss das Wasser auch so saukalt sein?«, meckerte sie.

Wir hockten uns auf den Boden und ich versuchte, die Kälte so gut es ging zu ignorieren. Ruby fing bereits wenig später an, leicht zu zittern und auch ich spürte, wie der Wind sich tiefer in meine Knochen fraß.

Plötzlich erklang entferntes Stimmgewirr und sofort spannten sich sämtliche Muskeln in meinem Körper an. Ich lehnte mich leicht nach vorn, um besser erkennen zu können woher die Geräusche kamen, sah aber nur zwei entfernte Schatten. Ruby sah mich fragend an, doch ich presste ihr nur meine Hand auf den Mund und bedeutete ihr, bloß keinen Mucks von sich zu geben. Sie schob meine Hand beiseite und funkelte mich mit ihren gruseligen Augen böse an. Das Rot in ihnen war dunkel geworden und waberte langsam hin und her.

»Ruby? Wo seid Ihr?«

Erschrocken zuckte ich zusammen, als Resás Stimme über den leeren Platz hallte.

Ich stützte mich am Baum ab und sah auf den Platz. Als Resá mich entdeckte, schritt sie schnellen Schrittes auf uns zu.

»Ihr wart aber schnell«, begrüßte sie uns.

»Wer war das da eben?« Ich wies mit dem Arm in die

Richtung, in der ich vorhin noch zwei schemenhafte Schatten gesehen hatte.

»Nichts, worüber du dir Sorgen machen müsstest«, wich sie mir aus. Resá ging an mir vorbei zu Ruby und drückte ihr einen flüchtigen Kuss auf die Wange. »Euch beide riecht man noch auf hundert Meter Entfernung«, sagte sie gequält.

»Wohin jetzt?«, fragte ich.

Sie wies mit ihrer Hand in Richtung Turm und lief langsam los. Wir folgten ihr in einigem Abstand. Mentira war im Grunde ein riesiges Schloss, das von einigen kleinen Häusern umringt wurde. Die Türme ragten imposant in den Himmel, dennoch sah man deutlich die schwarzen Rußflecken, die die Gasexplosion an der nördlichen Seite hinterlassen hatte.

»Das war alles die Explosion?«, fragte ich ungläubig.

Resá drehte sich zu uns herum und blieb stehen. »Auf dieser Seite sieht man es kaum. Aber die nördliche Mauer wurde von der Explosion eingerissen, weshalb dort nun auch verstärkt Wachtposten eingesetzt werden, die an dieser Stelle hier fehlen. Ihr habt also wirklich verdammtes Glück. Der Nordturm des Schlosses liegt in Trümmern und es wird Monate brauchen, bis wir die Schäden einigermaßen behoben haben. Bei der Explosion sind drei Schwestern gestorben und viele wurden verletzt.«

Das hatte vorhin aus Rubys Mund aber noch ganz anders geklungen. Von wegen, das Schloss sei unbeschadet. Bei dem Gedanken, dass durch die Rebellen sogar Menschen gestorben waren, überkam mich ein leichter Schauer. Natürlich hatte ich selbst schon unzählige Unschuldige getötet. Aber ich hatte es nie abgestritten, so wie Ruby.

»Ich bin weder Ruby noch ihren Leuten böse, denn es

war ein Unfall. Mir ist bewusst, dass niemand von ihnen uns ernsthaft schaden wollte, aber ich kannte diese Mädchen fast mein ganzes Leben lang. Es ist schwer zu akzeptieren, wieso sie sterben mussten. Genauso wenig kann ich verstehen, was ihr euch von diesem Unterfangen eigentlich versprecht. Melia ist aus freien Stücken gegangen und hat uns andere zurückgelassen. Sie sollte mit ihrer Entscheidung einfach weiterleben, immerhin tun wir Übrigen das auch.«

Ich schluckte meine aufkeimende Wut herunter und sammelte mich, ehe ich ihr antwortete. »Hast du eigentlich eine Ahnung, wie sie gelitten hat, als sie die Explosion gehört hat? Was für Qualen sie durchmachen musste, weil sie in solcher Sorge um euch alle war? Es ist meine Schuld, dass sie nicht zu euch zurückgekehrt ist. Ich hatte Angst um ihr Leben, nur deshalb kam sie in dieser Nacht nicht zu euch zurück. Außerdem habe ich dir bereits vorhin versucht zu erklären, dass sie womöglich nicht einmal aus freien Stücken eure Stadt verließ, sondern diese ganze Mission von Anfang an eine Lüge war. Deshalb müssen wir zu dieser Kalyra.«

Resá warf mir einen ernsten Blick zu, antwortete aber nicht. Sie drehte sich wieder um und schritt in Richtung Schloss.

Ruby und ich folgten ihr und schon bald öffnete Resá eine der Türen und wir betraten das Schloss, in dem Melia aufgewachsen war.

Auch wenn es mittlerweile tiefste Nacht war, waren die Gänge des Schlosses hell erleuchtet. Ein weinroter Teppich bedeckte den dunklen Boden und führte uns wie ein Wegweiser durch die Gänge. Wie durch ein Wunder begegneten wir auf dem Weg durch die Korridore keiner Menschenseele. Die Stadt und alle Schwestern schliefen und das würde hoffentlich auch so bleiben.

Als wir in einen kleinen Gang nach rechts bogen, blieb Resá plötzlich stehen. »Da wären wir. Das hier ist die Tür zu Kalyras Zimmer.« Sie hob kurz ihre Hand und zeigte auf die Tür.

»Mein Part ist hiermit erfüllt. Ich werde jetzt in mein Zimmer zurückkehren und beten, dass mich niemand dabei gesehen hat, wie ich euch geholfen habe. Hoffentlich habt ihr euch euren Rückweg gut gemerkt, denn begleiten werde ich euch nicht.« Sie machte auf dem Absatz kehrt und lief davon.

»Und was jetzt?«, fragte Ruby.

»Wir öffnen vorsichtig die Tür und schleichen uns ins Zimmer«, begann ich.

»Wir sollten unbedingt dafür sorgen, dass Kalyra nicht schreien kann. Vielleicht können wir sie an ihr Bett fesseln und ihr den Mund verbinden. Wenn wir sie ausgefragt haben, machen wir uns hoffentlich unbemerkt wieder aus dem Staub.«

Ruby nickte zustimmend.

»Das sollte hinhauen.«

Vorsichtig öffnete ich die Tür und schob mich in den Raum. Innen war alles dunkel, bis auf eine Kerze, die neben dem Bett still und leise vor sich her brannte. Ich schritt langsam hinüber zum Bett und achtete darauf, keinen Lärm zu verursachen. Während ich einen Schritt vor den nächsten setzte, suchte ich den Raum nach etwas ab, womit wir Kalyra fesseln konnten. Das Schlafzimmer dieser Frau war nur spärlich eingerichtet. Leise schob ich mich weiter durch den Raum. Mein Blick blieb an einem Paar Schuhe kleben.

Ruby schloss leise die Tür und folgte mir. Stumm zeigte

ich auf die Stiefel. »Meinst du, das wird gehen?«, flüsterte ich ihr zu.

Ruby beugte sich nach vorne und begann die Schnürsenkel aus den Ösen zu ziehen. Nachdem sie sie in den Händen hielt, sah sie zu mir auf.

»Das werden wir gleich wissen.«

Vor dem Bett angekommen, sah ich das erste Mal die Ausbilderin von Melia. Sie lag auf der Seite, ihre langen schwarzen Haare über ihrem gesamten Kopfkissen verteilt.

Ich stellte mich links neben das Kopfende und blickte in Rubys Richtung, die sich auf der gegenüberliegenden Seite postierte hatte. Ruby griff vorsichtig unter die Bettdecke und umfasste Kalyras linken Arm. Für einen Moment hielt ich angespannt die Luft an. Doch Melias Ausbilderin hatte anscheinend einen gesunden Schlaf.

Ruby wickelte das Schuhband um ihr Handgelenk und knotete es fest. Dann zog sie ihren Arm Richtung Kopfende und fädelte den Schnürsenkel durch die dortige Öffnung hindurch. Sie fesselte Kalyras Hand geschickt ans Bett. Als sie fertig war, schnappte ich mir den anderen Arm und tat es ihr gleich. Doch anders als bei Ruby, wachte Kalyra bei meinem Versuch auf.

Reflexartig presste ich der Frau meine Hand auf den Mund. Es dauerte nur wenige Sekunden, bis sie völlig verwirrt aus dem Schlaf erwachte und mich mit großen, weit aufgerissenen Augen anstarrte. Sie schrie, oder versuchte es zumindest. Doch alles was nach außen drang, war ein unverständliches Brummen. Sie versuchte ihren linken Arm vom Bett loszureißen und als ihr das nicht gelang, verpasste sie mir mit der freien Hand einen Schlag gegen die Schläfe. Ruby eilte an meine Seite und hielt sie fest.

»Stopf ihr irgendwas in den Mund!«, wies ich sie an.

Ruby eilte durch den Raum.

»Wir wollen dir nichts tun, okay? Wir brauchen nur einige Antworten von dir und dann lassen wir dich einfach wieder gehen. Aber nur, wenn du nicht schreist und auch sonst keinen Lärm machst. Hast du das verstanden?«

Kalyras Augen starrten mich immer noch an, während sie versuchte, sich aus meinem Griff zu lösen.

Ich drückte mit meiner Linken ihren Arm aufs Bett, während ich meine Rechte noch immer auf ihren Mund presste. Ruby kam mit etwas zurück, das aussah wie ein Paar Socken. Ich hob kurz die Hand, während Ruby ihr das Knäul in den Mund stopfte, ehe ich sie anschließend wieder hinaufpresste. Kalyra gab ein Würgegeräusch von sich. Nachdem sie aufgehört hatte wild herumzuzappeln, lockerte ich den Griff um ihren Arm.

»Ich werde jetzt langsam meine Hand von deinem Mund nehmen und du wirst nicht schreien, verstanden?«

Kalyra nickte.

Während Ruby ihren anderen Arm griff, um ihn mit dem anderen Schnürsenkel ans Bettgestell zu fesseln, nahm ich die Hand von Kalyras Mund. Sie röchelte, während sie mit der Zunge versuchte, den Stoff aus ihrem Mund zu schieben. Als das Knäul aus ihrem Mund fiel, schnappte Kalyra laut nach Luft. Sie starrte mich böse an. »Wer bist du und was machst du in unserer Stadt?« Ihre Stimme klang tief und kratzig.

»Wir sind hier, weil wir Fragen zu Melia haben.«

»Ich kann euch nichts dazu sagen«, antwortete sie schwer atmend.

»Hör zu, wir wissen, dass du etwas gegen sie hattest. All die Jahre hast du sie drangsaliert und dann einfach fortgeschickt. Wolltest du sie absichtlich loswerden?«

Kalyra schwieg und blickte uns wütend an. Ruby stellte sich neben mich und reichte mir meinen Dolch, den sie mir in der Höhle abgenommen hatte.

»Vielleicht hilft der, sie zum Reden zu bringen.«

Ich nahm die Waffe entgegen und drehte sie in der Hand. Dann presste ich ihr die Klinge gegen die Brust und beobachtete, wie sie sich durch den dünnen Stoff bohrte, der ihren Körper bedeckte.

»Ich ramm` dir diesen Dolch in dein verkommenes Herz, wenn du uns nicht endlich sagst, was wir wissen wollen!« Meine Stimme klang bedrohlich und ich spürte, wie ich bereits nach so kurzer Zeit die Geduld verlor. Mein Körper bebte vor Aufregung und Erinnerungen an alte Zeiten kamen wieder hoch. Erinnerungen daran, wie ich für Kilian gemordet und verletzt hatte. Ich wischte die Gedanken zur Seite und warf Kalyra einen drohenden Blick zu.

Doch diese hob nur kurz ihren Kopf und spuckte mir ins Gesicht. »Einen Scheiß sag ich dir.«

Ich schnappte mir das Bettlaken und wischte mir die Spucke aus dem Gesicht. Mein Griff um den Dolch verstärkte sich. Drohend ließ ich ihn über ihrer Brust schweben und stieß ihn ihr dann zwischen die Rippen. Kalyras Körper bäumte sich auf, als die Klinge durch ihr Fleisch drang.

Ich wollte sie ihr noch tiefer in den Körper bohren, als Ruby mich plötzlich aufhielt. »Nicht. Wenn du sie umbringst, kann sie nicht reden. Lass mich das regeln.« Sie beugte sich leicht nach vorne und lächelte Kalyra freundlich an. Als diese Rubys Augen sah, schreckte sie zusammen. »Gruselig, oder?«, fragte Ruby. »Da wo ich herkomme, haben fast alle solche Augen. Aber das ist nicht das Einzige, was mich von dir unterscheidet.«

»Egal, was ihr vorhabt, ihr werdet niemals unentdeckt fliehen«, presste Kalyra gequält zwischen ihren Lippen hervor.

»So wie wir auch nicht unentdeckt bis in dein Schlafzimmer spazieren konnten?«, fragte ich amüsiert.

»Also, zurück zu der Frage meines lieben Freundes. Was kannst du uns über Melia sagen? Was hatte es mit dieser Mission auf sich und warum hasst du sie so sehr?«

Kalyra begann zu lachen. Doch dann verfinsterte sich ihr Gesicht zu einer hässlichen Fratze. »Ich habe die anderen vor Jahren gewarnt, dass es Ärger wegen ihr geben würde. Dass dieser Pakt, den wir damals eingingen, früher oder später einen Schatten über uns werfen würde. Dieser Tag ist dann wohl heute gekommen. Melia war nie eine Schwester der Ruína. Sie war nie ein Teil von Mentira.« Kalyra blickte uns verächtlich entgegen und ich wurde das Gefühl nicht los, dass die beiden noch viel mehr trennte, als einfacher Hass.

»Wie meinst du das?«, fragte ich.

»Melia war nicht einfach eine Waise, die wir aufnahmen und großzogen, so wie die anderen Mädchen. Ihre Eltern vertrauten sie uns an und baten uns, sie als eine der unseren großzuziehen. Ich war von Anfang an gegen diesen Pakt, denn dieses Mädchen bedeutete Ärger. Doch die anderen wollten von meinen Bedenken nichts hören. Sie schimpften auf meine Kaltherzigkeit und versicherten mir, sie sei so jung und so unschuldig, dass sie uns keine Probleme machen würde. Doch ich wusste es besser!«

»Wieso sollten denn Eltern ihr Kind freiwillig hierhergeben?«, fragte Ruby fassungslos.

Dieselbe Frage geisterte auch durch meinen Kopf. Das alles ergab keinen Sinn.

»Vor achtzehn Jahren war das Verhältnis zwischen Sombra und Mentira sehr angespannt. Der Soberano wollte gegen Mentira in den Krieg ziehen und er hätte diesen Krieg wahrscheinlich auch gewonnen. Er bedrohte uns mit der Macht des Auges. Doch der Soberano und seine Frau erwarteten ein Kind. Die Herrscherin gebar eine Tochter, doch seine Frau starb bei der Geburt. Er war außer sich vor Wut. Als das Auge von der Existenz des Mädchens erfuhr, wollte es dieses als Ascans Nachfolger. Doch Ascan hatte bereits seine Frau verloren und wollte nicht auch noch seine Tochter verlieren. Er verhandelte mit der Macht des Auges und überließ ihm das Schicksal seiner beiden Söhne unter der Bedingung, dass das Auge niemals Hand an das junge Mädchen anlegen würde. Doch Ascan traute dem magischen Artefakt nicht und so kam er reumütig zu uns. Mentira liegt zwar nicht außerhalb des Machtkreises des Auges, aber immerhin weit genug entfernt, damit das Auge dem Mädchen nicht schaden konnte. Ascan handelte einen Waffenstillstand aus, unter der Bedingung, dass Melia als eine Schwester der Ruína aufwächst, fernab von all den Schatten und der Macht des Auges. Ich versuchte, die anderen davon abzuhalten, immerhin hatte das Baby dennoch einige Zeit in den dunklen Hallen der Burg gelebt und so manchen Schatten in sich aufgenommen, aber man nahm meine Bedenken nicht ernst. Als das Mädchen jedoch älter wurde, merkte ich, dass sie unsere Tugenden nicht ernst nahm. Sie war einfach zu stur und trug eine kleine böse Saat in ihrem Herzen, die von Tag zu Tag immer größer wurde. Das Auge rief sie zu sich und letztlich ist sie diesem Ruf nur gefolgt, auch wenn ich etwas nachhelfen musste.«

Ich blickte Kalyra fassungslos entgegen. »Melia ist Ascans Tochter?«

Sie nickte. »Ja, das ist sie. Die Frage, die ich mir eher stelle, ist – wieso wollt ihr das alles wissen?«

Ruby beobachtete mich schweigend, während sie die Fesseln von Kalyra enger zog. »Du hast hier gar keine Fragen zu stellen, Liebes«, kam sie mir mit einer Antwort zuvor.

»Was hast du denn davon gehabt, sie nach Sombra zu lotsen? Wozu die Mühe mit dieser SD-Karte und der Suche nach einem nicht existenten Schlüssel?«

»Sie hat dir also davon erzählt? So, so … Nun, ich kenne sie schon ihr ganzes Leben. Sie hat doch nur auf eine passende Chance gewartet, um Mentira den Rücken zuzukehren. Ihre Gedanken schwebten immer in die weite Ferne und darum, was sich hinter den Mauern verbirgt. Es zog sie in die Welt und ich wusste, wenn ich ihr so einen Köder vor die Füße schmeiße, würde sie sich diesem Ruf nicht länger verwehren. Sie musste hier weg. Melia gehört einfach nicht an diesen Ort. Wir alle haben strenge Prinzipien. Ein Leben ohne Lügen und ohne Verrat ist alles, was wir uns wünschen. Sie war bis in die Tiefen ihres Herzens niemals eine von uns.«

Ruby gluckste, ehe sie anfing, leise zu lachen. Kalyra und ich blickten sie fragend an.

»Entschuldige, aber hörst du eigentlich den Mist, der aus deinem Mund kommt? Du erzählst uns hier von eurer ach-so-ehrlichen-Stadt und dann, im selben Atemzug, erklärst du uns in allen Einzelheiten wie verlogen und intrigant du Melia aus der Stadt gelockt hast. Du bist hier die einzige, die es mit der Ehrlichkeit nicht so genau nimmt.«

Ich hörte nur mit halbem Ohr auf die Worte, die Ruby sprach, denn ich versuchte immer noch zu verstehen, was Kalyra vorhin erzählt hatte.

Melia war Ascans Tochter – und die Schwester von Kilian und Nathan! Doch noch ein ganz anderer Gedanke machte sich in meinem Kopf breit.

»Weiß Melias Vater, dass sie sich auf den Weg nach Sombra gemacht hat?«, fragte ich Kalyra.

Ein Lächeln machte sich auf ihren Lippen breit und entblößte eine Reihe gerader weißer Zähne. »Was denkst du denn?«

Ich ballte meine Hände zu Fäusten und musste mich zusammenreißen, dieser Frau nicht doch ins Gesicht zu schlagen.

»Das ist doch auch wieder nur die halbe Wahrheit, die du uns hier erzählst, du verlogenes Miststück«, schrie ich sie an. Für einen kurzen Moment vergaß ich, dass uns niemand erwischen durfte und ließ meiner Wut freien Lauf.

Kalyra grinste noch immer und provozierte mich damit nur noch mehr.

»Wer wusste noch von alldem? Wer hat dich bei dieser ganzen Sache unterstützt?«, übernahm nun Ruby wieder die Führung. Sie musste gespürt haben, wie nahe mir diese Erkenntnis ging und wie sehr mir die ganze Situation zusetzte.

»Was spielt das denn noch für eine Rolle? Ob ich nun Hilfe hatte oder nicht, Ascan wollte seine Tochter wieder bei sich haben und ich wollte sie loswerden. So hat doch jeder bekommen, was er wollte, oder etwa nicht?«

Ich wusste, dass nicht jeder bekommen hatte, was er wollte. Denn dann wäre ich an Melias Seite und nicht hier in diesem dunklen Raum mit dieser verlogenen Frau, die Melia hinterrücks in eine Falle gelockt hatte.

Ruby griff nach dem Stofffetzen, der neben das Bett gefallen war und stopfte ihn Kalyra wieder in den Mund. Dann kam sie auf mich zu und zog mich zur Seite.

»Alles in Ordnung mit dir? Du siehst ziemlich beschissen aus. Ich will nicht unhöflich sein, aber wir sollten zusehen, dass wir hier verschwinden, solange noch niemand Wind davon bekommen hat, dass wir überhaupt hier waren. Ich hoffe, dir reicht all das, um dein Mädchen zurückzuerobern.«

Ich ließ meinen Kopf sinken. Melia war nicht *mein* Mädchen und diese ganze Geschichte war so absurd, dass ich es ihr nicht verübeln würde, wenn sie mir nichts davon glauben würde. Ruby ging zurück zu Kalyra und zog ihr den dreckigen Lappen wieder aus dem Mund.

»Jeder kriegt, was er verdient und ihr zwei werdet niemals von hier fliehen, ohne dass wir euch finden. Ich vergesse euch nicht und wenn ich euch bis nach Sombra folge. Niemand fesselt mich an mein eigenes Bett und bedroht mich« Sie hustete erneut. Ihre Kleidung war bereits mit Blut bedeckt und auch das Laken färbte sich bereits dunkelrot.

»Dafür warst du aber ganz schön gesprächig«, fiel Ruby ihr ins Wort. Sie warf mir einen fragenden Blick zu, ehe sie kurz auf den Dolch in meiner Hand blickte.

»Willst du, oder soll ich?«, fragte sie schließlich.

Ich betrachtete den Dolch in meiner Hand und grinste.

»Mach's gut«, raunte ich ihr zu, ehe ich ihr einen heftigen Schlag mit dem Griff verpasste.

Kilian

Unschlüssig stand ich in dem Korridor und überlegte, was ich tun sollte. Entweder klopfte ich an die Tür meines Vaters, um mit ihm über die Xadrez zu sprechen, oder ich verfolgte Zohera, um sie zu fragen, was sie mit ihm zu besprechen hatte.

Ich entschied mich für letzteres und beeilte mich, ihr zu folgen. Sie lief zielstrebig die verwinkelten Gänge entlang, stieg einige Treppenabsätze hinauf und blieb vor einem der Gästezimmer im südlichen Teil der Schattenburg stehen. Ich verharrte hinter der nächsten Flurbiegung, bis sie die Tür aufgeschlossen hatte und ins Innere geschlüpft war. Dabei fragte ich mich sofort, weshalb mein Vater sie hierher umquartiert hatte, denn immerhin hatte ich sie in einem der Zimmer im Westflügel untergebracht. Wütend lief ich auf die Tür zu und riss sie ohne Vorwarnung auf.

Zoheras Augen blickten mir schreckgeweitet entgegen. »Hallo Zohera«, begrüßte ich sie betont freundlich. Eilig betrat ich den Raum und schloss die Tür hinter mir. »Ich frage mich wirklich, was du hier treibst.«

Das verhasste Gefühl, betrogen worden zu sein, breitete sich langsam in meinem Inneren aus. Verrat war etwas, das ich nicht duldete.

»Kilian« entgegnete Zohera. Ihre Stimme triefte vor Verachtung, aber ich konnte ihr das nicht verdenken. Wir hatten einen Pakt geschlossen und ich hatte ihn gebrochen und sie in dieses dreckige Verlies gesteckt. Mittlerweile bereute ich diese Entscheidung, aber das spielte keine Rolle.

»Wie bist du aus deinem Zimmer rausgekommen?«, fragte ich ohne Umschweife.

Zohera musterte mich mit einer Mischung aus Abscheu und Misstrauen. Sie hob das Kinn leicht an und funkelte mir wütend entgegen. »Durch die Tür.«

Ich spürte, wie mein Magen sich verzog und die Wut sich durch meine Adern fraß wie Gift. Trotzdem versuchte ich, ruhig zu bleiben. »Deine patzigen Antworten kannst du dir sparen. Wer hat das hier veranlasst?«

Zoheras Gesicht verzog sich zu einem Lächeln und sie setzte sich auf die Bettkante. »Seit wann bist du so angespannt? Dein Vater hat den Befehl gegeben, mich hinauszulassen und ein Soldat brachte mich zu seinem Arbeitszimmer. Aber ich bin mir sicher, dass weißt du bereits. Also, was soll das Ganze? Erst verrätst du mich und sperrst mich in dieses dreckige, stinkende Loch und jetzt bist du beleidigt?« Von dem verängstigten, kleinlauten Mädchen aus dem Kerker war nichts mehr übrig. Ihre dunkle Haut war nicht länger von Dreck und Unrat bedeckt. Ihre lockigen, schwarzen Haare fielen ihr in Wellen über die schlanken Schultern und am Körper trug sie eine hellblaue Tunika, die ihre schlanken Schenkel entblößte.

»Was willst du hier, Kilian?«, holte ihre Stimme mich zurück in den Raum.

»Was hast du mit meinem Vater besprochen? Was hat er dir gesagt?«

Zohera runzelte die Stirn. Sie starrte mich einen Moment lang unschlüssig an, ehe sie mir antwortete. »Du steckst in verdammten Schwierigkeiten und auch wenn du es mir vermutlich nicht glaubst, dein Vater versucht nur, dich zu beschützen. Er hat einen Plan und wenn dieser funktioniert, kommen wir alle heil aus dieser ganzen Sache raus.«

Ich verstand kein einziges Wort. Mein Vater war ein verdammter Egoist, der nur an seinen eigenen Vorteil dachte. Seit meine Mutter tot war, lebte er nur für eine Sache – Macht.

»Das ist eine Lüge«, antwortete ich ihr unbeeindruckt.

Doch Zohera verschränkte ihre Arme vor der Brust, ehe sie sich erhob. »Du bist so verblendet von deinem Hass, dass du das Offensichtliche nicht sehen willst. Kilian, du wirst sterben, wenn du das Amt des Soberano nicht abtrittst. Das Auge wird dich zerreißen, weil du nicht in der Lage bist, ihm das zu geben, was es braucht. Rede mit deinem Vater! Er hat Melia nicht ohne Grund nach Sombra geholt und es wird endlich Zeit, dass du erfährst, wieso sie hier ist.«

Ich spürte, wie die Wut innerlich an mir nagte. Sie brannte in meinem Herzen, in meiner Brust, in meinen Adern. Es fühlte sich an, als würde mein gesamter Körper vor Wut vergehen, als sei dieser Verrat für mich nicht länger tragbar. Zum ersten Mal musste ich daran denken, wie oft ich andere so in der Hand gehabt hatte und wie sehr diese Menschen gelitten haben mussten. Ich presste die Zähne aufeinander.

»Ich rede mit meinem Vater, wenn mir danach ist!«, herrschte ich sie an.

»Aber jetzt gerade rede ich mit dir und ich verlange verdammt nochmal eine Antwort! Warum hast du Melia verraten? Sie hat die ganze Zeit immer dafür gekämpft, dass ich dich freilasse. Wenn sie je erfährt, dass du sie hintergangen hast, dann bricht für sie alles zusammen.«

Zohera senkte ihren Blick.

»Ich habe sie nicht verraten. Sie wird irgendwann verstehen, wieso ich sie hierhergebracht habe und es liegt ganz bei ihr, ob sie mir dafür dankbar sein wird oder ob sie mich auf ewig hasst. Diese Entscheidung liegt in ihren Händen. Ich habe sie all die Jahre beschützt und auf sie aufgepasst. Diese Freundschaft lebt seit ihrer Geburt mit einer Lüge und sie wird für immer ein Teil davon sein.«

»Wie konntest du nur so lange in einer Stadt leben, in der Lügen verboten ist? Du bist doch durch und durch verlogen und ein verdammtes Miststück! Du tust hier so selbstlos, dabei ging es dir doch von Anfang an nur um dich! Du hast diesen Auftrag doch nur angenommen, damit man dich bei deiner Rückkehr nach Sombra bis in den Himmel lobt. Tut mir leid, dich enttäuschen zu müssen, aber das Begrüßungskomitee ist momentan leider anderweitig beschäftigt.« Ich bedachte sie mit einem eisigen Grinsen. Mir war nicht entgangen, dass sie einen Großteil ihrer Selbstsicherheit während meiner Worte verloren hatte. Ohne ein weiteres Wort drehte ich Zohera den Rücken zu und trat hinaus auf den Gang. Als die Tür ins Schloss fiel, atmete ich erleichtert aus.

Alle Fäden liefen bei Ascan beisammen. Wenn das mal keine allzu große Überraschung war. *Ich* war zwar derjenige, der zum Soberano ernannt worden war, aber *er* war derjenige, der tatsächlich die Stadt regierte. Er hatte einfach ein Gespür für Macht. Sie umgab ihn, wie eine unsichtbare Hülle, durchflutete seine Adern wie Blut und verlieh ihm seine Kraft. Macht war es, die meinen Vater zu dem gefährlichsten Mann in ganz Sombra machte. Ascan war unberechenbar, denn das einzige, was ihm je etwas bedeutete hatte, hatte er bereits verloren – den Titel des Soberanos. Und das ausgerechnet an mich.

Als kleiner Junge hatte ich mich vor der Dunkelheit gefürchtet. Die verwinkelten Ecken der Burg, die vielen Schatten, die sich gefährlich über mir erhoben und sich im Schein der Fackeln bedrohlich über mich beugten – all das hatte mich verängstigt. Nathan hatte mir damals immer gut zugeredet.

Doch mein Vater bemerkte meine Furcht vor der Dunkelheit irgendwann. Eines Nachts weckte er mich und zerrte mich hinunter in den Kerker. Es war unglaublich kalt und ich lief barfuß über die rauen Granitsteine der Burg. Ich bettelte und flehte meinen Vater an, mich loszulassen, doch er zerrte mich immer und immer weiter, bis wir ganz unten ankamen. Nur eine einzige Fackel erhellte die dunkle Zelle. Mein Vater schubste mich in eine Ecke und ich fiel auf die Knie.

Als ich mich weinend aufrappelte, beugte er sich zu mir herab, die brennende Fackel in der rechten Hand und sagte etwas, das mich noch Jahre später verfolgte.

»Ein Soberano fürchtet die Schatten nicht, er führt sie.«

Mit diesen Worten schmiss er die Fackel in einen Wasserbottich und verließ die Zelle. Die Dunkelheit kroch mir in die Knochen, fraß sich durch mein Innerstes und hinterließ in mir ein Loch, das nichts hatte schließen können. In dieser Nacht beherrschte mich die Angst vor den Schatten. Es war wie eine eisige Kälte, die mich umschloss. Ich rührte mich die ganze Nacht nicht von der Stelle und presste meine Augen krampfhaft zusammen. Ich hörte

Schreie, die unmöglich real sein konnten, spürte eine so tiefgreifende Einsamkeit, dass mein Herz förmlich in Stücke gerissen wurde. Diese Nacht ließ etwas in mir sterben.

Seit jener Nacht sah ich meinen Vater nicht mehr mit denselben Augen.

Entschlossen machte ich mich auf den Rückweg zum Arbeitszimmer meines Vaters. Es war an der Zeit, mich meinen Dämonen zustellen. Als ich das Zimmer fast erreicht hatte, durchfuhr ein starker Schmerz meine Brust und ich fiel auf die Knie. Ich hustete und versuchte verzweifelt, nach Luft zu schnappen, doch meine Kehle fühlte sich an, als hätte sie jemand mit einem festen Tau umschlungen. Schmerzerfüllt schloss ich meine Augen und versuchte, mich zu beruhigen. Irgendwann ließ der Schmerz wieder nach und auch das Atmen fiel mir wieder wesentlich leichter. Mit letzter Kraft zog ich mich an der Wand hinauf und lehnte mich dagegen.

Das Auge rief mich erneut. Das letzte Mal lag noch nicht lange zurück und es zerrte nun erneut an meinen Kräften. Mühsam stützte ich mich ab und torkelte die Korridore entlang, bis ich endlich an der Tür angelangt war. Ich hämmerte dagegen und wartete ungeduldig.

Als sich nichts im Inneren regte, klopfte ich erneut, diesmal allerdings ungeduldiger. Ich horchte hinein, konnte allerdings nichts hören. Als ich die Tür aufstieß, sah ich nur noch die glimmende Glut, die im Kamin schien und roch den Geruch von verbranntem Holz. Leise betrat ich den Raum und sah mich um.

Ascan war nicht hier.

Jaron

Ich konnte kaum glauben, dass wir es tatsächlich unbemerkt aus der Stadt geschafft hatten. Nachdem ich Kalyra ins Reich der Träume geschickt hatte, waren wir denselben Weg zurückgegangen, den Resá uns hergeführt hatte und als wir das stinkende Rohr erreicht hatten, war ich unglaublich erleichtert. Auch wenn weder Ruby noch ich es je zugegeben hätten, aber wir hatten nicht erwartet, so leicht davonzukommen.

Während wir uns leise an der Mauer entlangschlichen, um zu dem Brunnen zu gelangen, hatten wir kein einziges Wort über all das verloren. Als wir jedoch endlich unsere Pferde erreicht und uns in die Sattel geschwungen hatten, fiel die Anspannung ab.

Wir ritten bereits einige Zeit durch den dunklen Wald, als Ruby als erste das Wort ergriff. »Wieso bringt man sein Kind in eine fremde Stadt, zu diesen wildfremden verrückten Frauen?«

»Ich glaube, Angst lässt die Menschen manchmal eigenartige Dinge tun. Wer weiß schon, was in dem Kopf dieses Mannes vor sich ging, als er diese Entscheidung fällte? Keiner von uns wusste, dass er überhaupt eine Tochter hatte und ich frage mich ehrlich gesagt eher, wie er das all die Jahre vor seinen beiden Söhnen verheimlichen konnte.«

»Was macht dich so sicher, dass die beiden nichts von ihrer Schwester wissen?«

Ich lenkte Grey neben Rubys Pferd und suchte ihre Augen in der Dunkelheit. »Würdest du jahrelang unbehelligt leben können, in dem Wissen, dass du irgendwo dort draußen noch einen Bruder oder eine Schwester hast? Kilian mag ein ignoranter Idiot sein, der nur an sich selbst denkt, aber Nathan hätte jeden Stein umgedreht, um seine Schwester zu finden. Die beiden wissen von alldem nichts, da bin ich mir sicher.«

Wir ritten durch das verräterische Unterholz und ich lauschte dem Rascheln der Blätter.

»Das scheint eine ziemlich kaputte Familie zu sein. Ich hoffe für dich, dieses Mädchen ist all diese Mühen wert. Trotzdem weißt du, was du uns nun schuldest. Du bringst uns zum Auge, denn das war der Deal.«

Ich nickte Ruby zu. Für mich zählte nur eines: Ich wollte Melia endlich wiedersehen und mich bei ihr entschuldigen. Ich wollte ihr sagen, dass es ein Fehler gewesen war, sie auszuliefern und ihr von all dem berichten, was ich auf meiner Reise herausgefunden hatte. Sie fehlte mir.

Es dauerte einige Zeit, bis sich der Wald lichtete und das dichte Blätterdach über uns wieder den Nachthimmel offenbarte. Der Himmel wurde heller und ein neuer Tag kündigte sich an. Wenn alles nach Plan lief, dann sah ich Melia bereits heute Abend wieder.

Melia

Nachdem Ivy mich in mein Zimmer zurückgebracht hatte, legte ich mich erschöpft auf mein Bett. Ich starrte an die weiße Decke und spürte, wie mich die Müdigkeit übermannte. Für einen Moment erlaubte ich es mir, dem Drang nach Schlaf nachzugeben.

Als ich meine Augen wieder öffnete, wehte mir ein angenehm warmer Wind um die Ohren und spielte mit meinem offenen Haar. Ich drehte den Kopf zur Seite und blickte mich um. Vor mir befand sich eine riesige Wiese voller bunter Blumen, die sich im Takt des Windes wiegten. Ein süßer Geruch stieg mir in die Nase. Der Himmel über mir strahlte in einem hellen Blau und es war nicht eine Wolke zu sehen. In der Ferne konnte ich eine mächtige Burg erkennen, die große Ähnlichkeit zu der Schattenburg in Sombra besaß. Die hohen Mauern ragten dem Himmel entgegen und die hellen Steine reflektierten die Strahlen der Sonne. Ich spürte, wie die gleichen Sonnenstrahlen auf meiner Haut prickelten. Alles um mich herum war schön und friedlich.

Melia. Gefällt dir, was du siehst?

Ich drehte mich suchend nach der Stimme um, konnte aber keinen anderen Menschen weit und breit erkennen. Unsicher blickte ich über die weiten Felder.

Was wäre, wenn all dies schon bald Vergangenheit wäre?

Ein kalter Windstoß peitschte mir entgegen und alles um mich herum fing an zu verschwimmen. Zuerst verblassten die bunten Blumen und zerfielen vor meinen Augen zu Staub. Das grüne Gras verdorrte und hinterließ nichts als dunkle, braune Flecken auf der Erde vor mir. Der Himmel färbte sich schwarz und dicke, graue Unwetterwolken zogen auf. Es donnerte bedrohlich über mir und auch die Burg in der Ferne verwandelte sich vor meinen Augen in eine Ruine.

Ich lief. Lief davon vor all dem Leid und dem Tod, der sich um mich herum auszubreiten schien. Doch dann sah ich in der Ferne eine Gestalt. Als ich näher kam, erkannte ich, wer dort stand – Nathan.

Ich verharrte vor ihm und blickte in sein markantes Gesicht. Als ich meine Hand nach ihm ausstreckte, schälte sich seine Haut von seinen Knochen und er verschwand vor meinen Augen.

Aber so muss es nicht enden, Melia. Du kannst all das verhindern.

Ich lief über das vertrocknete Gras und suchte verzweifelt nach der Stimme. Wer sprach dort zu mir und was wollte die Stimme nur von mir?

Du kannst mich nicht sehen, aber das musst du auch nicht. Du kannst mich spüren, wenn du es zulässt.

»Was willst du denn von mir? Was soll das alles?«, fragte ich.

Ich will dich. Ich will deine Treue und deine Gefolgschaft. Folge mir und die Welt, wie du sie kennst, wird sich niemals zu einem Ort wandeln, der von Tod und Dunkelheit überschattet wird.

Ich zitterte. Nicht aufgrund des starken Windes, der mir noch immer ins Gesicht peitschte. Ich zitterte vor Angst. Dieses triste Umgebungsbild, die Kälte und die Dunkelheit waren genau das, was uns von der alten, der vergessenen Welt überliefert worden war. All das Leben war von der Oberfläche verschwunden. Ich wollte die Welt nicht erneut im Chaos begraben. Ich wollte nicht die Schuld tragen, dieses neue Zeitalter erneut ins Verderben zu stürzen.

»Was muss ich tun?«, fragte ich mit fester Stimme. Ich wollte mir meine Angst nicht anmerken lassen, doch ich konnte einfach nicht aufhören, zu zittern.

Hab keine Angst, Melia. Du tust das, wofür du bestimmt bist. Komm zu mir und ich zeige dir deine Aufgabe.

Mit einem Mal leuchtete vor mir ein helles Licht. Es wurde immer greller und kam immer und immer näher und dann …

… wachte ich auf. Mein Körper glühte, als hätte ich auf heißen Kohlen gelegen und mein Magen rumorte gefährlich. Ich fühlte mich grauenvoll und als ich versuchte, mich langsam aufzusetzen, spürte ich, wie die Übelkeit mich überkam. Im letzten Moment beugte ich mich über die Bettkante und übergab mich auf dem dunklen Teppich. Ächzend richtete ich mich auf und torkelte benommen zu dem kleinen Tisch. Hastig griff ich nach der halbgefüllten Glaskaraffe. Ich trank fast das gesamte Wasser aus und atmete schwerfällig.

Ein fürchterliches Ziehen in meinem Bauch riss mich fast von den Beinen. Mein gesamter Körper fühlte sich plötzlich fremd an und ich stützte mich auf der Tischkante ab, um nicht völlig das Gleichgewicht zu verlieren. Vor meinem Blickfeld tanzten schwarze Punkte. Nur kurz schloss ich meine Lider und ein glühendes Auge erschien. Es sah mich mit seiner großen Pupille an.

Sofort riss ich meine Augen wieder auf. Ich musste hier raus. Nachdem ich meine Kräfte gesammelt hatte, lief ich zur Tür. Erschöpft stieß ich die schwere Holztür mit meiner Schulter auf und wankte den Korridor entlang. Es fühlte sich an, als würde mich etwas an einem unsichtbaren Faden führen. Als wäre ich nicht mehr Herrin über meinen Körper. Das brennende Gefühl ließ nicht nach und jeder Schritt, den ich tat, glich einer Höllenqual. Keuchend wischte ich mir über die Stirn. Was auch immer hier vor sich ging, ich konnte mich nicht dagegen wehren.

Immer weiter torkelte ich die Gänge entlang, bis ich an einem der Treppenabsätze ankam. Stück für Stück zog ich mich die unzähligen Stufen hinauf und bemerkte erst ganz oben, dass ich in diesem Teil der Burg schon einmal gewesen war. Ich befand mich in einem der hohen Türme der Schattenburg.

Komm zu mir, Melia. Es ist nicht mehr weit.

Ich fiel beinahe die Treppe hinunter, als dieselbe Stimme in meinem Kopf auftauchte, wie zuvor in meinem Traum. Das konnte doch nicht wahr sein, oder?

Seit ich hier war, hatten sich einige wirklich seltsame Dinge vor meinen Augen abgespielt. Menschen, die schwarzes Blut in ihren Adern trugen, weil ihre Herzen von Hass, Neid und Schlechtigkeit zerfressen waren. Menschen, die aufrichtig gewirkt hatten, aber am Ende doch nur an ihren eigenen Vorteil dachten. Träume, die einen bis in die Realität verfolgten und sogar verletzen konnten und Gefühle, die einen genauso in die Irre führten, wie die Menschen, denen sie gehörten.

Hustend lief ich weiter, bis zu der schweren, dunklen Tür aus Metall, die ich bereits kannte. Das eingelassene Auge blickte bedrohlich in meine Richtung.

Ich verspürte den unbändigen Drang, diese Tür zu überwinden, auch wenn ich mir nicht erklären konnte, weshalb. Verzweifelt tastete ich das kalte Metall ab, um einen Türknauf zu finden, oder zumindest ein Schlüsselloch, doch ich sah nichts dergleichen.

Bis auf die filigran eingearbeiteten Linien, die im Gesamtbild das Auge Sombras ergaben, konnte ich nichts anderes erkennen.

Du musst bezahlen, Melia. Jeder muss einen Preis zahlen.

Die Stimme in meinem Kopf war sanft. Sie klang ruhig und weise. Irgendetwas an der Art, wie sie zu mir sprach, beruhigte mich. Ich versuchte, ruhiger zu atmen und beäugte die Tür noch einmal ganz genau. Es gab also einen Preis zu zahlen, aber hatte ich nicht schon genug gegeben?

Vorsichtig fuhr ich mit meinem Zeigefinger den Linien entlang. Sie waren tief in die Tür eingelassen und die Furchen kratzten über meine Haut. Doch dann entdeckte ich, dass sich inmitten der Pupille eine kleine Einkerbung befand. Ich drückte sacht dagegen und konnte meine Hand gerade noch rechtzeitig wegziehen, bevor diese von einer spitzen Nadel durchbohrt wurde. Ich stolperte zurück und schnappte erschrocken nach Luft. Als ich wieder näher herantrat, konnte ich erkennen, dass eine knapp zehn Zentimeter lange Spitze aus der Tür hinausragte.

Ich musste also bezahlen? Mit meinem Blut? Ich fuhr mit meiner Fingerkuppe über die Spitze. Das Brennen in meinem Körper war beinahe unerträglich geworden. Mit letzter Kraft drückte ich meinen Finger gegen die spitze

Nadel. Ein stechender Schmerz durchfuhr meine Hand, doch ich zuckte nicht zurück.

Stirnrunzelnd beobachtete ich, wie mein Blut von der Nadel aufgenommen wurde und bereits nach wenigen Sekunden bahnte es sich seinen Weg durch die Linien. Immer weiter und weiter flossen die dunkelroten Tropfen durch das Abbild des Auges, bis auch die letzte Linie von meinem Blut bedeckt wurde. Es ertönte ein lautes Knacken und die Nadel verschwand wieder im Inneren der massiven Tür. An der Stelle, wo sich gerade noch die Nadel befunden hatte, erschien ein Griff.

Ich wischte die Bluttropfen an meiner Jacke ab und griff nach der Halterung. Mit letzter Kraft drückte ich die schwere Metalltür auf und als der Spalt breit genug war, dass ich mich hindurchzwängen konnte, schlüpfte ich hindurch.

Im Inneren des Raumes war es fast stockdunkel und meine Augen brauchten einen Moment, bis sie sich daran gewöhnt hatten. Als ich endlich einige Umrisse erkennen konnte, staunte ich nicht schlecht.

Der Turm war riesig und an der hohen Decke prangte ein gewaltiger Kronleuchter. Ich suchte vergeblich nach einer Lampe, doch die Halterungen an den Wänden waren alle leer. Also schleppte ich mich weiter durch den spärlich beleuchteten Raum, denn die Fenster des Turmes waren mit Brettern verhangen, sodass nur noch wenige Strahlen durch die kleinen Ritzen schienen. Nachdem ich die Hälfte des Raumes durchquert hatte, fiel mein Blick auf einen wallenden Vorhang, der den Raum in zwei Hälften teilte.

Er wehte leicht hin und her. Die Farbe des Stoffes erinnerte mich an einen dunklen Nachthimmel.

Vorsichtig griff ich danach. Als ich ihn zur Seite zog, ließ das Ziehen in meinem Inneren nach. Vor mir befand sich das Auge Sombras.

Eine rötlich glimmende Kugel, die leuchtete, wie die Glut eines Feuers. Sie thronte auf einem steinernen Sockel, der mit kleinen Ornamenten und Buchstaben verziert war. Die Kugel tauchte den gesamten Raum in einen bedrohlichen Rotton. Wie hypnotisiert starrte ich das Auge an und es fühlte sich an, als würde es zurückstarren.

Langsam bewegte ich mich auf den steinernen Sockel zu. Als ich nur noch wenige Schritte vom Auge entfernt war, konnte ich eine Inschrift erkennen, die sich in lateinischer Schrift über die oberste Sockelleiste erstreckte:

Wer Wind sät, wird Sturm ernten.

»Quia ventum seminabunt, et turbinem metent«, las ich die Worte leise vor.

Sofort begann das Auge zu pulsieren und die hellen Rottöne wandelten sich zu einem wallenden Meer aus dunklem Rot.

Ich streckte meine Hand nach der Kugel aus und wollte sie gerade berühren, als ... »Melia nicht!«, rief eine tiefe Stimme.

Erschrocken blickte ich mich um und sah eine Gestalt hinter einer der Säulen. Ascan.

»Komm bitte von dem Auge weg, Melia«, sprach er.

Seine Stimme war rau, doch der Befehlston war gänzlich aus ihr verschwunden. Es wirkte, als würde stattdessen Sorge in ihr mitschwingen.

Ich versuchte auf ihn zuzugehen, doch konnte mich nicht von der Stelle bewegen.

Meine Füße entfernten sich nicht einen Schritt von dem Sockel. Panisch versuchte ich es noch einmal, aber mein Körper schien meinen Befehlen nicht länger gehorchen zu wollen.

»Es ... geht nicht«, stotterte ich überfordert. Nur mit Mühe konnte ich meine aufkeimende Angst unterdrücken, aber zumindest hatten meine Schmerzen nachgelassen. Ein innerlicher Sog durchfuhr meinen Körper und hinderte mich daran, mich zu bewegen. Mein Blick fixierte das leuchtende, rötlich glimmende Auge.

Es war wunderschön.

Ich bemerkte, wie Ascan langsam aus dem Schatten hervortrat und mit schweren Schritten auf mich zukam. Gemächlich setzte er einen Fuß vor den anderen und erzeugte somit einen dumpfen Rhythmus. Als er nur noch wenige Schritte von mir entfernt war, riss ich meinen Blick mit aller Kraft von dem Sockel los.

»Ich reiche dir gleich meine Hand und du greifst nach ihr und lässt sie nicht los. Hast du mich verstanden?« Ascans Stimme dröhnte durch meinen Kopf.

Ich nickte und kämpfte innerlich gegen den unbändigen Drang an, das Auge zu berühren. Auch wenn ich nicht verstand, woher dieses Verlangen kam, so war ich mir dennoch bewusst, dass daran etwas ganz und gar nicht in Ordnung war.

Ascan reichte mir seine raue Hand, die ich zögerlich ergriff. Dann durchfuhr mich ein starker Ruck, als Ascan mich grob zu sich zog. Er schob mich zu einem der großen Fenster, die kunstvoll mit Ranken und Gittern verziert waren.

»Geht es dir gut?«, fragte er besorgt.

»Ja, alles in Ordnung. Was war das eben? Ich konnte mich nicht vom Fleck bewegen«, fragte ich mit einer Spur Panik in der Stimme.

Der Schock saß mir noch immer in den Knochen. Ich hatte mich bewegen wollen, aber meine Beine hatten mir nicht gehorcht.

»Das Auge hat dich zu sich gerufen und du bist seinem Ruf gefolgt. Ein Glück, dass ich hier war, um dich davon abzuhalten, es zu berühren. Du darfst es unter keinen Umständen berühren – hörst du! Niemals!« Er war immer lauter und impulsiver geworden und ich zuckte beim letzten Wort ängstlich zusammen. Trotzdem war ich neugierig.

»Was passiert, wenn ich es dennoch tue?«, fragte ich.

Ascan fuhr sich über seinen stoppeligen grauen Bart. Er war sichtlich um seine Fassung bemüht. Er atmete einmal tief ein und stieß kurz darauf einen Seufzer aus. »Melia, von allen Fragen, die du mir hättest stellen können, fängst du mit der Schwierigsten an. Wenn du das Auge berührt hättest, dann wäre Kilian nicht länger unser Soberano.«

Ich schluckte. Was hatte das alles zu bedeuten? Noch immer plagte mich der Wunsch, das Auge in meinen Händen zu halten und ich konnte mir nicht einmal erklären, wieso. Es fühlte sich an, als hätte mich ein Gift befallen, das sich nun langsam durch meinen Körper fraß und mich mit diesem brennenden Verlangen infizierte.

»Wie meinst du das?«

Ascan strich mir mit seiner rechten Hand sanft über meine Schulter und blickte aus dem Turm nach draußen. Mittlerweile konnte man nur noch Dunkelheit sehen.

»Melia, du bist meine Tochter und das Auge hat dich auserwählt. Es will, dass du sein Soberano bist und es mit deinen Schatten nährst. Deshalb fühlst du dich auch so zu ihm hingezogen und nur allein deshalb konntest du überhaupt erst diese Tür öffnen. Das Blutschloss kann nur von unserer Familie überwunden werden.«

Ich spürte, wie mein Körper anfing zu kribbeln, als hätte man mir tausende Nadeln durch den Körper gejagt. Mir wurde kalt und ich fühlte mich, als hätte ich tagelang nichts gegessen. Das konnte nicht stimmen. Das *durfte* nicht stimmen. Ich griff mit meiner Hand an eine der Säulen und suchte Halt. Wenn das, was Ascan gesagt hatte, stimmte, dann bestand mein ganzes Leben aus einer einzigen Lüge. Ich war nicht nur in einer Stadt aufgewachsen, die ihre wichtigste Regel gebrochen hatte, sondern hatte vor wenigen Stunden meinen eigenen Bruder geküsst.

Erneut übermannte mich die Übelkeit und ich konnte den Würgereflex nur mit Mühe unterdrücken.

»Komm her«, hörte ich Ascans Stimme neben mir. Er umarmte mich und ich ließ es geschehen.

»Wie ist das alles möglich? Warum bin ich in Mentira aufgewachsen?«, nuschelte ich gegen seine Brust. Als ich meinen Körper aus seiner Umarmung löste, bemerkte ich Tränen, die über mein Gesicht liefen. Schnell wischte ich sie weg, doch Ascan griff nach meiner Hand.

»Du musst dich für überhaupt nichts schämen, Melia. Deine Brüder wissen nichts von deiner Existenz. Ich musste dich beschützen und die einzige Möglichkeit, die ich damals hatte, war, dich zu den Schwestern der Ruína zu geben. Wir standen kurz vor einem Krieg und die Schwestern nahmen mein Friedensgesuch dankend entgegen. Ich weiß, seinem Feind seine eigene Tochter anzuvertrauen, klingt töricht, aber ich habe das kleinere der beiden Übel gewählt. Wärst du in deiner Heimat geblieben, wärst du vielleicht schon längst tot.«

Ascans Stimme war ruhig. Mit einem Mal wirkte er gar nicht mehr so unsympathisch und kaltherzig wie bei unserer letzten Begegnung. Seine hellen Augen strahlten mir hoffnungsvoll entgegen. »Ich hätte dich niemals zurückholen dürfen.«

Ich blickte ihm tief in die Augen. »Zurückholen? Was hat das alles zu bedeuten?«

»Das frage ich mich allerdings auch.«

Überrascht drehte ich mich um. Kilian trat hinter dem Vorhang hervor. Sein Gesicht war wutverzerrt und von seiner Hand tropfte Blut herab.

»Was machst du denn hier?«, polterte Ascan.

Kilian stürmte auf seinen Vater zu. »Du elendiger Lügner! Wie konntest du uns all die Jahre verschweigen, dass ich eine Schwester habe, dass Nathan *und* ich eine Schwester haben.« Kilians Stimme war wie eine schneidende Klinge.

Kilian drängte Ascan in die Ecke und baute sich drohend vor ihm auf. Sein Vater wich vor ihm zurück, jedoch ohne Erfolg. Ascans Kopf errötete und sein Körper bebte.

»Hör auf, Kilian!«, schrie ich.

Kilian drehte sich zu mir herum und ließ vorerst von seinem Vater ab.

»Melia«, flüsterte er.

Wir standen uns gegenüber, und ich war unfähig, ein Wort hervorzubringen.

»Du bist für mich gestorben, du Heuchler«, spuckte Kilian seinem Vater angewidert vor die Füße.

Ascan fiel auf die Knie und blickte abwechselnd von Kilian zu mir. Seine Augen waren glasig und sein Gesicht noch immer gerötet. »Es tut mir leid, Kilian«, stieß er reumütig hervor.

»Das macht das alles auch nicht ungeschehen.«

Ich hielt Ascan meine Hand hin und half ihm zurück auf die Beine. Seine sonst so machtvolle Erscheinung wirkte gebrochen.

»Wieso hast du sie ausgerechnet jetzt nach Hause zurückgeholt? Ich nehme nicht an, dass du es getan hast, weil du deine Tochter kennenlernen wolltest, sondern eher, weil du dir aus ihrer Rückkehr einen Vorteil erhoffst, richtig?« Kilian verschränkte seine Arme vor der Brust und wartete darauf, dass Ascan ihm antwortete.

Ich musterte meinen Vater und bemerkte, wie angespannt er wirkte. Hatte er mich wirklich nur hierhergebracht, weil er sich daraus einen Nutzen erhoffte? Ich hatte immer geglaubt, die Schwestern seien meine Familie, denn immerhin kannten wir alle unsere leiblichen Eltern nicht. Wir alle waren Waisen, die von der Ruína aufgenommen wurden. Doch anscheinend war ich nie ein Teil von alldem gewesen. Bereits als junges Mädchen hatte mich mein Gefühl also nicht verraten – ich war anders gewesen und ich hatte diese Eingebung nie verloren.

»Es ist so viel komplizierter, als du denkst, Kilian. Ich kann deine Wut verstehen, aber lass nicht zu, dass sie dich für die Wahrheit blind macht.«

»Wahrheit? Dass ich nicht lache. Wann hast du denn jemals die Wahrheit gesagt? Du hast doch all die Jahre nur gelogen und betrogen und deinen eigenen Vorteil aus all deinen Machtspielen gezogen. Es ging dir doch nie darum, dass Nathan oder ich irgendwann über die Stadt herrschen. Für dich stand doch immer fest, dass du uns wie

Marionetten führst. Ich habe immer daran geglaubt, dass Blut dicker ist als Wasser. Aber dem ist nicht so.«

Seine Augen ruhten auf meinem Körper und für einen kurzen Moment stand die Welt um uns herum still. Kilian war mein großer Bruder.

Ich konnte noch immer nicht glauben, dass ich zwei ältere Brüder hatte.

Kilian schenkte mir einen leichten Anflug eines Lächelns und ich konnte gar nicht anders, als es zu erwidern. »Jetzt wird mir wenigstens klar, wieso wir beide uns so glänzend verstanden haben.«

»Das muss an der unbändigen Geschwisterliebe liegen, die uns verbindet«, gab ich schlagfertig zurück. All das fühlte sich so ungewohnt an, dass ich erst jetzt wieder bemerkte, dass der Drang, das Auge zu berühren, noch immer da war.

»Verrätst du uns denn nun, wieso du Melia nach Sombra gebracht hast? Wenn ich alles richtig mitbekommen habe, hast du sie schließlich nach Mentira abgeschoben, um sie vor etwas zu beschützen? Woher also plötzlich der Sinneswandel?«

Ich warf einen flüchtigen Blick zu dem Sockel.

Es war so schön. So hell und leuchtend.

»Als deine Mutter mit Melia schwanger wurde und sie letztlich zur Welt kam, war sie nicht stark genug und verstarb kurz nach der Geburt. Mein Herz war voller Trauer und Hass. Als dann das Auge zu mir sprach und von mir verlangte, dass Melia, meine einzige Tochter, später einmal die Schattenwächterin von Sombra werden sollte, da sah ich rot. Ich wusste, dass eines meiner Kinder früher oder später diese Bürde tragen musste. Aber ich hatte immer damit gerechnet, dass Nathan oder du die Stadt vor dem Auge beschützen würde. Als das Auge allerdings Melia verlangte, da stand für mich fest, dass ich das unter allen Umständen verhindern musste. Sie war doch noch so jung, ein unschuldiges, kleines Kind. Ich war so töricht, zu glauben, wenn ich sie aus der Stadt schaffe, dann würde das Auge dies einfach so hinnehmen und anfangs tat es das tatsächlich auch. Aber dir wird nicht entgangen sein, dass es sich in den letzten Wochen verändert hat. Es zehrt mehr von dir und seit Kurzem reicht ihm nicht einmal mehr das. Es will Melia. Es braucht Melia. Und egal, was ich versucht habe, es lässt sich nicht umstimmen.«

Kilians wütende Gesichtszüge glätteten sich langsam und wichen einem sorgenvollen Blick. Er musterte seinen Vater einen Moment, als würde er abwägen, wie vertrauenswürdig diese Geschichte war. Mich schockierte die Tatsache, dass er seinem Vater nicht glauben konnte. Ich hatte so etwas wie Familie nie kennengelernt und nie einen Vater besessen. Aber Kilian hatte sein ganzes Leben mit diesem Mann verbracht und doch misstraute er ihm. »Das erklärt aber noch immer nicht, wieso du sie von Zohera hast hierschleppen lassen.«

Mir stockte der Atem. Was hatte Kilian da gerade gesagt? Ich blickte ihn geschockt, fast panisch an, unfähig, auch nur einen klaren Gedanken zu fassen. Was hatte Zohera mit alldem zu tun?

Kilian bemerkte meine Gesichtsentgleisungen und hob beschwichtigend die Hände. »Es tut mir leid, dass du es so erfahren musst, aber ich wusste, dass er dich hier haben wollte. Ich wusste nur nicht, wer du bist und wieso du unbedingt nach Sombra gelockt werden solltest.«

Ich ließ meinen Blick zu Ascan schwenken, der wie versteinert zwischen mir und Kilian stand. Der Vorhang hinter uns wehte nach wie vor hin und her und die Stille im Raum drohte mich zu ersticken.

»Zohera wurde ursprünglich auch in Sombra geboren. Sie ist auch eine Schattentochter, so wie du. Als sie alt genug war, schickte ich einen Zirkelwächter nach Mentira, der ihr erklärte, dass sie auf dich aufpassen sollte. Sie war gewissermaßen wie meine Augen und Ohren. Sie nahm den Auftrag an und beschützte dich all die Jahre vor Unheil, auch wenn sie dich vor Kalyras Zorn leider nie so ganz bewahren konnte. Doch als ich bemerkte, dass das Auge sich nicht länger von uns besänftigen ließ, hatte ich keine andere Wahl. Ich schickte eine Nachricht an Zohera und diese wendete sich kurzerhand an Kalyra. Zohera wusste, dass du dich in Mentira nie zu Hause gefühlt hast und dass du immer davon geträumt hast, irgendwann die Welt zu erkunden. Auch wenn es für dich unglaublich klingt, aber bereits zu diesem Zeitpunkt hat das Auge dich gerufen.

Dieser unbändige Drang, fortzugehen und das Gefühl, nirgendwo dazuzugehören, all das kam vom Auge Sombras. Zohera inszenierte gemeinsam mit eurer Ausbilderin diese Mission, damit sie dich nach Sombra locken konnten. Sie folgte dir in einigem Abstand und wäre dir auch nie über den Weg gelaufen, wenn mein impulsiver Sohn sie nicht direkt in die Zelle neben dir eingesperrt hätte. Aber Kilian war sowieso noch nie gut darin, Befehle auszuführen.« Ascan bedacht Kilian mit einem abschätzigen Blick, ehe er mir zulächelte.

Der letzte Satz peitschte durch den Raum wie eine grausame Bestrafung und mit einem Mal konnte ich Kilians Misstrauen gegenüber seinem Vater verstehen.

»Dass du es wagst, mir die Schuld an all dem zu geben«, schrie Kilian ihn an.

Ich stand regungslos neben den beiden, unfähig, das Gesagte zu verarbeiten. Meine Welt zerbrach. Ich hatte ein Leben gelebt, das nie für mich bestimmt gewesen war, in einer Stadt, die niemals meine Heimat sein sollte, mit Menschen, denen ich nichts bedeutete.

»Wer hat Zohera denn die Leitung der *Ventania* angeboten? Wer hat das Mädchen belogen und sie mit falschen Versprechungen an diese Aufgabe gekettet? Als ob du jemals vor hattest, die Ventania wieder einzuführen. Du warst doch heilfroh, diese Frauen endlich los zu sein!«, stichelte Kilian.

»Hört doch endlich auf, zu streiten«, unterbrach ich die beiden.

Ich hatte es satt, ihnen dabei zuzuhören, wie sie sich gegenseitig vor meinen Augen zerfleischten. Ich hatte in den letzten Tagen genug erlebt, um zu wissen, dass keiner von beiden ein unbeschriebenes Blatt war. »Mir ist egal, was ihr zwei für Differenzen habt. Verrate mir nur eines – wieso hast du mich zurückgeholt? Und bitte erspare mir deine Ausflüchte und Lügen. Nur einmal möchte ich, dass du mir die Wahrheit erzählst. Ist das zu viel verlangt?«

Ascan fuhr sich erneut durch seinen Bart und ich wurde das Gefühl nicht los, dass er das nur in Situationen tat, in denen er sich unwohl fühlte.

»Ich habe es für Kilian getan. Er stirbt, wenn er das Amt nicht an dich abgibt, aber ich will nach wie vor nicht, dass du die Wächterin des Auges wirst. Du bist diesen Qualen einfach nicht gewachsen und deine Mutter würde es mir nie verzeihen. Sie hat sich für dich immer nur gewünscht, dass du in Frieden aufwächst. Ohne all das hier. Ich dachte, wenn du dich innerhalb der Burgmauern aufhältst und das Auge deine Anwesenheit spürt, dann besänftigt es das für eine Weile. Aber es hat bereits begonnen, Menschen zu töten und das kann ich einfach nicht zulassen. Die Wächter sind zum Schutze der Stadt und der Menschen da und wenn wir diese Aufgabe nicht bewältigen können, dann müssen wir daran schnell etwas ändern.«

Ich starrte Kilian fassungslos an.

»Das bedeutet, wenn Kilian weiterhin Soberano von Sombra bleibt, dann tötet ihn das Auge?«, stotterte ich.

»Das ist doch Irrsinn. Als ob es wirklich spüren kann, dass Melia das kleine Kind von vor so vielen Jahren ist«, schnaubte Kilian verächtlich.

»Genau das ist das Problem. Du nimmst diese ganze Aufgabe nicht ernst. Das Auge sieht alles, Kilian. Es sieht dich und mich und es sieht alles um uns herum. Zu glauben, es wäre anders, ist eine Dummheit, die dich das Leben kosten wird. Wenn Melia deinen Platz nicht bald einnimmt, dann stirbst du.«

Keiner von uns antwortete auf Ascans Worte.

Ich hatte nicht nur meine Heimat wiedergefunden, sondern neben einem Vater auch zwei Brüder bekommen. Aber anstatt, dieses Wiedersehen genießen zu können, war ich nur hier, weil ich Kilian vor dem sicheren Tod bewahren sollte, indem ich mir seine Bürde auflud?

»Das kannst du nicht von Melia verlangen«, brach Kilian das Schweigen. »Sie hat weder eine Verpflichtung gegenüber den Bürgern, noch gegenüber uns.«

»Das habe ich nie behauptet, aber sie spürt den Sog des Auges. Es ruft sie zu sich und sobald sie es in den Händen hält, wird es sie erwählen, so wie es dich einst erwählt hat. Es liegt nicht in unserer Macht, etwas daran zu ändern.«

»Es liegt nicht in *unserer* Macht etwas daran zu ändern?«, brüllte er. »Wenn es nicht in unserer Macht liegt, in wessen denn dann? Wie kannst du nur glauben, ich lasse zu, dass meine kleine Schwester dieselben Qualen durchleben muss wie ich sie mit dieser Bürde durchlebt habe? Eher sterbe ich, als sie so leiden zu sehen. Sieh sie dir doch an? Sie ist doch noch ein halbes Kind, wie soll sie diesem Schmerz denn gewachsen sein?«

Ascan rieb sich über das Gesicht, schlug aber nicht zurück. »Beruhige dich Kilian«, antwortete er nur.

»Ich war lange genug ruhig. Nathan hatte von Anfang an recht, was dich betrifft – du bist ein elendiger Egoist, der Machtgier und Kontrolle einfach über alles stellt.«

Kilian spuckte seinem Vater vor die Füße.

Doch das Einzige, an das ich denken konnte, war das Auge. Es flüsterte mir zu. Saß in meinem Kopf und hörte einfach nicht auf meinen Namen zu rufen.

Melia. Komm zu mir. Sträube dich nicht dagegen.

Ich habe dir doch gezeigt, was mit der Welt passiert, wenn du dich auf die falsche Seite stellst …

Vorsichtig machte ich einige Schritte zurück und bewegte mich in Richtung des Steinsockels.

Während Ascan und Kilian sich weiterhin beschimpften und sich gegenseitig Vorwürfe machten, streckte ich meine Hand nach dem Auge aus.

Doch kurz bevor ich es berühren konnte, rief eine vertraute Stimme mein Name und ich zuckte zusammen.

Taron

»Melia!«, rief ich.

Sofort spürte ich einen Ellenbogen in meiner Magengrube und als ich meinen Kopf nach rechts drehte, blickte ich in die zornigen roten Augen von Crane.

Als sie sich zu mir umdrehte, stolperte sie gegen den Sockel und stieß mit ihrem Arm gegen die Kugel, die sich auf dem Sockel befand. Sie schwankte bedrohlich und ihre Augen weiteten sich vor Schreck. Das Auge Sombras fiel herunter und polterte mit einem dumpfen Laut zu Boden. Es kullerte über die dreckigen Steine und blieb vor unseren Füßen liegen.

Für einen winzigen Moment sah ich in Melias Gesicht eine Mischung aus Neugierde und Fassungslosigkeit. Sie sah in ihrem kämpferischen Outfit und den vielen Riemen an Jacke und Hose aus wie eine Soldatin und hatte überhaupt keine Ähnlichkeit mehr mit der jungen und verunsicherten Frau, die ich vor wenigen Tagen klitschnass vor der Stadtmauer aufgegabelt hatte. Dennoch wusste ich, dass unter diesen fremden Kleidern noch immer die vorlaute Melia versteckt war, die mein Herz im Sturm erobert hatte.

»Weg von dem Auge, sofort!«, schrie jemand durch den Raum.

Mit einem Mal brach das absolute Chaos aus. Kilians Blick durchstreifte den Raum und als er mich entdeckte, zückte er seinen Dolch und kam mit schnellen Schritten auf mich zugelaufen. Sein Gesicht wirkte wutverzerrt. Crane griff ebenfalls an seinen Gürtel, um sein Langmesser zu ziehen.

Als die beiden aufeinandertrafen, wendete ich meinen Blick ab. Ihre Schreie drangen zu mir herüber, aber ich ignorierte sie. Ich hatte mir geschworen, nie wieder Teil eines Kampfes zu sein. Nie wieder wollte ich Leben nehmen und meines riskieren, denn das einzige, was für mich wirklich zählte, war Lou. Tot konnte ich meine kleine Schwester nicht beschützen.

Als ich mich an den beiden vorbeischob, um endlich zu Melia zu gelangen, war Ascan an ihrer Seite, um ihr aufzuhelfen. Als er mich bemerkte, wich er einige Schritte zurück und zog Melia mit sich.

»Melia«, brachte ich erneut hervor.

»Jaron, was tust du denn hier?«, fragte sie sichtlich entrüstet.

»Ich bin hier, um dich hier rauszuholen. Es tut mir so leid, dass ich dich …« Weiter kam ich nicht, denn ein heftiger Schlag traf mich am Rücken und ich fiel zu Boden.

»Du kleine, miese Ratte! Dass du dich traust, hierher zurückzukommen«, ertönte Kilians Stimme über mir. Anscheinend hatte er Crane abgeschüttelt. Er stieß mich zu Boden und versuchte mich mit seinem Dolch zu verletzen.

Ich wich seinen Hieben aus und rollte mich zur Seite ab.

»Kilian, lass ihn in Ruhe«, schrie Melia ihn an und lief zu mir.

»Er ist ein Verräter. Er hat dich an uns verkauft, wie ein Stück Vieh. Willst du so jemanden wirklich in Schutz nehmen?« Kilian baute sich bedrohlich vor uns auf.

»Ich habe dich nicht verkauft, sondern nur meine Familie beschützt. Es tut mir so leid, dass ich dich belogen habe. Bitte glaub mir«, versuchte ich, Kilians Lügen richtigzustellen. Doch dieser warf mir nur einen verachtenden Blick zu. Melia stand vor mir und sah mich an. Vorsichtig streckte ich ihr meine Hand entgegen. Ich wollte meine Fehler wiedergutmachen. Doch ehe sie danach greifen konnte, wurden wir unterbrochen.

»Was macht ihr beide überhaupt hier?«, hallte Ascans Stimme durch den Raum. Er hielt die Arme vor seinem breiten Körper verschränkt und blickte mich erwartungsvoll an.

»Wir nehmen uns das, was uns rechtmäßig zusteht«, antwortete Crane an meiner Stelle. Ich drehte den Kopf zur Seite und erblickte ihn.

Er stand direkt neben dem Sockel. »Danke für deine Hilfe Jaron, aber von hier an komme ich wohl alleine zurecht.«

Er griff danach und ein gleißend-heller Blitz schoss durch den Saal. Ich kniff reflexartig meine Augen zusammen. Das Licht brannte in meinen Augen wie Säure und ein schrecklich schmerzvoller Schrei erfüllte den Raum.

Ich hielt mir beide Hände vors Gesicht und drehte mich um, damit das Licht mich nicht frontal erwischte. Der Raum wurde unglaublich heiß und ich hatte das Gefühl, dass wir direkt in die Sonne blickten. Schweißperlen bildeten sich auf meiner Stirn, doch das einzige, woran ich denken konnte, war Melia. Ich wollte sie retten und hatte sie erneut in

Gefahr gebracht. Hätte ich diese einfältigen Rebellen nicht hierhergebracht, dann wäre unser Wiedersehen sicherlich nicht so grauenvoll verlaufen.

Zögerlich blinzelte ich, um zu testen, ob der Lichtblitz abgeklungen war. Doch gerade als ich mich aufraffen wollte, fing die Erde an, gefährlich zu beben. Das Auge lag noch immer am Boden, direkt neben ihm Crane. Er bewegte sich nicht, sondern lag regungslos da, das Auge in seinen Händen.

»Was passiert hier?«, schrie Melia in Ascans Richtung.

»Was hat das alles zu bedeuten?«

»Das Auge lässt eine Berührung von Fremden nicht einfach zu. Es hat Kräfte und wehrt sich, wenn man es nicht respektvoll behandelt.«

Plötzlich folgte ein erneuter gleißender Lichtblitz, der eher wie eine gewaltige Explosion wirkte.

Die Erde vibrierte und wir verloren den Halt unter unseren Füßen. Riesige Risse zogen sich über den Fußboden, bis hinauf in die Säulen des Raumes und einzelne kleinere Steinbrocken rieselten bereits auf uns herab.

»Der Turm stürzt gleich ein!«, schrie Kilian über das Getose hinweg.

Ich eilte auf Melia zu und zog sie schützend an mich heran. Wir mussten hier verschwinden und zwar so schnell wie möglich!

»Los komm, wir müssen hier raus«, sprach ich beruhigend auf sie ein.

Sie straffte ihren Körper und versuchte, sich ihre Angst nicht anmerken zu lassen, dennoch spürte ich wie sie leicht zitterte und ihr Herz an meiner Brust in einem wilden Rhythmus schlug.

Sie nickte mir nur leicht zu.

Ich griff ihre schwitzige Hand und zog sie durch den Raum. Überall am Boden lagen große Steine, die aus der Decke herausgebrochen waren. Geschickt liefen wir um die Trümmer herum Richtung Ausgang. Mein Blick fiel auf Crane, der noch immer leblos am Boden lag. Wie durch ein Wunder hatte ihn noch keiner der heruntergefallenen Steinbrocken erwischt. Ich lief zu ihm und tastete nach seinem Puls. Doch ehe ich ihn fühlen konnte, zog Kilian mich von Crane weg.

»Du kommst mir nicht einfach so ungeschoren davon«, zischte er.

Er hielt seinen Dolch in der Hand und holte aus.

Reflexartig hob ich meinen linken Arm, um meinen Bauch zu schützen. Die Klinge traf meinen Unterarm und sofort durchzog ein stechender Schmerz meinen Körper.

Wir hatten in der Vergangenheit einige Differenzen gehabt, aber das Turmzimmer konnte jeden Moment über uns zusammenbrechen. Was immer uns entzweite, es musste warten. Ich hatte nicht vor, gegen ihn zu kämpfen, doch Kilian dachte gar nicht daran, sich in Sicherheit zu bringen. Die schweren Deckenplatten fielen nun in immer kürzeren Abständen von der instabilen Decke und eine von ihnen landete direkt zwischen uns auf dem Boden.

»Jaron, wir müssen hier weg«, rief Melia mir zu.

Als Kilian erneut ausholte, wich ich ihm im letzten Moment aus und er lief ins Leere. Als er sich gerade zu mir umdrehen wollte, krachte ein weiterer Stein zu Boden und traf Kilian. Er strauchelte, eher er von einem weiteren am Kopf getroffen wurde.

Ich warf einen Blick zu Melia, die sich hilflos nach Ascan umschaute. Doch der ehemalige Soberano der Stadt war nirgends zu sehen.

Nach und nach fingen auch die großen Säulen an zu bröckeln. Sie waren das einzige, was den Turm noch in Form hielt. Brachen die Säulen ein, würden wir lebendig unter ihnen begraben werden.

Ich wollte Crane nicht zurücklassen. Etwas in mir sträubte sich, doch ich hatte nicht diesen weiten Weg hinter mich gebracht, um Melia erneut zu verlieren – diesmal vielleicht sogar für immer.

Ich warf einen letzten flüchtigen Blick auf die beiden leblosen Körper, ehe ich zu Melia hechtete und wir den Turm verließen. Wir rannten durch den Vorraum, durch die Metalltür in den Korridor. Dort wurden wir bereits von dutzenden Soldaten erwartet. Schnell zog ich Melia in die andere Richtung. Wir rannten einige Treppenstufen hinab. Doch auch dort hörten wir sehr bald laute Schritte. Hektisch zog ich Melia in einen der Räume, in der Hoffnung, dieser wäre verlassen. Sofort riss ich die Tür auf und schob uns hinein. Die Schritte auf dem Gang wurden lauter.

»Was machen wir denn jetzt?«, flüsterte Melia.

»Shhht«, entgegnete ich nur. Wir durften auf keinen Fall erwischt werden.

Als die Schritte im Gang verklungen waren, öffnete ich die Tür einen Spalt. Ein fieses Knarzen ertönte im Korridor und für einen kurzen Moment befürchtete ich schon, man hätte uns bemerkt. Doch die Soldaten waren bereits um die nächste Ecke verschwunden.

»Wir müssen durch den Hof hinaus. Draußen stehen unsere Pferde. Mit denen können wir von hier fliehen.«

Wir erreichten den Hof zum Glück ohne weitere Zwischenfälle. Als wir uns zum Tor schlichen, stellte ich überrascht fest, dass selbst die dort postierten Wachen zum Turm geeilt sein mussten.

Direkt über uns ertönte ein lautes Krachen.

Wir richteten unsere Blicke zum Himmel empor und sahen, wie der große Turm, in dem wir vor wenigen Minuten gewesen waren, in sich zusammenstürzte. Er riss ein großes Loch in die Burg und die vielen Trümmer stürzten in lautem Getöse zu Boden.

Melia griff nach meiner Hand und gemeinsam sprinteten wir aus dem Hof ins Freie.

Als wir die Pferde erreicht hatten, schnappte ich das erste Mal seit unserer Flucht nach Luft.

»Was hat das alles nur zu bedeuten?«

»Ich weiß es nicht«, antwortete ich wahrheitsgemäß.

Ich hatte geglaubt, alles zu wissen, aber in dieser Welt wog eine Lüge tausendmal schwerer als jede Wahrheit. Wenn mir eines klargeworden war, dann das.

»Komm, wir müssen hier weg, bevor sie uns finden«, sagte ich nur.

Als wir aufgesessen hatten, sahen wir uns an. Melias Blick war müde und ihr Gesicht von Staub und Dreck bedeckt. Ihre Augen waren gerötet und ich konnte nicht sagen, ob sie geweint hatte oder ob es an der verschmutzten Luft lag.

Ich wusste nicht, wohin wir reiten sollten, aber ich wusste, dass wir so viel Abstand wie nur möglich zwischen uns und die Burg bringen sollten.

Wir waren noch nicht lange unterwegs, als ich entferntes Hufgetrappel wahrnahm.

Sofort zügelte ich mein Pferd und auch Melias Pferd stoppte. Innerhalb weniger Minuten hatten uns die zwei Reiter eingeholt. Ruby und Dom.

»Wo ist Crane?«, schrie Ruby mich an. Sie sprang von ihrem Pferd und riss die Zügel meines Pferdes an sich.

Dom war ebenfalls von seinem Pferd abgesessen und berührte sie sanft an der Schulter.

»Das Auge hat den Turm einstürzen lassen«, versuchte ich, irgendwo zu beginnen.

»So ein Unsinn«, fauchte Ruby nur.

»Es ist die Wahrheit.«

Rubys Blick huschte zu Melia. »Ist das so?«

Melia sprang nun ebenfalls aus dem Sattel und stapfte auf Ruby zu. Als sie ihre roten Augen bemerkte, zuckte sie kaum merklich zusammen, fing sich allerdings fast genauso schnell wieder.

»Wer seid ihr überhaupt und was wollt ihr von uns?«

Epilog

Seit wir Sombra verlassen haben, sind nun knapp fünf Tage vergangen. Wir irren durch die Wildnis, die mit jedem Tag immer trostloser und grauer wird. Jarons eigenartige Freunde geben ihm die Schuld am Tod ihres Anführers Crane. Sie nehmen uns mit in ihre Stadt Sedimento, in der wir ihrem Herrscher von dem Vorfall berichten sollen.
Auch wenn ich mich nicht ganz wohl in deren Gesellschaft fühle, ist es momentan der einzige Ort, an dem wir halbwegs sicher zu sein scheinen. Ich weiß noch immer nicht, was ich von all dem, was mir in den letzten Tagen widerfahren ist, halten soll.
Ich glaube Ascan nicht, dass nur ich in der Lage bin, das Auge Sombras zu besänftigen. Die Fremden wollen es für sich und ich werde das Gefühl nicht los, dass wir nicht als Verbündete in diese Stadt gebracht werden, sondern als Gefangene. Aber darin habe ich ja mittlerweile Übung.
Jaron hat mir in den letzten Tagen von seiner Reise nach Mentira erzählt und von dem Brief, den er damals in seiner Hütte gefunden hat. Ich bin ihm nicht mehr böse, denn er wollte nur Ben und Lou beschützen. Dass er so viele Strapazen auf sich genommen hat, um mich zu retten, hätte ich niemals von ihm erwartet. Er scheint doch einer von den Guten zu sein, ganz im Gegenteil zu mir.
Ich war nie eine Schwester der Ruína und Zohera hat mich die ganze Zeit über belogen, was meine wahre Herkunft anbelangt. Mein ganzes Leben ist zerbrochen, wie der Turm in Sombra.

Nachts kann ich nicht schlafen, weil mich eine Frage nicht loslässt: Hat Kilian den Zusammensturz überlebt? Als wir ihn im Turm zurückließen, war er schwer verletzt und von Ascan fehlte jede Spur. Immer und immer wieder sehe ich die schweren Gesteinsbrocken vom Himmel fallen.

Es ist, als würden sie mich in meinen Träumen begraben, als Strafe dafür, dass ich meinen Bruder zum Sterben zurückgelassen habe. Doch es gibt noch etwas anderes, das mich quält. Denn als ich Jaron in der Kammer erblickte und erschrocken zurückstolperte, habe ich nicht nur den Sockel berührt, sondern auch das Auge. Es war nur kurz, eine flüchtige Berührung, aber sie hat etwas in mir verändert.

Ich kann es spüren, tief in mir drin. Eine Art Verlangen, das mich nicht mehr loslässt und ich weiß nicht, was dieses Gefühl in mir bedeutet. Ich denke oft an die warnenden Worte von Ascan. Er wollte mich sicherlich nicht ohne Grund davon abhalten, das Auge zu berühren, oder?

Ich weiß nicht, ob ich Jaron davon erzählen soll, oder ob ich mir diese Macht, die mich innerlich umgibt, vielleicht nur einbilde.

Ich hoffe sehr, dass ich in Sedimento Antworten auf diese Fragen finden werde. Aber immerhin habe ich jetzt Jaron an meiner Seite.

Melia.

Ende Band I

Über die Autorin

Christina Hiemer lebt seit ihrer Geburt im schönen Nordrhein-Westfalen. Mit ihren 24 Jahren ist sie ein kleiner Spätzünder was das Schreiben angeht, was sie allerdings nicht daran gehindert hat, in dem einem Jahr seitdem sie nun schreibt, direkt Vollgas zu geben. Momentan studiert sie Rechtswissenschaften und verschlingt in ihrer Freizeit ganze Bücherberge. Die Liebe zum selbstgeschriebenen Wort entdeckte sie durch das Schreiben von Kurzgeschichten. 2017 waren gleich zwei ihrer Kurzgeschichten in Anthologien vertreten, die sowohl auf der Leipziger Buchmesse, als auch auf der Buch Berlin vorgestellt wurden. Wenn sie nicht gerade liest, schreibt oder lernt dann verbringt sie ihre Freizeit gerne beim Sport oder mit Freunden vor der Spielekonsole.

Danksagung

Wenn mir jemand vor einem Jahr erzählt hätte, dass ich heute eine Danksagung für meinen Debütroman schreiben würde, ich hätte denjenigen sowas von ausgelacht! Fakt ist allerdings, dass ich genau das gerade tue. Es ist ein verdammt verrücktes Gefühl und ich habe bei jedem Wort Angst, jemanden zu vergessen.

Der größte Dank gilt vermutlich denjenigen, die den Schreibwettbewerb ins Leben gerufen haben, der mich überhaupt erst zum Schreiben gebracht hat: Vielen Dank an die Druckerei WIRmachenDRUCK, euer Schreibwettbewerb hat nicht nur unglaublich viel Spaß gemacht, sondern ein Feuer entfacht, dass seitdem unermüdlich in meinem Inneren brennt. Ein Leben ohne das Schreiben ist seitdem für mich einfach unvorstellbar.

‚Heroisch' wird für mich immer etwas ganz Besonderes bleiben.

Anna-Mia Rose ohne dich wäre Mentira sicherlich nicht das, was es heute ist. Du hast mir Mut gemacht, wenn mein eigener Mut mich verlassen hatte und tapfer jeden Kommafehler angestrichen, den ich mal wieder übersehen hatte (und trotzdem haben noch tausende gefehlt *lach*). Du kennst Mentira noch als Kurzgeschichte und hast von Anfang an gesagt, dass in dieser Idee viel mehr steckt, als „nur" 12 Seiten. Ich habe aufgehört zu zählen, wie viele Kurzgeschichten du von mir bereits (vorab-)gelesen hast und ich hoffe es werden noch ganz viele folgen. Danke, dass du mich auch an meinen miesesten Tagen magst. Das bedeutet mir wirklich viel.

Janina Schmeling wir kennen uns nicht einmal ein ganzes

Jahr und dennoch bin ich froh, dass ich dich durch die Uni kennenlernen durfte. Du hast so eine positive und strahlende Art an dir, die man einfach mögen muss. Auch du warst immer für mich da und hast dir ohne Protest meine zum Teil unverschämt langen Sprachnachrichten angehört. Allein für dieses Durchhaltevermögen verdienst du einen Orden. Danke, dass du an mich und dieses Buch geglaubt hast, als ich es selbst nicht getan habe.

Lea Sandhof noch so eine fabelhafte Korrigierfee und beste Buchwurmfreundin. Dein Einsatz ist nicht in Worte zu fassen. Du hast die ein oder andere Seite von Mentira mit hilfreichen Kommentaren versehen. Ich erinnere mich noch gut daran, wie du mir gesagt hast *„Schreib endlich weiter, ich will wissen wie es weiter geht!“* Letztlich hoffe ich, dass du mit dem Ende zufrieden bist und du und Mia nicht allzu böse auf mich seid, dass ich noch immer nicht in der Lage bin ein richtiges „Happy End“ zu schreiben. Ich bemühe mich, dass zu ändern – irgendwann. Ich schwöre!

Jenny Berger dein Einsatz für Mentira Stadt der Lügen ist einfach nur der Wahnsinn. Du hast so viele Zitate geteilt, Passagen voller Vorfreude gelesen und mich immer wieder ermutigt mich nicht von anderen verunsichern zu lassen. Du und dein Blog Our favorite-books sind einfach eine unglaublich tolle Unterstützung. Danke, dass du so viel Vertrauen in mich und meine Geschichten gesteckt hast und so eine treue Freundin bist.

Lars und Arthur ich weiß ihr habt mit Büchern so gar nichts am Hut und ohne meinen Hinweis, dass ihr die Danksagung lesen solltet, würdet ihr das hier vermutlich gar nicht erst entdecken: Danke, dass ihr trotz meiner ellenlange Monologe über Cover, Illustrationen und Buchhandlungen immer noch mit mir befreundet seid! Freundschaft heißt eben auch die nervigen Hobbys des anderen lächelnd zu ertragen und das habt ihr beide einfach wirklich perfekt gemeistert. Ich freue mich aber trotzdem darauf eure Meinung zu hören, wenn ihr das Buch nach gefühlten zwei Jahren dann auch mal durchgelesen habt :)

Danke auch an Jaqueline Kropmanns für ein Cover, dass genauso aussieht wie ich es mir immer erträumt habe. Ich könnte mir kein schöneres Cover für mein erstes Buch vorstellen – wirklich.

Jacqueline Steinke – du bist einfach der Hammer! Deine Zeichnungen haben den Geist der Geschichte so perfekt eingefangen. Du hast meine Meckereien über Nasen und Augen tapfer ertragen und immer und immer wieder neue Entwürfe gefertigt. Du warst in den letzten Monaten immer für mich da, hast dich mit mir gefreut und dich mit mir aufgeregt, hast mit mir gelacht und (zum Glück!) noch nicht mit mir weinen müssen. Ich bin so unglaublich froh dich durch das Schreiben kennengelernt zu haben. Danke, dass du deine Zeit dafür geopfert hast, um Mentira auch von innen zu etwas ganz Besonderem zu machen.

Stella A. Tack ich bin sooo unglaublich froh, dich kennengelernt zu haben! Du hattest immer liebe und motivierende Worte für mich übrig, hast mich unterstützt wo du nur konntest und bist einfach eine meiner engsten Vertrauten! Danke, dass du für mich da warst und mir bei der Kussszene so tatkräftig Mut gemacht hast. Ich hoffe, sie hat dir gefallen. Du bist großartig, witzig und einfach du – und dafür schätze ich dich sehr.

Katharina Groth ohne dich wäre diese Geschichte niemals zu dem geworden, was sie heute ist. Du hast das Unmögliche für Mentira möglich gemacht und dafür danke ich dir wirklich von ganzem Herzen. Niemand anderes hätte mich und meine Figuren so gut verstanden, gefordert und unterstützt wie du es getan hast.

Michaela Pöltl danke, dass du dich bereit erklärt hast, mein Debüt zu korrigieren. Ich wusste, dass ich dir blind vertrauen kann. Du hast Mentira poliert und vorzeigbar gemacht. Danke dafür!

Svenja Hawkins, meine Verlegerin - bis heute bin ich absolut geflashed, dass du Mentira unter den Falkenflügeln in die Welt hinausflattern lassen wolltest! Ich hab im Leben nicht damit gerechnet und werde dir auf ewig für dieses Vertrauen dankbar sein. Als ich dich damals auf der Buch Berlin 2017 angesprochen habe, ging mir der Arsch auf Grundeis und ich kann mich nicht mal mehr daran erinnern, was ich dort für wirre Worte von mir gegeben habe, weil ich so unglaublich aufgeregt war. Danke für diese großartige Chance meine Geschichte zu erzählen. Das was du tagtäglich leistest kann sich vermutlich niemand von uns auch nur im Entferntesten vorstellen. Danke – für alles!

Mama. Dank dir stehen nicht nur Harry Potter, Tintenherz und Der Hobbit in meinen Bücherregalen. Du warst der Schlüssel in die fantastischen Welten, die ich bereisen durfte. Danke für all diese wundervollen Geschichten, die ich ohne dich nicht kennen würde. Papas und dein Einsatz an der Vorlesefront haben sich anscheinend wirklich ausgezahlt!

Und zu guter Letzt natürlich auch danke an DICH.

Danke, dass du Mentira Stadt der Lügen in dein Bücherregal aufgenommen und gelesen hast. Ohne euch Leser wäre das Schreiben tatsächlich nur halb so schön. Ich hoffe dir hat die Reise durch Mentira und Somba gefallen. Vielleicht sehen

wir uns ja bald wieder – ich würde mich auf jeden Fall freuen. Wer auf dem Laufenden bleiben möchte, was meine nachfolgenden Buchprojekte angeht, darf mir sehr gerne auf meiner Facebookseite:
https://www.facebook.com/AutorinChristinaHiemer/.

Aésha – im Land des Waldes
(Johanna B. Becking)

Dies ist der erste Band einer Trilogie

Das Leben führt uns mitunter über verworrene Pfade, doch das Schicksal der jungen Aésha scheint bereits vorbestimmt. Sie soll das Anwesen ihrer verstorbenen Eltern vor dem Verfall bewahren und einen reichen Widerling heiraten, um ihre Zukunft zu sichern. Als sie jedoch in den Sachen ihrer Mutter auf besondere Briefe stößt, treibt es sie raus aus ihrem Heimatdorf mitten in ein Abenteuer.

In Elandor findet Aésha nicht nur Lilja, die Verfasserin der Briefe, sondern auch die Wahrheit über ihr Dasein: Aésha ist eine Magierin und noch dazu Nachfahrin der mächtigsten Wächter des Kontinents Isandora. Während sie diese neue Rolle noch zu verstehen versucht, gerät sie allerdings unwissentlich in das Visier des Feindes. Es beginnt ein Kampf um ihr Leben und das der Völker Isandoras …

Der Dämonenprinz und ich
(Johanna B. Becking)

Ich bin Chloe Sanchez, Halbdämonin und Privatdetektivin. Eigentlich hatte ich diesen Freitag nur vor, Mr. Allingston beim Fremdgehen zu überführen, da läuft mir doch ausgerechnet der verdammte Dämonenprinz höchstpersönlich vor meine Karre! Blutüberströmt… von Vampiren und Ghulen verfolgt.
Mir bleibt keine andere Wahl, als den verwöhnten Prinzen mit in mein Büro zu nehmen. Hätte ich geahnt, was auf mich zukommt, als er mich daraufhin anheuert, hätte ich mir das zwei Mal überlegt und ihn vielleicht doch den Blutsaugern überlassen. Ausgerechnet ich soll Beweise gegen das Arschloch finden, das es auf ihn abgesehen hat.
Und ab da ist die Kacke am Dampfen: Ein Prinz, der mir näher kommt, als mir lieb ist, von einem Golem verfolgt und mit der alten Baba Yaga konfrontiert. Ich muss sagen, dass mir die Untreue von Mr. Allingston erstmal scheißegal ist…

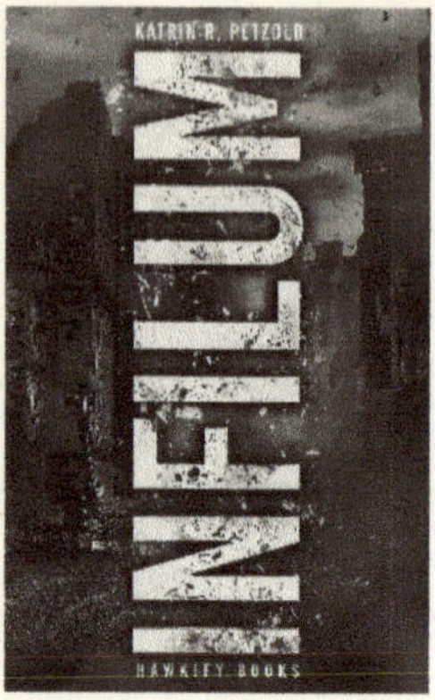

Infilum

(Katrin R. Petzold)

Dies ist der erste Band einer Dilogie

Sie suchten ein Heilmittel gegen Krebs und fanden den gefährlichsten ***Virus*** seit Menschengedenken ...

Rena Vegas lebt gemeinsam mit ihrer Familie in der Stadt Rin, einem Gebäudekomplex, der die Überlebenden vor den Nachwirkungen des verheerenden Virus schützt. Denn die Erkrankten verlieren ihre Menschlichkeit und verwandeln sich in Infilum, die zunehmend ihren Unterschlupf bedrohen. Irgendwann bleibt Rena keine Wahl mehr. Um das Überleben ihrer Familie zu sichern, muss sie gemeinsam mit neun anderen Kriegern den Ursprung des Virus suchen. Es beginnt eine Jagd nach der Wahrheit, eine Flucht vor dem Tod und zeitgleich eine Reise, die alles verändern könnte.

Entflammtes Erbe
(Saskia Stanner)

Die Geschwister Joe und Lexi hatten ihre Zukunft genau geplant. Zum Studieren an die Westküste, weg von der Familie. Doch es kommt alles anders und ein grausamer Autounfall reißt Lexi aus dem Leben ihres Bruders.

Zwei Jahre nach dem Tod seiner Schwester hat sich Joe's Leben langsam wieder normalisiert. Doch, als hätte er mit seiner Trauer nicht schon genug zu kämpfen, tauchen in Boston Menschen auf, die in Flammen aufgehen, ohne zu sterben, und versetzen die Bewohner in Angst und Schrecken. Die Medien sind voll von den mysteriösen Flammenmenschen, deren Herkunft sich keiner erklären kann.

Devil Inside - Finde mich
(Jo D. Shannon &
Jacqueline V. Droullier)

Dies ist der erste Band einer Dilogie

Wie entscheidest du dich, wenn das Bestehen deiner Welt von einer einzigen Seele abhängt? 1000 Seelen für seine Sterblichkeit. 1000 Seelen, um endlich wieder ein Mensch zu sein.

Caym Winterbourne ist nicht nur ein skrupelloser CEO, sondern Halbdämon auf einer höllischen Mission. Doch er ist nicht der einzige, der dieses Ziel verfolgt: Astara Graham, Tochter eines Erzengels will ebenfalls 1000 Seelen sammeln, um endlich ihre Sterblichkeit zu erlangen.

Als die beiden aufeinander angesetzt werden, beginnt ein Wettkampf zwischen Himmel und Hölle. Halbengel gegen Halbdämon. Kann es in diesem Spiel einen Gewinner geben?

Die Legende der Meerjungfrauen (1)
(Pia Hepke)

Adele liebt das Meer auf eine ganz besondere Weise, mehr noch als das Kitesurfen oder Singen. Eigentlich scheint das Leben mit ihrer Großmutter perfekt, all das ändert sich jedoch in nur einer Nacht.
Als ihre Klassenkameradin Conny eine Kette mit einer grünen Perle geschenkt bekommt, steht ihr Leben plötzlich Kopf. Noch nie hat sie sich so sehr zu etwas hingezogen gefühlt, nicht einmal zum Meer. Geheimnisvolle Stimmen fordern von ihr, die Perle in ihren Besitz zu bringen.
Wie hätte sie ahnen können, was sie damit ins Rollen bringt? Ihr Schicksal ist fortan eng an das anderer gebunden, denn sie ist nicht allein; fünf Perlen, fünf Mädchen.
Doch nicht nur Eingeweihte kennen ihr Geheimnis. Dabei ist die Frage, die Adele sich eigentlich stellen sollte: Warum der Tod ihrer Mutter der Grund für all das sein könnte?